月と日の后

冲方丁

TOW UBUKATA

PHP

月と日の后　目次

装丁　高柳雅人
装画　天羽間ソラノ
写真　遠藤　宏

望月の章

一

この世をば　わが世とぞ思ふ　望月《もちづき》の
欠けたることも　なしと思へば

この世を、我が世と思う。望月が欠けることもないと思うのだから——。

彰子《しょうし》は、父の藤原道長《ふじわらのみちなが》がその歌を詠《よ》んだとき、妹たちとともに感心する顔を作りながら、内心では声をあげて笑いたい気持ちを堪《こら》えていた。

父は、よく言えばわかりやすく、裏表のない人間だ。喜怒哀楽《きどあいらく》を臆面《おくめん》もなく周囲にあらわにしてしまう。豪放磊落《ごうほうらいらく》な人物だと思われているようだが、それは調子が良いときの話だった。

実際はちょっとした病《やまい》に罹《かか》っただけで神経質になり、しばしば亡霊を見て震え上がる。そういうとき父がいかに激しく取り乱すかは有名な話だ。しかも父は病気がちで、病を理由に出家《しゅっけ》を願っては、さきの帝《みかど》——彰子の亡き夫——から慰留《いりゅう》されるということを繰り返してきた。

剛胆《ごうたん》とはほど遠い、自分がたまさか勝ち得たもの全てを、いつか失うのではないかという不安を常に抱えている小心者。

そんな父の本性《ほんしょう》が窺《うかが》い知れる歌だと彰子は感じた。「我が世」を喜びながらも、「欠けたること」を恐れて、そんなことは決してないとみなに言って欲しがっている。それがわかり、ついつい笑ってしまいたくなったのだ。

そして、父のことをそんな風に笑うことができるのは、その場に集《つど》う人々の中で、もはや自分だけなのかもしれない、とひそかに考えた。

寛仁《かんにん》二年（一〇一八）十月十六日のこの日、父は栄華の絶頂を迎えていた。

全ては、娘たちによってもたらされたものである。

長女の彰子は、このとき三十一歳。寛弘《かんこう》八年（一〇一一）六月に崩御《ほうぎょ》した一条《いちじょう》天皇の中宮《ちゅうぐう》であり、二年前に即位したばかりの敦成《あつひら》親王こと後一条《ごいちじょう》天皇の産みの母、すなわち太皇太后《たいこうたいごう》である。

彰子の同母妹である次女の妍子《けんし》は、二十五歳。寛仁元年（一〇一七）五月に崩御した三条《さんじょう》天皇の中宮、すなわち皇太后である。

さらに同母妹である三女の威子《いし》は、二十歳《はたち》。甥《おい》である後一条天皇の中宮となり、そしてこのとき、晴れて皇后となったのであった。

三代にわたり、同じ家の娘が、天皇の后《きさき》となる。

後一条天皇は、このとき十一歳。当然ながら摂政《せっしょう》がその政務を代行する。そして摂政とは、外祖父《がいそふ》である父にほかならない。

かつて一条天皇より、内覧《ないらん》という摂政に次ぐ古い職に据《す》えられてから二十三年目の今年、父はその摂政と、そののちに得た太政大臣従一位《だいじょうだいじんじゅいちい》の位をも辞したが、これまで以上の権力を握ることになる。

それもこれも「一家三后」という、空前絶後の偉業を成し遂げたゆえだ。そもそも、そんなことが可能であるとさえ誰も考えなかったことであり、父にとってすら望外《ぼうがい》の栄達である。父の不《ふ》屈《くつ》の努力もあろうが、度重なる幸運なくば、この絶大なる栄華は決して得られなかった。

だからこそ、父は歓喜に満たされながらも、常に不安を抱えているのだ。

栄枯盛衰《えいこせいすい》は世の常である。運勢の傾きによっては、あっけなく全てを失うかもしれない。実際、父も彰子も、そのような者たちを大勢見てきた。いや、そのような者たちが大勢いたからこそ、今の父と彰子があるのだといえた。

そんな不安の影に駆り立てられるようにして、父はひとたび得た栄華を、今なお、とことんまで極めんと欲していた。

外孫《そとまご》であり彰子の子である後一条天皇の元服《げんぷく》の儀において、父が太政大臣として加冠《かかん》を務めたのだが、これは昔、一条天皇の加冠を、祖父である兼家《かねいえ》が務めたことに倣《なら》ったものだった。いよいよ祖父に匹敵《ひってき》する権力者となったことを誇示したわけだ。

そしてその後、父は太政大臣を辞した。

もはや律令《りつりょう》の枠に従う必要がないほどの権力を手にしているのだから、あっさりしたものだ。

太政大臣の位だけでなく、父は様々な官位を得ては、すぐに辞すということをした。諸卿が血《ち》眼《まなこ》になって求める栄誉ある職ですら、父にとっては自分に箔《はく》を付けるための就任に過ぎなかった。

そうした傲岸《ごうがん》な態度や専横《せんおう》を批判されないよう、父は彰子を巧妙に使い、おのれと一族の盾とした。

入内《じゅだい》した威子を、このたび後一条の后と定める「立后《りっこう》」の発議も、彰子からなされたものだ。

国父《こくふ》である一条が存命であれば、父は威子の立后のことを強要しただろう。また、退位した三条が存命であったとしても同じで、在位中からとにかく父と対立し、目の病が篤《あつ》くなって盲目同然となっていようが、父はお構いなくことを運んだはずである。

だがこのとき、父が頼むべき相手は、国母《こくぼ》たる彰子しかいなかった。それゆえ、

「宮《みや》（彰子）がいらっしゃるのですから、威子の立后のことを、私から言い出すのは畏《おそ》れ多いことです」

という父の態度を汲《く》んだ上で、

「そのようなことはありません。同じような例も過去にあるのですから。我が妹の威子を敦成の后とすること、慶《よろこ》びとすべきでしょう」

彰子は、そう応じたのである。また、彰子の弟であり、一家の長男である頼通《よりみち》も、この立后の儀に賛同し、実現に努めた。

かくして立后の儀式はつつがなく果たされてのち、父は昂揚《こうよう》がやまぬ様子で、唐突に儀式の後の穏座《おんのざ》（二次会の酒宴）を催《もよお》すことにしたのだった。

そして、私邸の土御門第《つちみかどてい》に公卿《くぎょう》を集め、全員に禄《ろく》を与える賜禄《しろく》の儀を終えたあと、これまた唐突に、権大納言《ごんだいなごん》の藤原実資《さねすけ》をそばに呼んでこう告げたのである。

「和歌を詠もうと思う。必ず和《わ》してほしい」

わざわざこうした場で返歌《へんか》を求めるのだから、自信の一句があるのだと自分で言っているようなものだ。

俄然《がぜん》、座の注目が集まる中、

「もちろんです。どうして和し奉《たてまつ》らないことがありましょう」

実資は、慇懃《いんぎん》に応じたものである。

父はなぜ、ここで実資を選んだか。それはこの人物が、いかなるときも筋《すじ》を通し、権力におもねらず、中立を保つことで知られていたからだ。有職故実《ゆうそくこじつ》に精通し、その日記はのちに『小右《しょうゆう》記《き》』と呼ばれ、儀式の詳細を知りたがる公卿たちにとって最高の教書《きょうしょ》とされる。それを読ませてもらうため、大勢がこぞって贈品《ぞうひん》を怠《おこた》らぬほどであった。

ただし彼の日記は、きわめて手厳しいことで知られている。儀礼に則《そく》さぬことがあれば誰が主催者であろうが的確に批評し、事細かに書き残すのである。道長の行ないも、逐一《ちくいち》、切るような筆致《ひっち》で記す。知見が確かである限り、誰も文句を言えない。それが実資という、当代一流の評論家の強みである。

一目《いちもく》置かれるためにあえて中立的な立場を求めるのか、もともと中立的な性格だから、おのずと評論家として活躍することになったのか、その辺は本人にも判別しがたいところだろう。

またこの実資は、藤原北家《ほっけ》・小野宮流《おののみやりゅう》の家領《けりょう》を継承《けいしょう》しており、もしかすると道長の好敵手《こうてきしゅ》となっていたかもしれない相手だった。

そういう微妙《びみょう》な人物に限って、父は努めて取り込もうとする。筋を通し、中立を保とうとする者ほど、味方につけようとするのだ。そして、自分のことを誉《ほ》めてもらいたがる。相手は中立なのだから、自分を称賛《しょうさん》する言葉にも偽《いつわ》りはないはずだと素直に信じているのだろう。

なんであれ、その実資が、珍しく父の酒宴に列席し、

「名誉なことです。私でよければ、ぜひ歌を返したいと思います」

と約束したのである。

誰もが、これから披露《ひろう》される歌に期待したのだが、娘たちや公卿たちに注視されると、たちまち父は言い訳を口にし始めた。

「なかなか良い歌のはずだ。ただし、前々から考えていたものではない」

あくまで即興《そっきょう》だと主張するのである。言わずともよいことを、くどくど述べるのが父の悪い癖だ。

実資も当然そのことを知っており、黙ったまま、父が詠むのを待ってやっている。

すっかり静まった座に、やがて父の詠歌《えいか》が披露された。

望月の歌が。栄華の極みにいる者が、不安を打ち消したくて、みなから称《たた》えられたがる歌だ。

少なくとも、その座において、彰子だけはそう感じていた。今の父を称えずにいられる者など、いないということも。

だが、そこで彰子をまことに感心させたのは、父の歌に対する実資の反応だった。

「確かに、御歌は優美ですな」

端的《たんてき》に評した上で、

「私には酬答《しゅうとう》もできません。代わりにこの御歌を、満座において誦《ず》してはいかがでしょうか。唐代の詩人である元稹《げんしん》の菊の詩にも、白居易《はっきょい》は和することなく深く賞嘆し、一日中その詩を吟詠《ぎんえい》したといいます」

こう述べ、結果的に返歌をせずに済ませたのである。

これは、公卿たちの前で父を批判するために拒絶した、というわけではない。実資は歌詠みが下手《へた》な方だし、それ以上に、父の内心を鋭く見抜いてのことだ。

公卿たちが口々に実資の提案への賛同を示し、父の歌をみなで繰り返し吟詠することとなった。

望月は欠けない。

あなたの世が衰退することはない。

みながそう言ってくれる。それこそ、父がまことに望んでいたことなのである。

そもそもこの土御門第こそ、父への供物《くもつ》そのものだった。二年前に火災で焼亡したのだが、公卿たちはこぞって再建を支援し、参議《さんぎ》の源頼光《みなもとのよりみつ》などは家具調度《ちょうど》の一切を献上し、その豪《ごう》華絢《かけん》爛《らん》な品々を見るために下々の者たちが群れ集ったほどである。

さらに邸《やしき》は内裏《だいり》と同様の造営がなされており、父が自邸と内裏という公私を、もはや同一視していることは万人《ばんにん》に明らかだった。

実資などは、このことを知って、

「未《いま》だ聞いたことのないことである。しかも造営の費用は、以前の万倍となっている」

そう日記に批判を書きつけたという。

国の中心ともなった邸に人々を集わせ、満面の笑《え》みをさらして喜ぶ父を見ながら、彰子はこのとき、別のことを思っていた。

――どうか、父を許して下さいね。

亡き夫に向かって、心の中でそう語りかけていたのである。

彰子が知る限り、最も聡明で、優しく、賢政に努めた、最愛の夫に。

――決して怨霊《おんりょう》になどならないで。あなたの霊が現れたなどと父に言わせないで。

父は病を患《わずら》うたびに怨霊や物《もの》の怪《け》に襲われた。決まって、自分を恨《うら》んだであろう者たちの霊であった。三条天皇の御霊《みたま》も現れたらしい。自分は呪詛《じゅそ》されていると訴えることしきりである。

――そのような下《くだ》らない騒ぎは、あなたに最も似つかわしくないのだから。冥福《めいふく》を心からお祈りしていますよ。

そう、一条天皇に胸中で請《こ》うていた。しかも、ただ請うのではなかった。それは同時に誓いの言葉でもあった。

――あなたが志《こころざ》した政治《まつりごと》は、この先、このわたくしが、きっと守ります。

史上最大の権力を握る父を、しかと見据えながら、決意を新たにしていたのである。

――たとえ、あなたの本当の願いを妨げた身であったとしても。

夫が本当に愛した相手は、自分ではない。

夫が心から東宮《とうぐう》としたかった子は、自分が産んだ子ではない。

そのことを彰子はよくわきまえていた。そのせいでずいぶんと苦しんだし、なぜこの自分がこのように苛《さいな》まれねばならないのかと、夫や父を恨んだこともあった。

だが今、満座の寿《ことほ》ぎにおいて、恨む思いはもう一片となく、

――わたくしが守らねばならない。

あるのは、強い意志だ。

夫の政治手腕と忍耐力は、父を上回っていた。今だからこそ、彰子も理解できる。

父はひたすらおのれの権勢だけを求めた。だが夫は、懸命《けんめい》に朝廷全体の和をもって国の安泰《あんたい》に

努め続けたのだ。その本心を、愛する者たちへの思いを、いくたびも犠牲《ぎせい》にしながら。

犠牲にさせた自分が、あなたの遺志を継ぎますなどと言ったら、夫はどんな顔をしただろう。

そう考えると、悲しいような、おかしいような気分を味わった。

困ったように微笑《ほほえ》んだろうか。初めて会ったときから最後まで変わらなかった夫の面《おも》持《も》ち。ひどく優しくて、だからこそ彰子には突き放されるように感じられてならなかった、あの微笑みを浮かべただろうか。

――できないとお思いですか。

そんな挑《いど》むような気持ちもあった。我ながらおかしなことだ。自分がこのような思念を強く抱《いだ》くなどとは、彰子自身が想像もせぬことであったのだから。

自分は、政治などと最も無縁の存在だと思っていた。人に影響を与える力を持つことなどないと。かつて入内したときも、まともに言うことを聞いてくれる女房《にょうぼう》すら長らく一人もいなかった。

父が、家格と容姿で人を選んだせいだ。みな高貴な血筋と、美貌《びぼう》の持ち主で、華やかなことこの上なく、そして何もかも無為《むい》であった。

正しく儀礼を行なうことはできず、深い思慮もなく我が物顔で振る舞い、ただ目立とうとするものだから、目を背《そむ》けたくなるような失敗を平然とやらかす。そんな女房たちにさんざん傷つけられたせいで、彰子とその後宮《こうきゅう》はひどく消極的な場となっていた。余計なことをして恥をかき、品位を失うくらいなら、自分も女房たちも何もせず、ひたすら無為にやり過ごす方がましだ。

ずっと、そう信じていた。

夫が自分を変えてくれるまでは。

今では、父が参内《さんだい》を要請した物語の書き手である紫式部《むらさきしきぶ》をはじめ、名だたる者たちが女房として仕《つか》えてくれている。上品なだけで、存在する意義もなく、朝廷の文化興隆に何一つ貢献しない後宮など、二度と許しはしないつもりだ。

もちろん、そのためには自分自身が、率先《そっせん》して文化に通じねばならない。

——漢文もずいぶん覚えたのですよ。

自分が書いたものを、夫に見て欲しかったと思うたび、寂《さみ》しくて胸がずきりと痛む。

——今では、国母として、政治の指示を書くこともあるのですからね。

あなたの代わりに。国父亡きゆえに。

夫の母である詮子《せんし》が、たびたび夫に政治的な意見を述べたように。

それはまた、夫であり国父であった男が、他ならぬ一条天皇であったゆえだ。あの人の聡明さは、周囲をもおのずと啓蒙《けいもう》してしまう。彰子は初めて彼に会ってすぐ、そのことを理解した。そしてあるときから、自分もまた、夫によって啓《ひら》かれた者の一人なのだと思うようになった。

彰子は夫の存命中、そのことをひそかに誇りにしたものだ。こっそり漢文を学んだし、女房たちをどのように扱い、訓育《くんいく》すべきか、熱が出るほど考えた。

夫がまことに愛した女性からも、多くを学ぼうとした。

そうしたことを、今では隠そうともしなくなっている。父や弟たちになんと言われようとも、それが亡き夫との間に遺《のこ》された、愛情の証《あか》しでもあったからだ。

——十二歳で、あなたのきさきになりました。三十一歳の今こそ、国の母になると、あなたに誓います。

　栄華に酔いしれる父をよそに、彰子の心は過去を漂《ただよ》った。

　今日のような日が来るとは、誰も思わなかった頃のことだ。そのとき彰子は、夫の微笑みにどんな顔をすればいいかわからず、ただそっぽを向き続けることしかできずにいた。

二

　笛の音《ね》。

　それは、彰子の長い生涯《しょうがい》でたびたび思い出されるものの一つだ。特に、奏者《そうしゃ》から目を背け、ただ片方の耳を向けながら聴いたときの音色は、結果的に生涯忘れ得ぬものとなった。

　奏《かな》でているのは、十二歳の彰子をきさきとした、一条天皇である。このとき二十歳。

　彰子の幼さを目《ま》の当たりにした一条天皇は、あくまで彰子に気を遣《つか》い、

「私が年寄りのようで恥ずかしいね」

　などと微笑んだものだった。内心では、彰子のことを哀れんでさえいたかもしれない。

　八歳という差は、帝ときさきの関係においてはさして不自然なことではない。ただ問題は、彰子があまりにも年若すぎることだった。

　長保《ちょうほう》元年（九九九）の二月、彰子は女性の成人式である裳着《もぎ》の儀式を受けた。彰子に、女としてのしるしが訪れたと女房たちが父に報《しら》せるや否《いな》やのことである。彰子の耳にも、父の性急《せいきゅう》さに驚く声が漏《も》れ聞こえてくるほどであった。彰子自身、早すぎるような思いがしていた。

その翌々日、父から、朝廷により従三位《じゅさんみ》の位を与えられた、と聞いた。

むろん父がではない。彰子が与えられたのである。彰子が朝廷に足を踏み入れるための用意というより、帝のきさきとして、彰子を受け入れるための朝廷側の準備といえた。

だがすぐには、生家《しょうか》である土御門第を出ることはなかった。

父は、

「春のうちに」

とか、

「夏には必ずや」

などと言っていたが、実際に彰子が入内《じゅだい》したのは、十一月一日のことである。

とにかく父は、彰子にとっては、慌《あわ》ただしいの一言だった。何か気に入らないことがあると、すぐに病に臥《ふ》したようになり、官職を辞すだのなんだのと蔵人頭《くろうどのとう》にわめき立てた。臥したようになり、というのは、父が本当に病《や》んだとは思えなかったからだ。煩《わずら》ったとしても軽いもので、腰が痛いだの、喉《のど》が嗄《か》れて痛いだのという程度である。

なのに、帝に対し、病が辛《つら》いので官職を辞すという手紙を送る。そしてその返事を、怖い顔で待ち続ける。帝がどう反応するかを見定めている様子だった。まるでおのれが振った賽《さい》の出目《でめ》を見届けんとして、終日まなじりを決しているような感じだ。

そんな殺気立った父の様子が、その年の冬になってやっと晴れやかなものとなった。それまではずっと、邸《やしき》の者みな、ぴりぴりする父に気を遣いっぱなしだった。

やがて、彰子が住まう部屋が内裏《だいり》で調《ととの》えられたと父から聞かされた。とても素晴らしい部屋なので、きっと気に入るだろうと。十二歳で生家から引き剝《は》がされる娘の心細さについて、父はまったく頓着《とんちゃく》していない様子だった。

彰子も、行きたくないとは言えなかった。

そうして十一月一日、彰子は、生家から内裏に移ることとなった。

なるほど、部屋は豪奢《ごうしゃ》で、調度品はどうでもいいようなものまで全て素晴らしい品々で揃《そろ》えられている。だが、父はそもそも自邸《じてい》をそのように設《しつら》えることに血道《ちみち》をあげていた。他の者たちからすれば夢のような部屋でも、彰子からすれば、確かに豪華だが、だからなんだというのだ、という印象しかなかった。むしろ、父の趣味が結実したかのような見知らぬ部屋に押し込まれることに、言い知れぬ居心地の悪さを感じさせられたものだった。

さらにはそこに、自分よりずっと年上の男が通うようになるとなれば、いっそう落ち着かない気持ちになって当然だろう。陶然《とうぜん》とした胸の高鳴りなどとは無縁の、いったい自分はどうなってしまうのかという不安ばかりが募《つの》った。

そんな彰子の世話をさせるため、道長は高位の家から特に華やかで美貌《びぼう》に優《すぐ》れた子女たちをあてがったが、これもまた彰子に、居場所のなさを強く実感させることとなった。

まだ幼く、とても女とはいえないような自分の周囲に、女として立派な体を持った美しい若い娘たちが、大勢いるのである。いかにも自分の幼さが強調されるようで、なぜ自分はこんな目に遭《あ》うのだろうと恨《うら》みがましい思いでいっぱいにさせられた。

そんな彰子に、さらに追い打ちをかけたのは、別のきさきの存在である。

十一月七日、彰子は初めて一条天皇の来訪を受けた。

その日、彰子は女御《にょうご》として認められ、初夜を迎えるはずだった。

だが、よりにもよってその未明に、一条天皇のもとに、男子誕生の報《しら》せが来たのである。

当然ながら、朝廷はその話題で持ちきりとなってしまった。

——この人にはもう、子どもがいる。

女御となった彰子は、そのことに言葉にならない衝撃を受け、どのような反応を示せばいいか皆目《かいもく》わからずにいた。そのせいで、部屋を訪れた一条天皇が、いかにも優しげに微笑みながら、あれこれ話しかけてくれるのをよそに、ただ明後日《あさって》の方を見つめたまま微動だにできなかった。女房たちが不安がり、このきさきは大丈夫か、自分たちは勤める先を誤ったのではないかとささやき交わすほどだった。

そして一条天皇は、そんな彰子の相手を、辛抱《しんぼう》強くしてくれた。彼には、四歳になる娘がいる。脩子《しゅうし》内親王《ないしんのう》である。

「我が娘をこの姫のように、美しく健《すこ》やかに育てたいものです」

一条天皇が、女房たちに、そんなことを言うのが聞こえた。彰子の心をほぐそうとしてか、不安がる女房たちを宥《なだ》めようとしてかはわからない。あるいはただ、一条天皇の本音がこぼれ出ただけだったのだろうか。

なんであれ、

——自分は、この人の娘なのか。

彰子はそう思って、ますます心を固くした。帝のきさきになれ。帝の子を産め。いつからか、ずっと父からそう言われてきた。そのために父がありったけの努力をしているのもわかっていた。何のためかもわからないまま、彰子はそれが唯一の正しいことであるという思い込みの中で育った。

だがこれはなんだ。これではまるで養子に出されたようなものではないか。

この人のきさきになれと父に言われているのに。帝に嫁《とつ》ぐ身であることは、生まれる前から決まっていたのだと言われてきたのに。

裳着の儀式を迎える前から、ひどく辛い思いをさせられていた。女が子を産むことができるようになったしるしが一向に来なかったからである。父のみならず一家の誰もかれもが、一日千《いちじつせん》秋《しゅう》の思いで待っていたことだ。

初潮《しょちょう》はまだか。胸乳《むなぢ》はまだ張らないのか。いつ子を産める体になるのか。

父が歯ぎしりせんばかりに自分の成長を待っているのがわかった。

なのに彰子の体は一向に幼いままだった。どうしたら大人になれるのか誰かに聞きたかったが、相談に乗ってくれる者はいなかった。母ですら、どのような兆候《ちょうこう》が訪れれば女になったといえるのかを教えてくれるだけで、どうすればそうなれるかは教えてはくれなかった。おかげで、彰子はすっかり自分が人一倍成長の遅い、女としては劣った存在なのではないかという恐怖に、心の底から怯《おび》えるようになってしまった。

ようやく裳着の儀式を終えたときなど、これでやっと人並みになれたのだと安心するあまり一晩中、寝具の中で丸くなって、声を殺し、涙をこぼし続けたものだ。

ただ、入内の少し前、四尺《しゃく》（約一・二メートル）の屏風《びょうぶ》を父から見せられたときは、素直に嬉しかった。

内裏に持ち込む調度の一つである。父が、公卿たちにわざわざ和歌を詠ませたものを、屏風に貼らせたしろものだった。

かの評論家たる実資などは、父のそうした要請を不快に思い、

「上達部《かんだちべ》（公家《くげ》）に、荷担《にかつ》ぎや水汲みをさせるようなものだ」

などと、日記に憤激《ふんげき》の言葉を記したという。

実資自身は、のちのち望月の歌への返歌を見事にすり抜けたように、このときの父の要請にも従わなかった。逆に、父の要請に従った公卿たちについては、

「感心しないことだ。近頃の彼らの様子は、まさに道長殿に追従《ついしょう》しているようなものではないか。我が一家の気風《きふう》がこのようなものであるなどとは。ああ、痛いことよ」

慨嘆《がいたん》もあらわに、そう書き記した。

公卿たちですら父に振り回されるのだから、その下の者たちはなおさらである。

特に、藤原行成《ゆきなり》という男が、彰子が知る限り、最も道長のために奔走《ほんそう》させられていた。

彼は藤原北家、右少将《うしょうしょう》・藤原義孝《よしたか》の長男だが、祖父の摂政・藤原伊尹《これただ》も父親も死んでしまい、没落した家を背負う身となった。だがやがて親友であった源俊賢《としかた》の推挙により、一条天皇の蔵人頭に抜擢《ばってき》され、その抜群の忠勤ぶりと、能筆《のうひつ》ぶりを知られるようになった。一条天皇および執政《しっせい》であった父の両方から、厚い信頼を得ている人物である。

だがこの行成は、当時の彰子にとって、どうにも正体のつかめぬ男だった。

一条天皇の忠臣であると同時に、父の右腕なのだ。いったいどっちについているのかわからない。むろん一介の蔵人頭が自由に主君を選べるわけがないのだが、天皇と父の意見が食い違った

ときは、どちらのために働くのだろうと思ってしまう。それにしても、真面目なのはわかるのだけど、いまひとつ内心がよくわからない人物だった。

父がしょっちゅう評価を変えるさまを見てきたせいかもしれない。

「行成のおかげだ。行成がやってくれた」

などと、その名を口にしながら感激したかと思うと、

「行成め、何という考え足らずだ。あんな者を信じたわしが馬鹿だった」

同じ口でそんなことを言い出し、かと思うとまた行成を褒《ほ》めそやす。その繰り返しだった。

やがて彰子は、行成という人物が本当に心から仕えたがっていたのは決して父ではなかったということを確信するのだが、このときはどっちつかずの人物としか思っていなかった。

なんであれ、彰子の入内調度の一つである屏風は、その行成の尽力によって完成した。

彰子は屏風を見て、ようやく報われた、もう辛い日々に耐える必要はないのだと心から安堵《あんど》したのである。

だがすぐに、その思い込みの甘さを思い知ることとなった。

何しろ、入内の始まりとなるべき日からして、裳着の儀式を迎える前よりもはるかに辛いものとなったのだから。

——この人に息子ができた。

自分が務めるはずだと信じ込まされていた役目を、別の女性がすでに果たした。よりにもよって、自分が女御となった日の朝に。

中宮《ちゅうぐう》定子《ていし》が。

その名だけは知っていた。それ以外のことはほとんど何も知らなかった。同じ藤原一族であり、血縁ではあるが、一族内の確執《かくしつ》はこの頃の彰子の想像を絶した。そもそも誰も詳しいことを彰子に教えようとはしない。知る必要がないと思われているのは明らかだった。役目を果たすのはこの自分だというのに。

そんな思いを抱えて動けぬ彰子に、一条天皇はやがて、笛を取り出して奏で始めた。

一条天皇は、その聡明さ、美しい姿、立派な立ち居振る舞いのほかに、笛の名手《めいしゅ》としても知られている。少なくとも彰子はそう聞かされていた。実際、その笛は見事のひとことだった。彰子の頑《かたく》なな様子に、焦《あせ》る女房たちが、ことが上手くいくよう、まじないのため指を鳴らすほどであったが、笛の音が響き出すや、場が嘘《うそ》のように和《なご》やかになっていた。

——こういう人なのか。

彰子は感心した。

一瞬で大勢を和してしまう。自分にはとてもできそうにない芸当だと思わされ、ますます息苦しさを感じた。なぜこんな目に遭わねばならないのかと、やはりやるせない思いで泣きそうだった。周囲に誰もいなければ、笛の音の見事さにつられて、号泣《ごうきゅう》していたかもしれない。だがそこには、高貴な生まれを鼻にかけて何一つできない女房たちが居並んでいた。まともに彰子の世話などしようと思ってもいない女たちが。彼女たちも、彰子のことをどうしようもなく意固地《いこじ》で無口で地味なお姫様で、甲斐《かい》のないお仕えだと考えているのがわかっていた。

一条天皇がひとわたり笛を奏で終えた。音色がやみ、わっともてはやす女房たちの声がさんざめいた。それでも横を向き続ける彰子へ、一条天皇が呼びかけた。

「お顔を私に向けてご覧」

これまた彰子が感心するほど、焦りも苛立《いらだ》ちもしていない、優しさそのものといった調子である。

「笛は音を聴くものでしょう。見るすべはございません」

彰子はつい、そんなことを返していた。

日頃抱えている不安が棘《とげ》となって放たれたのだが、相手が優しいからそうできたのだと、遅れて理解した。これが父なら、すさまじいほどの怒声が返ってきて、彰子ばかりかお付きの者までがまとめて泣き崩れるまで叱責《しっせき》されるはずだった。

しかし、一条天皇は違った。凝然《ぎょうぜん》となる女房たちを、笑顔で見回し、

「やっぱり、あなたは子どもだね。こんな七十の年寄りの言葉をやり込めてしまうなんて。ああ、まったく、恥ずかしい思いをしたものです」

やはり、そんな風におどけてみせるのだ。

ぱっと女房たちの顔が明るくなり、まあ、七十だなんて、とてもそんな風には見えません、などと言って笑った。感謝の籠《こ》もった笑い声だった。単に一条天皇が、主人である彰子を気遣い、自ら明るく道化《どうけ》た振る舞いをしてくれたことに感謝しているのではない。一条天皇の気遣いとは、すなわちこの後宮における彰子の立場を、これからも尊重するという意思表示なのだ。

「ああ、素晴らしいこと。この世で最高のものというのは、私たちの仕事のことよ」

女房たちのそうした言葉に、彰子はたまらない思いを味わった。

つまるところ女房たちは、一条天皇の機転に、というより、自分たちがお仕えするこの場が安《あん》

泰《たい》であるということに感謝しているに過ぎず、彰子が何を思い、どうしようと構わないのだった。自分たちこそ、彰子を補佐し、その気持ちを気遣い、場を和ませることに努めねばならないというのに。おのれの役目を忘れ、帝にそれを押しつけている。そうと悟ることすらなく、無邪気に一条天皇の気持ちをありがたがっている。どこまでも恥ずかしい女たちだった。

だが結局のところ、最も恥ずかしいのは自分だ。彰子はそう思って悲しくなった。ここで自分が何かを担《にな》えるとは思えなかった。そうできる自信がどこにもなかった。

一条天皇の初めての来訪は、長いようでいて、ごく短い時間で終わった。

同衾《どうきん》はしたが、初夜を迎えるというようなものでは決してない。

ただ添い寝をした。それだけといってよかった。一条天皇は、申し訳程度にこの身に触れてはくれたが、固いつぼみを愛《め》でるすべとてなく、彰子はただ男の腕に抱かれて身をすくめていた。

一条天皇の腕の中は温かく、心地よかった。だが、そこが自分の居場所だとは思えなかった。こうしていることが正しいことなのかどうかも確信できずにいた。

一条天皇の来訪は、それからも頻繁にあったが、いつも短かった。

夜が明けてしばらくすると来てくれるが、彰子と、というより女房たちと歓談し、あっさり退出してしまう。

——すぐに去ってしまう。

ときには長くいてくれることもあったが、そういうときは、たいてい部屋にある書を眺《なが》めていた。

父が贅《ぜい》を尽くして用意させた書物である。教養の塊《かたまり》のような一条天皇も、書棚を眺めては感嘆したものだ。

「あまりにここにある書物が面白くてね。つい仕事を忘れる愚か者になってしまうよ」

一条天皇は、そんな風に笑って言った。

彰子は、そこにある書物の半分も読むことができなかった。漢字など一つもわからない。読めるようになれと誰からも言われなかったし、むしろ漢字が読める女というのは才能を鼻にかけた嫌な女だと聞かされてきた。実際、女房たちの誰一人として、書物の内容を話題にすることはできなかった。

そしてそのせいで、一条天皇が、物足りないと思っていることが、なんとなく察せられた。

だが結局、一条天皇がこの部屋にいてくれるのは、物品のおかげだった。あるいは、それらを用意した父への気遣いや遠慮のせいだった。決して、彰子が目当てで来てくれるのではない。

――自分は、いらないのか。

後宮に入って早々、彰子はそう思うようになっていた。

生家から遠く離れた場所で、十二歳の冬が、孤独に過ぎていった。

三

――いっそ、いなくなってしまいたい。

藤壺《ふじつぼ》の女御こと彰子は、自分が透明な存在になることを夢想した。そうなれば誰からも見られずに済む。誰の相手もせずにいられる。

それが無理なら、

――帰りたい。

実家である土御門第に戻って、ただただ大人しく暮らしたい。

華麗に整えられた後宮に住まい、一条帝のきさきとなった彰子は、ひたすらそう願い続けた。

彰子がいる後宮は、大内裏《だいだいり》の東にある一条院の東側、東北対《ひがしきたのたい》と呼ばれる場に設けられた。

先日――長保《ちょうほう》元年（九九九）六月十四日に内裏が火災で焼亡し、帝が一条院に遷御《せんぎょ》したためである。帝は以後、そこを住居とし、一条天皇と呼ばれるゆえんとなる。

一条院の敷地は、もとは太政大臣だった亡き藤原為光《ためみつ》が所有し、それを富者《ふしゃ》の佐伯公行《さえききんゆき》という者が買い取って、一条天皇の母たる東三条院《ひがしさんじょういん》こと藤原詮子《せんし》に寄進《きしん》したのである。

詮子は、その敷地に、息子の後院《ごいん》を造作させた。一条天皇にとっては馴染《なじ》みの、安心できる生家といっていい場所である。

だが、彰子にとっては見知らぬ場所だ。もちろん、長年聞かされていた大内裏の清涼殿《せいりょうでん》と、その後宮とも大いに異なっている。

そのせいか、なんとなく間違った場所に来てしまったような気にさせられた。しかもなお悪いことに、そのことに誰も気づいてくれず、そのまま放置されてしまったような心細さだった。

内裏に到着した際は、まさかこんな寂しさを味わうとは思わなかった。大勢の者が入内する彰子に扈従《こしょう》し、その行列を見ようと人々が集まり、まことに賑々《にぎにぎ》しい限りだったのだ。

翌日には勅使《ちょくし》が現れ、公卿たちが彰子を褒め称えてくれた。帝はまだ姿を現さなかったが、不安はなかった。

だが十一月三日になると、彰子の入内に付き添ってくれていた母の倫子《りんし》が退出した。母はこのとき懐妊中で、十二月二十三日に妹の威子《いし》を出産することになる。めでたいことだが、穢《けが》れた身で、「今内裏《いまだいり》」となった一条院にいつまでもいるわけにはいかない。

心細さが最初に襲ってきたのは、母が消えた直後のことだ。それは、かつて感じたことがないほど強い孤独の念だった。しかも帝が現れるまで、それからさらに四日もかかった。入内が十一月一日。帝が現れたのは七日だ。

なぜそれほど時がかかったのか——彰子には、わけがわからなかった。父と帝の間にせめぎ合いが生じていたなどとは想像もしなかったし、父も母も、彰子が知るべきではないとして何も話してくれなかった。話してくれたのは、帝のきさきとなることがいかに重要で素晴らしいかということだけだ。あるいは、帝が必ず彰子を愛するだろうということだけだった。

その帝は、彰子を女御とするという宣旨《せんじ》を下してのち、確かに頻繁に訪れてくれた。

「帝が足繁く詣《もう》で下さるわ。なんて素晴らしいこと」

女房たちはそう言って喜んだが、彰子には虚《むな》しさしか感じられなかった。

朝になると来るが、日が高く昇る前には、清涼殿とされた場所へ戻ってしまう。添い寝も日中だ。部屋を暗くしているとはいえ、外がまだ明るいうちに帝の腕に抱かれるのは、たとえそれが心地よいものだとしても、やはり違和感があった。

そもそも通うとは、夜に男が来ることをいうのではないのか。疑問に思うが、誰かに尋《たず》ねることもできなかった。帝が、幼い彰子を形だけでも抱くことで、父との間に生じた軋轢《あつれき》を緩和させようとしていたなどと、どうしてわかるだろう。

わかるのは、父が豪勢に飾り立てた自分の部屋が、帝の台盤所《だいばんどころ》か朝餉《あさがれい》の間《ま》のように使われているということだ。しかもやるせないことに女房たちもそう思っていたし、あまつさえ彰子にも聞こえる声でそのことを話すのである。それで、女房たちにとっては、帝が彰子をどう思っていようとも、通ってくれさえすれば構わないのだということがわかった。

それよりも彼女たちの興味は、女房目当てにやって来る公卿たちにあった。後宮を大勢の貴族が訪れることで、宮廷《きゆうてぃ》文化が花開くのだから、それはそれで歓迎すべきことだ。

しかし肝心の彰子が、その場の華とはなれなかった。

引っ込んで出てこないというわけではない。彰子は彰子なりに応対に努めた。そもそもほかにやることもなかったし、貴族連中の相手は慣れていた。父にいちいち付き合わされてきたのだから、訪れる者たちの顔も名前も係累《けいるい》もだいたい頭に入っている。

それに、彰子は確かに「雛《ひいな》遊びのきさき」と陰で呼ばれるほど若かったが、大人びた容貌《ようぼう》と雰囲気の持ち主でもあった。貴族の中の貴族として育てられ、きちんと歌も詠み、所作《しょさ》や振る舞いは文句の付け所がない。

だが、だからこそ、

「女御の御所は、きらびやかで女房たちも麗《うるわ》しい者ばかりだし、楽しもうと思えば楽しめるのだろうが……いかんせん、あまりにも行儀が良すぎてな。どうも息苦しい感じがするのだ」

という評価になってしまうのである。

彰子にしてみれば、学んだことを延々と繰り返すことでしか、自分を支えることができなかった。

結局そのせいで味けなく、戯《たわむ》れを理解しない女御と思われても――要するにつまらない存在として人々の目に映ることになるとしても――ほかにどうしようもなかった。

そうして孤独が募るあまり、無感情でいるよう努めた。何を見聞きしても心動かされず、無関心で冷淡な態度を取った。

そのくせ夜になって眠りにつくときは自然と涙が流れ出た。声もなく泣きながら、夢も見ず眠れるよう祈った。

そんな風に過ごすうち、いつの間にか十二月になっていた。そしてその頃から、女房たちが妙なことを噂《うわさ》するようになった。

后の座が空《あ》いた、というのである。

噂というのもおかしな話だ。そのこと自体は事実なのだから。

十二月一日に、太皇太后《たいこうたいごう》たる昌子《しょうし》内親王が、三条宅で崩御《ほうぎょ》したのである。享年《きょうねん》五十で、蔵人頭が死後四日も経ってやっと異変に気づいたほど、宮廷からは遠ざかっていた女性だ。

晩年は目立たぬよう里に籠もっていたとはいえ、朱雀《すざく》天皇の長女として生まれ、奇行で知られる冷泉《れいぜい》天皇の中宮となり、その務めを大いに果たした人である。

徳ある后として有名で、一部では観音院太后《かんのんいんたいごう》とも称されていた。仏教に篤《あつ》く帰依《きえ》し、観音院を建てたからだという。

だがそれほど徳がありながら、子宝には恵まれなかった。それで村上《むらかみ》天皇の第八皇子である永《なが》平《ひら》親王を養子にしたのだそうだ。

――そういうものなのか。

彰子は、ついそう思ってしまった。観音を崇《あが》め奉《たてま》ったのに、一人の子も授《さず》けてもらえないこともあるのだ。そのことについて考えると、ぞっとするほどの空虚さが心に忍び寄り、慌てて何も考えないことにしたものだった。

なんであれ、太皇太后という、后の座が空いたのである。

誰がその座を与えられるのか。それによって、どのような変化が宮廷に起こるのか。殿上人《てんじょうびと》たちの、そしてまた彰子の周囲にいる女房たちの興味は、その点にあった。

「道長様が、帝に何ごとか願い奉ることだろう」

というのが、噂の結論である。どうせ誰も手が出せない。道長に全て持って行かれる。誰もがそう思っているようだった。

父の存在が、人々を遠慮させている。そのことを彰子は改めて知った。

やがて年が暮れ、正月となった。

十三歳となった彰子は、女房たちと正月を祝いながら、切ない思いでおのれの歳を数えた。何度もそうした。そして、もっと歳をとっている自分を空想した。

家族はそばにおらず、帝は穏《おだ》やかで優しいが、会えば会うほど遠い存在であるように感じられた。一緒にいても、お互いどこか別の場所にいるようだった。

帝は、ときおり彰子をじっと眺めた。決して愛《いと》おしく思っているのではなかった。

「あまり子どもも子どもしているから、おそばに寄ると自分の方が翁《おきな》かと思わずにはいられなくて、私は恥ずかしいよ」

帝は相変わらず、そんなことを言って場を和ませてくれる。そしてそういうときほど、まるで彰子という幼い娘を何とかして受け入れようと努めているようだった。

――やはり自分は邪魔なのだろうか。

この宮廷にふさわしくない存在と思われているのではないか。もしそうなら、いらないと思われるより、よっぽど辛いことだった。

「ああまったく、あのきさきのつまらないことといったら。どうしようもなく息苦しい」

などと帝がほかの人々と話しているのではないか。ついそんな想像をしてしまう。ならどうすればいいか教えてほしい。そう相手にすがりついて訊きたかった。

どうしたら、中宮定子《ていし》のようになれるのかと。

「あの方の後宮は、やはりなんといっても素晴らしかった」

公卿たちがそう話していると、無神経な女房たちが彰子にも聞こえるところで噂しているのを耳にして、ひどく傷ついた。そして、「あの方」と呼ばれる女性を羨《うらや》んだ。

帝の寵愛《ちょうあい》を一身に受け、朝廷に華やかな後宮を出現させ、今なお諸卿を感嘆させる女性。

彼女が従える女房たちには有名人が多く、たとえ今この内裏に彼女たちがいなくとも、その存在は公卿たちの心の中で、今も大きな位置を占めていた。

しかも彼女は、すでに帝の子を二人も授かっているのだ。

長女と長男を。親王《しんのう》となるべき子らを。彰子にはとてもかなわない相手だ。いや、父ですら、どれほど人々を遠慮させようと、中宮定子というたった一人の女性にはかなわない、ということがわかってきていた。後宮にいれば、その存在の大きさは否応《いやおう》なく理解される。

そして、父の威光が全てを支配するとは限らないという事実に、彰子よりも女房たちのほうが

よほど敏感に反応した。公卿たちが中宮定子のことをほのめかしたりすると、

「あら、それって、横川《よかわ》の皮仙《かわひじり》という御方のことですわよね」

などと、刺々《とげとげ》しく言い返すのである。

皮仙というのは、比叡山《ひえいざん》横川の行円《ぎょうえん》という僧のことで、いつも鹿皮《しかがわ》の装束《しょうぞく》をまとっていたことから、そう呼ばれるという。獣《けもの》の皮をまとうのは、実のところ仏典に依拠《いきょ》したことであるそうだが、世間一般からすれば僧らしからぬ異形《いぎょう》ということになろう。

なぜ中宮定子がそんな僧と一緒にされねばならないのか。

なんでも身ごもったまま出家《しゅっけ》し、そののち還俗《げんぞく》したからだという。いったいなぜ帝の寵愛を受ける中宮が出家せねばならなかったのか、完全に彰子の理解を超えた。しかも出家しておきながら、帝の子を身ごもり、見事に男子を産んでいる。まことに不可思議であるが、少なくとも彰子はそのことについて悪い感情を抱いたことはなかった。この先も抱くとは思えない。

「あの御方は、もう内裏にはいらっしゃれないのでしょう」

女房たちが高《たか》をくくって陰口《かげぐち》をたたくのを、むしろはしたないことだと思うし、

――帝の子を産んだ。

そのことに、今の彰子は敬意を抱くほかなく、

――公卿たちが心から喜び、足繁く通うほどの後宮を築いた。

まことに途方もない偉業に思えるのだった。

――どれほどみなが誹《そし》ろうとも、帝が手放さない。

果たして自分はどうか。それほどまでに帝から愛されるなどということが、この先あるだろう

か。そんな暗澹《あんたん》たる思いに襲われるばかりだった。

そんな辛い思いを、中宮定子への苛立ちや嫉《そね》みに転嫁《てんか》しても楽になるとも思えない。かえって余計に自分が惨めになるだけだ。そもそも、この上なく高貴な身として育ったため、他者を嫉むという心の働き自体、経験がなかった。

それがどういうものであるか、理解すらできないでいた。

このときは、まだ。

そんな彰子の思いをよそに、父は驚くべきことを進めていた。それは、諸卿をして茫然自失《ぼうぜんじしつ》させ、そのようなことが可能だったのかと驚嘆せしめる手だてだった。

正月二十八日、一条天皇はきわめて重要な勅許《ちょっきょ》を下し、蔵人頭の藤原正光《まさみつ》が、これを道長に伝えた。

彰子を中宮とすべく、立后《りっこう》の儀を許可する、というのが勅許の内容だった。

すでに、中宮定子がいるにもかかわらず、である。

定子はどうなるのか。なんと中宮ではなく、皇后になるという。

中宮と皇后は、本来まったく同じ存在を、別の呼び方で呼んでいるだけだった。妻と伴侶《はんりょ》というのと同じだ。なのにそれらを、あえて別ものとしたのである。

実はこれには先例があった。ほかならぬ中宮定子の父である藤原道隆《みちたか》が用いた手だった。

皇后と中宮を別のきさきとして扱い、定子を中宮としたのである。

ただしこれは、それぞれ別の天皇のきさきだから成り立っていた。少なくとも朝廷ではそう受け取られていたが、道長はそれをさらに拡大解釈し、押し通したのである。

一帝《いってい》二后《にこう》。

まさに先例のない事態であった。だが帝が勅を下し、道長がそれを受けたのだから、誰もそれを止められなかった。

彰子にとって、そうした政治《まつりごと》は、はるか遠い世界のできごとである。彰子はただ、

「宣命《せんみょう》を賜《たまわ》るため里家《さとや》に帰る」

という一点に、歓喜した。

一条院に来て以来、それこそ日夜願い続けていたことが叶《かな》ったのである。

——家に帰して。

帝にもそういいたかった。邪魔なら邪魔といってほしい。いらないと面と向かっていってほしい。そうすればきっと家に帰れる。ずっとそう思っていた。

事態はまったく逆なのだが、それでも里帰りが許されたことで、彰子はいっとき、これで何もかもから解放されるのではないかという夢想を抱いた。

その年の二月十日、彰子は内裏を出て、土御門第に向かった。多くの者が付き従った。

そしてここで、一条天皇が、道長の思惑に対抗するような行為に出た。

二月十一日、彰子と入れ違いで、中宮定子とその子らを内裏に呼び寄せたのである。

その居場所は、一条院の北側にある、北二対《きたにのたい》という場に定められた。東側にある彰子に与えられた場からは、ほぼ隔絶された空間だ。

そこで、一条天皇は愛する中宮定子とその子らと寝食をともにするという、まさに一家団らんのひとときを過ごすこととなる。

そして彰子は、父の驚くべき様子を目の当たりにすることとなった。

帝がしたことで不愉快になるというより、恐怖でおののいている様子なのだ。

帝の寵愛。それこそ父が恐れるものだということが、はっきりわかった。事実、ここで定子はまたもや懐妊することになる。彰子にはできないことを——帝と一族のために子を産むということを、一人で、みたびもしてのけることになるのだ。

だが彰子は、中宮定子が内裏にいるということを聞いても、何も感じなかった。

——ずっとそこで幸せにしてくれていればいいのに。

幼すぎて帝の娘のような存在でしかない自分を、わざわざ内裏に置く必要はない。そう言いたかった。それよりも、家で見知った人々と一緒にいる方がよほど安心できた。

だが運命は、彰子を解放しなかった。

二月二十五日、一条天皇の方から出御《しゅつぎょ》し、土御門第を訪れた。

目的は、むろん彰子の立后の儀である。

「女御従三位、藤原朝臣《あそん》彰子をもって、中宮となすべし」

という宣命が、父や彰子、そして多くの公卿たちの前で、朗々《ろうろう》と読みあげられた。さらにそれまでの中宮職を皇后宮職《こうごうぐうしき》に、新后宮《しんきさいのみや》を中宮職として宮司《みやづかさ》が定められ、彰子に仕えることとなった。

盛大な宴《うたげ》が催《もよお》される中、彰子はただひたすら学んだ通りの行儀の良さでおのれをよろい、泣き出してしまいたい思いを隠しながら、自分の願いは永遠に叶わぬのだと悟った。

——逃げられない。

自分には、もはや帰るべき場所はなかった。あのきらびやかで虚しい藤壺。父と一条天皇の狭間。それが自分に許されたゆいいつの居場所なのだ。

――透明な存在になって消えてなくなりたい。

賑やかな宴のさなかにあって、彰子は微動だにせず、どんな表情も浮かべず、ただ虚空《こくう》を見つめながら、繰り返しそう思い続けた。

四

彰子が一条院に参内したのは、華々しい立后《りっこう》の儀から、約ひと月後のことである。

長保二年（一〇〇〇）四月七日の、夜も遅い時間で、清々《すがすが》しい明月《めいげつ》が道を照らしていた。

人々は――ことに父は――月が昇ったことを吉祥《きっしょう》とみなし、大いに喜びはしゃいだ。

というのも、日中は荒々しい天気に見舞われたからである。晴天に突如として黒雲が湧《わ》き、すさまじい雷鳴が起こったかと思うと、にわかに大雨が降り出して、父を戦々恐々《せんせんきょうきょう》とさせること甚《はなは》だしかった。しかも雷は、豊楽院《ぶらくいん》（国の饗宴《きょうえん》の場）に落ちたという。吉祥など、とんでもなかった。凶兆そのものの天候だったのである。

だが戌《いぬ》の刻（午後八時前後の二時間）になってようやく晴れると、父は雷雨などなかったかのように、

「天晴《あっぱ》れ。月明かし」

と喜び、これぞ瑞兆《ずいちょう》であると言い切った。

なんでも思うがままに解釈し、周囲に押しつけ、既成《きせい》事実にしてしまう。その父のやり方を改めて見せつけられた彰子は、かえって冷ややかな気分にさせられたものだった。

住み慣れた土御門第を離れるときは辛かったが、一条院へ向かううち、彰子は胸の奥がしんしんと冷えてゆき、頭も体も痺《しび》れきって何も感じなくなるような思いでいた。

自分がどれほど辛いか、父も誰も、決してわかってはくれない。

例外は、東三条院こと詮子《せんし》（一条天皇の母・道長の姉・彰子の伯母《おば》）だけだろう。彼女は、中宮となることがどういうことであるかよく知っているせいか、ときおり彰子を気遣うような素振《そぶ》りをみせてくれた。一族全ての繁栄を、一身で支えねばならない。その栄誉と辛さを、詮子であれば、ともに分かち合ってくれるだろう。

だがそれもまた、彰子が実際にその使命を果たせてこそである。東三条院ですら、十三歳で天皇の子を産むことを強《し》いられた経験はなかった。彰子が今置かれている状況は、長い内裏の歴史の中でも、前例がないといっていいものなのである。そのことを、うすうす彰子は悟り、

――誰も、わかってはくれない。

深い失望の念がおのれの身のうちを流れ、肌から染み出て総身《そうみ》を覆《おお》うような気がした。

現実がもたらす苦難から、少しでも心を守ろうとしてのことであろう。蚕《かいこ》がおのれを守るため繭《まゆ》で身を覆うように、幼い心が必死に吐き出す無感情の糸は、やがて彰子の心身をすっぽりと覆い尽くしていった。

住まいの藤壺は、相変わらず豪華一点張りで、女房たちもその調度の一部であるかのように、それぞれの身分に応じた唐衣《からぎぬ》をまとっている。

自分もまた、この場に置かれた品々の一つなのだ。そう思うと少し心が楽になった。

やがて、一条天皇が渡ってきて、ふとそれまでとは違う様子で、彰子を見た。

興味深そうな、あるいは、それまで以上に彰子を哀れんでいるような眼差《まなざ》しである。

「これまでは気楽な遊び相手と思っていたのだけどね。いつの間にか威厳《いげん》のあるお姿になられて、畏れ多い感じさえ備わっているなんて、気楽に振る舞いにくくなってしまった」

一条天皇は、そんな風に言いながら、やはり自分を道化者のようにみせ、女房たちの忍び笑いを誘い、場を和ませてくれた。

「はじめのころから思うと、ずいぶん大人らしくなったことだね」

そう優しく言ってくれる帝に、彰子はむしろそれまで以上に淡々と応じた。

この帝だけが、本当の自分をわかってくれる相手であると気づくには、それこそ幼すぎた。あるいは幼いがゆえに、そうやって必死におのれを守らねばならぬほど、宮中はきわめて微妙な空気に満ちていた。

前年、彰子が女御となったその日に、帝の長子《ちょうし》が生まれた。

産んだのは、中宮定子である。

定子の父である道隆は、それこそ藤原一族において、栄耀栄華《えいようえいが》を成し遂げた人物だ。一家の柱である彼が世を去ったとはいえ、定子もその兄弟姉妹も、壮健なはずだった。

しかも定子は、一条天皇から最も愛されている人物である。

証拠に、父が無理やり彰子を中宮にすると、定子は皇后になってしまった。彰子からすれば、ますます太刀打《たちう》ちできない存在になったのである。父のやることは何もかもが裏目に出ているようにしか、彰子には思えなかった。

彰子から見えている世界と、父から見えている世界では、何もかも違うのだ。その事実が、この頃から、彰子の中で周囲への冷淡な思いというかたちで根づいていった。

――虚しい。

そんな父と彰子が、歯ぎしりして苦難に耐えたところで、何が得られるというのか。

公卿たちは、何をもって、いちいち父に遠慮しているのか。

彰子は、寂しさも悲しさも感じなくなる代わりに、ただただ、虚しさを抱きながら、宮中での日々を過ごした。

とはいえ、そんな中でも、楽しみに思えることが一つだけあり、それはこのときの彰子にとって大いに幸いであった。たった一つの楽しみであったとしても、近い将来に期待を抱くということができなければ、多くの女御がそうであるように、一族からの重圧に耐えられず、心身がどうにかなってしまっていたかもしれない。

楽しみとは、内裏の再建であった。

昨年焼亡したそれが、この年のうちには新たに落成《らくせい》するであろうと、父から聞かされていたのである。それこそ、話に聞いていた通りの場所に違いなかった。この一条邸ではなく、いつかお前が行くべきと父から聞かされていた場所。東三条院こと詮子が住み暮らしていた、本当の後宮である。

そこが、第二の生家となり、自分に安寧《あんねい》を与えてくれると彰子は信じた。

そうして季節が過ぎゆき、九月になると、父や他の公卿たちが、内裏の造作《ぞうさく》を巡検《じゅんけん》した、ということが父から彰子へ伝えられた。内裏の建設が適切になされているか、手抜きや水増しがないか、といったことを調べて回る、覆勘《ふくがん》の務めが行なわれたのである。

彰子の期待の念を、どこまで察していたかはわからないが、父は、新たな内裏がいかに素晴らしいかを語ってくれた。それは確かに、彰子にとっては久々に心安らぐ話で、いつまでも聞いていたくなるものだった。

そして十月――遷御《せんぎょ》は十一日と定められ、その通りに実行された。

戌の二刻（午後八時頃）、帝の御輿《みこし》が一条邸を出御《しゅつぎょ》し、大宮大路《おおみやおおじ》を通り、陽明《ようめい》門から入って内裏へ向かい、新たに造営された清涼殿に入った。

夜遅くの亥《い》の四刻（午後十一時頃）、彰子の行啓《ぎょうけい》があり、そのあとで清涼殿の殿上《てんじょう》の間で饗宴が催されることとなった。

彰子は、初めて見る清涼殿に、心動かされた。これぞ宮廷といわんばかりの威厳ある麗美な造作である。それは彰子の虚しさをいっとき紛らわしてくれたが、しかし心から望んでいるものとは違うということを、そのときすでに感じていた。

彰子が望んだのは安心であり、華美ではなかった。それならもう父が嫌というほど与えてくれている。華美は例外なく彰子に対する重圧となりこそすれ、安寧の念を与えてくれはしなかった。

――そんなはずはない。

それでも彰子は、新たな清涼殿こそ自分の居場所になるのだと信じようと努めた。

女房たちに、初めて自分から、調度について指示してみせた。

どうにかして、住み慣れた土御門第を思わせるような場所にしたかったからである。

だが女房たちは彰子の意図を察さなかった。

彰子はいつしか必死になって自ら居場所を整えようとし、珍しく父にも願い事をした。作られたばかりの場所だから、まだあるべき姿になっていないのだ。ひたむきに、そう信じた。

結果、彰子の住まいは、どこかいびつで、ちぐはぐな場所になっていった。

女房たちは、いったん彰子の言う通りにし、その上でさりげなく、彰子の意図に反して調度を整え直してしまうようになった。それをまた彰子が指示して直させる。そういう、虚しいばかりの行ないが続いた。

栄《は》えある後宮で、安心を求めて苦心惨憺《くしんさんたん》する彰子は、やがて女房たちから迷惑そのものという目で見られるようになったが、誰も表だっては口にしなかった。それも父への遠慮があるからだ。

彰子自身、だんだんと自分が何をしているのかわからなくなった。わからないのに、自分がいる場所を、ちぐはぐにすることを、止められなくなっていた。

――ずっと、ここにいなければならない。

その思いに、使命や期待を抱いているのか、それとも脅《おど》されて狼狽《ろうばい》しているのか、もはや判然としなかった。このまま何年も何年も、同じことをし続けるのだろうか。あちらの調度をこちらへ移し、こちらの調度をあちらへ移す。綺麗に整えられたものをいびつに並べ替え、また綺麗に整え直されるたび、それに余計な手を入れる。

――いつまでも繰り返したところで、安心なんて手に入らない。

しばしば、そういう恐ろしい心の呟《つぶや》きが起こったが、全て無視した。外界からおのれを守るために張り巡らせた無感覚の繭は、気づけば、自分自身の理性をも遠ざけるようになっていた。

彰子がそのようにして袋小路《ふくろこうじ》に入り込んでしまった、その冬の、十二月十六日。

突如として、衝撃的な訃報《ふほう》がもたらされた。

「皇后定子様、崩御！」

彰子はその報せを聞くや、麻痺《まひ》するのとは違う意味で、何も考えられなくなった。

ただ崩御したのではなかった。なんとその前日、定子は子を産んだという。

生まれたのは、女児だ。

安産ではあったけれど、後産《あとざん》がよくなかったそうで、出産後、胎盤《たいばん》などが出てくるはずだが、それがなかったらしい。そのまま時が経つうち、気づけば定子の身は冷たくなっていた。

帝の悲嘆は、とてつもないものであったろう。

それは、無感覚であろうとする彰子ですら、察しうるほどのものである。

だが帝は、その悲嘆を押し隠そうとした。周囲も、帝の悲しみを気遣ったり、慰めたりするといったことを、しいて避けているような様子を見て、

――帝もまた心を殺していらっしゃるのか。

ふと彰子は、そんなことを思った。

だがこのときはまだ、それ以上のことを、帝に対して思うことはなかった。

――虚しい。

それが、定子の訃報に対して彰子が抱いた思いだった。

定子の享年は二十四だという。三人も帝の子を産んだ。確かにその功績は素晴らしい。だが、死んでしまってはどうしようもないではないか。遺された子たちはどうなるのか。きさきになるという栄光を担う女たちに、神仏はどうしてこうも厳しいさだめを強いるのか。

――虚しくはなかったのですか。

一度だけ、心の中で、見知らぬ皇后にそう尋ねた。

返事はなかった。想像もできない。だが、もしかすると彼女は自分とは別の答えを告げるかもしれないと思うと怖かった。

――自分は、帝に心から愛され、たとえようもなく充実した后だった。

堂々とそう告げられたら、その時点で、自分は裁きを受けたも同然ではないか。その愛を妨《さまた》げたのは自分なのだから。となると、この虚しさは、彼女を妨げた自分に対する神仏の罰か。

そんな考えには耐えられなかった。必死でその恐れを遠ざけた。朝廷の名だたる人々が怨霊を心から恐れる気持ちがわかった気がした。

事実、定子の訃報に接しながら、父は参内しなかった。仮病ではなく、物《もの》の怪《け》に憑《つ》かれて寝込んでいたのだ。屋敷の誰かが、怨霊に取り憑かれて、父に襲いかかったという話を聞かされる一方で、恐ろしいことに定子崩御の夜、東三条院が焼けていた。人々は無事だが、詮子は、その呼び名である居場所を火に奪われることとなり、四十前でありながら老者《ろうしゃ》のように病みがちになってしまったという。

彰子は、こうしたできごとに対して、しっかりしなければならない、とおのれに命じた。しっかりするとは、何も感じないよう気をつけねばならないということだ。

弱い自分が砕けてしまわないために。ひたすらおのれの脆弱《ぜいじゃく》な心を隠して守らねばならず、いっそう彰子は無感情の糸を分厚くしていった。

慟哭《どうこく》を秘めているはずの一条天皇と、ただ静かに淡々と話し、定子亡き後、なんとしても彰子に皇子を産ませたい父を、うつろに見つめ返す。必死に現実から逃げ、夢の中におのれを漂わせる。

そんな日々が、あるとき突然、崩壊した。

長保三年（一〇〇一）の夏、父がいきなり、こんなことを彰子に告げた。

「お前が、あの子どもの母となるのだ」

彰子には意味不明の言葉だ。とうとう、この父のことが皆目《かいもく》わからなくなってしまったと思った。子を産むどころか、帝とまともに交わることすらできない自分が、どうして母になれるというのか。

だが、父がこうと決めたらそれに逆らうことは不可能だった。

それからほどなくして、彰子のいる飛香舎《ひぎょうしゃ》こと藤壺へ、一人の男児が四人の乳母《うば》に付き添われて渡った。

敦康《あつやす》親王。

皇后定子が産んだ、帝の長子である。

——これは、いったいなんだろう。

生まれてまだ二年も経たない幼児が、乳母の一人に抱かれていた。今から、その母になれというのである。

彰子は、遠ざけていた現実が、急激に迫るのを覚えた。

理由は、幼児の眼差しだった。不思議そうに彰子を見つめるその目だった。

――どうしてここにいるの。

幼児がそう尋ねている気がした。彰子とまったく同じように。不安に怯えながら、懸命に、本来あるべき場所へ、亡き母のもとへ帰りたがっているようだった。

彰子は促《うなが》されるままに、その幼児を抱いた。

途端に、何かが音を立てて破れた気がした。おのれを覆い尽くそうとしていたものが引き裂かれ、遮《さえぎ》っていた音と光が、声と温《ぬく》もりが、いっぺんに迫った。

幼児は温かかった。その小さな手が、危なげにその子を抱く彰子の人差し指をつかんだ。そのあどけない目が、じっと彰子を見ていた。

――お前はもう帰れない。

私のように。そう思ったとたん、大粒の涙があとからあとからこぼれ、彰子の顔を濡《ぬ》らした。

幼児は、その涙も、不思議そうに見つめている。

乳母や女房たちが驚き、中宮様はどうしたのかとささやきを交わした。

彰子は、幼児を抱きしめ、狼狽する彼女らへはっきりと告げた。

「わたくしが、この子の母になります」

みな、中宮様はあの子を哀れに思われているのだと感心し、女房の中には、珍しくもらい泣きをする者までいた。

だが彰子は、ただ哀れんでいるだけではなかった。むしろ逆だった。哀れむだけでは、何も守れない。おのれの心すら守れていなかったのだとはっきり悟った。

――知らねばならない。

なぜこうなったのか。

なぜ自分とこの子は、こうしてここにいなければならないのか。

この宮廷を、父の意図を、一条天皇の内心を、公卿たちの思案を、女たちの交錯《こうさく》する思いを。

それら全てを知ることでしか、この子に、お前がここにいる理由はこれだと教えてやることができない。知る必要がないといって世から遠ざけられた結果、自分はどれほど虚しい目に遭ったか。それを思うと、この子を同じ目に遭わせてはならないという強い使命の念が、おのずと身のどこからかわき出すのだった。

――この子の母になる。

その一念こそ、やがて〝天下第一の母〟となる彰子の、最初の開眼であった。

五

「出家というのは、どういうものなのかしら……」

彰子は、しばしば意図的に、そう口にするようになった。

誰かに面と向かって問うのではなく、機会を見つけて、そっと独りごちるのである。

先年（長保二年〈一〇〇〇〉）の暮れに崩御した皇后定子の長子、敦康親王を、その乳母たちともども、彰子のいる藤壺に受け入れてからのことだ。

彰子の呟きを聞いた者たちは、女房も公卿たちも、思いもよらぬ言葉にぎくりとなる。

そして、ただちに彰子の意図を推《お》し量《はか》らねばならないといった、神妙《しんみょう》な面持《おもも》ちとなって、あれこれ話を振ってくるのだった。

一切の富も務めも放棄《ほうき》して、この世と訣別《けつべつ》するのが、出家である。公家《くげ》社会においては、人生に行き詰まった末に、最後の救いを求める行為といっていい。

宮廷にいながらにして、そんな行為に興味を持つというのは、ただごとではない。

しかも彰子は、周囲からしてみれば、栄光そのものの存在である。

当代随一《ずいいち》の隆盛を誇る藤原道長の長女として生まれ、将来を嘱望《しょくぼう》されて育ち、そして実際、十三歳にして中宮となった。

公家社会の娘たちが、親から期待される栄華の頂点を、十代前半で獲得してしまったのだ。

「彰子様におかれましては、世をはかなむ理由などあるはずがありません」

みながそう決めつける。

「隠者《いんじゃ》というのはどういうものか、と年若い者なら誰でも一度は興味を抱くものです」

彰子の、いっときの好奇心に過ぎない。

そうであってくれねば困る、という思いが、誰の態度にもにじみ出ていた。

実際、彰子には、出家したいなどという気持ちはまったくない。すでに孤独で、世と自分が乖《かい》離《り》したような寂寥《せきりょう》の思いを抱えて生きているのである。出家したところで、自分の気持ちは大して変わらないだろう。

であれば、なぜそんな呟きを口にするのか。

目的は、話を聞き出すことであった。

この宮廷は、いったい誰の、どのような意図で成り立っているのか。今の自分は、どうしてここにいなければならないのか。そしてまた、母を喪《うしな》ったばかりの、あの無垢《むく》な敦康が、なぜ我が腕に抱かれねばならなくなったのか。

宮廷政治をつまびらかにし、それを将来、敦康に嘘偽りなく語ってやらねばならないと心に決めていたのである。いかにも可愛《かわい》らしいあの赤子《あかご》が、自分のように、何も知らぬまま、ひたすら翻弄《ほんろう》され、孤独に過ごすのでは、あまりに可哀想《かわいそう》だという思いが、彰子をつき動かしていた。

そのためには、どのような話題を周囲に振るのがよいか。

単に、なぜ自分と敦康はこのような場所にいるのか、と尋ねたところで、

「そのようにお生まれになったのです」

だとか、

「まごうことなき家盛《いえもり》の華々しさというもので、天の言祝《ことほ》ぎと申すべきことでしょう」

といった、丁寧に取り繕《つくろ》われてはいるけれども、曖昧《あいまい》でちっとも納得のいかない答えが返ってくるばかりなのである。

彰子は淡々と日々の行事をこなしながら、あれこれと懸命に考え、

——出家。

やがて、その一言が、人々に動揺を与えることを知った。

それは、宮廷にいる人々の、取り繕ったおもてづらを大いに乱してくれた。そうなると彼らはつい、誰が誰の意図でどうなったか、といった事実を喋《しゃべ》ってしまう。それについてどう思って

いるか、その人の心情を語り始める。

それほど、宮廷では「出家」という言葉に、誰もが敏感になっていたのである。

理由は、実際にそうしたがる者が続出したからだった。しかもみな「若い者」たちである。

藤原成房《なりふさ》、二十歳。

源成信《なりのぶ》、二十三歳。

藤原重家《しげいえ》、二十五歳。

成房の父、藤原義懐《よしちか》は、先の花山《かざん》天皇の外戚《がいせき》として栄達した人物である。

成信は、道長の妻である倫子《りんし》の甥《おい》であり、道長の養子となっていた人物だ。源氏ではあるが、いわば彰子の義理の兄のような位置にいることになる。

そして重家は、現職の右大臣たる藤原顕光《あきみつ》の息子だった。

いずれも、名だたる家の子息である。全員、ただ出家に興味を持ったのではなかった。きっぱり宮廷政治に見切りをつけ、また断固とした意思を周囲に示すべく、出家を試みたのである。

成房などは、

世の中をはかなきものと知りながら
いかにせましと何か嘆かん

世の中をはかないものだと知りながら、いったいどうしようなどと、何で嘆いていられるだろうか――という歌を、親しい者に渡し、出家しようとしたという。

渡されたのは、藤原行成《ゆきなり》だ。

行成は、父・道長の右腕といっていい働きをする蔵人頭であり、同時に、しばしば一条天皇のおそばにも侍《はべ》る男である。彰子が、一条天皇のきさきとなり、ついで中宮となれたのも、行成と東三条院（一条天皇の母・道長の姉、詮子《せんし》）のおかげだ――父は、たびたび彰子にそう語ったものだ。

ただ、そうやって激賞したかと思うと、

「まったく役立たずだ。なんであんなやつに頼んだのか自分でもわからない」

掌《てのひら》を返してこきおろすのが父であったので、彰子もだいぶ困惑させられ、特にこの成房の出家騒動においては、

「行成め、なんという頼りにならない男だ」

と罵《ののし》ること甚《はなは》だしかった。

行成は、まず成房の気持ちを宥めようとして、失敗した。それで慌てて、成房と親しい成信をつれて説得に行き、いったんは出家を思いとどまらせたらしい。

だが今度は、説得に協力してくれたはずの成信が、突然、重家と示し合わせて、出家してしまった。行成がさんざん苦労して説得しても無駄だった。二人の出家を知った成房が、いずれ遁世《とんせい》するのは明らかで、行成がなんとか時間稼ぎをしているところだという。しかし結局は、成房ものちに出家してしまうことになる。

この騒動から、彰子が知るべきことは、二つだ。

なぜ今なのか。彼らはどうして今このとき、立て続けに出家を決めたか。

そしてなぜ、父は、その若者たちを止めようとしたか。

彰子は、出家という言葉の力を借りて、周囲の者たちから答えを聞き出すことに成功した。

「成房などは、崩御された皇后様のご親族や皇后職の方々が、頼みにならないありさまを見たのですよ」

公卿たちが、こっそり漏らしてくれたのを聞いて、彰子は一つ納得した。

定子の崩御と、そののち、定子の周囲にいる人々がみせた冷淡な態度が、若者たちの出家騒動のきっかけとなったのだ。それほど、定子に仕えた者たち、あるいは定子の親族が、遺族として定子を弔《とむら》うことを忌避《きひ》したのである。公家社会の通例からいっても異常な事態だ。

忘れてはならないのは、定子自身、「出家」してのち、還俗して一条天皇の子を産んでいるということである。

中宮の身で定子が出家せねばならなかったほどの、何かがあった。その何かは不明だが、そのせいで、定子は宮廷で孤立したに違いない。そしてその孤立は、若者たちが義憤《ぎふん》に駆られるほど、ひどいものとなった。

「成房はそれで、ご自身の父御《ちちご》のことなどを思い出し、世を厭《いと》う思いに駆られたのでしょう。今では、父御と庵《いおり》を並べている」

成房の父の義懐は、仕えていた花山天皇が突如として出家するに従い、自身も出家せざるを得なくなってしまったらしい。

そしてその義懐ののち、栄華を手にしたのが、定子の父の道隆だった。

その道隆が亡くなってのち、栄華はその娘や子息ではなく、彰子の父へと渡った。

いや、父が奪ったといっていい。

誰もかれも栄華を得ると、別の誰かにそれを奪われ、没落する。そのさまを目の当たりにし続けてきた成房が、

「無常の思いに満たされてしまうのは、無理からぬことかもしれませんね」

公卿たちがそうささやき合うのを、彰子はしかと聞いた。

彼らの態度から垣間見《かいまみ》えるのが、やはり、父への遠慮であることも察した。

定子ではなく、花山天皇や義懐のことを引き合いに出すのは、まかり間違っても彰子の前で父を批判しないでいられるようにするためだ。

しかしそれでは、成房よりも前に出家を実現してしまった成信や重家の動機は、まったく説明できないことになる。

そのため、成信については、

「長患《ながわずら》いをする道長様の看病をした折に、無常の思いに打たれたのだとか」

などと、いかにも道長に気を遣ったような言葉を聞かされたものだった。

成信は、定子が生きていた頃、足繁くその在所に通っていたという。彰子の後宮は堅苦しく、定子の後宮はのびのびとして華やかだという風聞《ふうぶん》を発する一人であった。

定子が世を去ったこと。それが若者たちを動かしたのだ。

それこそ、父が若者たちを止めたかった理由に違いなかった。父が定子の孤立を黙認したか、あるいは率先して追い詰めたことを、あからさまに批判されるに等しいからだ。

彰子は、その裏にある思惑をもっと知ろうとした。特に、定子がなぜそうまで孤立せねばなら

なかったのかを聞きたかったが、

「兄である伊周《これちか》殿が、な……」

公卿たちはいかにも口にしにくそうに、ほのめかすばかりである。

確かに、定子の兄の伊周は、弟の隆家《たかいえ》とともに、宮廷追放の憂《う》き目に遭っている。そのことは彰子も知っていたが、どんな事情があってそうなったのか、皆目見当がつかなかった。

公卿たちも、女房たちも、それ以上のことは話そうとせず、

「若いみそらで出家する、などという気迷いが起こらぬことをこそ、神仏に祈るべきでしょう」

そんなことを言って、話をうやむやにしてしまうのだった。

とにかく、彰子と「出家」とを可能な限り遠ざけたいのである。最もそう思っているのは父であり、みなその父の意向を汲むことに懸命だった。

女房たちからすれば、最も安泰な勤め先を失うことになる。彰子の「出家」の念を肯定したりしようものなら、道長の熾烈《しれつ》な怒りを浴び、一族郎党《ろうどう》が大迷惑を被《こうむ》るだろう。

おかげで、もう一つ、どうしても知るべきことがあったが、かなわなかった。

敦康は、定子崩御ののち、すぐさま彰子のもとに連れてこられたわけではない。

その間、八ヶ月あまりの空白があるのだ。

空白を埋めていたのは、定子に仕えていた、実妹である御匣殿《みくしげどの》だという。

御匣殿は、姉が存命のうちから子らの世話に参加していた。そして姉が世を去る前、改めて子らの養育を任されたのである。

それらのことを、彰子はかろうじて乳母たちから聞き出すことができていた。

御匣殿が養育していたはずの子らのうち、敦康だけが、その手から引き離され、彰子のいる藤壺に移されたのである。

またその頃は、一条天皇が、御匣殿を後宮に迎えることを考えているようだ、という噂がしきりにささやかれていた。

——亡き人の面影《おもかげ》を、そうまでして求めているのか。

彰子が思ったのはそれだけだった。果たして姉の死を、妹で埋め合わせられるものかはわからなかったが、一条天皇の定子への思いを改めて知らされた気がした。

御匣殿は彰子より僅《わず》かに年上で、定子より身近な存在である。だが、一条天皇の愛情を勝ち取るべく、彰子が競争意識を抱く、というようなことはなかった。

むしろ、

——また重荷を背負う女が増えるのか。

心のどこかで、御匣殿に同情する思いがあった。

そして、敦康が彰子の手に委《ゆだ》ねられると、

——御匣殿こそ、敦康をその手で育てたいのではないか。

そう思い、自分も敦康も御匣殿も、そしてまた亡き定子もその娘らも、さらには一条天皇までもが、哀れなような気がしてくるのだ。

ただし、そんな思いを、ただ抱えるだけでいてはならなかった。

——誰に訊けば話してくれるだろう。

だが、考えれば考えるほど、何もかもが不穏なのだ。

定子の父・藤原道隆が亡きあとも、嫡男《ちゃくなん》の伊周は健在だった。父・道長と年が近く、位は上であったはずだ。それが突然、宮廷から追放された。そののち父は栄達した。定子は孤立無援の状態に追いやられた。

そして彰子が、子も産めぬ幼い身で後宮に入れられた。その上、定子が産んだ子の母代《ははしろ》にされた。敦康は、本来の養育者である御匣殿の手から引き離された。

全てに父が関わっている。それはわかる。だがどのように関わっているのかは不明だった。

おのれが、どれほどの関わりがあるのか。敦康に、何を語ってやればいいのか。

結局、彰子が知ろうとしていることの多くが、父という壁にぶつかるほかなかった。

彰子は改めて、算段を考えた。核心に触れるには、当事者たちに聞くしかない。だが当事者に近ければ近いほど、彰子に対しては口をつぐんでしまいそうだった。

父は何も話してくれない。自分に都合の悪いことは一切否定する。たとえ噂のようなものであっても、断固として揉《も》み消してしまう。

その右腕である行成はどうか。これまた、素直に何もかも話してくれるとは思えない。道長に遠慮し、一条天皇に気を遣い、心に蓋《ふた》をして働く男だ。

批評家として名高い藤原実資《さねすけ》はどうだろう。その日記を読ませてくれたりするだろうか。いや、これも難しそうだった。実資は批評家ではあるが、政治を否定する者ではない。父に追従する人々のありさまを嘆くことはあっても、彰子という父の政治の要《かなめ》たる存在に対し、なにごとであろうと告げ口するような真似《まね》をするはずがなかった。中立を自認するなら、なおさらだ。

一条天皇はどうだろう。あの聡明な人は、自分に全てを話すだろうか。

――そんなはずがない。

自分がいるせいで、一条天皇は愛する定子と過ごす時間を失った。それくらいのことは理解できる。そしてそのことを思うと、名状しがたい悲しみに襲われるようになっていた。

一条天皇は何も話さない。都合が悪いからではなく、あの人の優しさゆえに。彰子を咎《とが》めるようなことは、何一つ口にしないと断言できた。

――いっそ罵ってくれてもいいのに。

お前とお前の父のせいで、これこれこうなったのだと言ってほしかった。そう思ってしまうのが、自分の我が儘《まま》であることもわかっていた。

――誰もいないの？

これでは振り出しに戻ってしまう。誰か一人でいい。自分に話してくれる人を見つけなければならない。

懸命に考える彰子のもとに、やがてその年、一つの光明《こうみょう》が差すこととなった。

先年、定子崩御のまさに当日、屋敷が焼亡《しょうぼう》するという憂き目に遭った東三条院こと詮子の、四十の賀《が》が行なわれるのである。

詮子は今、父がいる土御門第に住まっており、そこに一条天皇も行幸《ぎょうこう》するという。

――詮子様だ。

一条天皇を産んだ皇太后にして、父の姉。

自分の義理の母であり、伯母であり、国母である女性だった。

この人であれば、何もかも知っている。過去の全てを見届けてきている。国母として、たびたび一条天皇と、政治のことを話しているとも聞く。

詮子を味方につけねばならない。たとえ父にとって都合の悪いことであっても、彰子に話せる人物は、彼女をおいてほかにない。

その口を開かせる言葉も、すぐに思いついた。

——わたくしもまた、いつか国母となるために知りたいのです。

そう言われれば、詮子もあえて黙ろうとは思わないだろう。彰子はそう信じた。そして、詮子に会ったら二人だけで話ができるよう、自分の気持ちをさりげなくほのめかす手紙を書いて送った。

ほどなくして、詮子から快《こころよ》くそうすると告げる返事が来た。

彰子は満足した。后になって以来、初めて自分の意思で何かをなせたような気分になった。幼い敦康の相手をしながら、その日が来るのを、ひそかに待ち続けた。自分が何を本当に知ろうとしているのかなど、到底、わかってはいなかった。

やがて、来《きた》る日。

果たして彰子は、自分が願った通り、多くを聞くこととなった。

思い知らされた、といっていい。

知らなくていい、という父や周囲の意図を、初めて理解し、愕然《がくぜん》とさせられた。

それは、決して、世の無常などという綺麗事では片付けることのできない、あまりにいびつでねじくれた、怨霊の跋扈《ばっこ》する骨肉の争い——すなわち、藤原氏の来歴《らいれき》そのものであった。

六

内裏を退出して生家の土御門第に戻った彰子のもとに、歌が届いたのは、その年（長保三年〈一〇〇一〉）の九月に入った頃だ。送り主は、詮子である。歌の趣意は、時節外れの七夕《たなばた》だった。

暮を待つ雲居《くもい》のほどもおぼつかな　踏みみまほしき鵲《かささぎ》の橋

彰子が送ったこの歌へ、

鵲の橋の絶間《たえま》は雲居にて　ゆきあひの空はなほぞうらやむ

詮子が、こう返したものである。

――日暮れを待っているのに、年に一度だけ七夕に天《あま》の川《がわ》を介して逢うという、牽牛《けんぎゅう》と織女《しょくじょ》の逢瀬《おうせ》を契《ちぎ》るはずの空の様子も、はっきりいたしません。いっそ、天の川を渡すという鵲の橋を渡ってみたいと思います。

これが彰子の歌で、久しくお会いすることもかなわないので、お便りを頂けませんか、という意をふくんでいる。

詮子の返答は、こうだ。

――鵲の橋を渡ってお会いすることも絶えて久しくなりましたので、牽牛と織女の逢瀬が、何とも羨《うらや》ましいものですね。お会いしたいのは、私も同じことなのです。

彰子に同意し、せめて便りを送り合おうという意をふくんでいる。

義母にして伯母からの、親身さが現れたような歌だが、実をいえばこれらは、去年交わされたものだった。

改めて送られてきたのは、互いの歌を清書したものである。いかにも優れた手蹟《しゅせき》で、能筆家として名高い廷臣《ていしん》、藤原行成あたりに書かせたのかもしれない。

前年の歌をわざわざ綺麗に整えて送ってくるのは、それだけ彰子を可愛く思ってのことだろう。

それはわかるが、

――わたくしの手蹟では不満なのか。

彰子はつい、そんな風に思うとともに、自分が入内する際、父の道長が調えさせたあれこれを連想していた。

特に、公卿たちに歌を詠ませ、それを行成に清書させ、屏風の飾りとした一品が思い浮かんだ。藤原実資が、公卿にやらせることではないだろうと言って一蹴《いっしゅう》し、参加を拒んだ品である。

父の道長もそうなのだが、詮子もまた、そうやって何でもかんでも他人を巻き込みながら、あらゆるものを飾り立てるといおうか、取り繕うといおうか、ただあるがままに、というのを許さない性質《たち》なのだ。まるで全てを自分の意図に沿わせねばならず、他者の意図の入る余地を残すなどもってのほかというようだった。そうすることでやっと心穏やかになれるのだ、といった妙に切迫したものを感じさせられて、かえって彰子を落ち着かない気持ちにさせるのだった。

その歌の清書とともに、詮子からの手紙も送られてきており、

『敦康親王があなたの手元に置かれたのは、みな、故事《こじ》を尊《たつと》んでいるからこそですよ』

といったことが書かれてあった。

故事とは、後漢《ごかん》の第二代皇帝、劉荘《りゅうそう》こと明帝《めいてい》についての逸話《いつわ》である。

明帝は、賈貴人《かきじん》に産ませた五男の劉炟《りゅうたん》の養育を、后である馬皇后《ばこうごう》に託した。

馬皇后は賢明の人として知られ、彼女に育てられた劉炟も優れた人物となり、のち第三代皇帝の章帝《しょうてい》となった。

この故事を引いて、彰子に敦康を養育させることを提言した者がおり、それを一条天皇は受け入れたのだという。

詮子からの手紙の内容から察するに、提言者は、それこそ廷臣の行成であるらしい。

――行成という男は、それほどみなから信頼されているのか。

故事のことはさておき、彰子はそのことに驚いた。敦康の養育については、一条天皇を筆頭に、詮子、父、そしてまた生母である定子の兄弟が、揃って賛成せねば決定しないことであろう。

巧みに故事を引きつつ、名だたる人々を納得させた行成という男の手腕に、彰子は感心していいのか、それとも警戒すべきか、何ともいえぬ思いを抱いた。

幼い皇太子を、僅か十四歳の中宮に養育させる。そのようなことが、単に故事に倣うべしとし

て定められたわけではないだろうことは、さすがに彰子にもわかる。

そもそも敦康親王家の家司《けいし》として定められたのが、行成だった。一条天皇や父の意向によるものであろうが、行成自身がそう望んだ面もあるのではないか。

――いったい何が目的なのだろう。

俄然、自分が置かれた状況の不可思議さが、その男のせいに思えてきた。

考えてみれば、父の従兄《いとこ》である藤原義孝の子が、この行成なのである。

義孝の父は、藤原伊尹《これただ》だ。妹の中宮安子《あんし》が産んだ皇子二人が、冷泉《れいぜい》天皇、円融《えんゆう》天皇と、続けて即位したことで、自らも摂政・太政大臣に昇りつめ、今の父のように栄達を極めんとしたものの、あえなく病で倒れた人物である。

もし、伊尹が存命であったなら、その後の朝廷のありようは、まったく違うものになっていただろう。

孫の行成の地位も、画然と異なっていたはずだ。もしかすると、父ではなく、行成の方が大臣になっていたかもしれないのである。

もしや行成という男は、その祖父の威光でもって、一条天皇をすら納得させてしまうのだろうか。いや、そのような威光を自らが得るべく、敦康の家司になったのだろうか。

彰子はそう考えたが、ほどなくして、どうもそれが正しいとは思えなくなっていた。

敦康の世話のあれこれに際して行成が顔を見せるたび、確かに物知りで機転が利《き》くが、性格はいたって温厚で実直であることが伝わるからだった。

父が日々、行成を大いに働かせ、称賛したと思ったら罵倒《ばとう》するということを繰り返していることからも、それほどの大人物ではなさそうに思えた。

――やはり詮子様に聞くしかない。

結局のところ、その点は変わらないままだった。実は全て、詮子の意図で今の状況がもたらされているかもしれないのである。

彰子は、詮子から前向きな手紙を得たことを、上々の成果として喜んだ。不自由そのものの思いを孤独に抱き続けていた彰子にとって、自分の意図通りになりそうだというだけで、失われる一方の自信を取り戻せる気がしたものだ。

相変わらず大して通ってくれない一条天皇を待つ代わりに、幼い敦康の養育という、何かと大変だが、思った以上に楽しいことがらに心を傾けながら、そのときを待った。

それは、思ったよりやや遅れて訪れ、加えて、彰子が想像していたのとはまったく異なる様相を呈することとなった。

本来であれば、詮子とはとっくに会えていた。その年の三月十日に、詮子が四十となることを祝う算《さん》賀《が》が催されるはずだったからだ。以前からその用意がなされていると彰子は聞いていたが、あれこれのせいで延期に次ぐ延期となってしまった。

原因の一つは、父がしばしば病んだことで、そのほとんどは仮病なのではないかと彰子は疑った。一条天皇が自分を重用《ちょうよう》してくれないと病と称して引っ込み、重用する意図を示すと喜んで参内《さんだい》する。それが父のやり方なのだと彰子も察するようになっていた。

また別の原因は、その時期、疫病《えきびょう》が流行していたということだ。

他ならぬ詮子が、

「このところの天下は、静かならざるものです。京は、病で死ぬ者たちで満ちています。今はひとえに、災《わざわ》いを退けてくれるお経を修《しゅう》させるべきときでしょう」

わざわざ一条天皇にそう進言し、自身の算賀を延期させたのである。

そのため、祝いの日として予定されていた三月十日には、臨時の仁王会《にんのうえ》を行なうこととし、一条天皇は八省院《はっしょういん》に行幸することとなった。

このとき修された金泥仁王経《こんでいにんのうきょう》のうち一行は、一条天皇が自ら記したという。流行する疾病《しっぺい》を、なんとか退散させようという一条天皇の懸命さの現れといえた。

だが病死者はなお増え続け、翌月の十一日には、清涼殿の東庭において、一条天皇が御拝《ごはい》を行なった。

さらに五月十九日には、臨時の御読経《みどきょう》が、同月二十九日には、大般若経《だいはんにゃきょう》の転読《てんどく》が行なわれた。

この年の春まで、一条天皇と朝廷は、ひたすら流行病《はやりやまい》という災禍《さいか》と戦っていたことになる。

そんなわけで七月に算賀を、ということになったのだが、詮子が例年どおり、石山詣《いしやまもう》でをする意向であるとのことで、そこでもまた延期になった。

そうこうするうちに七月が過ぎ、八月十一日には、敦康の魚味始《まなはじめ》を行なっている。

いつか敦康に語って聞かせるため、今の朝廷の来歴を知ろうと決意を強める彰子ではあったが、詮子の算賀は九月になって、またもや延びた。

詮子自身が病に臥したためであり、彰子はいたく心配させられたが、やがて快癒《かいゆ》の報《しら》せが来てほっとした。

一条天皇も父も、これ以上、算賀を引き延ばすことはよろしくないとして、十月九日に実施することを決定した。

蔵人たちも、詮子方の者たちも、その準備に大わらわとなり、十月七日には宴《うたげ》の予行演習として、試楽《しがく》が一条天皇の御前《ごぜん》で催された。

彰子の弟たちも、勅によって奏された童舞《どうぶ》に参加することになった。

長男の鶴君《たづぎみ》、のちの頼通《よりみち》が陵王《りようおう》を。

次男の巌君《いわぎみ》、のちの頼宗《よりむね》が納蘇利《なそり》を。

それぞれ舞うことが決まり、試楽ではまず頼通が舞ったところ、一条天皇が御衣《ぎよい》を下賜《かし》した。

これを喜んだ父は、やおら御前で拝舞《はいぶ》し、そののち、大きく舞い踊って、

「天長《てんちよう》地《ち》久《きゆう》」

と唱えたという。

一条天皇を称えているのやら、自分の喜びを発散しているのやら、わからぬありさまで、これには公卿たちもさすがに眉《まゆ》をひそめたものだし、批評家気質の実資は、当然のごとく、

「軽々しい様子であった」

と日記に書いて、いつものように咎めた。

他方、忠臣であるはずの行成も同感だったらしく、

「軽率ではあるけれども、それだけ嬉しかったのでしょう」

そう日記に書きつけたという。

なんであれ、父の舞のことなど、彰子の興味の外だった。

敦康もしばらくしたら舞うことになるだろうと思い、その可愛い姿をあれこれ想像するのがと

ても楽しかった。本来、その楽しみを心から味わっていたはずの定子のことを思い、

――さぞ無念でしょう。この子を、しっかり育てます。どうか安らいで下さい。

なんの他意もなく、冥福を祈るようになっていた。

自分よりずっと以前から後宮の華として名高く、一条天皇の深い愛情を勝ち得、次々に子をなした、驚嘆に値する女性のことを、そんな風に祈るとは思いもよらなかったことだ。とても彼女のようにはなれない自身への哀しさがある一方で、定子のことを思うと、できることを精一杯やらねばならないという気持ちにさせられるのだから不思議だった。

まさか、その心持ちを痛烈に嫉む者がいるなどとは、当然ながら想像すらしていなかった。

算賀の前日の十月八日、詮子はようやく、彰子のいる土御門第に移ってきてくれた。

むろん宴のためである。再建された東三条院で開催するのではなく、わざわざ自邸にさせたところをみると、父の意向によるところが大きいのだろうと彰子は思った。

批評家の藤原実資も、開催場所が土御門第になったことを、

「世は奇怪とした」

と書いて、ここでもまたその強引さを咎めたが、父は歯牙《しが》にもかけない。

彰子にとってはどうでもいいことだった。会いたい、話を聞きたいと思っていた相手が、やっと自分のいる場所に来てくれたのである。

またこれは、敦康にとっても嬉しいことのはずだった。姉たちに会えるからだ。

定子亡き後、三人の遺児は、それぞれ別の者のもとに引き取られていたのである。

第一皇女の脩子《しゅうし》内親王は、一条天皇の強い意志で、宮中に迎えられた。

第二皇女の媄子《びし》内親王は、これまた詮子の意向で、その手元に置かれた。

そして皇子である敦康が、彰子のもとで育てられることになった。

どういう理屈でそうなったか、このときの彰子にはまだわからなかったが、詮子の算賀は、その別れ別れになった三人が集う機会でもあったのだ。

きっと幼い子どもらを囲んでの団らんのひとときになるだろう。自分が定子の代わりになれるとは思えないが、それでも穏やかで楽しいものになると信じ切っていた。

その彰子が、詮子のいる寝殿へ渡ったのは、夜になってからだった。詮子が誦経《じゅきょう》を終えてから、とのことだったので、そうなったのだ。

相手が、可能な限り人を遠ざけ、かつ子どもらのいないところで話すためにそうしたとは、思いもしなかった。

そのことを何となく察したのは、彰子が寝殿に入り、静かに座す詮子へ、

「ご無沙汰《ぶさた》しております――」

丁寧に挨拶するときもなお、部屋の隣では延々と誦経の声が響き続け、一向にやまぬと悟ったときだった。

「お元気そうで何よりですね」

詮子が微笑み、

「改めて、中宮におなりになられたこと、心よりお喜び申しあげます」

きわめて慇懃《いんぎん》に挨拶をされたのだが、彰子は早くも薄ら寒いものを感じていた。

詮子の微笑みも言葉も、どこか虚《うつ》ろで、物腰はともかく、その調子からは何の喜びも伝わって

はこなかった。

代わりに、何か別のものが伝わってくる。

それは、ずっと押さえ込まれていたような何かであり、決して彰子が想像したような静穏《せいおん》な空気に満ちる楽しさなどではなかった。

「あの、詮子様……？」

狼狽《ろうばい》する彰子を、詮子は遠くから眺めるように、あるいは面白がるように見つめている。

彰子についていた女房たちは、隣室に待機している。詮子とともに出家した尼僧《にそう》たちの誦経を邪魔しないようにと、あらかじめ言いつけられていたからだ。

詮子の背後では、その尼僧たちの誦経の声がいつ終わるともなく響き続けており、日中はありがたく感じるはずのそれが、夜の灯《あか》りの中で聞くことで、不気味《ぶきみ》な生《い》き霊《りょう》たちの声にも思われるのだった。

あるいは、その通りであったかもしれない。

「後宮でのお暮らしは、いかがかしら？　これぞ栄華を極めし中宮様の住まいだ、とみなが噂するほど、豪奢《ごうしゃ》な局《つぼね》だと聞いていますよ」

彰子は反射的にかぶりを振っていた。謙遜《けんそん》したのではない。詮子の言い方には、彰子をどきっとさせるようなものがふくまれていた。これまで面と向かって放たれたことなど一度もないもので、そのため咄嗟《とっさ》にそれをどう理解してよいのかわからなかった。

「やはり、並大抵の暮らしではもう何もお感じにならないのでしょうね。道長ときたら、あなたの調度のいちいちを金箔《きんぱく》で飾り立てるつもりらしいではないですか。中宮となって大して日も経たぬのに、すっかりそれが普通となり、どれほど幸いなことか自分ではわからないのでしょうね」

――嫉み。

いきなりその言葉が彰子の脳裏にわいた。それがますます彰子を戸惑わせた。いったい誰が誰を嫉むというのか。意味がわからなかった。

――国母たる詮子様が？

響き続ける誦経のせいで思考が乱れた。

――まさか、私を？

めまいか頭痛でも起こしそうになりながら、やっとそう思い、

「なぜ……」

掠《かす》れ声が勝手にこぼれ出ていた。

「それらは全て、私がついに得られなかったものなのですよ」

詮子が、虚ろな微笑みをたたえたまま言い、

「私は、中宮にはさせてもらえなかったのです」

その乾ききった声音《こわね》とともに、詮子の身に長く秘められていたであろう怨《うら》みの念が噴き出し、熱波のように彰子を呑《の》み込んだのだった。

七

――怨み。

そうとしか言いようのないものが、詮子の痩身《そうしん》から溢《あふ》れ出すや、彰子は生まれて初めて口も開けぬほど戦慄《せんりつ》した。

――これが、怨み。

彰子も話には聞いていた。万物《ばんぶつ》に影響を及ぼす人の念。しばしば病禍《びょうか》の原因となるもの。生者《せいじゃ》のものであれば、死者のものよりも力は弱いという。しかし、それは生き霊となって夜《よ》な夜《よ》な身から勝手に抜け出《い》で、怨むべき相手のもとへ赴《おもむ》いて祟《たた》り、周囲にいる者に取り憑いたりする。

とはいえ朝になり、その者が目覚めれば、生き霊は消えるらしい。ずっと悪さをし続けるわけではないのだ。それが、死者の怨みと異なる点である。

怨みを持ったまま世を去った者の霊は、祈禱《きとう》や誦経などで祓《はら》わぬ限り、消えることはない。それは怨霊となり、禍《わざわい》をもたらさんとする一念で凝《こ》り固まっているという。

その者の位が高く、貴《とうと》い者であればあるほど、禍も甚大なものとなる。疫病《えきびょう》、落雷、洪水、火災など、多数の者の命を危《あや》うくするのだ。

では、怨まれた者が、そのことで怨んだら、どうなるのか？　怨みが伝播《でんぱ》し、野火《のび》のように燃え広がっていくことになる。それが、隣室からひっきりなしに聞こえる誦経の声の理由でもあった。

――ここは治療の場なのだ。

詮子は確かに身を病んでいた。しかも、ただ病んだのではない。何者かの怨みを受けて病んだのだと詮子自身が理解しているのだ。さもなくば、こんな夜更けまで延々とお付きの尼たちに誦経させ続けたりはしない。

彰子は、今しがた自分が戦慄したわけを遅れて理解した。

――感染《うつ》るのではないか。

昼夜を問わず治療し続けているからには、病は相当重いのだろう。彰子は聞いていないが、家《か》人《じん》に憑き物でも現れたのかもしれない。

しかも詮子からして怨みを発している。つまりは、強く怨まれ、強く怨むという、気の病の悪循環に陥《おちい》ったのだ。それこそ不治の病をもたらす最悪の心気《しんき》のありさまといっていい。

なぜそんなことになっているのかはともかく、貴人であればとにかく避けねばならない状況だった。彰子がすべきことは、何としても今すぐ退出し、おのれの居場所に戻ることであったろう。

が、そうはしなかった。

いや、そうしたくともできなかった。

第一に、恐怖で身がすくんでいたからだ。それまでの彰子にはまったく縁のない感情である。蝶よ花よと愛でられて育ち、孤独と寂しさを抱えてはいたが、恐怖に直面する機会などなきに等しかった。この激しい感情にとらわれて身の動きが取れなくなり、ただじっと伯母を――義母でもある詮子を――見つめ返すしかなくなっていた。

第二に、そうして恐怖に呑まれながらも、待ちに待った機会がようやく訪れたのだという思いが、この期《ご》に及んで彰子を支配してもいた。もちろん、その思いの背後には、敦康の存在がある。

――なぜ敦康が、わたくしのもとに寄越《よこ》されたのか？

もともと、その疑念を解消するため、詮子の話を聞きにきたのだ。

その彰子の行ないが、何かの蓋を開いたらしい。詮子の胸の内に秘められていたものを、あらわにしたのだ。

であるのなら、まず何より、ここでその正体を確かめねばならない。それが自分の役目なのだ。

怨みは万人に害をなす。幼い敦康をも危うくさせるかもしれない。そうならないよう、あの子を守ってやれるのは、自分しかいないではないか。

いったいどこからそのような思いが湧くのか、彰子にも不思議であった。それは、十四歳という身に、似つかわしくないほどの母性であろう。自分が産んだわけでもない。ある日突然現れた幼子である。何の義理もなければ、彰子が身を挺《てい》してまで守るべき存在であるはずもなかった。

だがそれでも、あのとき、敦康をひと目見て、はっきりとその思いを意識したのだ。

――わたくしが、この子の母になる。

結局、その強い思いが彰子の根底にあったからこそ、恐怖のあまり泣き出すこともなければ、この機会に可能な限り知るべきことを知るという使命を放棄せずにいられたのだろう。

詮子は、そんな彰子の内心を察した様子もなく、

「中宮様が国母となるお覚悟を抱かれていると知り、さすがは、と感心したのですよ」

表面上は親しげに、しかし声音に不穏な響きを込めて、そう言った。

「その若さで……中宮になったばかりで、あなたは天皇の母となることを志しているのですねえ……。大殿もさぞ喜び、なんと立派な娘であることか、とお褒めになるに違いありませんね」

詮子の様子は、親しげであればあるほど空恐《そらおそ》ろしいものに思われた。その顔が今にも面のように剝がれ、違う顔が現れそうな気がするからだ。

彰子はその恐ろしさに耐えた。響き続ける低い誦経の声のせいか、こめかみの辺りに鈍い疼《うず》きを覚えたが、それも我慢した。

「お聞きしたいのは……」

敦康のことだ、と口にしようとして、

「わたくしが見聞きした限り、国母とはいかなるものか教えて差しあげねばならない……。これを難儀と思っては、それこそ国母にあるまじき態度と誹《そし》られるかしら」

詮子の笑いをふくんだ呟きに遮られた。

なぜ笑うのか、彰子にはさっぱりわからない。

不気味な自嘲《じちょう》の笑みがいっとき、詮子のおもてに翳《かげ》りを帯びさせるのとは対照的に、灯りを受けて双眸《そうぼう》が不吉な輝きにきらめくようであった。

「そうね。きっと誹られるでしょうね。やはりお話をすべきでしょうけれども……。さて、何から話せばいいかしら」

まるで彰子をじらすような、悠長《ゆうちょう》な態度であった。恐怖に怯える彰子をいびるような思いもあったのだろうか。

つい先ほど、自分は中宮にはなれなかった、という強烈な一言を吐いておきながら、それについてはよくよく考えてみると何でもないことだ、というようでもある。

「さてさて……わたくしの父のことでしょうか。それとも円融《えんゆう》法皇のことでしょうか」

思案げに詮子が呟いた。その目が宙を泳いでは、彰子を見るということを繰り返した。

物語を披露するとき、人がそうするのを彰子は知っているが、今の詮子の場合、場を楽しませたり和ませたりしようという様子は皆無《かいむ》だ。

何度かそこらの宙と彰子の間で目を行ったり来たりさせるうち、ようやく、最も驚かせてやれる算段がついたというように、

「懐仁《やすひと》が……一条天皇が、生まれた経緯《いきさつ》をお話しするのもよいかもしれません」

ささやくようにそう告げた。

彰子は黙ったまま何度もうなずいた。何でもいいから早く話を進めてくれという気分だった。早く恐怖を和《やわ》らげてほしかったし、自分がどういう気持ちで、国母たるとはどういうことか知りたいと言い出したかを話し、わかってもらうきっかけが欲しかった。

「いえ……その前に、やはり、帝の御父君であられた円融法皇のことを話すべきかもしれませんね」

だが詮子が再び思案するような気振《けぶ》りを見せ、彰子はもう少しで嘆息しそうになった。そこでふと、詮子の話し方に気づいた。そのひどく他人めいた口調に。

円融法皇はまがりなりにも詮子の夫であった人である。そしてまた一条天皇は彼女のたった一人の息子ではないか。弟である道長にしても、姪《めい》である自分にしても、今の詮子の口調は、その全てが赤の他人であるかのように聞こえるのだった。

――本当に物語りをする気でいるのだろうか。

単に、敬意を表するためにおのずと他人行儀になっている、というのではない。

彰子は内心でそう断定した。肉親の存在をそこまで遠くに置かねば、正気《しょうき》を保っていられないのだ。理由はまったくわからないが、それだけ、むやみと切迫したものを詮子が抱えていることに改めて気づいていた。

不穏で緊張した場にありながら、そのように相手の心のありようを察知しうるのも、内裏住まいのたまものであり、彰子の聡明さの現れでもあったろう。自分が気づいたことをうっかり口にしたりせず、慎重に様子を見る用心深さも、いつの間にか身につけている。

「かつて、三人の親王がおりました」

だしぬけに詮子が話し出した。

何を話すことに決めた、といった前置きもない。興味があるかどうか、彰子に尋ねもしない。まさに問わず語りの物語が、詮子の口から流れ出した。

「村上天皇の皇子たちです。母君は、多くの親王と内親王をお産みになられた方……右大臣・藤原師輔《もろすけ》の娘である安子《あんし》様。この方から産まれたのが、憲平《のりひら》親王、為平《ためひら》親王、守平《もりひら》親王です。ご存じのとおり、憲平親王がのちに冷泉《れいぜい》天皇となられ、守平親王がその次の帝……円融天皇となられました。三人のうち二人までもが、帝位に就かれたのです」

彰子はこわごわ相づちを打っている。漠然と知っていたし、詮子の話題が彰子自身についてのものではなくなった分、やや気持ちに余裕ができていた。

詮子は言った。

「為平親王だけが、帝にはなれませんでした。なぜなら、わたくしの父・兼家《かねいえ》が、わたくしの伯父・伊尹《これただ》とともに、そのように謀《はか》ったからです」

彰子はぽかんとなった。

——謀った？　今、伯母は、本当にそう言ったのか？

耳を疑う、というのはまさにこのことだった。詮子がはっきり告げたという事実そのものが、到底信じられなかった。

謀る。それは、穢れと同じほど忌避されるものではなかったのか。まるでおのれの父に罪科《ざいか》があると言わんばかりの詮子の口ぶりに、彰子は呆然《ぼうぜん》とさせられた。

「そうなのですよ」

詮子が、諭《さと》すように言った。口の端が妙に上がっている。うっすらと笑みを浮かべているのだ。

「父は……あなたの祖父は、まことに巧みにやりおおせたのですよ」

笑みがますます濃くなった。

なぜ笑うのか。このときの彰子にわかるはずもないまま、詮子が続けた。

「為平親王は、まだお若いときに源高明《たかあきら》様の婿《むこ》になっておられたのです。わたくしたち藤原家が朝廷を席巻《せっけん》する上で、源家《げんけ》はまことに難儀な存在となっていたのだとか。特に高明様は、醍醐《だいご》天皇の皇子でもありましたから、藤原家にとっては、何としても追い払わねばならない相手であったのです」

彰子は完全についていけなくなった。追い払う？　源家の皇子を？

なぜ、と問うのも愚かだった。詮子が今まさに口にしたからだ。藤原家が、朝廷を牛耳《ぎゅうじ》る上で邪魔だった。言っていることはわかるが、どうしたらそんなことが可能なのか見当がつかなかった。

「時の帝は冷泉天皇。あれは確か……安和《あんな》二年（九六九）のことで、わたくしも、まだずいぶんと幼かった頃のことです。時の左大臣・源高明様が、なんと、ひそかに冷泉天皇を廃位《はいい》させ、為平親王を帝位につけんと謀っていた……」

彰子は混乱した。

謀ったのは藤原家だと言ったそばから、実は相手も謀っていたと言う。いったいどっちの話なのだと訊く間もなく、詮子がはっきり笑みを浮かべて告げた。

「しかし、密告によってその謀略はあらわとなった。哀れな高明様はお立場を失い、為平親王もかえって帝位に就くことができなくなられた……と、そう聞かされ、素直に信じたものです」

「信じた……」

思わずその言葉を繰り返した。

詮子が嗤《わら》った。

「それこそ謀略……密告は嘘であり、高明様が企《たくら》んだという廃位のことは、何から何まで捏造《つく》られたものであったのですよ」

彰子は、詮子の顔をまじまじと見つめた。気づけば先ほど恐れていたとおり、それまでの顔が剝がれ、別の顔が現れていた。

愚か者たちを嘲笑《ちょうしょう》するような――あるいはその愚かさの代償を、この自分が払っているのだというような――なんであれ、怨みに満ちた笑みというものを、彰子は初めて見た。

「それこそが、まことの謀《はかりごと》でした。企んだのは、時の権大納言《ごんだいなごん》・藤原伊尹……そして、その助け手となったのが中納言《ちゅうなごん》・藤原兼家……わたくしの父であり、あなたの祖父なのです」

「なぜ……なのですか」

彰子は慎重にその問いを発した。

理由はすでに聞いてはいたが、そうしたことを企むことで、祖父の代の藤原家が、朝廷を席巻するために具体的に何を得たのかがわからなかった。そしてまた、本当に知りたいのは、詮子が何を怨んでこんなことを彰子に話し出したのかということであった。

藤原家が必要とした何かのせいで、詮子が怨みを抱くことになった。

そのことを直感しながらの彰子の問いに、

「それはもちろん、わたくしの伯父・伊尹の娘、懐子《かいし》様が、冷泉天皇の第一皇子をお産みになられた折のことでしたから」

詮子が、その程度のことは問わずとも察して当然ではないかという様子で言った。

「ほかに帝位に就くことができる者を朝廷から去らせる……。そのことに血道をあげるのは、しごく当然のこと……そう考える方々であった、ということです」

彰子はどう反応していいかわからなかった。

同意すればいいとはとても思えない。詮子と同じように、滑稽《こっけい》な話をしているかのように微笑むこともできなかった。

「手だてを選ばず、何ごとも願うがまま、人に強いる……。そういう方ほど、栄達を得られるのでしょうね。いえ……栄達を願えば、結局のところ、誰もがそのような心持ちになるのでしょう」

詮子が言った。そんなことは驚くに値しないというようだった。

「しかし因果《いんが》の応報というものがあるのも、また確かなこと……。父の兼家は、そうした企みに率先して助力したので、いっとき他の兄たちよりも速《すみ》やかに昇進をしました。伊尹がそのように、ことを推し進めたからです。そしてその分、冷泉天皇と伊尹が世を去られたあと、かえって昇進を阻《はば》まれてしまったのですよ」

彰子には、そのように朝廷で押し合いへし合う人々のことがわからず、話がさらに続くとわかって驚かされた。

兼家といえば、彰子の父・道長に優《まさ》るとも劣らぬ栄華を極めた偉大な祖父ではなかったか。それがなぜ昇進を阻まれることになるのか。

詮子がふと何もない暗がりを見た。その眼差しは、あたかもそこに、話題の死者たちが座っているというようで、彰子は髪が逆立つような恐怖を覚えさせられた。

「伊尹と兼家が謀ったあと、ほどなくして冷泉天皇が譲位《じょうい》され、円融天皇が帝位に就かれました。伊尹は摂政に、そして太政大臣になりましたが、こちらも病で亡くなってしまった。そこで、時の大納言であった兼家が後釜《あとがま》に……とはならなかったのです。円融天皇が関白《かんぱく》としたのは、まだ権中納言であった兼家の兄……兼通《かねみち》だったのです」

もうやめてくれ。そんな風に闇を見ながら喋らないでくれ。彰子は思わずそう言いたくなった。

だが詮子はむしろそうせねばならないというように、また別の暗がりに目を向けた。

「兼通は、源高明様と為平親王に関する謀略とは無縁でした。伊尹から可愛がられず、弟の兼家ばかり優遇されることを嘆いていたものの……、かえってそのおかげで、円融天皇は兼通を信頼されるようになったのです」

彰子は、詮子の態度の全てに怯えながらも、そこでおかしなことに気づいた。

伊尹と兼家が謀った。詮子はそれを知っている。では亡き円融天皇は——一条天皇の父君はどうだったのか。

「帝はご存じだった……」

つい、ぽろりと言葉がこぼれた。

詮子がゆっくりと彰子に目を戻した。

暗がりの闇を吸ったように、何の光もやどしていない目だった。

彰子は、いよいよ詮子の怨みの源に、自分がふれてしまったことを悟った。

「ええ、そうなのですよ」

翳りに満ちた笑みとともに詮子が言った。

「円融天皇はね……謀を企んだのが兼家であることを知っておられたのです。兼家のことを心から厭《いと》わしく思われながらも、その娘であるわたくしに、子を産ませたのですよ」

八

――なぜ笑うの？　なぜ？

彰子はその疑問で頭がいっぱいになりそうだった。詮子の言葉はどれもこれも信じがたいものであり、疑問に思うべきことがらは他にも多く、それこそ何一つとして理屈の通るものはないように思われた。

だがこのときの彰子にとって最大の謎は、詮子のおもてに現れたまま一向に消えようとしない、薄ら寒くなるような怨念《おんねん》に満ちた笑顔であった。

詮子の大きく見開かれた二つの黒々とした目に輝きはなく、絶望にうちひしがれているかのようで、目元や黛《まゆずみ》の辺りにも笑みらしきものはかけらも見て取れない。

なのに、顔全体はむしろ楽しげに笑っているのだ。少なくとも、そうとしか言いようのない表情をしていた。わざわざ笑みを浮かべるふりをしているのでもない。

詮子の内側に充満する得体の知れない何かが、自然とその顔からにじみ出てきているらしい。だがそれが何であるか、さっぱりわからない。

――まるで怨むことが楽しいとでもいうように。

そんな逆転した想像が、ますます彰子を恐怖させた。

それではおのれの心身が病んで、腐れてただれていくことを楽しむのと同じだった。京に住まう貴種《きしゅ》の男女にとって、最も忌避すべきものを楽しむだなんて。

「本当に、なぜなのでしょうねえ……」

どろり、と瘴気《しょうき》を発するように、詮子が呟いた。

彰子はつい、詮子自身の笑みのことかと思ったが、むろんそうではなかった。

「なぜ、円融天皇が、わたくしに子を産ませるとお決めになられたのか……。それとも、ただ、たまたま、そうなってしまっただけなのか……。わたくしはついに、知ることができなかったのです」

彰子はそれとなく相づちを打ったが、そうすべきところかどうかは不明だった。詮子の目が放つものが怖くて、ただきちんと話を聞いているということを示すためにそうしたまでだった。

「結局、わたくしに知ることができたのは……」

詮子はそう言いさし、また視線をうつろわせ、どこかの暗がりを見た。

相手の目が逸《そ》れたことで彰子は安心しかけたが、すぐに別の恐怖が這い寄ってくるのを覚えた。詮子の眼差しは明らかに何かを見ていた。

何もないはずの暗がりに、彰子には見ることのできない何かを。あるいは、誰かを。

「稲船《いなふね》の……」

詮子が、唐突に歌を詠み始めた。

そう思ったが、ぷつんと途切れたまま、そこから先がその口から出てこない。

だが、意味はわかった。

最上川《もがみがわ》　上れば下る　稲船の　いなにはあらず　この月ばかり

『古今和歌集』に、詠み人知らずとして記された歌である。

男が求婚するのに対しての返答の歌。「稲船」だとしても「否《いな》」ではない。ただ、この月のうちだけは待って欲しい。

彰子が知るのは、それが最上川を詠んだ古い例として伝えられ、そしてまた恋の歌として、様々な使われ方をされる、ということだけだ。

今しばらく待て。

時はかかるが、否ではない。

そういう意味の言葉だった。

「なんという不実な言葉でしょうね。でもそれこそ、円融天皇がわたくしの父に与えた言葉でした。そしてそれが、わたくしに遺《のこ》された言葉ともなった……。そうでしたわね」

彰子は、ぞおっと総毛《そうけ》立った。

詮子が言葉の最後で、はっきり誰かに問い質《ただ》したからだ。暗がりに詮子が見る誰かに。

そこに何者かの霊がいるのか。そう訊きたかった。だが怖くて訊けないどころか、同じ場所へ目を向けることすらできなかった。

「思えば、父だけでなく、わたくしも、ずいぶんと待たされたものです」

詮子が、独白《どくはく》めいた調子で口にしながら、顔を正面に戻した。

また凝視《ぎょうし》されるのかと彰子は身構えたが、詮子の目は何も見ていなかった。ただ物思いに耽《ふけ》るようだった。

「円融天皇は、即位されたとき、まだ十一歳でした。もちろん、そのお側にきさきはおらず、大《おお》伯父《おじ》であった実頼《さねより》様が摂政となりました。そして実頼様が世を去ると、わたくしの伯父であり帝の外舅《がいきゅう》である伊尹様が、無事、摂政となったのです。伊尹様と、父の兼家が、ともに謀って帝を即位させたのですから、当然でしょう」

また詮子がうっすら笑った。

「けれども、兼家はすぐには摂政になれませんでした。円融天皇は、母君である安子様の遺命《いめい》に従うと言って、兼家の兄の兼通様を関白とされたのですよ。関白は、長幼の順に就かせるべき、という遺命だったとか」

――国母の遺命？

彰子は、そのようなものが帝の決定を左右するのかと純粋な驚きを覚えた。いや、国母ともなれば、それだけの力があって当然なのかもしれない。

驚きの理由は、祖父の兼家を摂政にさせなかったということだった。父の道長から聞かされたところでは、祖父は偉大な人物で、誰も逆らえる者がいなかったということだ。道長はその祖父――おのれの父に、匹敵せんとして躍起になっているところがある。

そんな祖父すら退けてしまう。しかも存命中ですらない。その遺言が、帝を動かし、朝廷の重大な人事に影響を与えた。

気づけば、詮子の黒々とした目に覗き込まれており、彰子は危うくぎょっとしかけた。

「そう。それが国母。あなたもいつか、それがどういうものか知ることになるでしょう」

うら若き中宮の内心などたやすく察せるという様子で、詮子が、どろりとした笑みを浮かべた。

彰子は惑乱《わくらん》した。間接的にとはいえ詮子に求めた問いに、意外なかたちで答えられたのである。だが本当に彰子のことを思って話しているのか、それとも得体の知れない怨みを一方的に押しつけたいのか、まったくわからなくなっていた。

詮子は、彰子のそんな惑乱をも楽しむように話を続けた。

「安子様は、きっと聡明な御方でしたのでしょうね。兼家を摂政にすれば、どんな専横を行なうかを見抜いていたのです。それは円融天皇も同じだったのでしょう。あるいは関白となった兼通様もね。いえ……兼通様の場合、ただただ、兼家が憎かったのでしょう。兼家の昇進を止めただけではありません。できるなら兼家を九州にでも追いやりたいが、罪がないのでそれができないと語ったとか」

ふふ、と詮子が笑った。

兄弟の激しい憎み合いを口にしているのに、おかしそうに笑っていた。むろん彰子には理由がわからない。だんだん、つられて笑ってしまいそうな気がして、そのことにも怖気《おじけ》を覚えた。

「ですが先に病んだのは、兼通様でした。祈禱も虚しく、いよいよ重篤《じゅうとく》の身となった兼通様は、最後の除目《じもく》を行なうため、死を決するほどの思いで参内《さんだい》しました。そして、円融天皇の最初の摂政であった実頼様の息子の頼忠《よりただ》様に関白を譲るばかりか、兼家を格下げしてしまったのです」

兄弟で、それほどいがみ合うということに、彰子は呆気《あっけ》にとられる思いだった。

「なぜ……」

つい呟いた。

返ってきたのは、くすくす笑う声だった。

「わたくしが聞いたところでは、病で臥せる兼通様の邸の前を、たまたま兼家の車が通ったせいだとか」

さもおかしそうに詮子が言ったが、彰子には何が何だかわからない。車が通った。それがどうしたというのか。

「兼通様は、兼家の車が現れたと家人から知らされて、きっと自分を見舞いに来たのだろうと思ったのですよ。それで、兼家を迎える準備をさせたのです。けれども兼家にそんなつもりはなく、ただ門前を通り、内裏へ向かいました。兼通様は怒りに駆られるあまり、無理をして参内し、兼家を右近衛大将《うこんえのだいしょう》から治部卿《じぶきょう》にしてしまったのです」

詮子がまた笑った。実に楽しげだった。

――何が面白いの？

自分の亡き父がそのような目に遭ったことを話しながら、なぜ詮子は笑えるのか。

もしや、そうした不遇の末に、結局は何もかもが素晴らしい結果になるという話になるのかもしれない。何だかわからない教訓のため、わざと彰子を怖がらせているのであり、最後は温かく笑い合える結論になるのではないか。

そんな淡い期待に心の中でしがみついた。それほど心細く、恐ろしく、戸惑いきっていた。

「本当に、滑稽で哀れなことです。兼通様はそのあと間もなく亡くなりました。兼家は、とにかく円融天皇の信を取り戻そうと必死になり、あるときなど長歌《ちょうか》を献上して、その悲哀をお伝えしたのだとか。そしてその歌へのご返事ときたら……ただの一言に過ぎないものだったのですよ。稲船の、というあの歌を、兼家に送られたのです」

やっと話がつながった。

しばし待て。否ではない。しかし今は時期が悪い。だから待って欲しい。

それは復権を望む兼家に対する、帝の言葉であったのか。彰子はようやく理解した。

だがどれほど待ったのか。話の筋が通ったことで、彰子はこの話が始まって以来、初めて興味を抱いた。兼家は最終的に一条天皇の摂政にして氏長者《うじのちょうじゃ》になるはずだし、その前に詮子を円融天皇のもとに入内させるはずだった。

果たして詮子が言った。

「円融天皇も、兼家を退けてばかりいられないとわかっておられたのでしょう。何しろ兼家は、わたくしの姉の超子《ちょうし》を冷泉天皇のきさきとしていましたし、超子は居貞《おきさだ》親王を産んでいましたしね。それに、そもそも兼家は、伊尹様が亡き後も、公卿たちを大いに遠慮させる人物と目されていたのですから」

いよいよ話が良い方向にゆくのだろう。彰子は強く期待した。

だがそこで、急に詮子の顔から笑みが薄れていった。そのひどく虚ろな顔は、この話が良い方向にゆくことなど決してないのだとはっきり告げていた。

「円融天皇は、ようやく兼家を復権させることをお決めになられました。兼通様が亡くなってから一年余りのことです。やっと稲船のときが訪れたというように、内大臣の地位に就けることなく、はなから兼家を右大臣にされたのですよ」

――それはめでたきこと。

うっかりそう口にせずにいられたことは、ひとえに彰子の勘の良さのおかげだ。

詮子は決して、おのれの父を好んでいない。それが詮子の笑いのゆえんなのだ。これまでの詮子の態度からして、そう考えて間違いなさそうだった。気づくのがずいぶん遅れたが、どうにかすんでのところで詮子の感情を逆撫《さかな》でせずに済んでいた。

「兼家を右大臣にする前に、わたくしは円融天皇のきさきとなりました。兼家がそうしようと最初に考えたのは、兼通様がまだ存命の頃のことですから、大いに出遅れたものでしたよ。すでに円融天皇は、兼通様の娘の媓子《こうし》様、頼忠様の娘の遵子《じゅんし》様を、きさきとして迎えておられました。わたくしの入内はひどく拒まれているようだと、その頃から父ともども感じていたものです」

淡々とした物言いだった。まるで他人のことを話しているようだ。そういう態度でいないと、自分を保てないというように。

彰子はひたすら首を縮め、息を殺し、上目遣いで相手を見やることしかできずにいた。

先ほどのように、恐ろしげに笑っている詮子の方がまだましだった。今の詮子は、表情が乏しいように見えて、いつ形相《ぎょうそう》が変わるかわからぬ、非常な緊張感をみなぎらせている。

「これは何も、円融天皇のせいばかりとは言えないのですけれどね。というのも、伊尹様も兼家も、もともと円融天皇には娘を嫁《とつ》がせないと決めていたのです。なんと言っても冷泉天皇には超子様が産んだ居貞親王がおられるのですから。その居貞親王が即位するまでの、一代限りの天皇に過ぎない。伊尹様も兼家も、そう思っていたのですよ」

だが実際は、円融天皇の子である一条天皇が、今の帝である。

彰子は早くも、どうやら先ほどの自分の期待は泡のように消えそうだと予感した。伊尹や兼家が目論《もくろ》み、思い描いていたらしい皇統《こうとう》のありようは、あまりにも、現在の皇室のありようと異なりすぎているのだから。

「円融天皇からすれば、娘をきさきにしようとしなかったのは兼家の方ではないか、とお思いだったのかもしれませんね。それでも、ともかくは、わたくしをきさきとして迎えてくださったのですから、それはそれで感謝すべきことなのでしょう。わたくしにとっても、兼家にとっても。それに何より、わたくしが、帝の子を産むことになったのですから。懐仁《やすひと》を……一条天皇を」

——それは晴れがましいことでしたでしょう。

本来であれば、そう口にするのが当然の話の流れである。

だが彰子は慎重に、そこでも言葉を挟むことを避けた。詮子が次に何を言うかなど、もうまったく予期することができない。

「中宮であった媓子様は、そのときすでに崩御されていました。兼家もわたくしも、当然、帝の長子を産んだわたくしこそが、次の中宮となると思ったものです。なのに……」

くくっ、と詮子がだしぬけに喉を鳴らした。

それが笑いであると彰子が理解するのに、数瞬《すうしゅん》を要した。

それほど異様な笑いだった。あたかも息が詰まって苦悶《くもん》する声のようにも聞こえていた。

「円融天皇は、わたくしをなかなか中宮にはされませんでしたよ。これまた、あの方がお得意の、稲船の、と詠むべきところ……。兼家もわたくしも、愚かなことに、そう信じた時期がありました。けれども、そうではなかったのだと、あとで思い知ったのです」

彰子は、うかつに何か反応を示してはならないと自分に命じた。詮子の怨みの本質が、その点にあることは確実だった。

――中宮にはなれなかった。

この話の始まりにおいて、詮子自身がそう告げていたのだ。いよいよ、詮子の感情が燃え盛り、父のように声を荒らげて話すのだろうと思い、彰子は身を強《こわ》ばらせた。

だが詮子は、決して怒鳴ったり、取り乱したりはしなかった。代わりに、凍《い》てつくと言っていいほど冷淡な調子で、こう口にした。

「円融天皇は、頼忠様の娘の遵子様を、中宮となされるようひそかに計《はか》らっておられたのです。そして、懐仁が……わたくしが産んだあの子が三歳のとき、実際に、そのように定められたのでした」

胃の腑《ふ》が冷えるような沈黙が降りた。

いや、隣室からは今なお誦経の声が響いてくるのだから、沈黙と呼ぶべきではないのだろう。だが彰子の実感からして、それは、吐息《といき》すら漏らせぬ緊迫した沈黙であった。

目を伏せたまま、詮子が、こちらの表情を窺《うかが》っているのを感じた。彰子はただ驚きを示すため、みはった目を、自分の手元に向け続けた。一言でも発すればどうなるか知れたものではない。そもそも、何をどう言えばよいかもわからず、

――哀れだ。

ちらりとそんな言葉がよぎったが、決しておもてに出ぬよう、じっと堪えるほかなかった。

「わたくしは、円融天皇に歌を送りました」

詮子が言った。

そちらを見ずとも、声の感じから、また暗がりの方を向いているのが察せられた。彼女がそこに誰を見ているか、それでやっとわかった。

雨もよに　ふりはへとはん　人もなし
　なきにおとりて　いける身そうき

詮子が諳《そら》んじた。おそらく彼女の心の中の、暗く冷たいところに隠されていた歌を。問うても答えてくれる人はいない。亡き身のようではないか。どうしてここまで自分の存在が無視されねばならないのか。こんな思いのまま生きていかねばならないなんて。

悲痛な叫びと言っていい。

こんな歌に、円融天皇はどう返したというのだろうか。まさかこの期に及んで、稲船の、と返したのか。

彰子の疑問を、当然ながら詮子は察しただろう。さして間を置かず、こう告げていた。

「わたくしの歌に、円融天皇は何も返しては下さいませんでしたよ」

冷え冷えとした声だった。

彰子はまぎれもない悲哀を覚えた。もう少しで涙ぐむところだった。自分が怖がっているのか、心から同情しているのか、わからなくなってきた。

だが詮子は、かつての悲しみなどすっかり別のものに変わってしまったというような声音で、こう告げた。

「そうして兼家は、円融天皇を退位させんと決めたのです」

九

――退位させる。

その言葉の衝撃を、どう言い表せばいいか彰子にはわからなかった。不遜《ふそん》であり、冒瀆《ぼうとく》であり、そしてとにかく恐ろしかった。

天皇とは、天意を人々に告げる存在ではないのか。天に最も近づける貴い血筋から、天意に従って、おのずと選ばれるのではないのか。そして天皇自身の心身の衰えなどとともに退位することもまた、天意に基づくものであるべきであろう。

それなのに、若く健康な天皇を自分の都合で退位させるというのだ。彰子は、これまで教えられてきたことが音を立てて崩壊し、別のものに置き換えられる衝撃におののいた。

天意を蔑《ないがし》ろにし、人の専横をよしとする。これほど罰当たりなことが他にあるだろうか。それは禁忌《きんき》を破ることであり、何より、祟《たた》られるに違いないことであった。

しかし詮子の話を聞けば聞くほど、そうした行ないによって内裏が成り立っているのだと教えられるようだった。天意ではなく、人の怨念が内裏を支配しているのだと。

その考えは、詮子の暗い微笑とともに心に焼きつき、彰子という若い娘を二つに引き裂いた。今の自分と、この部屋に来る前の自分。それらが分かたれ、大きく隔てられてしまった。そしてなおさらに詮子は、彰子を後戻りできない場所へ問答無用で連れて行こうとしていた。それは怨みの渦巻く異界であった。

「円融天皇が実際に退位なさるまで、兼家はずいぶんいろいろなことをしたそうです。そのうちのどれが円融天皇に退位を決めさせたものであったかは、見定めがたいこと……。なぜなら毎日毎日、少しずつ、ことあるごとに、円融天皇から人を遠ざけ、そのご意志が誰にも伝わらないようにし、そしてまた、兼家に逆らえば殿上人であろうと怒りを被るのだと、周囲に知らしめていったからです。兼家だからそうしたのではありません。誰もが、内裏で誰かを追い落とすとき、そのようにするものなのですよ。我こそが数多《あまた》の怨みのあるじであると……ひとたび怨まれれば、最も恐ろしい相手となるのだと――そう人々に思い知らせるのです」

そう語る詮子自身は、他者の怨みなど、それが何者に由来するのであれ、まったく気にしない様子だ。

出家の身とはそういうものであろうか。いかなる怨みを浴びようと平気になる。どんな怨敵《おんてき》も退散させてしまう。名僧は、火に包まれても仏のご加護によって生き延びるという。そういう超常的な存在になれ、と詮子は言っているようだった。

しかし、それならば名僧を侍らせ、尼僧や侍女《じじょ》たちに一心不乱に誦経させているのは何のためか。病を癒《い》やすためであるなら、やはりその身は怨みに冒《おか》されているのではないか。

彰子にはわからなかった。

わからないながら、詮子が自分の知る人間ではなくなりつつあることを察した。

詮子はずっと前に出家していたが、まだ剃髪《ていはつ》はしていなかった。

出家には二段階ある。髪を肩の辺りで切り落とし、童女のようなおかっぱにするのが最初の段階だ。そして、死期が近づくなどして、より深く法の道を進んで安寧《あんねい》を得ようとするならば、完全に剃髪してしまわねばならない。

それは、いうならば男でも女でもなくなるということだ。

もしかすると、人ですらなくなるのかもしれない。

詮子が不断の誦経の中にいるのは、人ならざるものに変容し、いかなる怨みをも凌《しの》ごうとしているからではないか。たとえば、夫であり天皇であった男性の怨霊を退けるために。あるいは、それ以外の多くの怨霊に襲われないように。

詮子の怨みを気にしない態度は、彰子にそんな途方もない想像をさせた。

「その頃のわたくしは、ただ嘆きの日々を送っていただけでした。天皇の長子となる子を産んだにもかかわらず……心ない人々の揶揄《やゆ》を受けながら」

——揶揄？

つい眉間《みけん》に皺《しわ》を寄せてしまった。

怨みというものに比べ、ずいぶん気の軽くなるような言葉だったせいもあるだろう。そしてまた、東宮《とうぐう》となりうる子の母の、何を揶揄すればいいのかわからなかったからだ。

詮子は、彰子の困惑をどこまでも面白がるような笑みを浮かべながら、詳細を語った。

「遵子様が中宮となったときなど、彼女の弟の公任《きんとう》が、わたくしがいる邸の前にわざわざ現れ、『ここの女御はいつ立后なさるのやら』と笑ったのですよ」

彰子は呆然となった。

公任は、当時の関白太政大臣である藤原頼忠の長男である。今では名歌人として知られており、確か、彰子が入内する際、調度品の一つである屏風に貼る歌を用意している。その公任が、かつて詮子にそのような無礼を働いたとは驚くべきことであった。

「中宮になるとは、そういうことなのです。わたくしが円融天皇の子を産んだことなど、何の意味もないというようでした。遵子様が子をなしていたら、もしかすると本当にそうなっていたかもしれません。けれども……」

　くくっと詮子が肩を震わせて笑った。

「遵子様は子を産めませんでした。何年も、何年も、不生女《うまずめ》のまま……。わたくしがいよいよ皇太后となったとき、わたくしの女房たちが公任に言ってやったものです。『姉君の素腹《すばら》の后はどちらにおいでで？』と」

　彰子はもはや呆然としたままでいる。

　他愛ない揶揄というには、これも不敬に過ぎる。相手は中宮でありその弟ではないか。しかも女房たちがそうした不敬を働くとは、いったい内裏とは何なのか。親交や敬愛を互いに抱き合うことなど決してないというのか。

　后と、その周辺の人々。みなが天を切り分けんとして互いに唾を吐き合っているようだ。暴れ者の武士たちは、いたずらに騒いで土地を奪い合うものだと聞いていたが、殿上人たちもまた、皇族や外戚の地位を必死に奪い合っていた。

「しかしわたくしが皇太后となるには、ずいぶん長い時を必要としました。兼家は円融天皇に裏切られたのですからね。中宮媓子様が崩御されたというのに、自分の娘ではなく頼忠様の娘が、次の中宮となってしまったのですから、挽回は容易ではありません。それで兼家は、わたくしを連れて長々と引き籠もったのです。円融天皇はたびたび出仕するよう呼びかけられましたが、兼家は頑として応じませんでした」

――それでは人々から忘れられてしまうのでは。

彰子は素朴にそう思ったが、ことはそれほど単純ではなかった。

「兼家とわたくしの手元には、円融天皇の長子・懐仁がいる。このことが、どれほど内裏において強みになることか。あなたにはまだ想像がつかないでしょうね。それに、兼家もただ引き籠もっていたわけではありません。円融天皇の身辺から、人々を引き離していったのです。多くの公卿たちが、兼家に遠慮して出仕せず、ついに円融天皇は神事を司《つかさど》ることすら難しくなってしまわれたとか……。あるときなど、あまりに人がいないので、藤原実資様が何とか集めようとしたものの、どうにもならなかったそうですよ」

また詮子が笑った。喉を鳴らし、肩を震わせ、黒々とした笑みを浮かべていなければ、泣いているのかと思うような所作で。

「藤原実資様だけが、円融天皇の忠臣でした。そのため、あの方は人々から一目置かれるようになったのですが……いかに忠義に篤くとも、当時は参議ですらありませんでしたから、何ともしがたかったことでしょう。わたくしは実際に見ていませんでしたが……あの人が途方にくれているところが目に浮かぶようでした」

そしてまた、その笑みを暗がりに向けた。

――人。

彰子はその言葉に、また別の何かが心の中で崩れるのを覚えた。

天皇も人なのだ。詮子ははっきりとそう言った。

それは確かにそうだろう。天皇は、天に最も近いとはいえ、人の身であることに違いはない。だからこそ自分たちも、天皇の心に共感しうるのだろう。

だが詮子の言は、侮《あなど》りが強すぎた。天皇に即位したからといって、兼家のような者に勝ると思うな。そういう口調だった。

それが怨みのなせるわざなのか、国母だから言えることなのか、彰子にはわからない。いや、国母であるならむしろ、そんなことは口にすべきではないはずだ。夫を侮れば、ひいてはおのれの子を——一条天皇をも侮ることにならないか。そう思い、彰子はこの会話において初めて詮子に対する反感を覚えていた。

「そうしてついに、円融天皇は自ら退位を口にされました。まだ二十六歳だったのですよ。心の中では、きっと、ただ退位するものか、上皇《じょうこう》となって挽回しよう、などと思っておられたことでしょうねえ……。でも結局は、懐仁を東宮とすることをせめてもの条件として、引き替えに、次の花山《かざん》天皇に譲位せざるを得なかったわけですから、そうそう挽回などおできになりませんでした」

——条件？

彰子はそこに引っかかった。それは当たり前のことではないだろうか。兼家も円融天皇も、その点では利害が一致しているはずである。むしろ兼家のほうがそう望み、円融天皇がそれを許すということになるはずではないだろうか。

だが詮子の言い方だと、円融天皇が望み、兼家が許してやったということになる。

——手元に置く。

ふと、わかった気がした。

円融天皇が、兼家による圧迫に屈して退位を決めたとき、懐仁親王の他に男子がいなかった。となると、円融天皇の直系ではなく、他の兄弟やその子らに天皇の座が移る。前代の冷泉天皇がもうけた他の男子の血筋に。

円融天皇は、それを望まず、直系の男子である懐仁を東宮にしてくれと、兼家に頼まざるを得なかったのだ。兼家が、懐仁を養い、その後見となり、自分のものにしたせいで。そしてまた、他のきさきが男子を産まなかったせいで。

兼家としては、遵子が男子を産む前に、そうなってもらわねばならなかっただろう。是が非でも。そのためにどれほどのことをしたのか——そう思ったところで、彰子の思考は停止した。本当に何もかもが想像を超えていた。いや、想像もしたくなかった。

「こうして、円融天皇は上皇となられ、花山天皇が即位されました。懐仁が東宮となり……やがて一条天皇となるのです。けれども、兼家と円融上皇は、決して互いを許したわけではありません。むしろいっそう憎み合い、相手を蔑ろにし、貶《おとし》めることに、力を尽くしたのです」

「まだ……」

終わらないのか。思わず呟きをこぼし、慌てて口を閉じた。終わるどころか、果てしなく続くようで、彰子は自分の心がいつまでもつか不安になった。敦康のことがなければ、とっくに耐えられなくなって逃げ出すか、父を呼んで助けを求めていただろう。

「そう。まだ兼家と円融上皇の争いは続きました。それどころか、内裏は四つに引き裂かれてしまったと聞きます。復権した兼家、退位された円融上皇、関白であり太政大臣の頼忠様、そして左大臣の源雅信《まさのぶ》様です。もともと円融上皇は、藤原氏そのものをどうにかして退けたいと考え、雅信様を一上《いちのかみ》（公卿筆頭）とされていました。この雅信様と花山天皇を通して、おのれの政治《まつりごと》を守ろうとされたのです。花山天皇は、円融上皇の言うことをお聞きになられました。兼家にも頼忠様にも相談することなく、花山天皇と雅信様が、円融上皇の意に従って、除目を行なうなどされたのです。そのため頼忠様などは早々に政務を投げ出すようになってしまったとか」

　彰子は無意識に身を強ばらせた。

　これまでの詮子の話からして、兼家がそのような立場に置かれて黙っているとは思えなかった。

　また、源雅信は、彰子の母である倫子の父親だ。祖父である。それが当時は兼家と対立していたのだ。何か来る。途方もないことが次に起こる。そう思った通り、詮子がいっそう黒々とした――もはや禍々《まがまが》しいと言っていいような笑みを浮かべて言った。

「円融上皇は、またしても敗れてしまわれました。藤原氏を内裏から追い出そうとするなど……他の公卿たちの反感を買うだけ。そして若い花山天皇を立てて自分の代わりに兼家と対決させるなど、そのご退位を早めることにしかなりませんでした」

　退位。

　その言葉がやはり出た。彰子は、自分が詮子の思考に慣れてきていることに、嫌悪《けんお》を感じるようになっていた。今の一条天皇、そしてまた東宮となるべき敦康の安泰ということを考えれば、彰子のその心の働きは当然であったろう。

「花山天皇には深く愛する女御がおられましたが、せっかく子を孕《はら》んだものの亡くなってしまいました。花山天皇は大いに嘆き、出家を口にするようになられたとか。これを兼家は利用したのです。蔵人であった息子の道兼《みちかね》を使い、兼家自ら、天皇とともに出家せんとしたのです」

彰子は驚きのあまり、目をまん丸にして詮子を見つめた。

出家？　邪魔な天皇を退位させるため、もろともに法の道に入るなど、策謀者たちの発想にはとてもついていけなかった。

「もちろん、一切はやはり謀《はかりごと》……道兼も兼家も、ともに出家するなどと言って花山天皇をそそのかし、ひそかに内裏から連れ出して落飾《らくしょく》させてのち、二人とも逃げてしまいました。花山天皇はすぐに欺《あざむ》かれたと悟られたでしょうが、もはや手遅れ……。内裏から姿を消し、蓄えた髪を失ってしまわれた帝が、再び位に就くことなどできはしません。花山天皇に近しかった者たちも大いに嘆き、手に手を携《たずさ》えそのまま出家したそうですよ」

この話をする間ずっと、詮子は笑いを堪えていた。さも滑稽な話を口にしているかのように。

彰子はむろん笑いたい気持ちにはなれなかった。これっぽっちもそうなれない。そこまでして人を――天皇を貶めるのか。それが藤原氏の所業か。自分がその一族であるからこそ、恐ろしく、不快で、頭も心もついていけず気が遠くなりそうだった。

「これでめでたくも、懐仁が一条天皇として即位しました。一条天皇より四歳年上の、冷泉天皇の親王がいましたが、こちらの即位は据え置き……。兼家が、外戚として摂政となった。兼家が勝ち、四つに引き裂かれていた内裏が一つになる……とは限りませんよ。ここで雅信様が、兼家を妨げました。引き続き、雅信様が一上として太政官を営み、円融上皇の意を受けて政治を行なったのです。ですが……」

ふうっと詮子が溜息をついた。

彰子には咄嗟《とっさ》にその理由がわからなかった。詮子は病み上がりの身である。さすがに疲れたのか。そう思ったが違った。

「雅信様の娘の倫子……あなたの母には、天皇の子を産むどころか、きさきとなる機会もなかったのですよ。円融天皇も花山天皇も退位してしまった。一条天皇は幼すぎる。東宮も幼く、いつ即位するかわからない。それでも雅信様は虎視眈々《こしたんたん》と、倫子を入内させようと企んでいましたが……なんと、これを妨げてしまったのが、雅信様の妻の穆子《ぼくし》様だったのです」

それまで男ばかり登場してきた陰謀話に、急に女が登場して彰子は戸惑った。まさか祖母までもが、何か謀をしたというのか。そんな空恐ろしい予想に震えたが、幸い、そうではなかった。

「あなたの父上、道長が、あるときこの倫子に求婚したのです。もちろん雅信様はそんなことを許す気はありません。藤原氏を退けようとしているのに、今まさに争っている相手の息子を婿《むこ》に迎えることなど考えられません。しかし穆子様の考えは異なりました。入内させるべき相手はおらず、宮中で帝の子を産むあてがないのであれば、兼家の息子である道長のほうが、よほど出世の見込みがある。そう決め、道長に嫁がせてしまったのです。これには、争い合っていた兼家も雅信様も、言葉を失ってしまったとか。まったく幸いなことでした。少なくとも、わたくしが倫子と争うことはなかったのですから」

それでやっと、先ほどの溜息の意味がわかった。

争わずして勝った。そのことを思い、安堵《あんど》したのだ。

それは、ここで詮子が見せた、唯一の人間らしい態度であったろう。ということはつまり、詮子は決して争いや怨みを超越しているわけではないのだ――そう考えるべきだが、このときはそこまで頭が働かなかった。恐怖と疲労に耐えて、いつ終わるともしれぬ話を聞き続けることに心を振り絞っていた。

「雅信様は、穆子様の考えの正しさを知ることはありませんでした。兼家との争いのさなか、亡くなってしまったのです。その後、倫子は、道長の子らを……そして、あなたという、中宮となる娘を産んだのですから……、穆子様は誰よりも正しかったというべきでしょう」

倫子は多産だった。そしてその血筋は素晴らしく貴かった。詮子としては、争わずに済んでよかったと心から思う女性であったろう。

彰子は漠然とそう感じたものの、まともな思考にはならなかった。その前に、詮子が口にすることに意識を奪われてしまった。

「そのおかげで、わたくしは兼家とその息子たちの手から逃《のが》れ、懐仁を取り戻すことができたのです」

――逃れる。

その意味が理解できず、聞き違えたのかとすら思った。

どうやら詮子も、彰子がそこで理解不能となるだろうと読んでいたらしい。

「わたくしはね、ずっと長いこと、『稲船《いなふね》のとき』を強いられていたのですよ。中宮になれず、何者にもなれず、天皇の母として父兄に都合よく扱われるばかり。わたくしが住まうはずの東三条院ですら長兄の道隆の自由にされ、道長の土御門第に身を寄せるしかありませんでした。何より兼家は、わたくしが国母として力を持たぬよう、ありとあらゆるすべを使い、懐仁をわたくしから遠ざけたのです」

そう告げ、彰子が理解するのに時間がかかるだろうというように間を置いた。

事実、彰子はその言葉を呑み込むのに恐ろしく手間取った。これまでの話は、一族と天皇の間でのせめぎ合いがもっぱらだった。ここからは違う。そう詮子は言っていた。藤原氏一族内の——同じ父母を持つ者たちの間で起こったことを話すと告げていた。

やがて詮子が話を再開した。

「わたくしが、どのようにして大切なものを取り戻したか……、よくお聞きなさい。わたくしと同じ境遇に置かれたときのために。あなたが国母となる、その日のために」

十

国母として知るべき怨みの数々。

詮子は完全に何もかも話す気でいる。それが彰子にもわかった。本当は、なぜ敦康が自分のもとに預けられねばならないかを知りたかっただけなのだ。それなのに、自分の親族が企んだ数々の謀を聞かされることになるとは——。

彰子は、これから本当に自分が国母になれるかどうかもわからなかった。どれほど父が望んだとしても。一条天皇の男子を産むことができ、その子が首尾よく天皇に即位するかどうかなど、どうしてわかるだろう。

詮子の話は、彰子にただ根深い恐怖を与えただけだった。こんな話を聞かされるくらいなら、詮子に手紙など出さねばよかった。

そんな彰子の後悔をよそに、詮子は話し続けた。

「兼家は懐仁を手に入れ、我がもののように扱いました。ほうぼうにあの子を連れ出し、万人の目にさらしたのです。我こそ天皇の祖父であると周知させるために。それはまあ顰蹙《ひんしゅく》を買ったことでしょう。でもそれで、公卿たちが兼家を無視できなくなったのも確かです」

微笑んで話しながら、怨みの籠もった目を暗がりへ向けている。

どうやら夫たる円融天皇だけでなく、父たる藤原兼家をも、そこに見ているらしかった。

「兼家の考えはそれだけではありませんでした。わたくしをあの子から遠ざけ、その上で、わたくしの名を使ってことを運ぼうとしたのです。一条天皇を、春日大社《かすがたいしゃ》へ行幸させたときなど……」

そこで、ぐっと込みあげてくるものに言葉を遮られた。詮子がいきなり叫び出すのではと彰子は身構えたが、むしろいっそう淡々とした声が続いた。

「春日大社は、あなたもご存じの通り、わたくしたち藤原家の氏神《うじがみ》を祀《まつ》っているに過ぎません。藤原氏の……おのれの権勢を示すためだけに、兼家はそこに、一条天皇を連れ出そうとしたのです。それはもう非難もされ、反対もされたようです。雅信様などは源氏ですから、これに荷担する筋合いなどありません。むしろ手を尽くしてこれを止めようとしたとか。でも結局、兼家の思う通りになったのです。どうやって周囲を説得したと思いますか？　あるとき、わたくしが憑坐《よりまし》となったと言うのですよ」

彰子はぎくっと身を強ばらせた。

本当に、詮子にそのような力があるのかと思わされたからだ。もしそうなら、今話しているのが本当に詮子かどうかも怪しくなる。詮子をのっとった悪霊と話しているのだとしたら、今すぐ助けを呼ばねばならない。

しかし詮子が低い声で笑い出したので、ほっとした。この場で詮子の笑いに安心させられたのは、これが初めてだった。

「何やらいう尊い霊がわたくしにのりうつり、一条天皇を春日大社に行幸させるべし、とのお告げがあった……と。わたくしの名をそんな風に使うなんて……。ええ、そのときは、わたくしもそれなりに協力しました。少なくとも、お告げを口にしたことは覚えていない、何もわからない、というくらいはね。当然、そんなものは兼家のでまかせだとは、誰にも言いませんでしたよ」

そう口にしながら、ますます怨みをこめて暗がりを見据えた。

「それで公卿たちも雅信様も円融上皇も、幼い一条天皇を春日大社に連れ出す兼家を止められなくなったのです。兼家は有《う》頂天《ちょうてん》でしたよ。そして、一条天皇を手中に収めることこそ栄達の道と覚え、わたくしが国母として口を出せぬよう企んだのです。そのために内裏に送り込まれたのが、敦康の母……定子《ていし》でした」

俄然《がぜん》、疲労で朦朧《もうろう》としがちの彰子の意識が明瞭になった。

恐ろしい怨念《おんねん》話にどれほど怯えようとも、これだけは聞かねばならない。定子のことは。敦康のために。それは彰子が今持てる、唯一の心の支えだった。

「一条天皇が即位し、わたくしは皇太后になりました。これで、あのきさきは何だ、中宮でも皇后でもない、などと詰《なじ》られずに済む。遵子を押しやり、国母となったのですから、公任なども何も言えません。やっと心安らかになれる……そう思えたのも束《つか》の間《ま》でした。兼家は、長男の道隆《みちたか》の娘である定子を、一条天皇の中宮とする企みを始めたのです」

企み。

誰かが中宮となることへの詮子の暗い思いが現れた言葉だった。嫉妬《しっと》、怒り、不満——自分には与えられなかったものへの怨みが、詮子にその言葉を口にさせていた。

「まず兼家は強引に一条天皇の元服を決めました。次に、自ら摂政を辞し、関白となったのです。これは雅信様と争わないためだったとか。雅信様を追い払う名目がついに見出《みいだ》せなかったのでしょう……。兼家は、政治の面では雅信に道を譲りました。代わりに、雅信様にはできないこと……孫娘を一条天皇の后にすることに力を尽くしたのです」

詮子の目がこちらを向いた。それがどういうことかわかるか、というように。彰子は反射的にうなずいたが、やはりこれも単に聞いていることを示して続きを促すためだった。

「この企みにも、円融上皇と雅信様は抵抗したようですが、無駄でした。定子は入内し、女御になり、またたく間に中宮になりました。異例のことであり、しかも兼家はその途中で世を去ったので困難もあったようですが、道隆が首尾よく成し遂げたのです。生前、兼家は道隆にこう言っていたそうです。詮子でしくじった。摂政となるのにこれほど年月を要してしまった。同じしくじりをしてはならない、と」

彰子はまたうっかりうなずかないよう、ぐっと奥歯を噛《か》んだ。天皇の子を産んでなお、実の父からそのように罵られれば、怨むしかないではないか。詮子のまなこは、そう告げており、もちろん彰子に反論などできなかった。

「道隆は兼家の遺志と権勢を継ぎました。今度は道隆が、一条天皇を我がものとしたのです。定子という娘によって。道隆は、定子を一条天皇のすぐそばに住まわせました。わたくしではなく、定子の言葉に耳を傾けるようにさせるためです。わたくしという国母よりも、定子という中宮にこそ権威があるという扱いでした。そして、わたくしは東三条院にも住みづらくなり、弟の道長を頼って、土御門第に住まざるを得なくなりました」

　言葉は穏やかだが、すさまじい怨みの念が伝わってくる。一つ一つは、耐え忍び、いつか忘却できたかもしれない。だが全てが積み重なったことで、もはや誰の何のせいだという明確な理由すら消え、全てのことがらを怨むということになってしまうようだった。

「あの子は、日に日にわたくしから離れていきました。道隆のもくろみ通り、一条天皇は定子を妻として愛し、姉のように慕い、母のように頼ったのです。そして、一条天皇が深く定子を慕うほどに、わたくしから何もかもが失われていったのです」

　まったく予期しなかったことに、彰子は、ずきんと胸が痛むのを覚えた。

　定子のことを話されたからだと遅れて悟った。何しろ、この自分が今の一条天皇の中宮なのだ。一条天皇が他の女を愛すれば愛するほど、おのれから何かが奪われてゆくような思いは、はからずも共感することができていた。

「こうして一条天皇が……懐仁がわたくしの手から奪い去られたとき、やっと気づいたのです。わたくしもまた、企みを抱《いだ》かねばならないと。さもなくば、何も得られないだけでなく、何もかも失うのだと。そのときの思いを……なんと言ったらいいのでしょうね。晴れやか……。そう、とても晴れやかでした。もちろん怨んでいましたよ。円融上皇、兼家、道隆、内裏の人々、そして、定子……みなを怨みました。それでいて心が晴れる思いだったのです」

詮子は丹念に言い聞かせるように――彰子にもいずれわかるという調子で――そう語り、誰もいない宙を見やった。暗がりではなく。怨念の渦の中で、やっと仏を見出したとでも言いたげな安らかな顔をしていた。

「もちろん企みを抱くだけでは意味がありません。わたくしの味方になってくれる誰かが必要でした。わたくしの怨みを引き受け、企みを抱き、人をそそのかし、内裏で専横を振るうことのできる誰か。それこそ、あなたの父、道長だったのです」

「父が……」

ぞっとしながら呟いた。いったい父が何をしたのか。

これまで語られてきたことがらは、恐ろしいが、しかしどこか他人事《ひとごと》でいられた。自分が直接その影響を受けているわけではないと思うことができた。

だが、父の話となると違う。父までもが怨念にとらわれているのか。そう思うと、絶望的な気分に襲われた。

「そう。わたくしが頼りとすることができたのは道長だけでした」

詮子が目を伏せて微笑んだ。辛い話が終わり、やっと快い話ができるというように。

「道長は、わたくしと同じように怨んでいましたよ。道隆に牛耳られ、定子の従者のように扱われ……。道隆はおのれの直系ばかりひいきし、弟たちや一族の他の者をほとんど蔑ろにしていましたから、そのことを道長はずいぶん怒っていました。そんな道長だけが、わたくしを労《ねぎら》ってくれたのです。その頃の土御門第は、もちろん今のように豪勢ではありませんでしたが、わたくしはそこで安心して暮らし、祈り、そして企むことができました」

　当時を思い出したのか、詮子が両手を合わせ、彰子にはわからない何かに祈りを献《ささ》げた。

「道長には才気があり、煥発《かんぱつ》なところもあり、文武に秀《ひい》でていましたから、倫子の母の穆子《ぼくし》様も、我が娘を嫁がせたのです。とはいえ、誰よりも若い方でしたから、当然、政治の面では何の力もありません。しかし機会さえあれば、幾らでも出世できるはず……穆子様もそう考えたのでしょう。わたくしは祈りました。できることは全てやりました。道長が氏長者にさえなれば全ては変わる。そう思いながら祈り続け、わたくしなりに企《くわだ》てを試みたのです。天意がもたらされ、怨敵はみな調伏《ちょうぶく》されますようにと、どれほど祈ったでしょう。やがて、その祈りが届いた……。その頃のわたくしは、まさに天意を賜ったと喜んだものですが……今思うと、あれは、本当に天意だったのか……」

　言葉が掠れて消えた。拝んでいた手を下ろし、隣室の誦経に耳を傾けるような様子で、

「最初は……そう、円融上皇が崩御されました」

　ぽつりと呟いた。

　彰子は、詮子が急に話を変えたのだと思った。祈りの話のあとで、夫の死の話になったのだから、二つがつながるはずとは考えられなかった。

「今思えば、あの人もさぞお寂しかったことでしょうね。この世を去る少し前に、あの人は懐仁と話すことを望まれ、それは叶えられました。けれどもあの子にとって、あの人はどこか遠くに

いる他人に過ぎなかった……。わたくしは、あの子が父親の死を悲しむところを見たことがありません。それもまた祈りのおかげだったのか……」

安堵とも悲嘆ともつかない、長々とした吐息のあと、また異なる話を続けた。

「その後、道隆はわたくしを准太上《じゅんだいじょう》天皇にしました。中宮、皇后どころか、一条天皇に次ぐ立場にしてしまったのですよ。もちろん先例などなく、道隆が強引に押し通したのです。わたくしを大いに利用できると思ったのでしょうね。もちろん逆らわず従順であることも、わたくしの企みでしたから、首尾よくことが運んだのですよ」

まんまと成功したというのだろう。さも嬉しげな笑みを浮かべた。

「准太上天皇となって、ようやく懐仁と……一条天皇と再び接することができるようになったのです。わたくしに会いに、土御門第へ行幸するようにもなりました。道隆は来ませんでしたがね。なんであれ、わたくしこそが母であるということを、我が子に示す機会を得たのです。それまで、わたくしは道長を通してずっと内裏の様子を聞いていました。どんな些細《ささい》なことも聞き逃さず。どうすれば全てを得ることができるかを考えながら」

詮子の暗い笑みが、彰子の方を向いた。

「今のあなたもそうなのでしょう。わたくしよりもずっと早く、その歳で内裏を知ろうとするとは……さすが道長の娘と感心したものですよ」

彰子は余計なことを言わぬよう唇をくわえ込みながら慌ててうなずいた。誉められた気はまったくしなかった。ただ彼女から敵視されないことを願うばかりだった。

「さて……それからしばらくして、道隆が病み、そして世を去りました。ここでも祈りが叶えられたのでしょう」

　彰子は最後の言葉を聞き損なったと思った。まるで兄弟が病むことを祈っていたようではないか。そんなはずはないと自分に言い聞かせた。

「わたくしがそのときどう思ったかはともかく……病んだ道隆の次の関白が必要となりました。それであるとき、道隆の子の伊周《これちか》が来ましてね。准太上天皇ともなると、いろいろな公卿も会いに来るのですよ。そしてまあ……呆れたことに、あの坊や、自分は関白になるなどと口にしたものですから……」

　くくく……とだしぬけに詮子が笑って、彰子をぎくっとさせた。遠慮のない笑い声だった。滑稽な何かをたっぷり嘲弄《ちょうろう》する態度は、誦経が響く部屋ではいかにも異様だ。

「わたくしは笑いを堪えるのに必死でしたよ。何しろ本人がそう思い込んでいただけですから。いえ、悪いのは道隆です。摂政関白を世襲《せしゅう》にしたいと考えるのは誰しも同じですが、それにはまず本人が健やかでなければ……。後ろ盾はなく、歳は若く、天皇の外舅でもない。ただ妹が中宮であるというだけで、伊周ごときが関白になるべきではありません。もしそれでも伊周を関白にしたら宮中は荒れに荒れ、あなたを退位させせんとする者が現れるでしょう……と、わたくしは一条天皇に言って聞かせましたよ」

　詮子が満面に笑みをたたえて背を伸ばした。満足そうに。おのれを誇るように。

「その間、道隆や伊周、その外戚たちが、それはもういろいろと企んだものです。天皇の宣旨を書き換えてまでも、伊周を関白にしようとしました。一条天皇はたびたび道隆や伊周に、伊周を関白にすべしと迫られましたが……十六歳の若さで、見事に耐えました。いっとき道隆の代わりに伊周に政務を任せましたが、彼らの謀は、しっかり遠ざけたのです。そうするうちにも道隆の病は日に日に重くなり、氏長者を、弟の道兼に譲らざるを得ませんでした」

詮子の口調は、それまでと明らかに異なっていた。怨みの念はますます色濃く、それでいて朗《ほが》らかだった。なぜなのか、彰子にはわからなかった。その答えを、詮子がこともなげに告げた。

「こうして関白の座は、わたくしの企んだ通り、長幼の順に与えられることとなりました。道隆からその子へ、という継承は何としても防がねばならなかったのです」

彰子はふいに思い違いを悟り、血が凍りつくような恐怖に襲われた。

祈り。それはまさにその通りの意味だった。そのとき詮子が何を望んでいたかをはっきり示していた。それを心の中で言葉にすることすら恐ろしかった。

「道隆が世を去ってすぐ、父を看取った定子が、触穢《しょくえ》になることも構わず還御《かんぎょ》しました。きっと道隆の最後の願いを聞かせられ、定子もそうせざるを得なかったのでしょう。もちろん一条天皇を説き、伊周を関白にさせるためです。いまや、関白を誰にするかは一条天皇の決断にかかっていました。わたくしはあの子に、決して愚かな選択をしてはいけないと教えました。いかに定子が愛しいからといって、伊周などを関白にし、全ての公卿から敵意を抱かれるなど、自ら退位への道を進むようなものであると」

詮子の誇らしげな態度がにわかに増長した。自分だけでなく我が子をも誇っていた。まるで一条天皇こそがおのれの分身だとでもいうように。

「一条天皇は、道兼を関白にしました。本当に賢い子です。道兼は花山天皇退位の謀を成し遂げた人物ですから、ここで恩に報いねば、今度は一条天皇を……と考えたことでしょう。こうして、道隆の栄華はたった五年で終焉《しゅうえん》を迎えました。そしてその頃すでに、わたくしの祈りは大いなる疫禍《えきか》として現れていたのです。春が訪れるとともに、大納言《だいなごん》の藤原朝光《あさみつ》が病で逝《い》きました。その次に、関白の道隆が逝きました」

彰子の目に涙がにじんだ。恐怖の涙だった。詮子を哀れむ気持ちなど消え去っていた。

「それから大納言の藤原済時《なりとき》が逝きました。左大臣の源重信《しげのぶ》も逝きました。右大臣にして関白となったばかりの道兼も逝きました。中納言の源保光《やすみつ》も逝きました。権《ごん》大納言の藤原道頼《みちより》も逝きました」

まるで誦経だった。いや、まさに呪詛《じゅそ》だった。死んだ順番を正確に覚えているのだろう。ことによると、心の中で命日《めいにち》もついでに唱えていたかもしれない。

病で世を去った人々の名。そのはずだった。決して詮子が毒を盛ったわけではない。

なのに、彼らの死に詮子が影響を与えたと思わされてしまう。きっと詮子自身がそう信じているからだ。祈り。それが彼らを世から去らせたのだと。

「夏が来る頃には、櫛《くし》の歯が欠けるように、みんないなくなっていましたよ。想像できますか？　残されたのは、内大臣《ないだいじん》が一人、権大納言が一人、中納言が二人……それだけ。空《から》っぽの席ばかりとなった内裏で、誰に政治を司らせるか。選ぶべきは伊周と道長のいずれかしかいませんでした。もちろん、道隆は弟に氏長者を譲ったのですから、長幼の順で継ぐことが当然……。よって、あなたの父が見事、内覧《ないらん》の宣旨を賜ることとなったのです」

――望み通りに。

その一言が、耳にせずとも彰子の心に飛び込んできた。手が震えて止まらなくなった。

怨みなのか。それとも祈りなのか。

詮子の一途《いちず》な思いが、人々を殺戮《さつりく》したなどとは到底思えない。

だが少なくとも、彼女は多数の死を喜んでいた。生きたまま怨霊となって邪魔な人々をなぎ倒した気分にひたり、そのことを誇っていた。

怖い。

それ以外に何も感じられなかった。

詮子は、恐れおののく彰子をよそに、ますます快然《かいぜん》として告げた。

「残るは、伊周《これちか》と定子……この二人だけでした」

十一

「わたくしが願い、企んだ通り、道長は見事に一条天皇の随身《ずいじん》となりました。それはまた、わたくしが懐仁を取り戻した証《あか》しともなった……と言えるでしょう」

詮子の口調はどこまでも穏やかだった。そして朗らかだった。だが怨みに満ちていた頃の話のほうがまだましだと思わせる何かがあり、彰子はいよいよこの会話に最後まで耐えられるかわからなくなってきた。

「もちろん、わたくしだけの功ではありません。二代の関白が立て続けに亡くなってのちの道長の振る舞いもまた見事でした。伊周と定子に決して隙《すき》を見せなかったのです。道長は大いに、妻の父である雅信様から学んだのですよ。兼家ですら、雅信様だけは隙がなく追い払えませんでしたからね。そうして道長は守りを固めながら、一歩ずつ伊周と定子を貶め、挑発し、追い落とす好機を狙い続けたのです」

　これは、父の話だ。

　彰子は、それが耐えられない理由だろうかと思った。もちろんそうだろう。だが同時に定子の話でもあった。敦康の母の。

　何もかも耐えられない。

　まさかこんな話を聞かされるとは思わなかった。だが、これこそ知らねばならないことなのだと彰子の心が告げていた。ここで逃げては永遠に何もわからないままだと。

「わたくしにとっても道長にとっても幸いしたのは、定子の兄の伊周ばかりか、弟の隆家までもが度を越して愚かだったということ……。いえ、そもそも道隆が、子らに堅忍《けんにん》の心を教えなかったことが禍《わざわい》したのでしょうねえ。彼らは父親の力で、誰もが驚くほど早く出世したにもかかわらず、それをおのれの力であるかのように思い込むほどでした。その傲慢《ごうまん》さゆえに、やがて天皇に矢を射かけさせるという愚行に至ったのです」

「矢を……？」

　彰子は掠れた声で呟いた。詮子からは信じがたい言葉を山ほど聞かされたが、これには息が詰まるほどの衝撃を覚えた。

　てっきり一条天皇に対し、矢が放たれたと思ったからだが、

「その頃、伊周と花山法皇は、藤原為光《ためみつ》の娘のもとに通っていたのですが、それぞれ違う娘でした。伊周は姉に。花山法皇は妹に。なのに伊周は、同じ娘のもとに花山法皇も通っておられると

勘違いしたのです。そして、弟の隆家や兵とともに待ち伏せ、花山法皇の一行を襲いました。そのときお逃げになる花山法皇の袖を、矢が貫いたといいます」

彰子は固唾《かたず》を呑んで聞き、そろそろと安堵の息をついた。

一条天皇ではなかった。自分がなぜそれほど衝撃を覚えたのかもわからぬまま、彰子はそのことに心底安心させられた。

「公卿や従者たちの争いごとなど、もちろんよくあることです。花山法皇と隆家などは、従者同士をしょっちゅう争わせて愉《たの》しんでいたとか。道長と隆家の従者が殺し合ったこともあります。わたくしの従者も、定子の従者と争ったことがあります。ですが、伊周の所業はそれらとは異なりました。藤原氏が、天皇家に矢を放った。それはこの世で最も、あってはならないことなのです。一条天皇も、そのことを大いに憂慮《ゆうりょ》しました」

彰子はまた身構えた。目的は敦康が自分のもとに来た理由を知ることなのに、一条天皇のことが話に出るたび、なぜか胸が痛くなる思いを味わうのだ。

「道長は、伊周の一件が大いに噂となるようはかり、その上で、一条天皇の命《めい》を請いました。一条天皇は、まことに聡明ですから、これがどういうことかを理解し、検非違使別当《けびいしのべっとう》だった実資《さねすけ》に、姿を隠す伊周と隆家を探させました。たとえ五位以上の者の邸であっても構わず押し入ってよいというほど厳しい命を下したのです。このとき内裏の誰もが、一条天皇の言葉に従うばかりであったといいます」

詮子の語り口調は、この上ないほど愉快そうだった。そうでありながら、また異なる思いが伝わってくるのを彰子は感じていた。

暗い思いだった。もうずっと続いている怨みの吐露《とろ》とも違う。怒りでもない。それが何であるかわからず、ただ耳を傾けた。

「一条天皇も、よく心を鬼にして決断したものです。何しろ定子の兄弟を、京から追放することを決めたのですから。しかしそれも無理からぬこと……。花山法皇に矢を射かけたのみならず、このわたくしを呪詛した証しが見つかったのです。これで、准太上天皇にも危害を及ぼしたことになります。さらには定子の外戚の高階《たかしな》が、天皇にしか許されない大元帥法《たいげんすいほう》を行なわせ、道長を打倒せんとしたこともわかりました。つまり、一条天皇の力を脅かした。上皇、准太上天皇、天皇……全てに害をなすなど、このような天をも恐れぬ行ないを本当にしたのかと我が耳を疑ったほどでした。きっと公卿たちも同じ思いだったでしょう」

彰子もまったく同感だった。いったいどこからどこまでが伊周の自滅であり、父と詮子の企みの結果だったのかも判然としない。全て伊周の自業自得《じごうじとく》であるかのように詮子は話しているが、本当にそうか確信が持てなかった。

詮子の口調に、先ほど感じた何かが少しずつにじみ出てくるせいでもあった。突然、全ては自分がはかったのだと詮子が叫び出しそうなのが怖かった。

「こうして伊周と隆家が追放されたばかりか、定子もまた中宮としての立場を自ら手放しました。兄弟の罪を赦《ゆる》してもらおうとして自分から出家を申し出たのですよ。髪も、その手で切り落としたとか……よりにもよって一条天皇の最初の子をみごもっていたときに」

それは、手や指を切り落とすに等しいことであったろう。宮中の女であれば誰でもそうだ。しかも体内に子を孕んだときに。その苦痛のほどは想像を絶した。

「ですがもちろん、一族が断罪を免《まぬか》れるわけではありません。異母兄弟をはじめ、外戚の高階家、乳母までもが、勅勘《ちよつかん》を被り、伊周たちの母親の高階貴子《きし》はすっかり病みました。ほどなくして、伊周が母の病を案じ、ひそかに京に戻っていることが密告されました。当然、捕らえられてまた大宰府《だざいふ》へ送られたのですが……貴子が亡くなったのは、そのすぐ後のことです」

ふいにそこで詮子の声が震えた。

詮子の中からにじみ出てくるものが何であるか、彰子は悟った。あまりに意外だったため、本当にそうなのか自信がなかった。

「定子は、父を失い、兄弟を追放され、そしてまた母を失い……自ら髪を断ちました。それでも、一条天皇は、定子を求め続けました。彼女だけが勅勘を被ることなく、あまつさえ二人目を孕むなど……天皇として、それでいいのですかと何度も諭したものです。しかし、一条天皇は、わたくしに、その病はなにゆえか、と言い返すようになりました」

声の震えが大きくなった。やはりそうだと彰子は思った。

恐怖だ。

それが詮子の声音を震わせ、怨みと歓喜に満ちたまなこから、ぎらぎらとした眼光となって漏れ出ているのだった。

「本当に……賢い子です。一条天皇は、わたくしの病が、怨みのせいだと見抜きました。わたくしがどれほど自身の怨みを隠し続けてきたか……こうして誰かの前で口にすることだって初めてなのですよ。なのに、一条天皇は、わたくしの御悩大赦《ごのうたいしや》と称して、伊周と隆家の兄弟を赦免《しやめん》し、帰京させたのです。二度と誰にも、わたくしの存在を便利に使わせはしない……そう思っていたものの、見事にしてやられたというべきなのでしょうね」

――違う。

彰子は思わず反論しそうになった。

一条天皇は、詮子も伊周たちも同時に救済するすべを求めてそうしたのだと思った。内裏を安《あん》泰《たい》にするため、これ以上、互いに怨むことをやめてくれと訴えたかったのではないのか。

だが詮子はそんな風にはまったく思えないのだという調子で続けた。

「当然ながら、道長はこの大赦を快く思いませんでした。ですが、わたくしの名で施行《しこう》されたのですから表立っては反対できません。代わりに、わたくし以上に定子を憎み、貶めることに力を尽くしました。あらゆる手を使い、内裏から遠ざけ、人手を少なくさせ、行き場を狭めさせる。そうして心身を衰えさせんとしたのです。伊周や隆家は、所詮《しょせん》、ただの天皇の外戚。ですが定子は違います。もしかすると、わたくしのように国母になるかもしれないのですから、道長は大いに定子を恐れました」

恐れ。

その言葉はひどく自然に彰子の心に入って来た。父もまた、怨みながらそうすることで恐れを抱いているというのだ。今の詮子のように。

「わたくしとて何もしなかったわけではありません。義子《ぎし》や元子《げんし》といった一族の娘を入内させるよう仕向けました。みなが定子の母の低い身分を思い出すようにと、とりわけ位の高い娘たちを選《え》りすぐったものです。そして一条天皇には、とにかく子を産んだものを愛するようにと繰り返し言い聞かせました」

だがそこで詮子がかぶりを振った。まったく不条理でけしからんことだというように。

「しかし一条天皇は定子を愛することをやめません。これではいけないと、わたくしは不安を覚えたものです。もし道長と一条天皇が、兼家と円融上皇のような関係になってしまっては、わたくしもその争いに巻き込まれ、今の力を失うかもしれません。ではどうすればいいのでしょう？　答えは明らかでした。過去にも行なわれたことを、繰り返せばいいのです。かつて、兼家と円融上皇が和解するきっかけになっていたかもしれないことを」

そこで詮子が、怨みながら喜び、喜びながら恐れるという、世にも奇怪な顔を、真っ直ぐ彰子に向けて言った。

「道長の娘であるあなたを、一条天皇の后とするのです。わたくしが、道長と一条天皇を説《と》き伏せ、そうさせたのですよ。道長と一条天皇が怨み合わないように。わたくしにはできなかったこと、しくじったと兼家から罵られたことをさせるために」

彰子はこの詮子の言葉を、どう受け止めればいいか、まったくわからなかった。

それではかえって、詮子が一条天皇に怨まれるのではないか。そんな他人事《ひとごと》めいた感想しか出てこないのだ。

「無事にあなたを入内させたものの、どうなるかと気が気ではありませんでしたよ。何しろ、あなたが女御となった日に、定子は敦康を産んだのですから。義子も元子も、子を産むという点では、かの遵子《じゅんし》に等しく用をなしませんでしたしね。わたくしも道長も、恐れを抱きました。道長など、敦康が生まれたと聞いて気を失わんばかりでしたよ」

彰子にはもう、誰を哀れみ、誰を恐れればいいのかもわからなかった。

おのれか。詮子か。父か。野心を剝《む》き出しにする一族の者たちか。

わからないまま、お願いだからやめてと叫びたくて仕方なかった。

敦康を怨んだりしないで。誰もあの子を怨まないで。あの子に怨ませないで。

「これでまたもや、道長と一条天皇が互いを怨み合うかもしれなくなりました。わたくしはさらに二人の和解のすべを求めねばなりません。ちょうど敦康が生まれた翌月、太皇太后である昌《しょう》子《し》内親王が世を去られました。位が空白となり、わたくしはこの機会を活かすよう、またしても道長と一条天皇を諭しました。あなたを中宮とすることで、二人が争わないようにしたのです」

もはや、母ではない。

それが、このとき彰子の中で自然と生じた思いだった。

あなたは母であることをやめてしまった。子の幸せなど考えていない。子が天皇であり続け、自分が専横を許され続けるためなら何でもする。それがあなたなのだ。そう心の中で告げながら、涙がこぼれ落ちた。

声もなく泣き出す彰子に、詮子は何の反応も示さなかった。何も起こってはおらず、彰子が黙って相づちでも打ったかのように話し続けた。

「そのようにはかった矢先に、定子は三人目をみごもりました。あれほど力を奪われ、誰からも見放されながら……信じられない思いでしたよ。恐ろしくもあり、妬ましくもあり……。我が子を、ただ一人の女に奪われる。もしや天意は、最後に定子を選ぶのか、とすら思いましたが……」

詮子が目をそらし、深々とした溜息をついた。彰子には、その息すら恐怖で震えているように聞こえた。

「定子もまた、世を去りました……。途方もない怨みを、わたくしたちに返した上で。あれほど恐ろしく、奇怪な夜はありませんでした。定子が次女を産み、命を失った夜、わたくしの東三条院は焼け落ち、道長は怨霊に憑かれた家人に襲われ、魂魄《こんぱく》を奪われんばかりに憔悴《しょうすい》しました。生が、死が、怨みが、あらゆるものが……一度に現れ、爪痕《つめあと》を残して過ぎ去ったのです」

ふふ……と詮子が笑った。これまでにも増して暗く挑発的な笑いだった。最後まで何かに抗《あらが》ってやろう、負けじとやり返してやろうという強烈な敵愾心《てきがいしん》が臭気のように漂ってくる。

「わたくしは、つねづね、一条天皇の前では、定子の子らの誕生を喜ぶかのように振る舞いました。定子が世を去ってのち、その子らを後見することでしか、わたくしも道長も今の地位を守れないからです。決して伊周に後見させぬよう、敦康をあなたに預けたのですよ。また、一条天皇が脩子《しゅうし》内親王をそばに置くというので、わたくしの手には媄子《びし》内親王が残されました。もし、このあと誰も一条天皇の子を産まなかったときのために。あなたもこの先ずっと、子を産まぬままかもしれない……。定子がそのように、あなたを怨み、呪《のろ》いを遺していったかもしれないのですから」

そんなはずがない。

彰子は自分がまだ涙をこぼし続けていることに気づいた。それまでは何のために泣いているのかもわからなかったが、このとき流れた涙の理由ははっきりわかった。

そのような怨みを遺す人を、一条天皇が愛したはずがない。

母が、最期《さいご》に人を怨んで魂魄をさまよわせているなどと、敦康に思わせていいはずがない。

「決して怨みに挫《くじ》けてはなりません」

詮子がそう言って顔を戻した。彰子を食い入るように見つめ、手を取らんばかりに声に力を込めて告げた。

「怨み怨まれたとき、最後まで怨み通すのですよ。さもなくば相手の怨みに負けるでしょう。邸を焼かれたとて、わたくしは挫けませんでした。この病んだ身さえ使って……わたくしを見舞わせることを大事にさせ、定子の弔《とむら》いを妨げてやりました」

たとえそれで病が重くなろうとも構わない。そういう執念《しゅうねん》を発散しながら詮子は言った。

「内裏とは、どれほど怨霊を背負えるかを競う場なのです。ここでは、生きることが怨むことになる。それをよくよく覚えておきなさい」

涙でぼやける詮子の顔が、だんだん崩れていくように思えた。

怨みを糧《かて》とする者の末路を見ている気がした。心が乾ききり、ぼろぼろの布のように細かな塵《ちり》と屑《くず》に変わって風に吹き払われてしまいそうだった。

「定子の子らは、慈《いつく》しんで育てねばなりませんよ。せっかく手に入れたのです。わたくしたちを愛し、敬《うやま》うようにしなければいけません。いいですね。誰にも奪われないよう、必ず守り通すのです。いかなる怨霊を背負おうとも……」

そう告げる詮子の姿が、暗がりのどこかに散っていった。

彰子はいよいよ朦朧とし、体から力が抜けるのを覚えた。

暗黒が頭上から帳《とばり》のように降りてきた。

耳にし続けていた誦経が、ぷつんと途絶えた。

どうやら気を失ったらしいと気づいたときには、いつの間にか、おのれの居室で伏せっていた。

いつ退室したかもわからない。眠れる敦康に腕を回し、その温もりにすがりついていた。

そうしながら、一条天皇のことを、そしてまた我が心のことを思った。生きることが怨むことになるなどと信じたくはなかった。

——あなたは怨霊になどならないで。どうか怨みなど抱かないで。

敦康に向かって、心の中で繰り返した。

——神よ、仏よ、どうかわたくしたちから、この子たちから、怨みを遠ざけて下さい。

それが彰子の祈りだった。

そう祈り続けられることを、心から願った。

十二

詮子との恐ろしい対話を経て一夜が明け、彰子は、自分がどこにいるのかわからないような不安を覚えた。

むろん生家である土御門第にいるのだが、詮子の話を聞いてしまったせいか、なぜかそこが見知らぬ邸であるかのように錯覚するのである。

だがそのことをどう人に説明したらよいかもわからず、また説明しようとすれば、おのずと詮子から聞いた話についても言及してしまいそうで、誰にも言わずにいるしかなかった。

父の道長や母の倫子に話し、不興を被るのが嫌なのではない。話すことで、詮子の言う怨霊が自分や敦康のもとへ来てしまうのではないかと恐れたのである。父や大人たちがなぜ、ことあるごとに怨霊を恐れて震え上がるのか、ようやくわかった気がした。

そんな彰子の内心をよそに、詮子の四十の賀は、つつがなく、そして盛大に執《と》り行なわれた。午《うま》の刻《こく》（午前十一時から午後一時）頃、明け方から準備を行なわせていた一条天皇がようやく土御門第に行幸し、西門の外に御輿《みこし》が停められた。

勅を承《うけたまわ》った朝臣《あそん》が忙しく行き来し、やがて一条天皇が西対《にしのたい》の休息所に入った。ここに彰子と敦康もおり、一条天皇から優しく微笑みかけられた。いつも通りの、柔和《にゅうわ》で洗練された様子の一条天皇に対し、彰子はいつも以上に硬くなって慇懃《いんぎん》に挨拶をすることしかできなかった。

敦康は不思議そうに一条天皇を眺め、その腕に抱かれると嬉しげに笑った。

敦康の笑い声につられ、彰子も小さく笑みを浮かべた。だが一条天皇に見つめられると、ぱっと目を伏せてしまった。心の内では、詮子から聞いたあれこれが去来《きょらい》し、それらが口をついて出ないようにするので精一杯だった。

一条天皇はすぐに席を立たねばならず、名残《なごり》惜しげに敦康を撫《な》でた。敦康は大人しく彰子のそばに座って、寝殿へ向かう一条天皇を小さなまなこで見送っていた。

寝殿には詮子と媄子内親王がおり、一条天皇が二人に挨拶をする様子が僅かに見えた。

詮子の顔が、ちらりと彰子のほうを向いたようだった。彼女がどのような表情を浮かべているかはわからなかった。きっと、彰子がよく知る、上品で穏やかな顔をしているのだと思った。長年、怨みを隠すためにつけ続けたその仮面を、ぴたりと顔貌《かおかたち》にかぶせているのだと。

彰子は敦康を不安がらせないよう気をつけながら、そっとその小さな体にすがりついた。乳母たちが代わって抱こうとするが、今少しだけといって抱き続けた。

四十の賀、すなわち算賀では神楽《かぐら》が催されるはずだが、どこからか僧や尼僧が発する念仏の声が聞こえている。

そういえばこの宴の前に、詮子は法華八講《ほっけはっこう》を催していた。参上した者たちによれば、これもまた空恐ろしくなるほど見事なものであったという。

法華経《ほけきょう》（妙法蓮華経《みょうほうれんげきょう》）八巻を、一座に一巻ずつ誦経《じゅきょう》し、また講讃《こうさん》する。そういう法会《ほうえ》であり、日に二座ずつ催すのが通例であった。

読師《どくし》が経を唱え、講師《こうじ》がそれを講釈する。問者《もんじゃ》と講師の間で問答が行なわれる。精義《しょうぎ》が問答を判定する。その一連の儀式を八回、四日間にわたって行なうのである。

特に五巻目は、悪人・女人往生《にょにんおうじょう》の典拠《てんきょ》とされており、これを講じる日は、絢爛《けんらん》たる様相《ようそう》を呈することになる。参加者が仏への様々な捧物《ほうもつ》を携え、僧とともに本尊《ほんぞん》の周囲を右回りに歩くのだ。目にも華やかな、薪《たきぎ》の行道《ぎょうどう》である。釈尊《しゃくそん》が、前世で仙人に仕えたとき、薪を拾い、水を汲み、やがて妙法を授かったとされる逸話に倣った行事である。

詮子は、これを大々的に行なうべく、かつてないほど大勢の僧を招いていた。道長も、詮子のため手を尽くして各地の寺に祈願を命じさせた。

その法華八講の荘厳《そうごん》な雰囲気が今も残っていることも、彰子を感嘆させるのではなく不安にさせていた。

というのも、確かにありがたく霊験《れいげん》あらたかな法会であるそれは、もっぱら死者の供養《くよう》のために催されるものなのだ。詮子が亡き父兄に対し抱いていた思いを吐露された彰子からすれば、ありがたい読経も、詮子と怨霊とのせめぎ合いそのものに思えるのだった。

果たして、怨み、怨まれながら、詮子はこの算賀の祝いを心から喜ぶことができているのだろうか。法華八講が、その心の救いになっただろうか。

彰子には、ついにわからなかった。

しかしまた逆に、わかるようになったこともあった。

僅か一夜にして、ものの見方が変わったといおうか、目に映る人々の背景にあるもの、心の内に抱えているであろうものに、おのずと意識が向くようになっていたのである。

たとえば、この算賀の宴のさなか、道長が怒りをあらわにして離席し、なかなか戻って来なかった、という一幕があった。

原因は、舞だった。

帝の勅によって奏《そう》された、童舞《わらわまい》である。

道長の長男であり十歳になる鶴君《たづぎみ》（頼通）が陵王《りようおう》を、次男であり九歳になる巌君《いわぎみ》（頼宗）が納蘇利《なそり》を舞った。このうち巌君の舞が〝極めて優妙《ゆうみよう》〟とされ、参列者は上下の身分によらずみな感嘆し、涙を拭う者も多く、一条天皇をも大いに感動させたのだった。

ところがこのすぐ後、巌君に舞を教えた多吉茂《おおのよしもち》が、一条天皇の許しを得て栄爵《えいしやく》を賜《たまわ》ることになると、途端に道長が憤懣《ふんまん》をあらわにし、座を立つや寝所に引き籠もってしまったのだった。

いったいなぜか。

長男の鶴君は正妻である倫子が、次男の巌君は外腹である明子《めいし》が、それぞれ産んだ子だからだ。正妻の子が評価されなかったことが悔しくて離席した。どちらも自分の子なのに、参列者が揃って呆れるほど子への愛情に差をつける。しかもそれを子どもらの前ですら隠そうとしない。おかげで巌君は悄然《しょうぜん》としてしまったが、これを慰めるのはむしろ鶴君のほうだった。鶴君には、父のそうした態度を喜ばず、弟のことを可哀想だと思う優しさがあった。結局のところ父はそうさせられているのだ、ということに何となく感づいているのだろう。

彰子もそうだった。このとき明白に、彰子はその理屈を自分自身に説明できるようになったといっていい。

そもそも父は、彰子にとっても生母である倫子の前で、そのように振る舞い続けてきた。倫子をひたすら敬い、彼女との間にできた子を、とことん優遇するのである。

つまるところ、父はそれほど、母に気を遣わざるを得ないのだ。

母は、単なる藤原道長の妻ではなかった。源倫子なのである。結婚する前の道長は、将来どうなるかまったく不明の青年だった。今の彰子は、十分その意味が理解できた。道長の栄達は、倫子に支えられてのものなのだ。倫子の協力がなければ叶わなかったことが、宮中ではたびたびあったことだろう。今でもそうかもしれない。そして何より、一条天皇の中宮となった彰子を産んだのは、倫子なのである。

倫子と彰子を失うことは、道長にとって何もかも失うことを意味する。

だからここで道長は、憤懣をあらわにするところを、しっかりと周囲に見せねばならなかった。さもなくば明子が産んだ巌君の舞が激賞されたことで、道長は素直に喜んだ、などという風に、倫子とその親族からとられてしまう。

それで、席を立った。考えてみれば、それは母がよくやることだった。腹を立てると、それがどのような場であろうと委細《いさい》構わず退散して姿を隠してしまうのである。結局のところ父は、母に倣っているのだ。

詮子も、きっとそうしたことを承知している。おのれの算賀に水を差されたにもかかわらず、腹を立てる気振《けぶ》りもないのは、そのせいだ。

では一条天皇はどうだろう。道長が、腹を立ててみせねばならなくなるとわかっていて、厳君とその師が称えられることを黙って許容したのか。実の母である詮子の算賀の催しが、そんな風に滞《とどこお》ることを望んだというのか。

――違う。

ふいに、彰子は一条天皇の心を初めて推し量ることができた気がした。

――死者の供養。

詮子が法華八講を大々的に催した背景には、途方もない怨霊への恐れがあったからだ。

だがその怨霊とは、一条天皇にとっては慈しみ、冥福《めいふく》を祈るべき存在、すなわち先年の暮れに亡くなった皇后定子《こうごうていし》なのである。

いうまでもなく周《しゅう》忌《き》法要《ほうよう》も営《いとな》まれていないこの時期、宮中の催しは喪《も》に服すという気遣いのもとで進められなければならない。

にもかかわらず、道長はこの算賀において、管弦《かんげん》を用意するばかりか、一条天皇を自邸に泊まらせ、翌日には賑々《にぎにぎ》しい競《くら》べ馬の催しを執り行なう準備までしていた。

彰子ですら、それは不敬なのではないかと、うっすら思ったほどだ。亡き定子のみならず、一条天皇に対してもである。宮中には同様に思う者もいただろう。

だが道長は率先して、たとえ強引だと人に思われようと、なんとしても定子の存在そのものを葬ろうとしていた。他ならぬこの自分を――中宮彰子を、後宮で際立たせるために。

一条天皇は、あえて道長を退室させるがままにすることで、そうした賑々しい催しをすることにこそ釘を刺したかったのではないか。

とはいえ、道長をこの場から本当に退席させたかったかどうかはわからない。

再三にわたり、一条天皇は道長を呼ばせた。しばらくして道長は渋々と戻ってきたが、明日の競べ馬を一条天皇に御覧頂くのはやめて、またの機会にということになった。

一条天皇は、せっかく詮子とともに敦康や媄子内親王と団らんできる一晩を失うのは残念だ、としながら、その夜のうちに内裏に還御する旨《むね》、おふれを出させた。

その真意は、天皇たる者が家臣の邸に寝泊まりし、あまつさえ皇后崩御から一年も経たずして遊興《ゆうきょう》に耽るといった姿を公卿らに見せてはならない、ということだったのではないか。

真実そうであるかは定かではない。だが、何が本当で、何が建前か、おのずと区別しようとする心の働きが、彰子の中ではっきり芽生《めば》えたのは確かだった。

一条天皇が邸を去る段になっても、詮子は穏やかに、また淑《しと》やかに、算賀の祝いを受けていた。その口で、おどろおどろしい怨念の話をしたとは思えぬ様子である。

こうして詮子の四十の賀は、道長が憤然《ふんぜん》とした場面を除き、つつがなく晴れやかに終わった。

その後の三者の様子を、彰子は注意深く見守り、人の話に耳を傾けた。

道長、詮子、一条天皇に関し、自分が推し量ったことがらが、どこまで正しいかを見極めるためである。

道長は、四十の賀でできなかったことを、改めて内裏で実現せんとした。恒例の庚申待《こうしんまち》にただ参加するのではなく、賑やかな管弦を用意し、漢詩の優劣を競う作文《さくもん》会《え》を催したのである。

もちろん儀式ではなく遊興にすぎない。皇后一周忌すらまだであるにもかかわらず、すべきことではなかった。そう公卿たちも内心ではわかっており、道長を批判する言葉を日記にしたためる者もいたが、しかし表向きはみな道長に従った。

また詮子は、法華八講から四十の賀を済ませ、さらに間髪《かんはつ》を容《い》れず、といった感じで、石山詣でを行なっている。

東寺真言宗《とうじしんごんしゅう》の石山寺への参詣《さんけい》である。宮中の女性が特に好み、御利益《ごりやく》が多いとして盛んに詣でる場所だった。

同行した者たちが見聞きしたところによると、ここで詮子は、滅罪生善《めつざいしょうぜん》のために護摩《ごま》焚《だ》きをさせたという。これは長寿安泰を願うというより、極楽往生をひたすら願う者の行ないだった。

寺の僧たちも、まるで国母の生前葬のような行ないに、

「もってのほか」

と恐懼《きょうく》し、断ろうとした。

だが詮子は、ありったけの寄進《きしん》で僧たちを従わせた。

綾《あや》織物の帷子《かたびら》、銀の鉢、多数の法服、寺の封戸《ふこ》の加増など、金品を浴びせかけたのである。惜しげもないというより、必死さを感じさせられる行ないだ。

詮子はさらに、僧に食べ物などを施《ほどこ》す僧供養までした上、万灯《まんどう》会《え》では文字通りおびただしい灯《とう》

明《みょう》をともさせた。ひたすらおのれの浄化を望んでいたのだろう。この先も怨みを放ち続け、また背負い続けるために。

そして一条天皇は、皇后定子の周忌法要の準備を進めさせた。公卿や殿上人たちが、気の進まない様子を見せるのも構わず、強い意向を示したという。

場所は法興院《ほこいん》（積善寺《しゃくぜんじ》）と定まり、皇后宮大夫《こうごうぐうだいぶ》に委細を任せようとしたが、なかなか進まなかった。もし無事に執り行なわれたとしても、参列者がどれほど見込めるか怪しいものだと殿上人たちが噂した。一条天皇の耳にも噂は入っただろう。だが一条天皇は諦めず、自らその儀式を営めない悔しさを抑えながら、辛抱強く準備をさせた。

これら三者三様の姿を、彰子は人づてに、しっかりと聞き知った。

いずれも彰子の予期した通りだった。

道長は遊興を、詮子は祈禱を、一条天皇は供養を求めた。その中心に、定子の存在があった。父が、義理の母が、そして夫が、何を望み、どうしようとしているかを初めて予見しえたのである。

彰子にとっては、とてつもなく大きな一歩だった。

大人たちからすれば、その程度の予見が何の役に立つのかと思われるものであっても、それまで、うずくまって目をつむり、耳を塞《ふさ》いでいたに等しい日々からすれば、まさに開眼《かいがん》である。

長保三年（一〇〇一）の暮れ、入内して丸二年が過ぎたこのとき、彰子の心はついに宮廷と向き合う心構えを持とうとしていた。

そして、道長、詮子、一条天皇、さらに彰子の四者に、等しく衝撃を及ぼすことが、その年の十一月十八日に起こった。

内裏が焼けたのである。

多少の火が出たのではない。御座所《おましどころ》としては完全に使い物にならなくなるほどの、殿上人すら被害に遭いかねない危険な焼亡《しょうぼう》だった。

昨年十月に遷御《せんぎょ》したばかりの内裏である。

一条天皇はいったん職御曹司《しきのみぞうし》に移った。彰子と敦康は最初、同じく職御曹司の東廂《ひがしびさし》に移り、それから、土御門第に戻らざるを得なくなった。

数日後には、一条院への遷御があり、里内裏《さとだいり》とした。彰子と敦康も、道長の意向もあってすぐにそちらへ入っている。

内裏の焼亡が相次ぐのはなぜか。一条天皇をはじめ、みなすっかりそのことを不安に思うようになっていた。殿上人たちも朝議《ちょうぎ》の陣定《じんのさだめ》で、火災対策を話し合った。それだけでなく、陰陽《おんみょう》師《じ》を召喚《しょうかん》して、禁中で頻繁に火が起こる理由を解明させることまでした。

だが陰陽師の意見は、

「倹約をもって災いを消すべし」

という、実に当たり障りのないもので、一条天皇の周辺に関する言及を一切避けた。

これは、彰子が入内して女御となる数ヶ月前に、やはり内裏が焼亡したとき、

「出家したはずの定子が禁中にいるから、神仏の罰として火事が起こったのではないか」

などと、まことしやかに噂されたことが関係していた。

しかもその噂は意図的に流されたものである、という別の噂もあった。もしそうなら当然、ふ

れ回らせて最も得をするのは道長と彰子ということになる。

同じように、

「権力を笠に着て、子も産めぬほど幼い娘を無理強いして中宮にしたから神仏が罰を下した」

あるいは、

「一条天皇の政治が神仏の意に沿わないから」

そんな噂が間違っても流布《るふ》せぬよう、道長が神経を尖《とが》らせていることが、彰子にもはっきりわかった。彰子への非難だけでなく、一条天皇の治世への非難もまた、その政権運営を担う道長にとっては、立場を危うくすることにつながるからだ。

おかげで、なんとなく張り詰めたような、下手なことを口にしないよう気を遣うような、微妙な空気が、里内裏のそこかしこで感じられるようになっていた。

そんな折、一条天皇が、定子の法要を営むことを決めた。

さすがに皇后の一周忌である。それをないことにするほうがおかしい。だが誰がそれを営むのか、最後まで決まらなかった。

彰子が聞いたところでは、どうにか営まれはしたものの、心が寒くなるようなありさまだったらしい。

万事世話をしなければならないはずの皇后宮大夫は逃げてしまい参加せず、参列者は、参議が四人ばかり、殿上人は七人ほどだという。

かと思えば、定子の親族である高階明順《たかしなのあきのぶ》、あるいは藤原惟通《これみち》などは、公的な場では避けるべき喪服をあえて着用したまま、諸大夫の座につき、他の人々の眉をひそめさせたという。

一条天皇が、この法要の様子を知って、どう思ったか。

彰子にはわからなかった。いつも自分に向ける、あの柔和な微笑みの裏で、ひどく悲しんでいるだろうと想像するだけだ。

その悲しみが、どれほど深いものであるか、推し量ることもできない。

果たしてこの自分が、癒やし、慰めることが可能な悲しみであるのかも。

この自分が彼にしてあげられることが、なんなのかも。

それらがわかれば、と願わずにはいられなかった。

彰子の中で、自分以外の誰かを痛切に哀れむ心が芽生えたのは、これで二度目だ。

一度目はむろん、幼い敦康に対してである。それは強い母性の現れといってよかった。

だがまさか、それと同じくらい強い感情を、一条天皇に抱いているとは彰子自身が思っていなかった。

抱いた、のではない。いつの間にか抱いている自分に気づいたのである。むしろ一条天皇から哀れまれるのは自分のほうだと思っていたのに。

これも、詮子の話を聞いたからだろうか。実母の怨念を、その仕打ちを、一条天皇は持ち前の聡明さで全て見通しているはずである。その上で、一条天皇は、詮子自身に病の原因を尋ねた。

その真意は、もう怨むことをやめてほしいという息子としての願いのはずだ。

——あなたの怨みに、定子を巻き込まないでくれ。それ以上あなた自身が冒されないでくれ。

一条天皇は、強くそう願ったことだろう。詮子は応じない。一条天皇の優しさを理解しない。

彰子はそう思って、自分までもが悲しみに沈むのを覚えた。

だが、まさに定子の法要が行なわれた翌日、事態を一変させるようなことが起こった。
詮子が病んだのである。

十三

それは、詮子の四十の賀から僅《わず》か数ヶ月後の、彰子にとっては忘れがたい長保三年（一〇〇一）閏《うるう》十二月のことであった。

一条天皇が定子の周忌法要を強いて営ませたのと時をほぼ同じくして、詮子が御悩《ごのう》すなわち病によって危篤《きとく》となった、ということが内々に報された。

里帰りをせず一条院にとどまるよう父から言われていた彰子も、そのことを報されたし、むろん一条天皇の耳にも入った。

この年を通してずっと、一条天皇は、攘災招福《じょうさいしょうふく》と転禍為福《てんかいふく》に努めること大であったと彰子は聞いていた。災いをはらって福を招き、禍《わざわい》を転じて福となす。そのための徳政を施行させるとともに、もっぱら倹約を促す新制の発布《はっぷ》をたびたび行なっていたのである。

朝廷の悪政が、疫病の流行や、内裏の火災といった禍を招いたのだ、などという批判を起こさせないためだ。一条天皇も道長も、人心の慰撫《いぶ》と禍の鎮撫《ちんぶ》のため懸命になっていた。

詮子の病状が深刻となった頃も、ちょうど一条天皇が、過度な美服や乗車を禁止する雑事五箇《ざつじごか》条《じょう》を準備させている最中のことだ。

倹約推奨《すいしょう》がもたらす、ぴりぴりとした空気を、十四歳にして観察に長《た》けるようになりつつあった彰子は、しっかりと感じ取った。この張り詰めたような空気の中でこそ、何ごとかが起こるであろうことも漠然と予感していた。

尋常でないときにこそ、我が意を通す好機がある。そう考えるのが朝廷の人々なのだ。

果たして、ことを起こす者がいた。

意外にも父の道長ではなく、一条天皇のほうだった。

雑事五箇条を下してのち、一条天皇は、病んだ詮子を見舞うため行幸《ぎょうこう》した。

国母たる詮子が病で崩御することにでもなれば、それもまた世を襲う災禍《さいか》の一端と人々は受け取り、やはり朝廷の悪政を疑うことになるかもしれない。

そうさせないための対策が早急に必要だった。そういう危機感を、一条天皇と道長は共有していたのだろう。あるいは、詮子も。

一条天皇が詮子と会ったのは、病気見舞いのためだけではない。この危機を乗り越えるための対策を話し合ったのである。

そして一条天皇は、詮子を見舞ったその日のうちに、恩赦《おんしゃ》を発することとなった。

亡き皇后定子の実兄である藤原伊周を、本位に復すことを決めたのである。

もちろん詮子御悩ゆえの恩赦である。災禍によって人心が乱れることを防ぐには、効果的な手法であった。

それゆえ、必ずしもこれは一条天皇が個人的に願ったこととはいえなかった。むしろ詮子も道長も、かねてから伊周の復位を一条天皇と相談していたのである。

だがそうであるとしても、一条天皇はするすると巧みにことを進めさせた。あたかも詮子が重篤《じゅうとく》となることを予期していたかのように。いや、それについてはとっくに悟っていただろう。詮子の怨みが、いずれ彼女自身への禍と化すであろうことを、彰子ですら感じていたのだから。

この恩赦によって、怨みが減じ、詮子の病状も回復に向かうのではないか。そして世の災禍も軽減するのでは。道長などは、そう期待もしていたはずだった。

詮子は一条天皇の見舞いを受け、伊周への恩赦について息子と話し合うと、その日のうちに剃髪した。

髪をばっさり切るだけという、半出家《はんしゅっけ》の剃髪ではない。一本残らずすっかり剃り落とし、男でも女でもない、まことの出家の身となったのである。

その上で、陰陽師が示す吉凶に従い、病身をおして邸を去り、藤原行成《ゆきなり》の邸である三条第《さんじょうてい》に渡御《とぎょ》した。

詮子がどうしたかということは、行成がつまびらかに一条天皇に報告していた。そして彰子は一条天皇を通して、国母たる女性の最期を知った。

三条第に移ってから、わずか五日ほどで、詮子は崩御した。

翌日には、遺骸《いがい》は鳥辺野《とりべの》で火葬された。

遺骨は、宇治山《うじやま》にある藤原氏の墓地へ運ばれた。

氏長者である道長が、葬送《そうそう》に参加することはない。万一、穢れを帯びてしまっては一大事だからだ。もちろん一条天皇とて、そうである。

道長も一条天皇も、そして彰子も、詮子の臨終《りんじゅう》に立ち会うことはなかった。

だがきっと詮子は、最期まで怨み怨まれることに耐え抜こうとしていたのだろうと彰子は思う。剃髪し、吉方《きっぽう》位《い》へ出向いたのは、生き存《なが》えんとする意志の現れであろう。

一条天皇が示した恩赦という人心対策も、いったんの譲歩として認めたに違いなかった。なんといっても伊周は詮子にとって、息子である一条天皇を自分の手から奪った憎い一家の長男なのである。恩赦を認めたからといって、怨むことをやめたとは思えなかった。

だがそれでも、一条天皇からすれば、最後の最後で母に譲歩させたことは大きかったはずである。母を救うことはかなわずとも、その怨念を宥められた思いだったのではないか。

天皇の内心を推測するというのは、たとえ后であっても畏《おそ》れ多いことである。だが彰子は積極的に、一条天皇の心を知ろうとするようになっていた。

道長が、詮子の崩御の報せを受けて慟哭《どうこく》するのをよそに、一条天皇の態度はいたって静かであったという。

母の死を嘆《なげ》く言葉は一切発さず、ただ、

「明年元日の戴餅《いただきもち》は、行なうように。またそのことを道長のもとにゆき報せておきなさい」

そう強く命じたという。

戴餅とは、年始の行事の一つで、子の頭にみたび餅をふれさせ、幸《さきわ》いたまえと願うものである。一条天皇と定子の間に生まれた、三人の子にそうしろというのである。いや、第一皇女である脩《しゅう》子《し》内親王は、宮中で育てられているため、一条天皇自らその儀式を行なうつもりだろう。命じたのは、敦康と媄《び》子《し》内親王の儀式のことだった。

「国母が崩御してひと月も経たぬうちに、そうした晴れやかなことを行なえば、どんな批判が起こるかわかりません」

行成はそう忠言したが、一条天皇は、

「他の誰をこの役に選ぶことができよう」

と言って、反対する行成に、あえて敦康の儀式を執り行なうよう命じたという。

媄子内親王の儀式には、源俊賢《としかた》があたることとなった。

行成は、敦康の家司《けいし》別当《べっとう》、すなわち親王の世話全般を任されている。一条天皇の命から逃げられず、天下の人々同様、国母の喪に服しながらも、行成はその儀式を行なった。

彰子も、儀式の様子を見守った。正直、ほっとする思いだった。

皇后定子が崩御したとき、怨霊が荒れ狂ったと詮子から聞いていたからだ。むろん定子ではなく、その父親である道隆などの怨霊であろう。東三条院は火災に遭って全焼し、道長の邸でも侍女の一人が怨霊にとりつかれた。

――どうか平穏であって。

年の暮れからずっと、彰子はそう祈り続けていた。詮子の崩御においては何が起こるのかと戦々恐々とし、とにかく敦康には何ごとも起こらないでほしいと願うばかりだったのである。

戴餅の儀式は、その不安を大いに宥めてくれた。四歳になったばかりの敦康が、頭に当てられた餅を欲しがって手を伸ばし、行成を困らせる様子が、なんともいえず可愛らしかった。

その敦康の世話役である行成は、昨秋、蔵人頭から参議となり、公卿としての身分を手に入れている。道長に抜擢《ばってき》され、六年ほどで成し遂げた昇進だ。朝廷内でも特に早い出世の背景には、一条天皇と道長の間で奔走し続けた忠義者という評価があるようだった。亡き詮子、そしてまた定子からも、何かと頼られてきた人物である。

――この人は忠臣となってくれるだろうか。

儀式の間、彰子は何度かそう自問した。行成が自分にも忠義を尽くしてくれるかを推し量るとともに、敦康をどこまで守ってくれるかを見極めようとしたのである。

一条天皇の子であり、道長もその後見をせざるを得ないのだから、当然、敦康を守り育てることに尽力してくれるだろう。そう思いながらも、彰子はこの行成を全面的に信頼する気にはどうしてもなれなかった。

行成の働きぶりは、誰かに尽くすことに徹するというより、朝廷そのものに身を献げようとしている印象だった。一条天皇と道長が、協力し合って秩序を維持しなければならない朝廷に、である。

親愛の情や、友情よりも、今の政権を安定させることこそ第一義としているのだ。

ゆえにこそ、彰子を中宮とすることや、敦康を彰子に育てさせることを、一条天皇に勧めたのだろう。道長や詮子の意を汲む一方、それらが最も万事穏便に朝廷を維持するすべである、という判断が、この律儀な宮廷人の中であったに違いない。

となると、朝廷というものを通してしか、敦康のことも見てくれないことになる。敦康がどう感じ、何を思うかは、察することはあれ、優先すべきこととは考えないはずだ。何しろ、彰子の思いなどまったく無視して、一条天皇の中宮とすることに荷担したのだから。彰子の苦痛や虚しさに、行成のような官僚が配慮してくれた記憶はまったくなかった。

だから、

「東三条院様や父に頼まれ、私を中宮にするよう働いてくれたというのは本当ですか」

と行成に問う気も起こらない。そのことに感謝しようという気にならないのだ。

やはり自分が、敦康を守るしかない。

このまま敦康が誰のことも怨まず、誰からも怨まれないよう、自分ができる限りのことをしなければならなかった。そう思えば思うほど、頼れる者とてないことが心細く、

――どうか、何も起こらないで。

ただ、そう願うほかなかった。

そしてそのような彰子の願いとは裏腹に、朝廷とその後宮全体に、ややもすると緊迫といっていい空気が漂うようになっていった。

その空気を、彰子はしばしば道長を通して感じた。父は、良くも悪くも一条天皇に対しての苛立ちを隠さない。本人は注意深く隠しているつもりかもしれないが、彰子にも聞こえるところでぶつぶつ不平をこぼされれば嫌でもわかってしまう。そしてある日、その不平の核心を、彰子は耳にすることになった。

「ああ、なんということだ。あの娘すらも、帝の子を授かるとは」

彰子は呆然となった。

あの娘とは、定子の妹である御匣殿《みくしげどの》のことだ。当初、敦康の世話をしていた女性である。

なんとなく、一条天皇がその御匣殿のことを気にかけていることはわかっていた。聞けば定子によく似ているという。帝は亡き皇后の面影を求めていらっしゃるご様子だ、という噂も聞いた。

これには、彰子よりも女房たちのほうが不安がった。彼女らにとって、彰子の後宮は、道長と

いう有力者によって作られ、一条天皇が最も気にかけてくれる、最高の職場であるはずなのだ。しかし御匣殿の存在がそれを覆《くつがえ》せば、自分たちはどうなるのか。そういう不安だった。

彰子は正直なところ、御匣殿のことを脅威《きょうい》とは思わなかった。父と姉が世を去り、兄は先年恩赦を下されたとはいえ、一度は宮廷から追放されたのである。しかも姉の子が三人もいるのに、誰一人として養ってやれない。どれほど心細く、情けないことか。あの優しい一条天皇が気にかけるのも、もっともだとすら思っていた。

だがその御匣殿が、一条天皇の子を授かったとなれば話は違った。彰子は初めて強い動揺を覚えた。自分が何に対して動揺しているのか、対象が多すぎてわからなくなるほどだった。

いまだ懐妊《かいにん》など不可能なほど幼いおのれを、久々に自覚させられた。もし御匣殿が一条天皇の男子を産めば、今は何者でもないとしても、やがては詮子のように長い年月をかけてではあるが、国母となる日が来るかもしれない。

そして自分は、かつて詮子が罵った藤原遵子《じゅんし》のような境遇になりかねなかった。となれば、敦康は再び御匣殿のもとへ戻され、自分には何も残らないということになるだろう。

そう考えたところで、はたと彰子は気づかされた。

伊周の復位。

詮子の崩御からこのかた、一条天皇が何を考えていたか、これで推測できた。父もそうなのだろう。そのせいで、穏やかならざる気持ちでいるのだ。

一条天皇は、亡き定子の家である中関白家《なかのかんぱくけ》を再興させようとしているのではないか。

御匣殿をきさきとし、男子を産ませ、伊周をその後見に据える。そうなれば中関白家は、敦康を後見する道長につぐ存在となるだろう。そして敦康がどうなるか、彰子には想像もつかなかった。わかるのは、一条天皇、伊周、道長の三人の間で、翻弄されるということだけだった。その過程で、敦康がどのような怨みの犠牲になるかわからず、自分にはとても守ってやれる自信がないということが、彰子を打ちのめした。

――御匣殿には、それができるだろうか。

そう思うだけで泣きたい思いに駆られた。

一条天皇の寵愛を得て、子を授かるという務めの点で、彰子の先を行ったのだ。誰もそうとは気づかぬうちに。そこで伊周が返り咲いて見事に復権したとしたら、道長の立場とて危うかった。何しろ伊周も道長も、父母の後ろ盾を失っているという点では、まったく同じなのだ。そのように、おのれだけでなく一族全体に繁栄をもたらす道を、御匣殿は手に入れたということだった。

――敵《かな》わない。

自分にはどうしようもなかった。女房たちが、

――わたしたちの主人は、見事に出し抜かれた。

というふうに思っていることを感じ取っていたが、その通りだというしかなかった。そもそも定子という存在に敵う者などいるのか。その身内である御匣殿を、一条天皇が愛するのは仕方のないことではないか。そう父や女房たちに言いたかった。自分も同じくらい愛されねばならないことはわかっているが、どうしたらそんなことが可能なのかまったくわからなかった。

このとき彰子にできることは、ただ怨まないこと、それだけだった。敦康が自分のもとから去

っていったとしても、決して怨んではならない。詮子のようになってはいけない。そう覚悟した上で、ひたすらに敦康のことを守ろう。何ができるかわからないが、少しでも敦康の幸いになると信じられることに尽くそう。

そのような彰子の悲愴《ひそう》といっていい思いをよそに、一条天皇はきわめて政治的に、敦康の存在感を高めようとしていった。

行成に多くのことを命じて、敦康の世話をさせた。他の公卿たちに、参議たる行成が敦康に仕えているところを見せるのが目的だろう。

そしてこの年の五月、一条天皇は、かねてから注力していた国家鎮撫の政策をさらに推し進め、大々的な法会を清涼殿で行なわせることとなった。

東大寺《とうだいじ》、興福寺《こうふくじ》、延暦寺《えんりやくじ》、園城寺《おんじょうじ》の高僧を一斉に召喚《しょうかん》し、護国《ごこく》経典である金光明最勝王経《こんこうみょうさいしょうおうきょう》の全十巻を、朝夕の二座に一巻ずつ、すなわち五日間にわたって講じさせるのである。

後世、最勝講《さいしょうこう》と呼ばれることになる一大法会であった。相次ぐ疫病や内裏の火災を何としても防ごうとする、一条天皇ならびに公卿たちの意志の現れであり、貴族たちがそれぞれ催す法華《ほっけ》八講《はっこう》とは、厳粛《げんしゆく》さという点で画然《かくぜん》たるものとなった。

天下泰平《てんかたいへい》という王政最大の課題の解決を祈り、そしてまた、寺院を統率するのは天皇であるということを世に知らしめることにもなる。一条天皇の治世を権威づけ、盤石《ばんじやく》とするための、最も重要な儀式であった。

そしてその儀式の同日、一条天皇は、敦康のために御読経《みどきょう》を営むよう命じた。

あくまで臨時の御読経である。だがその上、一条天皇自ら渡御し、我が子の儀式を見守るということをしてみせた。

おのれの権威を高めることで、朝廷に、ひいては天下に、泰平をもたらさねばならないという使命をまっとうする一方、我が子の立場をも明白にし、この子こそ皇統を継ぐべき者であると示したのである。

彰子が皇子を産めない限り、道長もこれに追随するしかない。敦康を皇子として敬い、その後見であることを何かと強調することで、必死におのれの立場を守ろうとした。

道長からしても正念場である。最大の後ろ盾でもあった詮子が世を去ってのち、政敵であった伊周がいよいよ年内にも朝廷に復帰するのだ。伊周の恩赦に同意したときは、まさか御匣殿が懐妊するとは思ってもいなかったはずである。

朝廷は波瀾《はらん》に満ちる。公卿たちをはじめ、女房として働く者たちですら、そうした予感を抱いたことだろう。彰子も、日に日に恐ろしい政争の予感に襲われるようになっていた。

だが、その予感は、呆気なく消え去った。

長保四年（一〇〇二）の六月、御匣殿が世を去ったのである。

享年、十七。彰子より僅かに長く生きただけの、あまりに呆気ない死だった。

もちろん、腹の子も死んだ。

一条天皇の悲痛を、このときも彰子はただ漠然と察することしかできなかった。

ひとたび愛した女性を失い、こうしてまた、愛そうとした女性を失った。しかも今度は、子を遺すこともなく。あたかも愛することで、次々に相手の命を奪ってしまうかのようだった。

御匣殿の無念と孤独も、どれほどのものだっただろう。定子は伊周ら家族に見守られての崩御だった。だが御匣殿の場合、伊周の復帰も間に合わなかった。

朝廷には、どこかほっとしたような、弛緩《しかん》したような空気が漂った。予感された激しい政争が訪れることなく収束したのだ。彰子の女房たちなどは、てきめんに朗らかになった。

道長は渾身《こんしん》の演技で、歓喜を隠した。

できれば呵々《かか》大笑《たいしょう》し、安堵にひたり、誰彼構わずおのれの幸運について話して聞かせたいところだったろう。実際にそうしたのは、もっぱら彰子に対してだけである。これでひとまずは安心だ、何も心配することはない、と繰り返す父を見ながら、彰子は寒々とした思いでいっぱいだった。

詮子は病と死をもって恩赦を、御匣殿は腹の子ともども死をもって平穏をもたらした。いったい自分たちは何なのか。きさきとは、何のための存在なのか。

子を産まねば蔑まれ、子を孕んでは争いの種となり、死ぬことで安堵される。

このような人生をどうしたら喜べるというのか。そう思うと、何もかもが冷え冷えとし、豪奢な住まいのどこもかしこも生彩《せいさい》を欠くように感じられた。

温もりを覚え、命を感じるのは、幼い敦康を両腕に抱くときだけ。

そんな彰子をよそに、朝廷ではこれ以後しばらく、穏やかな月日が流れた。

初花の章

一

改元があった翌年の寛弘《かんこう》二年（一〇〇五）の十一月、すくすくと育つ敦康《あつやす》のため、一条《いちじょう》天皇の意向もあって、読書始《どくしょはじめ》が催《もよお》された。

敦康は七歳。彰子《しょうし》も気づけば十八歳になっていた。

場所は、彰子の住まう中宮御在所《ちゅうぐうございしょ》たる藤壺《ふじつぼ》である。

敦康の直盧《じきろ》（身分が高い者のために宮廷内に設けられる部屋）は、彰子が住まう場に作られるのが当然とされるようになっていた。一条天皇が敦康に関する行事を営めば、必ず義母である彰子と顔を合わせることになるし、敦康の後見的立場を維持する道長《みちなが》も、同席することになる。

道長と、帝・臣双方の側近として働く行成《ゆきなり》、そして今は亡き詮子《せんし》の目論見《もくろみ》通りに、ということを彰子はしっかり認識している。そうしたことがらを一条天皇も察している、ということも。

宮廷においては、誰が誰とともにいる、という単純な事実ですら、多数の人々の思惑が絡《から》み合い、一定の均衡《きんこう》を見出《みいだ》した末のことなのだ。

一条天皇はやはりどこかで、この状況を快く思っていないのではないか。彰子は常にそのような気後《きおく》れを感じながらも、敦康や一条天皇とともに過ごせることに、安堵《あんど》の念を覚えていた。

とりわけ敦康の成長が実感され、一条天皇だけでなく多くの人々が祝賀に参席する様子には、義理の母としての喜びを感じずにはいられなかった。それもまた敦康の亡き実母に対する気後れを伴うものであったとしても、それはむしろ世を去った女性の分までこの幼子《おさなご》を守り通そう、という意思の現れでもあった。

この催しに、一条天皇はひそかに渡御《とぎょ》した、という体裁をとり、人に命じてさりげなく屏風《びょうぶ》を移動させ、御簾《みす》越しに敦康の様子を見守った。

敦康のために詩を講ずる者も、その主上《しゅじょう》の意を察してすかさず見やすい位置に動き、御簾の前にて敦康に朗詠《ろうえい》させた。一条天皇はその様子を、ただしみじみと見ていた。

敦康の母として振る舞う若い彰子にとっても、この読書始は大いにめでたく喜ばしい催しとなるはずだったが、

――なんともどかしい。

終始感ずるのは、彰子自身、意外であり、もてあますほどの、途方もない焦《じ》れったさだった。

理由は、講じられる漢詩の意味がわからないことにある。

わかりたいのに、わからない。

従来、姫君に漢詩の素養《そよう》は不要とされていた。高貴な生まれの娘たちはみなそうだし、大半の女房《にょうぼう》たちもそう思っている。漢学は男たちの領域であり、女たちは仮名《かな》が読み書きできれば、それで生涯こと足りる。

彰子もそうだ。父の道長は、彰子に漢学をはじめ諸学を修得させようといった意向は、つゆほども示さなかった。せいぜいが、典型的な姫君としての、振る舞いや詩歌《しいか》の習いごとに限った。

だが近頃、彰子は修学意欲というべきものが芽生《めば》え、ちょっとやそっと挫《くじ》けただけでは萎《しぼ》まぬほど、身のうちに根づきつつあるのを感じていた。

きっかけは、いくつかある。

もともと彰子は読みものが嫌いではなかった。ものによっては夢中になり、何度も読み返すうちに座右《ざゆう》の書になるものもあった。詩歌や面白おかしい日記も良いが、一番はやはり物語である。

この頃の物語といえば、女たちの手による作りものの物語と決まっている。いろいろな身分の女たちが、さまざまに空想を働かせ、理想の男性像や女性像を自由に思い描いたりしながら、多種多様な恋のあり方を綴《つづ》ってみせるのである。

もっぱら、そうしたものが好きな女たちが、文通によって作品を交換し、感想を伝え合うもので、あくまで、狭い交友範囲での楽しみである。だが中には、人々の手から手へと渡り、書かれたものがことごとく筆写され、ついには宮廷を席巻《せっけん》するほどの話題となる物語もあった。

彰子は、いずれも好んだ。ごく内々で好まれる物語も、広く知られて男たちにすら読まれる物語も、ことあるごとに手に入れさせ、大事に読んだ。

年頃の娘らしいことだといってしまえば、それまでだが、彰子の年齢で帝《みかど》に嫁《とつ》ぎ、内裏《だいり》の実情に次々と直面させられる娘など、他にいるものではない。他者からすれば栄華《えいが》の中心にいるはずの彰子が、わざわざ架空《かくう》の恋愛沙汰《ざた》を求めるというのは、それだけ現実から逃《のが》れるすべを欲していたといえた。

ただ逃れるのではなく、幾多《いくた》の恋物語を読み終え、改めて現実に戻ってくるつど、周囲がふとそれまでと違うもののように思えることがある。物語の中の男女とおのれを比較し、自分はまだ幸いだ、とか、自分はこのような満足がないのだ、といったことを初めて知った気分になる。そうして、そこはかとなくではあるが、彰子にとっては寒々として精彩を欠いた場所でしかなかった宮廷が、いっとき温かみと色味を伴う場所に思えることがあるのだった。

作り物語におのれをなぞらえることで、現実の世を受け入れようとするのは、教養ある男性、中でも彰子にとってその筆頭たる一条天皇からすれば、思わず苦笑してしまうような稚気《ちき》の一種とみなされるだろう。彰子はしばらく前までそう信じ、我ながら恥ずかしいことだと、これまた後ろめたく思っていた。間違っても物語が好きであるなどと、一条天皇の前で口にしないよう気をつけていたものだ。

そんな思い込みから解き放たれたきっかけが、いくつかあった。

一つは、『枕《まくら》』と呼ばれる、日記ともなんともつかぬ草子《そうし》の存在である。

それは、かつて後宮《こうきゅう》に仕《つか》えた、とある女房の手によるものだそうだ。女が書いたものにしてはきわめて珍しく、女たちよりもむしろ男たちに読まれていた。それも、公卿《くぎょう》やそれに準ずるような身分の高い者たちが、読むだけでなく書き写させて流布《るふ》させているのである。かといって学識に満ちた高尚《こうしょう》なしろものというわけではなく、ある種の珍書といってよかった。

山といえば、あれそれ。川といえば、これこれ。などといった、自分流の物並べを好き勝手に書き綴るかと思えば、牛車《ぎっしゃ》を花で飾ったら、花房から牛が首だけ突き出しているみたいだった、などという、思わず吹き出してしまうような下《くだ》らないことが書いてある。牛の尻の匂いについて馬鹿馬鹿しいほど詳述されたかと思えば、夜半《やはん》に轍《わだち》がはねさせる川の飛沫《しぶき》が水晶のようだとか、聞いたこともない喩《たと》えが披露《ひろう》される。

彰子は、こんなものを男たちが好んで読むとは想像したこともなかった。もっと小難しく、政《まつり》治《ごと》や神事《しんじ》のあるべき姿を論ずるようなものこそ、男たちの読み物だと信じていたのである。

男たちも、笑ってしまうような話が好きなのだ。意外なものを好むのだ。その発見は、彰子が抱いていた男性観を、かなりの程度、揺るがしたといえる。そんな、いってみれば女性的な心を持つ男性など、それこそ物語の中にしか存在しないと思っていたのだ。

そして何より彰子をはっとさせたのは、『枕』に書き綴られた宮廷の光景だった。とりわけ後宮のあれこれが描かれるとき、常にその中心にあるのは一人の女性の姿だ。

これまで彰子が何一つとして窺《うかが》い知ることのできなかった、今は亡き皇后定子《こうごうていし》の立ち居振る舞いが、草子の中で鮮やかに描かれていたのである。

それらは彰子のうちなる何かを大いに刺激したが、決して不快な経験ではなかった。結果的に、一条天皇の寵愛《ちょうあい》を巡って競い合わされただけであって、もとより定子には何の怨《うら》みもないのである。むしろ、敦康を産んだ女性であり、今も一条天皇がひそかに愛を向けているであろう相手であることから、はじめからはるか遠くにいて敬意を抱くべき存在のように思っていた。

書き手の女房が、華やかな後宮に気後れするのを勇気づけるため、定子がいろいろに手を差し伸べてやるところなど、その人柄が偲《しの》ばれた。

一条天皇が登場し、定子やその兄を交えた、雅《みやび》やかで輝かしい団らんの様子など、胸が苦しくなるような思いを味わう反面、うっとりするような気分にもさせられた。

巧みに故事《こじ》や漢詩を交えた優雅な会話など、もう作り物語としか思われない。本当にこんなことがあったのだろうかと不思議に思う一方で、強い感動を覚えていた。

そうしてこの草子が伝える過去の後宮の様子を知ることで、彰子はやっと、

「昔の様子が懐《なつ》かしい」

などと公家《くげ》がこぼすことの意味を知った。定子の後宮を懐かしみ、彰子の後宮に不満を告げていることはわかるが、何が違うのかはわからなかった。

彰子の女房たちなどは、そういう発言にふれると一様に、なんの、定子の後宮など、さんざん宮廷を騒がせたではないか、と敵愾心《てきがいしん》をあらわにするのが常だ。

——これほどに懐かしまれているのだ。

だが彰子は、草子の書き手と読み手の心持ちを想像するたび、何か大切なことを、しかも父や母がまったく教えてくれなかったことを、的確に教えられているような気にさせられた。

草子の書き手の女房は、なんとも言えない道化《どうけ》である。少なくとも、自分をそのように見せている。いたずらと失敗談と自慢話という、稚気溢《あふ》れる語り口には呆《あき》れるばかりだった。そして、そう装いながら、彼女は尽きせぬ愛着の対象を描いていた。万人《ばんにん》から愛されるべき存在として。

定子と、その後宮のことを。

それらは確かに、華やかであり、朗《ほが》らかであり、そして聡明な一条天皇をも安堵させ、また満足させるほどの、政治や文事といった教養に満ちた場だったのだ。

——このように私もここを営めたら。

そう思わずにはいられなかった。

しかもそれは、決して諦念《ていねん》に満ちたものではない。逆に、もしかすると自分にもできるのでは……、という根拠のない自信のようなものをおのれのうちに感じるのだ。

いや、あながち根拠がないわけではなかった。

このところ中宮として、神事のあれこれを指示するという務めが急激に増えていた。今年の春先にも、祇園《ぎおん》や北野《きたの》社《しゃ》で仏師《ぶっし》に仏像を彫らせ始める時刻を指定するなど、中宮差配《さはい》として彰子が指示した。これはこういうものだから、と言われて、ではそのように、という程度の、まだまだ父や誰かに指導されてのこととはいえ、公務は公務である。しっかり務めようという彰子の気持ちは強かった。それが一条天皇の支えに、少しでもなれるのなら、と。

同じく春先に、大原《おおはら》野《の》社《しゃ》への行啓《ぎょうけい》も無事に果たしている。

明け方に土御門第《つちみかどてい》を出立《しゅったつ》し、昼には社《やしろ》に着き、夕方まで神事に加わった。宣命《せんみょう》が唱えられ、神宝《しんぽう》および幣帛《へいはく》を供え、舞楽《ぶがく》の奉仕と楽人《がくじん》らへの給禄《きゅうろく》があった。一日がかりの、あたかも行幸《ぎょうこう》のような厳粛《げんしゅく》な儀を、つつがなく務めたのである。

父の道長もこれに同行して儀式を司《つかさど》ったが、神事の主体は、あくまで彰子だ。しかもこの神事には、大きな因縁《いんねん》があった。

彰子を立后《りっこう》すべし、と行成が一条天皇を説《と》き伏せたとき、その重大な論拠となったのが、世俗《せぞく》の后《きさき》が不在では神事が全うできない、ということなのだ。

詮子や遵子《じゅんし》はとうに出家しており、定子もまた、出家と還俗《げんぞく》の不明瞭な狭間《はざま》に身を置かねばならなくなっていた。これでは大原野社への行啓もままならない。行成はそう一条天皇を説いたという。結果、詮子と道長がそれぞれ懇請《こんせい》した以上に効果があり、一条天皇が彰子の立后を承知したとのことであった。

そうした経緯《いきさつ》を、彰子は今ではつまびらかに知っていた。詮子から聞いた話をもとに、父や行成にそれとなく尋《たず》ねたのである。聞くべき相手が二人いるのは都合が良かった。二人の言うことが食い違わない点は、真実であるとみなせたからだ。

もう一人、本来であれば尋ねうる相手がいた。一条天皇その人である。だが彰子の口からはとても尋ねられなかった。経緯を知ったあとでも。

だからせめて、承知したことを一条天皇に後悔させないよう、しっかりと自分なりに気をつけ、わざわざ実資《さねすけ》を通して過去の例などを聞き知った上で、務めたのだ。

思えばそんな彰子の熱意を、一条天皇も察してくれていたのかもしれない。

大原野社への行啓からさらに四ヶ月ほど遡《さかのぼ》った、寛弘元年（一〇〇四）の十一月のことだ。

内裏では、流行《はや》りの羹次《あつものついで》という宴《うたげ》が催された。肉や魚を煮て、振る舞う宴である。この宴がいち段落したあと、一条天皇は藤壺を訪れてくれた。

そして久方《ひさかた》ぶりに、笛を吹いてくれた。

かつて幼い彰子が、どうしていいかわからず、そっぽを向くしかなかった笛。

「あのときは耳を傾けてくれたけど、今日は眼差《まなざ》しも向けてくれるのだね。なんだか緊張して、みっともなく音を外《はず》してしまいそうだよ」

優しくそう言ってくれる一条天皇に、彰子は思わず微笑《ほほえ》んでいた。

初めて、この人にそうすることができた。

微笑んだあと、彰子はその思いで熱く満たされるのを覚えた。ただ微笑み合う。それができるようになるまで、五年もかかった。一条天皇は根気よく、決して急《せ》かすことなく、彰子がおのずからそうするのを待ってくれていた。それが一条天皇の真心《まごころ》のなせるわざであることが痛いほどわかった。そのとき抱いた深い感謝の念を、彰子は、生涯忘れまいと誓った。

中宮の立場というものに慣れ、自分でも務められるという実感を少しずつ得る一方、他の、最も大事な点でも、徐々にではあるが、自信を持つようになっていた。

おのれの身体《からだ》である。

かつては、いかんともしがたかったが、十八歳となった今では、これが同じ自分かと思うほど、身体つきからして変わっていた。もちろん幼かったときの名残《なごり》はあちこち見られたけれども、背もそれなりに伸び、胸乳《むなぢ》は女性のそれとなり、痩身《そうしん》の少年じみていた輪郭《りんかく》は跡形もなく消え失せ、女のまろみがはっきり現れていた。

心のほうも、一条天皇を受け入れるということに、かつてほどの緊張も恐怖も覚えなくなっている。はじめは、臥所《ふしど》をともにするだけの行為に過ぎなかった。互いの身体を確認するだけのような、温《ぬく》もりを移し合うのが精一杯の関係である。

ここでも一条天皇は待ってくれていた。彰子の身体が耐えられるようになるまで、決して彰子の心を損なわないよう、随所《ずいしょ》で気遣《きづか》いをみせてくれた。さもなくば、身体の用意ができたところで、心のほうが、一条天皇という存在を受け入れること自体に、苦痛や嫌忌《けんき》の念を覚えるようになっていたことだろう。そのことにも、彰子は感謝した。だから、一条天皇を初めて受け入れたときの苦痛にも、しっかり耐えることができた。

はじめはその営みのたびに苦痛に耐えるべく身構えていたものだが、驚くほど短い期間で、その必要もなくなった。一条天皇は、彰子の身体に対しても心配りを怠《おこた》らなかった。むしろ期待すらしたことのなかった、愉悦《ゆえつ》の感覚を初めて味わったときなどは、定子や御匣殿《みくしげどの》や他のきさきたちもこのように幸せだったのだろうかという思いが胸に迫り、やっと彼女らの仲間入りができたのだと涙が流れるほど嬉《うれ》しかった。

今でも臥所に一条天皇とともに横たわっている間は、やはり緊張でみじろぎもせず、さりとて一睡もできず、という状態ではあったものの、希望の持てない夜を恐れる感じはなくなっていた。

まどろみらしき状態になることもあり、そういうとき、ふと心のどこかで、ずっとこのまま時が止まってくれればと思うことさえあった。

このように、あらゆる面で自信を備えるようになってきた彰子であったが、

――悔《くや》しい。

敦康の読書始においては、自分がどれほど足らぬかを思い知り、久方ぶりにまったく心穏《おだ》やかでないおのれに耐えねばならなかった。そのせいで、しみじみと我が子を見つめる一条天皇の妨《さまた》げとなっては、と思い、袖で顔を隠しっぱなしだった。

ここでは、ろくに話し相手にもなれぬばかりか、微笑み合うことすらできない。

なんと言っても、朗詠される漢詩の意味がわからぬからだ。

漢詩を献上《けんじょう》したのは、道長ら昇殿《しょうでん》の者たちである。

そこに、定子の兄である伊周《これちか》もいた。

この頃、一条天皇も道長も伊周も、中関白家《なかのかんぱくけ》の復興について緩《ゆる》やかな合意を得ていたのである。道長とて、詮子のように怨み怨まれて生きたいとは思っていないのだ。どこかで伊周との和解をはかっていた。

その道長と伊周が、互いに応酬《おうしゅう》するようにして漢詩を献上したのである。列席者の顔色がちらちら変わるところをみれば、二人の詩にさまざまな含意《がんい》があることは明らかだった。

一条天皇は常と変わらず泰然《たいぜん》とし、また静穏《せいおん》な様子であったが、ときおり朗詠者の口ぶりに合わせ、小さく詩の一部を口ずさんだりしていた。

彰子には、なぜ一条天皇がそうするのかすらわからない。少し前まで、わからなくてもそれでいいのだと思っていた自分がいたとは信じられないほど、悔しかった。

その思いは決して消えず、その年の暮れには、まったく別の苛立ちへ変貌《へんぼう》することとなった。

全て、ある女房のせいだ。

おかげで彰子は厳しい手紙を書いて、その女房を呼びつけたい思いを抑えつけねばならなかった。

年の暮れに彰子つきの女房として出仕《しゅっし》が決まったのだが、少し働いただけで、気づけば退廷《たいてい》しており、里に引き籠《こ》もったまま、出てこなくなってしまっていた。女房同士のいさかいが原因だろうと窺えたが、哀れむよりも、そんなことでどうするのかという気分の方が強い。

何しろ、物語を好むことに気後れしていた自分が、ようやく解き放たれたきっかけのもう一つこそ、その女房が書いた物語なのである。

さらに彰子は彼女に別のことも頼もうと思っていた。漢学の修得だ。その女房は学識の塊《かたまり》といわれていた。一条天皇すら感心させるほどの。そんな女性を彰子は他に知らない。

もし彼女が、もっと早く出仕に応じていれば、献上された漢詩の意味だって、その場で彰子にこっそりと、この上なく的確に、教えてくれていたはずなのである。

彼女が必要だった。今このときだけでなく。一条天皇といつか対等に話せるようになるためにも。そしてまた、おのれの後宮を人々の称賛に値するものとするためにも。

そういう瀬戸際《せとぎわ》なのだ。

なのに、

――紫 式部《むらさきしきぶ》め！

どこかで引き籠もっているその女房を、彰子は猛烈な苛立ちを込めて、心の中で叱咤《しった》していた。

二

彰子にとって、その女房の振る舞いは、何から何まで呆気《あっけ》にとられるものだった。

出仕を決めておきながら引き籠もる。そんな女房は、初めてといってよかった。

おのれに仕えるのは、父の選《え》りすぐりの女房たちである。藤原家の長者《ちょうじゃ》たる道長の娘にして、今や一条天皇のきさきの筆頭たる彰子に仕えることを、喜ばぬ女房などいない。

後宮は豪奢《ごうしゃ》で、賄《まいない》をけちられることなどなく、最高級の調度《ちょうど》や織物がたびたび下賜《かし》される。彰子に仕えているというだけで鼻を高くしていられる。それゆえ出しゃばりたがる女房たちを、彰子が苦労して大人しくさせねばならないほどだった。

みな素晴らしい働き口を得たことに満足するのが当たり前であるにもかかわらず、その女房はちょっと出仕したかと思ったら、用事がどうのこうのとよくわからない言い訳を残して里に帰り、そのまま姿を現さないのだ。これではまるで、期待したような場所ではなかったと言わんばかりではないかと、ほかの女房たちも呆れ返っていた。

彰子からすれば、呆れるだけでなく、腹立たしい限りである。

出しゃばる女房こそ厄介《やっかい》だと思っていたが、引き籠もる女房がこれほど面倒だとは思わなかった。こちらが出てこいと命じても、ずるずる返事を引き延ばすばかりで一向に埒《らち》があかないのである。

いったい何が気にくわないのか。呼びつけて面《まのあたり》に問い質《ただ》したいが、そうしたところで明瞭な返答を得られるかどうかも不明である。

そういう、おそろしく内気なのか、他人というものへの興味が薄いのか、その両方か知らないが、とにかくおかしな女房だった。

文人の藤原為時《ためとき》の娘として生まれ、年若いみぎりより、漢才あらたかだったという。

弟が漢籍を学ぶため朗読しているのを聞くうち、おのずと諳《そら》んずるようになったというのだから、才能があるとしかいいようがない。弟が漢籍を繰り返し読んで内容を理解し、諳んずるのに幾日も費《つい》やすのが普通であったのに対し、彼女は聞くそばから覚えてしまったそうだ。

父親の為時は、その娘の様子を見て、たびたび彼女にこう告げたという。

「残念なことだ。お前が息子でないということが、私の運の悪さを物語っている」

娘からすれば、これほど身勝手な言い分はないが、為時のいつわらざる思いであったろう。

歴史を学ぶ紀伝道《きでんどう》を修養し、花山《かざん》法皇がまだ東宮《とうぐう》であった頃、その読書始を務める一人として選ばれたのが、為時である。かつて花山法皇が天皇として即位した折、式部丞《しきぶのじょう》となったことから、のちにその娘も、式部と呼ばれることになった。

紫式部、と。

天皇の代が変わり、一条天皇の御代《みよ》のとき、越前守《えちぜんのかみ》として任国《にんごく》へ下向《げこう》したが、その際、わざわざ紫式部を同行させたという。おのれの漢才が息子ではなく娘に受け継がれたことを嘆きながら、むしろそれゆえにこそ娘を愛《いと》おしく育てたことが窺い知れる。

なお為時は本来、淡路守《あわじのかみ》に任ぜられていたが、事情があって越前守となった。若狭《わかさ》に宋《そう》の商人が入り込んでのち、越前に居ついてしまうということがあったため、漢才優れた為時が、急遽《きゅうきょ》、交渉のため越前へ派遣されたのである。

宋人と筆談を交わし、帝に進講《しんこう》するほどの父の教養を、娘は、越前の地で存分に吸収した。娘にとっては、使い道のない学識を。

いや、そのときはまだ使い道がなかった、というべきか。

女が教養を身につけ、ましてや漢籍の知識を口にするなどはしたない、とされるのが世の常であり、こういう娘の存在自体、きわめて稀《まれ》だ。

しいて似た女性を挙げるならば、それこそ一条天皇の皇后であった定子《ていし》か、あるいはその母、高階《たかしなの》貴子《きし》であろう。

貴子の父の高階成忠《なりただ》は、為時同様、漢才をもって朝廷に仕えた人物だ。しかし、その学識の広さと鋭さゆえか、尋常《じんじょう》ではないものの考え方をし、人々からは奇異の目で見られたという。何しろ、娘の貴子に、男など頼ってはならない、決して結婚などせぬように、と言い、代わりにおのれの学識を授け、女官《にょかん》に仕立てあげたのである。

世の男など信ずるに値せず、女一人で生きられることこそ大事、というのが成忠のあまりに先鋭的なものの考え方だったのだ。

娘の貴子は、父の考え通り、学識豊かな女性に育った。漢籍に通じ、円融《えんゆう》天皇の御代に帝の掌侍《ないしのじょう》に抜擢《ばってき》され、女官として目をみはる働きをしてのけている。そして、そのように男の面《めん》目《もく》など顧《かえり》みもせず過ごしたことにより、かえって藤原摂関《せっかん》家の長者たる藤原道隆《みちたか》に見初《みそ》められ、熱心に通われた挙げ句に結ばれたというのだから、人の世の不思議さには限りがない。

父の成忠も、手塩にかけて育てた娘が、まさか一条天皇の義理の母になるとは思いもよらぬことであったろう。

その父の薫陶《くんとう》を、貴子はそのままおのれの長男の伊周《これちか》や、娘の定子らに受け継がせた。

そして定子に教養があったことが、一条天皇を大いに喜ばせ、また心の支えとなったことは、『枕』を読んだ今は、まざまざと想像できる。

その貴子も、長男の伊周が弟の隆家《たかいえ》とともに罪に問われて失墜《しっつい》してのち亡くなった。定子亡きあと、彼女たちに匹敵《ひってき》するほどの学識に長《た》けた女性は、朝廷から消えてしまったのである。

そのことを、誰あろう定子に代わって後宮の筆頭となった彰子が、あるとき卒然《そつぜん》として悟り、忸怩《じくじ》たる思いを抱くことになるというのもまた、人の世の不思議だ。

彰子は、おのれの内に奇妙で激しい感情を発見したときのことを、はっきり覚えている。

先年の、寛弘元年（一〇〇四）七月。まさに元号が変わったことが、きっかけだった。

その頃は旱《ひでり》がひどく、疫病《えきびょう》が流行するなど、天地に禍《わざわい》が満ちており、一条天皇もそのことに心を痛めていた。それゆえ改元をもって天と地の悪《あ》しき気を祓《はら》うとともに、一条天皇の徳を強調し、正統なる帝の治世を知らしめることが目的だったのである。

一条天皇はまた、寺社に祈禱《きとう》を命じて国を鎮《しず》めるための修法《しゅほう》を講じさせ、自ら経をしたためた宸翰《しんかん》を送り、今なお先頭に立って護国《ごこく》に尽力している。

そんな大事な改元のことについて、彰子も女房たちも、一条天皇の前で、まったくといっていいほど話題にすることができなかったのである。

第一に元号の意味がわからない。漢学の博士が、漢籍からとったものが採用されたらしいが、それがどのような語句であり、なぜそれが選ばれたのか、理解することのできる女が、彰子自身をふくめ、周囲に皆無《かいむ》だった。

――この方を支えてあげたい。

近頃の彰子は、一条天皇に対し、ますますそう思うようになっている。

朝廷において誰よりも若い身でありながら、誰よりも重い責務を背負い、そしてまた彰子に対して誰よりも穏やかで優しく振る舞ってくれる。そんな一条天皇を、たとえ微力であれ何かしら慰めて差しあげられないものか、と悩みはするものの、いかんともしがたいのが現実だった。

そもそもそうした悩みを抱けるようになったのも、おのれの身体がようやく女となったことに自信をつけた結果でもあろう。ひと昔前どころか、先年のはじめ頃まで、一条天皇をお慰めするのに漢籍の知識が必要だなどとはみじんも思っていなかったのである。おのれの肉体に致命的な欠陥があるのではないか、世の女と同じように成長したり子を産んだりすることができないのではないか、と恐れる少女にとって、それこそ漢籍の知識が何の役に立とうか。

そのような幼すぎる后としての辛《つら》い年月も、気づけば過ぎ去っており、改めて周囲を見回したとき、相変わらず彰子を慰め、また奮起させてくれるのは、やはり可愛《かわい》い敦康の存在であった。

だが、それとはまた別の、示唆《しさ》ともいうべきものを与えてくれるものも存在した。

書だ。それも、女の手による書である。

朝廷で流行した例の『枕』であり、種々《くさぐさ》の作り物語であり、女たちの日記であった。

それまでの物語といえば、『竹取物語』や『伊勢《いせ》物語』のようなものか、子どもを楽しませてやるために、男たちが適当に仕立てたものばかりだ。それらを、

「世に多かる空言《そらごと》」

すなわち、全部でたらめだと言ってのけたのは、道綱母《みちつなのはは》として知られる『蜻蛉《かげろう》日記』をものした女性だ。しかも彼女は、すでにある物語への不満を述べるだけでなく、それを、

「人にもあらぬ身の上まで書き日記して」

と、おのれの物語をしたためることの由縁《ゆえん》ともしたのである。

下らない物語が世に流布《るふ》しているのならば、人並みですらないこの身の上を書き記したところで、今さら何の障《さわ》りがあるだろう。珍しきさまと言われようとも、決して空言ではないことを書いてやろうと思う。

そんな反骨の意志を込め、夫・兼家《かねいえ》との生活をあまさず隠さず綴ったのである。

それは、古くさい型通りの物語に満足せよ、その登場人物のように大人しく生きていよ、という男の側の思惑に対する、女の側からの反抗といえた。

その日記を書いた女性は決して万事幸福ではなかったが、それゆえ、むしろ他者にも書き継がれるような、真実の言葉を綴ることができたに違いない。

彰子からするとちょっと切実すぎて、女房に読み聞かせをさせるたび、感銘を受けるというより気分を暗くさせられそうになったが、それでも心に響くものが多々あった。

さらにそれ以上に、彰子の心を揺さぶったのが、源氏《げんじ》の物語だ。

帝の血を引く貴公子、光源氏の恋愛を綴ったものだが、彰子にとってその物語の主人公は、そこに登場する女たちであった。

雨夜《あまよ》の品定めでは、男に尽くしたものの、漢才に優れているせいで、かえって男を尻込みさせた女が登場する。たまたま病《や》んで求めた極熱《ごくねつ》の薬（ニンニク）を食したため、口臭《こうしゅう》を馬鹿にされ、これでは鬼といたほうがましだと、さんざん詰《なじ》られる。

救いようもなく残酷な話だ。しかしこれこそ、女を品評《ひんぴょう》する男たちの姿を、女の目で見直したときに現れてくるものに違いなく、その生々しさに驚いたものだった。

あるいは、頭中将《とうのちゅうじょう》の側室となって娘を産むものの、本妻に嫉《そね》まれることを嫌がり、市井《しせい》へと消えた女がいる。

そしてまた、受領《ずりょう》階級の女が、光源氏に寝所《しんじょ》から連れ出され、無理やり契《ちぎ》らされる屈辱《くつじょく》が描かれる。老いた受領の後妻というおのれの身への嘆き。遊女のように扱われる悔しさ。悪友にそそのかされて女を自分のものにしようとした光源氏に、

「よし、今は見きとなかけそ」

もうやめて、二度と逢瀬《おうせ》など望まないで、と女は告げ、衣一つを残して消える。

のちに、『帚木《ははきぎ》』『夕顔《ゆうがお》』『空蝉《うつせみ》』と名付けられる女たちから、なるほどこれが私の心であったかと、あたかも鏡に映し出されたおのれを見る気分にさせられたものだった。

むろんどの女も、彰子との共通点はないに等しい。だがそれでも、そう思わせられる。彰子だけでなく、女房たちもそうだった。好んで物語を読む男たちからも評判であった。そういうとこ

ろに、源氏の物語のすごさがあった。

かくして彰子の座右の書となったのは、『枕』でも『蜻蛉日記』でも、昨今の女たちが次々に生み出すものでもなく、源氏の物語ただ一つであったわけだ。

そして、その書き手である女を女房にすると考えたのは、父の道長である。

道長は、女の手による書にいちいち興味を持つたちではない。その興味は、世評に尽きる。要は、評判の女ということで彰子の後宮に加えることを企《たくら》んだのだ。

また、紫式部は彰子の母である倫子《りんし》の遠縁にあたる女だった。紫式部の夫が他界していることも、女房として召致《しょうち》する上で都合が良かった。

それは宮中においてごく自然な成り行きであるといえた。面白いと評判の詩や日記の作者は、得てして宮中に華を添える役を仰せつかるものだ。もちろん、並大抵の腕前ではそもそも評判にはならない。

だが、この源氏の物語の評判は、実のところ並大抵などというものではなかった。気づけば、宮中で知らぬ者とてないほどのものになっていたのである。

その筆者が来る。

後宮の女たちのみならず、公卿たちまで話題にするほどだった。

そうして初めての出仕の日、彰子はその女房と面談した。

なるほど、とんでもなく見目麗《みめうるわ》しいとはいえないが、とかく上品で慇懃《いんぎん》である。気位《きぐらい》を鼻にかける上臈《じょうろう》とも違い、なんというか、所帯じみている。長らく、里の女として人と顔を合わせず、屋敷の奥にいて好きなことをしていたという空気を、そのまま身にまとって後宮に現れたような女だった。

漢才あらたかな物語の書き手、ということで彰子も他の女房たちも、やや身構えていたのは確かだ。彰子はついつい高階家の貴子のように気の強い女性像を想像し、自分こそが後宮女房たちの中心になるのだという気概をあらわにするような女なら、すぐに追い返さねばならないとも思っていた。

だが実際に会ってみると、人並みに緊張している様子で、みなと打ち解け合えるか不安ですが、一日も早くそうなれるよう頑張りたい、と言った。

これなら出しゃばることもないだろう。彰子はひとまず安心した。

「長く仕えてくれることを願います」

彰子は、ぎこちないけれども恭《うやうや》しく振る舞おうとする、その女房に言ってやった。ようやく教養を持つ女房が現れたのだから、大いに役に立ってもらおう。そういう彰子の目算《もくさん》は、ただちに乱された。

紫式部は、数日ばかり出仕し、あっという間に自邸《じてい》に帰ってしまった。

慌《あわ》ただしい、年の暮れから年始にかけてのことである。

そもそも紫式部が初めて出仕したのは、よりにもよって大晦日《おおつごもり》だった。それだけでも特例といえた。行事が重なる時期に、しいて出仕を許したのはこちらである。女房たちも大忙しの中で、新参者《しんざんもの》を受け入れようとしていたのだ。

「いったい何があったのですか」

女房たちに問い質《ただ》しても、

「ほとんどお話もしませんでしたので……」

彼女らにもわけがわからないという様子だった。

紫式部の評判を妬《ねた》んで、女房たちが一丸となって彼女を追い出したわけではない。たった数日、しかも大晦日にあたる多忙の時期に、そこまで激しくいじめが行なわれたとも思えなかった。もしそうなら、彰子とて気づいて止められたはずだ。

それでも彰子は珍しく、女房たち一人一人に聞き取りを行なった。女房たちは本当に、紫式部とはろくに会話すらしていないようだった。

ただ、紫式部がふとしたときに、

「こうして内裏《だいり》にのぼったからといって、気が晴れるものではないのですね……」

などと口にしたり、何かの話題で、

「私は思わず、ここにいるのです……」

と、すがるように言ってきたりしたという。

思わず、というのがどういう意味かは不明だった。意外なことで喜んでいるということか、それとも不本意で渋々ここにいるということか。いまひとつわからないが、とにかく漠然と感じられることが一つだけある。

本人の言とは裏腹に、打ち解ける気がまったくない。不安どころか、どこか高所からみなを見下しているか、一方的に暗い気分を発散させているようにしか思われなかった。

後宮をこういうかたちで蔑《ないがし》ろにする者など、前代《ぜんだい》未聞《みもん》といっていい。女房たちの大半が、早くも紫式部のことなど気にもかけなくなった。

彰子としては蔑ろにされたままでいいわけがない。紫式部から女房たちへ手紙などあった場合はすぐに知らせるように、と頼んだ。

果たして、紫式部から、女房の一人へ歌が届けられた。

閉ぢたりし　岩間の氷　うち解けば　をだえの水も　影見えじや

岩間を閉ざす氷さえ解（溶）けてくれれば、途絶えてしまったせせらぎの水も、再び流れ出し、影が映ることでしょう、という。

心を閉ざす女房たちが態度を氷解《ひょうかい》させてくれさえすれば、途絶えてしまった出仕を再開して私は姿を現す。どうか優しくしてくれ。温かく迎えてくれ。そう言っていた。

愁訴《しゅうそ》の態度だが、その実、打ち解けないのは女房たちだと咎《とが》め、自分は悪くないのだと言い張るも同然だった。

彰子もその女房も、呆れてしまった。

「歌を返してもよろしいでしょうか？」

その女房が訊《き》くので、自由にしなさい、と言った。

当然ながら、その女房は、紫式部を厳しく叱《しか》りつけた。

深山辺《みやまべ》の　花吹き紛《まが》ふ　谷風に　結びし水も　解けざらめやは

奥山の花を揺らす春の谷風が吹いているのですから、その暖かな風に、どうして氷が解けないなどということがあるでしょうか。

自分たちは花だ。氷ではない。凍っているのはお前のほうだ。そう指摘した上で、

「春の谷風のような慈《いつく》しみをそそいで下さるのは中宮様です。そのお心に触れれば、こじれたあなたの気分もほぐれることでしょう。私ではなく中宮様にお頼みなさったらどうなの」

ぴしりと返してやった、とのことである。

彰子はそれでいいと、その女房に言った。くだくだしい言い訳をせず、あるじである彰子に、申し開きをせよ。そうはっきり言われれば、さすがにわかるだろう。そう思って、

「紫式部。春の歌を奉《たてまつ》れ」

わざわざ使いを出して、紫式部が自ら氷解するきっかけを与えてやった。

しばらくして送られてきた歌に、彰子は愕然《がくぜん》となった。

み吉野《よしの》は　春のけしきに　霞《かす》めども　結《むす》ぼほれたる　雪の下草《したくさ》

み吉野のごとき見事な内裏は、今頃は春の景色となって霞《かすみ》がかかっていることでしょうが、私は雪の下草のように、冬ごもりしたままなのです。

それが紫式部の返事だった。

結びし水と女房から言われたので、結ぼほれたると言い返したのだ。私は凍りついている。暗い気分のままでいる。なぜわかってくれないのか。もっと優しくしてくれてもいいのに。

――知るか！

彰子は生まれて初めて、心の底から、誰かに腹を立てるということを経験した。

三

新参の女房こと紫式部は、ことのほか彰子を煩《わずら》わせた。

何かをしでかしたのではなく、何もせずに消えたせいだ。出しゃばりもしない代わりに、こちらが望んでいたこともせず、彼女自身が何をしたかったかも告げず、今も里に引き籠もっている。

そもそも寛弘二年（一〇〇五）の冬の朝廷は、それどころの騒ぎではなかった。

十一月に内裏が焼亡《しょうぼう》したのである。

しかもただ焼けたのではない。火は不穏《ふおん》の現れ、凶報そのものだった。彰子はそのことを、焼亡の直後――、いや漠然とだがその前から、ひしひしと感じるようになっていた。

きっかけは、敦康の読書始だ。

彰子のいる場所で行なわれたそれは、晴れやかで、泰平の雰囲気の中、つつがなく執り行なわれたはずであった。

敦康に伺候《しこう》するのは左大臣たる道長で、右大臣や内大臣もおり、公卿の面々が居並んだ。

敦康こそが一条天皇の皇嗣《こうし》であると、朝廷から認められているのは明らかである。

若くして育ての母とされた彰子も、嬉しく、また誇らしくなる光景であった。

赤子《あかご》であった敦康が――「あい」とか「まんま」とかしか返事ができなかった子どもが――立派な出《い》で立《た》ちで、きちんと座しながら、講じられる詩を真剣に聞いている姿はとても愛らしく、彰子の胸を熱くさせた。

だが、父親である一条天皇がひそかに渡御《とぎょ》し、見守るその場に、そこはかとなく緊張する気配が漂《ただよ》っていたのも確かである。

彰子はその原因が、列席者の一人にあると見ていた。

藤原伊周である。

恩赦によって京に戻った、定子の兄にして、敦康の伯父。かの中関白家の長男にして、道長と激しく争った人物だ。

その伊周に、これまで何があったにせよ、全ては水に流された。そういう前提で、伊周は敦康の読書始に参列していたはずである。

だから、緊張の気配を感じたのは、自分の気のせいかもしれない。そのあといろいろと大変なことが続いたので、わざわざ原因らしきものを心の中で作り出しているだけなのではないか。

そんなふうにも考えた。

けれども、当日の様子を思い出すたび、あの場にはやはり、ただならぬ気配が漂っていたように思えてならないのである。

ことに、読書始において開かれた作文会《さくもんえ》で、そうだった。列席者たちが作った詩が提出され、順々に詠じられた。道長も伊周も自作の詩を出したのだが、二人がそうした際、ことさらぴりぴりと空気が張り詰めたような気がする。

だが、理由がわからない。

詠じられた詩が緊迫をもたらしたのだとしても、彰子にはそれらに秘められた意味が読み解けなかった。

たとえ詠唱《えいしょう》の巧みさはわかったとしても、詩句が示すものを知るには、深い知識が必要だ。

――紫式部ならば。

もしあのとき早くも漢学者の娘が女房としてついてくれていたら、漢詩の意味を知ることなどたやすかっただろう。

紫式部が初めて彰子の後宮に現れたのは、騒然たる大晦日であったので、年明け早々にも、漢詩の意味を尋ねようと考えていたのである。

だが紫式部は、里から出てこず、いつしか春になろうとしていた。

そしてその間、朝廷は不穏な雰囲気の中にあった。

読書始が行なわれたのは、十一月十三日だ。

天災が続くことから、十一日には催される予定であった宴が中止となり、攘災《じょうさい》が行なわれると決まった直後のことであった。

天変地異《てんぺんちい》が多かろうとも、一条天皇の強い意志で、敦康の読書始が執り行なわれたことが察せられる。

だが一条天皇をはじめ朝廷の人々が、懸命に攘災の勤めを尽くしたにもかかわらず、内裏は焼亡した。

十一月十五日、読書始のすぐあとのことだ。

その日は蝕《しょく》——それも皆既月蝕《かいきげっしょく》——があり、欠けゆく月の光を遮《さえぎ》るため、内裏のほうぼうに筵《むしろ》がかけられた。ことに一条天皇や敦康親王の身に、蝕の影響が及んではならないため、御在所《おざいしょ》は厳重に遮蔽《しゃへい》された。

蝕という怪異が終わりを告げ、みなが安堵の吐息《といき》をこぼしたのは、子《ね》の刻（午後十一時から午前一時頃）のことだ。

無事にやり過ごすことができたと思った直後、内裏の温明殿《うんめいでん》と綾綺殿《りょうきでん》の間から、にわかに火が出て、たちまちのうちに内裏を炎上せしめた。

彰子はこのとき、いつもの自分の居場所、すなわち飛香舎《ひぎょうしゃ》にいた。一条天皇もそばにいた。彰子とともに、蝕光を避けていたのである。

火が出たという報《しら》せを受け、彰子は、一条天皇とともに徒歩で出御《しゅつぎょ》することとなった。中和院《ちゅうかいん》へ移ったが火勢がやまず、そこから職曹司《しきのそうし》に入り、そして太政官《だいじょうかん》朝所《あいたんどころ》にまで移動していった。

この間、彰子と一条天皇に伺候《しこう》する者すらおらず、彰子は敦康やその姉妹の身は無事かと、それが心配で仕方なく、気丈《きじょう》に振る舞おうとしたものの涙をこぼしていた。

一条天皇は、危機に際しても穏やかに彰子を宥《なだ》め、慰めてくれた。きっと彰子とは比べものにならぬほど我が子らの安否を不安に思っていただろうに、その内心をまったくといっていいほど彰子に見せることはなかった。

幸い、敦康とその姉妹も、ただちに移動し、難を逃れた。

しかし火はそのとき、朝廷になくてはならない存在を奪い去っていた。

人命ではないが、それに等しいほど尊いもの。

神鏡《しんきょう》である。

三種の神器《じんぎ》の一つにして、太古より天照大神《あまてらすおおみかみ》の代物《だいもつ》と崇《あが》められてきた、八咫鏡《やたのかがみ》だ。

これまでたびたび内裏は火災に襲われたが、そのつど三種の神器は無事であった。特に神鏡はいかなるときも災難を免《まぬか》れてきており、それだけ、禍を退《しりぞ》ける力があるとみなされていた。

その神鏡が、奉置《ほうち》してある賢所《かしこどころ》ごと焼けた。

賢所は温明殿の南側にあり、真っ先に火の手が回ってしまった。

慌てて駆けつけた道長が、なんとしても神鏡を守るよう指示したが、あまりに火元に近すぎた。手をこまぬく人々を嘲笑《あざわら》うかのように炎は賢所を、そして天皇の証《あか》したる神鏡を呑み込んだ。


一条天皇の心の痛みは、いかほどであったろう。

彰子はそのありさまを想像するたび、恐ろしくいたたまれない思いに襲われるようになった。おのれの手を引き、火に怯《おび》える彰子を宥めながら渡御してくれた一条天皇の優しさが、たとえようもなくありがたかった。だからこそ、なぜ一条天皇ほどのお人が、こうまで苦しまねばならないのかと、天を怨みたい気持ちにさえなるのだ。

しかも一条天皇は、

「私の身には、火の気《け》がつきまとう」

あるとき、彰子の前でたった一度、ぽつりとそうこぼした。

事実、一条天皇の在位中、内裏はとことん火災づいた。何度も遷御《せんぎょ》し、還御《かんぎょ》するということを

繰り返さざるを得ず、そのことを、

「私のせいだ」

と言うのである。

火という禍が、誰かのせいであるとは、彰子にはとても思えなかった。

いわんや一条天皇の存在が、朝廷に火災をもたらすなど、考えられることではない。一条天皇その人が口にしたのでなければ——それはそれで一大事なのだが——不遜《ふそん》を咎められてもおかしくない考えだ。

しかもその言葉の背景には、朝廷に漂う不穏な空気があった。敦康の読書始で、彰子がひしと感じたものが。

政争。もしそのせいで、火が起こっていたとしたら。怪異としての火とは限らない。誰かが火を放つことだって考えられた。それほど、一条天皇の居場所では、火災が頻発した。

——おいたわしい。

なぜ、一条天皇のように聡明で優しい御方《おかた》を、天はこうも苦しめるのか。人々は一条天皇にその非があるかのようにみなすのか。

そのように苦しむ一条天皇を、どうして自分は慰めて差しあげられないのか。常に自分のほうが慰めてもらえるだけで。

そんな彰子の苦い思いをよそに、一条天皇と朝廷の人々は、この禍を何とか乗り越えようとしていた。ことに神鏡を改鋳《かいちゅう》すべきか否《いな》か、という議論は慎重を極めた。

道長は、一条天皇の威光が損なわれることを恐れ、ただちに改鋳する旨を、公卿の間で談合し

た。だが、

「まず諸道《しょどう》に勘申《かんじん》させるべし」

として、博士らの意見を募《つの》りつつ、

「改鋳するとしても、俗銅を用いることで、神物《しんぶつ》に混ぜものを施《ほどこ》すようなことがあってはならない」

という藤原実資《さねすけ》の意見が、公卿全員の同意を得た。

このため、勘申ののち決定あるまでは、焼け跡から発見された、焼損《しょうそん》甚《はなは》だしい神鏡を、あたかも何ごともなかったかのように、奉置することが決まった。

これが十一月十七日のことである。

その十日後の、二十七日。彰子は、一条天皇の遷御とともに、居場所を変えた。

里内裏、すなわち東三条院《ひがしさんじょういん》へ移ったのである。

彰子にとっては、かの詮子《せんし》の面影がまざまざと思い出される場所だ。一条天皇にとっても、亡き母がいた場所である。だが今の一条天皇が、詮子のことをどう思っているか、ついに彰子には知りえなかった。

この頃から、一条天皇の振る舞いに、何かが欠けるようになった。

それが何であるか、彰子はどうにか言葉にしようと試みた。おのれに安寧《あんねい》を許さない心持ちといおうか。楽しみに耽って何もかも忘れるひとときを禁じるといおうか。

もともと、古代の聖なる王に倣《なら》い、冬なのに薄着のままでおり、

「民《たみ》が寒さに震えているとき、私が温《ぬく》もりを得ていてはならない」

などと大真面目《おおまじめ》に言って、女房たちから、

「薄着の帝」

などとからかわれるのが、一条天皇だった。

もちろん、おのれをからかう女房たちへ、一条天皇は鷹揚《おうよう》に微笑み返すのが常だ。

そんな一条天皇が、ますますおのれを追い詰めている。彰子には、そのような気がしてならなかった。

なぜそう思ったか。彰子自身、すぐにはわからなかった。だが気づけば、一条天皇からは、大事なものが消えていた。

笛を吹く姿である。

一条天皇の笛好きは、彰子もよく知っていた。その腕前も。初めて出会ったときに聴いたのだ。

その頃は、笛を吹く一条天皇に、そっぽを向いているしかなかった。

今になって、こんなにも一条天皇に笛を吹いてほしいと願うなどとは、当時は思いもしなかったことだ。一条天皇がそばにいるとき、女房たちに促させるなどして、一条天皇に笛を持たせようと試みたことがしばしばあったが、ついにそうはしてくれなかった。

まるで神鏡を失わせてしまった罰を、おのれに与えるかのような振る舞いだった。

道長も、四十の賀《が》を十一月に催したばかりだったが、火災の事後処理に奔走《ほんそう》した。

また行成《ゆきなり》が、伊勢の神宮に公卿勅使《ちょくし》として遣《つか》わされた。一条天皇は行成に勅命《ちょくめい》を与え、かつ「神筆《しんぴつ》」の宣命《せんみょう》を下した。天皇の代理として、しかも三種の神器の一つにまつわることで筆を執《と》ったため、能筆家《のうひっか》として名高いさしもの行成も、畏《おそ》れ多いあまり身が震え、書き損じを恐れて緊迫の面持《おもも》ちだったという。

このように公卿が、伊勢へ単身、勅使として遣わされたのは何十年も前に一度あったきりで、「神筆」の宣命にいたっては初のことだ。

こうして神事における攘災と天への謝罪がある一方、道長は、当然ながら内裏新造の儀を推し進めた。だがそこで、たびたび内裏が焼け落ちては建て直されるので、官庫が尽きたことが問題となった。このため受領《ずりょう》に税を課すべきかどうかと一条天皇が尋ねたところ、

「充《あ》てられるべき国、堪《た》え難し」

と、受領たちのみならず民を困苦に陥《おとしい》れてしまうことが懸念された。それではますます一条天皇の在位こそ、天災の源とみなされかねない。

この窮状を救ったのは、播磨守《はりまのかみ》である藤原陳政《のぶまさ》である。

私財を投じて常寧殿《じょうねいでん》・宣耀殿《せんようでん》を造営するので、引き替えに、

「重任《ちょうにん》宣旨を与え賜《たま》え」

と叙位《じょい》を要求した。

そうしたことは、内裏造営後に決めるべきだと朝議《ちょうぎ》で議論されたが、結局、一条天皇の勅定《ちょくじょう》によって、陳政が望む通りとなった。

それほど、朝廷は逼迫《ひっぱく》していたということだ。

このような次第があり、そのまま、年の暮れの慌ただしさへ突入していった。それが、寛弘二年という年であった。改元があったばかりなのに、という思いが、誰の心にもあったろう。

そして、その不穏な時期に現れ、

「みなが優しくしてくれないので働けない」

などと、わけのわからない理由で姿を消したのが、紫式部なのである。

一大事が次々に出来《しゅったい》しているというときに、女房一人に関わっていられるものではない。

彰子は、腹立ち紛《まぎ》れに、紫式部を放置した。

そのうち、女房たちの誰かが気を遣って、紫式部を宥めすかして出仕させるだろうと見込んでいた。何しろ女房になろうというのは、父や夫や兄を失うなどして、そうせざるを得ない者たちが大半なのである。

紫式部とて夫を亡くしているという。いずれは出仕を決めるほかないはずであった。

果たして、彰子の考えた通りになった。

なったのだが、それに要した月日は、彰子の予想のはるか上をいった。

五月。紫式部は、なんと半年弱という出仕拒否の期間を経て、再び彰子の前に現れたのである。

「改めてお願いいたします」

そう挨拶する紫式部に、

「出仕を嬉しく思います」

彰子は、今度は長く続くよう祈っている、というようなことを言わず、なるべく優しく迎えてやった。なぜ、こちらがそこまでしなければいけないのかと思う気持ちもあったが、どうにかしてこの厄介な女房を、上手《うま》く使ってやろうという思いのほうが強かった。

「お優しい言葉に感謝のしようもありません」

紫式部は、本心かどうか、いまひとつつかめない調子で言った。表情も、ぼやっとした感じで、良く言えばおっとりしており、悪く言えば話し甲斐《がい》のない茫洋《ぼうよう》とした印象だ。

こうして久々に見ると、才媛《さいえん》と噂《うわさ》された女とはとても思えない。世間のことなど何もわからない女が、いきなり人前に連れ出されたような印象だ。

ますますこの女房のことがわからなくなり、

「あなたの働きに期待しています」

何やら自分も上《うわ》の空のような、とても期待できそうにないという気分になりながら、彰子は言った。

四

彰子が、紫式部という困った女房を再び迎え入れた寛弘三年（一〇〇六）の五月は、宮中が比較的平穏になった頃であった。

そのため、彰子も落ち着いて紫式部の振る舞いを見ていることができたのだが、これが年の始まりの頃であったら、つい苛立《いらだ》って遠ざけてしまっていたかもしれない。

というのも、宮中全体が微妙な緊張の中にあったからだ。全体というのは、一条天皇が公卿たちとともにいる朝廷でも、きさきたちが女房たちとともにいる後宮でも、同様だったということである。

朝廷の緊張は、彰子の父である道長、一条天皇、そして亡き定子の兄である伊周の間で、さざ波のように生じていた。

年明け早々に催された踏歌節会《とうかのせちえ》で、公卿たちの一部が伊周への反感をあからさまにした。彰子は後宮に足を運ぶ公卿たちからそう聞いている。

踏歌節会とは、天皇御覧《ごらん》の正月の行事で、五位以上の者が招かれる宴《うたげ》だ。もとは唐国《からくに》の風習で、漢文の詠唱に合わせて何十人もの少年や少女が舞う壮麗《そうれい》な儀式なのだが、朝廷においては祝詞《のりと》も行なわれ、和語による歌笛が奏される。

舞人が男か女かで男踏歌と女踏歌にわかれ、前者は正月十四日または十五日に、後者は十六日に行なわれるのが本来のあり方である。だが、三代前の冷泉《れいぜい》天皇のときに男踏歌が行なわれなくなり、今では女踏歌だけが行なわれるようになっている。

その十六日の踏歌節会のとき、伊周は「大納言《だいなごん》の上」であり、また外弁《げべん》であった。外弁とは、朝賀《ちょうが》や節会などの行事における諸事の監督をする立場であり、このときも踏歌の差配をしていた。

参入して着座する伊周に対して、納言以下の者たちが礼を示すため下座《げざ》に移動したところ、どういうわけか、藤原道綱《みちつな》などが席を立つなり挨拶もせず退出してしまったというのである。

当然、場はひやひやしたものとなったが、伊周は知らぬ顔であったそうな。

道長もしいて退出を咎めず、また伊周を圧するような態度もとらず、波風が立たぬよう努めたとのことである。これは何より道長が、一条天皇の意向、すなわち伊周を外弁に就かせるという意思を尊重したということだ。

しかし、それからのちの二十八日、朝廷の人事を定める除目《じもく》の儀で、一条天皇の意向と、道長のそれとが、真っ向からぶつかってしまったらしい。

焦点は、平維衡《たいらのこれひら》という男である。右大臣である藤原顕光《あきみつ》が推挙《すいきょ》し、一条天皇が伊勢守《いせのかみ》に任じようとしたところ、道長がこれに反対したのである。

平維衡は、藤原顕光の家人《けにん》であった。

そして、そもそも伊勢守であったのだが、勝手に合戦《かっせん》を行なったことで問題視されたものの、一条天皇の恩情をたまわって淡路《あわじ》へ移された人物なのである。

だが平維衡は、藤原顕光の長女の里邸《さとやしき》である堀河殿《ほりかわでん》の修造を賄っていた。この堀河殿に住まうのが、一条天皇のきさきの一人、藤原元子《げんし》なのである。

元子は、かつて定子以外でゆいいつ懐妊《かいにん》の兆《きざ》しがみられたきさきだ。その退出の様子を、別のきさきである弘徽殿《こきでん》の女御《にょうご》こと義子《ぎし》の女房たちが、御簾《みす》越しに食い入るように見るのを、

「簾《すだれ》のみ孕《はら》みたるか」

元子の女房たちは、そう言って笑ったという。

御簾ばかりが内側から膨《ふく》らんで、肝心のきさきである義子の腹は膨らまないのね、などと辛辣《しんらつ》な言葉を投げつけたわけだ。

義子とその女房たちは、さぞ元子とその女房たちを恨《うら》んだことだろう。そのときの義子の心持ちを思うと、彰子までもが身を鋭いもので突かれるような思いにさせられる。

とはいえ、元子の懐妊は無に帰した。

死産だった、というのではない。すわ子が産まれるか、というときに、なんと身の内から水ば

かりが溢れ出て、膨らんでいた腹が元に戻ってしまったというのである。

なんとも不可思議で、切ないことこの上ない、と彰子は思う。一条天皇の子を授かりたいという一心で、腹だけが勝手に膨らんだのだ。自分がそんなふうにならないとは限らないと思うと、やはりこれも切々とした思いに襲われてしまう。

とはいえ一条天皇は、元子のことも今なお大切にしており、その思いが、平維衡の任官へとつながっている、と道長は考えたのである。

本当にそうであるか彰子にはわからないが、何であれ道長は断固反対し、

「これを任じらるるは、甚だ奇《く》しきことなり。帝の御意《ぎょい》、いまだ知らず。奇しく思うこと極まりなし」

とまで言い放ったという。

そして、帝の考えがまったく理解できない、と朝議の場であからさまに口にしたばかりか、除目そのものを打ち切ってしまったのだ。

彰子の体がやっと大人になってきたこのときに、水であったとはいえ一度は懐妊の兆しをみせたきさきとその親族が、一条天皇とつながり、力を持つことをそれだけ恐れたということだろう。

何しろ、道長だけでなく公卿であれば誰でも、藤原顕光という人を、何の務めも首尾《しゅび》良く果たせない人とみなしていたのである。血筋《ちすじ》だけが頼りの男で、しかも財産不足のため家人の平維衡に里邸の修造を委《ゆだ》ねるなど、道長からすれば嫌悪《けんお》の対象ですらあった。

だがその道長の意に沿うことなく、一条天皇は平維衡を伊勢守にし、さらに二月には堀河殿に

里居《さとい》していた元子を、後宮に戻すことを決めたのである。

この頃の道長の憤懣《ふんまん》たるや、彰子をげんなりさせるほどで、気に障《さわ》ること甚だしかった。なぜ元子がいないうちに、彰子が懐妊しなかったのか、というのが道長の思いであるからだ。

だが彰子も彰子で、母の倫子譲りの誇りを幼い頃から叩《たた》き込まれているのだし、大人になるにつれその母への共感が増すようになっていた。当然、父から罵《ののし》られることなど、その誇りが許さない。父が元子の話題を出しそうなときは、きっぱりと別の話題に変えさせたものだ。

むろん道長も、恨みつらみを娘にぶつける暇があれば、自力で流れを変えてやろうと考える男である。あの手この手で、平維衡の任官の取消しをはかった。ことあるごとに一条天皇に言い立て、人を朝議に参席させないなどして、行事にも困るよう仕向けた。

道長は長年、末弟《まってい》として兄たちから見くびられてきたせいか、こういう威圧を、巧妙に、また狡猾《こうかつ》にやってのけることにかけては、朝廷で右に出る者はいない。

結果、三月になると早くも平維衡は解任《げにん》されてしまった。

だが平維衡は帰京せず、そのまま在郷《ざいごう》の士となり、ついには伊勢平氏の祖となったのだから、任官の件では痛み分けというところだろう。

いや、藤原顕光が、武辺《ぶへん》だが頼りになる家人を手元に置けなくなったことを思えば、これまた道長の勝ちといえるかもしれない。

元子のほうも、東三条院にいる一条天皇のもとに参入したものの、なんとその未明には退《さ》がることとなり、引き続き、堀河殿に里居することになってしまった。

一方の道長は、元子が里に戻ってから、平維衡が解任されるまでの間に、東三条院で賑々《にぎにぎ》しく花宴を催している。

このとき叙位があり、彰子の母の倫子が正二位《しょうにい》に、弟の頼通《よりみち》が従三位《じゅさんみ》となった。一条天皇からすれば、もしかすると叙位は、元子や平維衡のことを道長に受け入れさせるための、条件のようなものであったかもしれない。

だが結局、道長は一歩も譲らず、元子も平維衡も朝廷から追い出してしまった。

また花宴のあと、一条天皇は、自身の里邸である一条院に遷御している。彰子や幼い敦康だけでなく、道長もが、その遷御に付き添うこととなった。他の誰にもそうさせまじ、という執念《しゅうねん》をあらわにする道長のことを、一条天皇がどう思ったか、ついに彰子にはわからなかった。

父のおかげで、これほど一条天皇のそばにいられるというのに、むしろ父の悪辣《あくらつ》さのせいで、一条天皇と心が離れていくような気持ちを味わっていた。

彰子にできることは、せめてそばにいることで一条天皇を支えられる存在になることだろう。彰子はことさらにそう思ったものの、ではどうすればそうなることができるのかという点で、いまだ確たるすべを持たなかった。

結局、一条天皇が拠《よ》り所としたのは、定子の忘れ形見である子どもらであった。四月には改めて媄子《びし》内親王と対面し、父子および三人の子どもらの団らんがあった。

彰子としては、敦康のように、そこにいるだけで一条天皇を朗らかにさせてやれる存在になれないことを見せつけられるようで、心苦しい思いだったのだが。

そうして五月になって、ようやく一条天皇も道長も、そしてまた彰子自身も、平穏を取り戻したのだが、そこへ、はかったように紫式部が再出仕したわけである。

彰子は、このおっとりとしている、というか、何を言われてもぽかんとしている紫式部が、なるべく早くおのれの後宮に馴染むよう、気を遣ってやった。

果たして、紫式部は馴染んだ。

半年前の突然の出仕拒否が嘘《うそ》のように、ごくあっさりと。

特に、紫式部と仲良くなったのが、小少将《こしょうしょう》の君で、彰子の従姉妹《いとこ》にあたる女性だ。

倫子の兄弟筋である父親が出家し、亡き人となってしまったがため、大納言の君という妹とともに、姉妹揃《そろ》って出仕しているのだった。

左大臣たる源雅信《まさのぶ》の一族として生まれ、栄耀栄華《えいようえいが》を約束されていたはずの娘たちが、雅信が当初、婿《むこ》とすることを躊躇《ちゅうちょ》した道長の、そのまた娘のもとで働くなど、栄枯盛衰《えいこせいすい》そのものであろう。

そのせいか小少将の君は、見目《みめ》麗《うるわ》しいことは確かなのだが、とかく引っ込みがちで、自分の意思をはっきり示すということができない性質《たち》である。

また、妹の大納言の君にいたっては、源則理《のりまさ》の妻であったが、夫が通うことをやめてしまい、心細く暮らしていたところ、彰子の女房となったのみならず、その美貌《びぼう》を目にした道長が、おのれの妾《めかけ》としてしまったのである。

当然ながら倫子の知るところとなったが、一族の不憫《ふびん》な娘たちの立場を思ってか、あえて黙認していた。だがそのため、むしろ倫子の面白くない気分は、道長ではなく、小少将の君と大納言の君に向けられがちで、彰子ですら二人を哀れに思うことがしばしばあるほどだった。

彰子自身からしてそうなのだが、おのれの後宮には、こうしてはからずして朝廷に来た女がかなりいた。安定した出仕先であることに安心しつつも、陰を帯びる女たちもいるのである。

彰子は、紫式部がそうした、不遇ゆえに出仕を受け入れてきた、か弱い女房たちとばかり親しくなることに、当初、懸念を感じていた。

これではまたぞろ、自分は望んでここに来たのではない、という態度をあらわにし、他の女房たちから冷たい目で見られ、出仕拒否に陥《おちい》るのではないかと心配したのである。

だが、しばらくすると、弱々しい女房たちだけでなく、気位の高い他の女房たちまでもが、紫式部と親しくするようになり、彰子の前でも、

「あの方が、あんなに穏やかで、おっとり者だなんて、思いもしませんでしたわ。私たちが思い描いていた方とは、まったくの別人で安心しました」

などと楽しげに言うようになっていた。

なんといっても、紫式部といえば、『源氏物語』をものした当代一流の才女、というのが、公卿層における共通の認識である。彰子もそうだし、道長もそう思って彼女を出仕させたのだ。

息を吐くように歌を詠《よ》み、どんなに難解な漢文もたちどころに読み解き、これまでにない新しい物語をすらすらと書く。ちょっと気位が高いだけの女房たちのことなど、歯牙《しが》にもかけないだろう。とかく周囲を気後れさせ、我が物顔で好きなように振る舞う女性に違いない。

そう思い、実際に本人に会う前から紫式部を嫌悪する女房もいるほどだった。

そしてその本人はといえば、何を問うても、

「私には何と言っていいか……」

とか、

「不《ぶ》調法者《ちょうほうもの》ゆえ存じあげず……」

などと、世間知らずそのものといった様子でいるのである。

歌など一向に詠もうとせず、漢籍を見せられてもまったく興味を示さない。ただ物語だけは、これがあるから出仕させてもらえるのだというように、少しずつ書き進めているとのことだが、ちっとも人に見せようとしなかった。

そのくせ、それなりに相手の気持ちを察することもでき、彰子が後宮に望みがちな、波風の立たぬ穏和《おんわ》さに貢献してくれるのだ。

小少将の君にも等しく内気で、世間知らずの、

「おいらかな人」

というのが紫式部の評価となった。

――おかしい。

だが彰子はやがて、そう感じるようになっていた。

漢文が読めると評判の女が、「一」という漢字すら書こうとしないというのは、さすがに奇妙だ。あれほど評判だったのに、才気煥発《さいきかんぱつ》な様子などかけらも見えないなどということがあるのだろうか。

京には、他にも文才で評判の女たちがいる。

彰子の後宮に出仕してくれている赤染衛門《あかぞめえもん》などは、夫が文章博士《もんじょうはかせ》の大江匡衡《おおえのまさひら》で、彼女自身も歌才《かさい》で知られていた。

また、冷泉天皇の第三皇子である為尊《ためたか》親王から熱烈に愛されたことで有名な和泉《いずみ》式部も、同様

に歌才に恵まれた女だ。

　またこの二人と親交を持ち、同様に世に知られながら、道長の出仕要請に応じぬままの清《せい》少《しょう》納《な》言《ごん》も、この手の女性たちと同じたぐいの存在だろう。

　才女独特の気概溢れる態度、というものは何も空想の産物とは限らない。実際にそのような実例があるからこそ、紫式部も同様か、それ以上に相手を気後れさせるはずだと思われていたのである。

　そうした様子があまりになさすぎるというのは、かえっておかしい。

　彰子は、やがてそう断じるようになった。

　この女房は、おのれの才をひた隠しにしている。それもまた、彰子にとっては不都合なことだった。才をひけらかして和を乱されるのも困るが、あまりに何も発揮しないのでは、何のために雇《やと》ったのかわからなくなる。

　それに、才能を殺して出仕されては、その程度のあるじだと思われているに等しい。この相手なら、この程度の仕え方でいい、とみなされているのだとすれば、彰子が母から学んだ誇りにかけてでも、態度を改めさせねばならない。

　そう考え、何か良い方策はないかと思案するようになったのは、七月のことだ。

　この月に入ってすぐ、一条天皇にとっての重大事が朝議にのぼっていた。

　焼けてしまった神鏡を、改鋳するか否か、という儀である。

　彰子はその一件が持ち上がっているということを、他ならぬ一条天皇から聞いた。

「どのように定まるか、さすがにこののんびり屋の私も、気が気ではないよ」

一条天皇は、いつものように優しく茶目っ気をみせながら微笑んでいたが、口にしたとおりの心境であろうことは容易に察せられた。

このときも彰子は大人しく話に付き合うだけで、何もしてあげられることがなかった。神鏡の話題の背後には、改元をした直後の火災だという一条天皇の負い目がある。その治世《ちせい》を疑われることは、常に私情を抑え、万人に尽くそうとしてきた一条天皇にとっては何より辛いことだろう。

そう思うと同時に、閃《ひらめ》くものがあった。

改元。

寛弘という元号を勘案《かんあん》したのは、赤染衛門の夫の大江匡衡だという。才女の真価をそれとなく試すには、もってこいの題目ではないだろうか。むろん赤染衛門を試すのではない。紫式部を試すのである。

彰子にしては珍しい思考である。だが心中ですんなりその算段がついていた。そしてこれも珍しいことに、楽しみだという気分だった。

五

彰子はさっそく、紫式部を試す算段を実行に移した。

女房たちにあれこれ用事を言いつけて自分のそばから遠ざけるとともに、紫式部を呼ばせた。

すると、二度目の出仕以来の、おっとりとし、また、実にまごまごとした様子で現れた。

彰子からやや離れた場所で、用事を言いつけられるまで黙って侍《はべ》っている。気の利《き》いた挨拶もなければ、あるじはきっとこんな用事で私を呼んだのでしょう、と賢《さか》しく察してみせる態度もない。

これが和泉式部や赤染衛門といった文事《ぶんじ》で知られた女房なら、歌をご所望《しょもう》ですか、代筆のご要望ですか、という風に、あるじが命じる手間をとっくに省《はぶ》いてくれている。

彰子は早くも苛々《いらいら》するものを感じた。

これが、旺盛なのは家名だけで大して役にも立たない女房なら、余計な真似《まね》をして出しゃばるような態度をとらずにいてくれてよかった、とかえってほっとするのだが。

「こちらへ来なさい、紫式部」

内心の苛々を隠し、可能な限り優しく微笑んで言った。

紫式部がきょとんとし、何だろうという感じの上目遣《うわめづか》いになって、そろそろと近づいてくる。

さっさと来い、と言いたくなったが、彰子はぐっと我慢して微笑み続けた。

「もっとこちらへ。わたくしとあなたが、大声を出さなくても話せるように」

ようやく紫式部が、二人だけで話せる距離まで来た。だが彼女が発したのは、

「はい」

という、いらえだけである。

高貴な方の前なので何を喋《しゃべ》っていいかわからない、という殊勝《しゅしょう》な態度はよいが、やはりこれでは、漢籍の素養を持つ逸材《いつざい》を雇った意味がない。

ここでしっかりこの女房を見定めようという気持ちで、彰子は言った。

「昨夜、帝とお話をしました。わたくしたちの前では、あの方はいつでも明るく振る舞って下さいますが、それでも御心《みこころ》の内では、天下が静かならざることを憂《うれ》えているのでしょう」

一条天皇については嘘でも何でもなく、自分が感じたまま口にしていた。天下が静かか騒がしいかは、後宮にいる限り、うっすら感じることしかできない。だが、あたかも帝とともに、自分もまた天下を憂えているのだという態度をしてみせた。願うならば、そういう風でありたいというのも彰子の正直な気持ちだ。

「はい」

相変わらず紫式部は、茫々《ぼうぼう》とした様子でいらえをするばかりである。

「帝もわたくしの父たちも、改元を行なったことで、きっと幾ばくかの安寧が天よりもたらされると信じ、願っているご様子。ですから、もし帝か誰かが、改元についての話を持ち出したときは、漢籍の知識などなくとも、ああ、あの『国語』という漢籍からとられた言葉ですね、というくらいの返事はしなければなりません」

紫式部が、はい——と、いらえをしかけ、まごついた。

「あの……、あ、はい、彰子様……」

「かくいうわたくしも、漢籍についてはさっぱりわかっておりません。だから、赤染衛門などから詳しく聞いたのです。なんといっても、赤染衛門の夫は、名儒《めいじゅ》の誉《ほま》れ高く、このたびの年号の勘案もされた方ですから。間違いのない知識を与えてもらうなら、赤染衛門しかありません。そうでしょう?」

「はい……」

紫式部の目が落ち着かなくなった。

彰子は相手の様子に気づかぬふりをしながら続けた。

「ですから、年号や改元の話題が出たら、わたくしも、ああ、あの『国語』という漢籍の……と言うつもりです。あなたは、きっとそのようなことはないと思いますが、女房たちみなに、間違った漢籍の名を口にしてはいけない、と言って聞かせねばなりません。あなたからも、言ってあげてくださいね。さもなくば、みなが恥をかきますし、帝がわたくしたちをご覧になる目も、あまり良いものにならなくなってしまうでしょう。あのお優しい帝が、わたくしたちを嫌うとは思いませんが、漢籍について無知なくせに、知ったかぶって困った女たちだ、とお思いになるでしょうね」

紫式部は、いまや困惑と焦燥《しょうそう》の面持《おもも》ちでいる。今にも汗で化粧が崩れてしまいそうだ。

これは彰子の引っかけである。こたびの改元で定められた年号は、寛弘である。これは『漢《かん》書《じょ》』という漢籍からとられた言葉だ。『国語』からとられたのは、前の年号、すなわち長保《ちょうほう》だった。

こうしたことを、彰子はあらかじめ一条天皇その人から聞いており、念のため、赤染衛門にも確かめていた。

「そうなっては、わたくしもあなたたちも、朝廷中の笑いものになってしまうでしょう。殿上《てんじょう》人《びと》の方々の口さがないことといったら、女の気持ちなどまったく考えもしませんからね。あら、あなたにこんなことを言う必要はなかったわね。何しろ、光源氏に嘲笑《あざわら》われた女の悲しみを、あんなにも素晴らしい物語にしてみせたのですから」

「あの」

たまらない、という感じで、紫式部が言った。

「なあに？」

彰子はしっかりと、何も知らないという顔を保って微笑んだ。

「あの……」

さあ、言え。『国語』ではないと。

「あのう……それは、まことに大事なことだと存じます」

「ええ、そうよ」

「ですから……その、もう一度、赤染衛門様に、確かめてみてはいかがでしょうか」

「なぜ？」

「あの……大事なことだからです」

「帝からも赤染衛門からもお聞きしましたから。二人が間違っているというのですか？」

そうではない。彰子が勘違いしているのだ。それは前の年号のことだ。紫式部は、そう言いたくてたまらない様子だった。

このままでは、あるじのみならず、後宮の女房たち全員が、朝廷中から笑われることになる。そうなっては女房たちの面目《めんもく》は丸潰れだし、それは何より彰子という中宮と、さらには道長という朝廷随一の権力者にも及んでしまう。女房たちを実質的に雇っている道長が、どれほど憤激《ふんげき》するか。それを想像すると恐ろしくてたまらないはずだ。

――やはり。

彰子は、我ながらこれほど手の込んだことをして人を試す自分が、不思議でもあり、楽しくもあった。この紫式部に対して、これまで抱いてきた苛立ちが嘘のように消えていた。

――この女の漢籍の素養は確かだ。

年号の出典など、限られた者しか知らない。聞いてもすぐ忘れてしまう。こうしたことに人一倍いい加減な父の道長など、出典が漢籍だったか漢詩だったかも忘却の彼方《かなた》であろう。

「わたくしが聞く限り、先の長保は『国語』から、そしてこたびの寛弘は『漢書』からとられているとか。違っていますか?」

紫式部がぽかんとなった。

急に彰子が正解を口にしたのだから、拍子《ひょうし》抜けしたのだろう。

「あ……いえ、間違ってはおりません。その通りです」

安心する余り、どちらの年号の出典も知っていることを、あっさり認めるようなことを口にした。

「長保は、乃《すなわ》ち……」

彰子が言いさし、にっこりして続きを言うよう、紫式部を促した。

紫式部が目を丸くした。彰子が漢籍の一節を知っていて、あえて女房に続きを言わせようとしていることに衝撃を受けたのだろう。

「乃ち以《もっ》て長く保つべきは民《たみ》なり」

あっさり紫式部が答えた。

「そう。寛弘は、元帝《げんてい》という方についての紀からとられたのでしたね。確か、寛容《かんよう》をもって

「……」

また相手に答えを促した。

「漢書元帝紀にいわく、寛容をもって広く下々《しもじも》の者たちに尽くし、人に対しては恭《うやうや》しく、おのれに対しては倹《つま》しみを持ち、その号令は温和で雅《みやび》やかであり、人柄は非常に古風な知恵の持ち主である、というくだりです。一条天皇の人柄そのものと存じます」

紫式部の応答は、あらかじめこのようにしようと彰子と示し合わせていたかのようだ。

泉のように知識がその身から溢れ出てくるさまに、

――すごい。

試している方の彰子が、相手の才気に、ぞくっとさせられていた。

年号に定められたことで、彼女も漢籍に注目していたのだろう。とはいえ、膨大な漢籍の一節を、抜き打ちに等しく問われながら、こうも正しく諳《そら》んじてみせるのか。この女房が内に秘めた知識は、想像より一段も二段も深い。

――この才女を、無為にしてはいけない。

それこそ後世、おのれの恥となる。あるじとしての誇りが、そう思わせていた。

「漢語といえば、こちらもあなたに見てほしかったの」

途端に紫式部が、顔を硬くした。次はいったい何が来るのかと恐れるようであり、自分があるじから試されていることをうすうす察しているようでもある。

彰子は構わず、あらかじめ用意させていたものを、紫式部の前で広げてみせた。

二つの漢詩の写しである。作者の名も記されていた。道長と、亡き定子の兄・伊周だ。

いずれも、先年、内裏が炎上する直前に行なわれた、敦康の読書始における漢詩である。

「敦康の読書始のときのものよ。あなたにも耳にしていてほしかったものだわと思っていたので、今これを見せることにしたの」

お前が出仕を拒否していなければ、もっと早く漢詩の意味を尋ねることができていたのだぞ、という気持ちがなるべくおもてに出ないよう気をつけた。

そういうふくみを持たせた言い方をすると、この女房はたちまち、かたつむりのように本来の顔を引っ込めてしまう。今やっとそう確信することができた。

「お気遣いありがとうございます」

紫式部が恭《うやうや》しげに言った。

「敦康ときたら、自分がもらった漢詩を頑張って諳んじようとしているのよ」

彰子が敦康をどれほど大事にしているかは、彰子御在所《ございしょ》に勤める女房たちなら全員がよく知るところである。敦康のことをいわば隠れ蓑《みの》にしつつ、まずは道長の作である漢詩の写しを、紫式部のほうへ押しやった。

「あの子とわたくしと、どちらが先に諳んじられるか競争しているの。さ、詠んでちょうだい」

紫式部が急に不安そうに肩を丸めた。彰子は構わず、目を閉じ、相手が詠むのを待った。問答無用の態度でもあった。さあ詠め。お前なら詠めるはずだ。

果たして、紫式部のぎこちない朗詠が聞こえてきた。

我が王《きみ》今日、微言《びげん》を問ふ

学び得ては先《ま》づ知りたまひぬ、至尊《しそん》を敬《うやま》ふことを
何ぞ忘れん、兎《と》園《えん》朝夕《ちょうせき》の志を
君命《くんめい》を蒙《こうむ》りてより孫にことならず

朗詠の抑揚《よくよう》はさておき、一語としてつっかえることがない。そこに書かれた漢語の意味を全て知り尽くしているのだ。

「漢語は難しいわね。どういうことを言っているのだったかしら」

目を閉じたまま問うた。

紫式部が、遠慮がちに訳して言った。

「……我が親王にあられては今日より儒学を学ばれ、それらの奥深い言葉について、質問なされましたね。そしてまた天皇たる父君を敬うことの大切さを学ばれました。親王として朝夕、天皇にお仕えする志《こころざし》を、どうして忘れることがあるでしょう。天皇より命じられて以来、あなた様は私の孫も同然に思っているのです……という詩です」

彰子は、ぱちりと目を開いた。紫式部を真っ直ぐ見つめてやった。

紫式部が、ちょっとのけぞるようにするのへ、今度は伊周の詩を押しやった。

「詠みなさい。そしてわたくしに、詩の意味を教えなさい。あなたならできるはず」

紫式部は、その一発で凍りついたようになっている。あるじから試されていることをはっきり悟ったのだろう。

もう彰子の前で、仮面をかぶってやり過ごすことはできない。彰子がそうさせない。そのこと

をはっきり思い知らせるための注視だった。

「あの……」

紫式部が唇をわななかせた。突然のことで、どうしていいかわからないらしい。自分よりずっと年上の女房なのだが、彰子はまるで自分の妹たちを相手にするような気持ちになっていた。

「わたくしの前で偽《いつわ》らなくともよいのです。他の女房たちに気を遣って、あえて漢才を誇らず、慎《つつし》み深く過ごしているあなたを、わたくしは嫌だとは思っていません。みなとの和を大切にしてくれているのですからね。けれども、わたくしの父が、あなたをここにこうして迎えているのは、このようなときに私を支えてくれるためでもあるのですよ」

そう優しく言い聞かせ、伊周の詩の写しを指し示した。

「はい……」

紫式部が、恥ずかしいのか嬉しいのか、顔を真っ赤にし、消え入りそうな様子でうなずいた。

「さ、詠んで」

「はい……」

経伝百家《きょうでんひゃっか》、異説多し
微言、世におほはれて、古今に聞こゆ
老臣《ろうしん》座《ざ》にあり、ひそかに相語らふ
我が后《きみ》も少《わか》き年、この文《ふみ》を学びたまふと

やはり今回も一語としてつっかえず、紫式部が詠んだ。

「意味を教えてちょうだい」

「はい……」

紫式部が観念したように従った。

「孝経《こうきょう》という儒学の経典《きょうてん》にはたくさんの注釈の書が伝わっていて、いろいろな説があります。中でも、この日の読書始で用いられたもの……御注《ぎょちゅう》孝経のことでしょうが、これは世に広く知られ、今も昔もよく読まれているもの。年寄りの臣下であるわたくしめは、座にあって、ひそかにこう話していたところです。わが后も……つまり一条天皇も、お若いときに、同じものを学ばれたものですね、と」

彰子は、ようやくそれらの詩の意味をはっきり理解することができていた。赤染衛門や和泉式部といった歌人たちに尋ねたときも、彼女らなりに詩意を教えてはくれた。だが今のこの紫式部のように、読書始の場にいなかったにもかかわらず、これはあの書を指している、これは誰のことである、と淀《よど》みなく答えられるほどの漢才はない。

おかげで、あのときに感じた、ぴりぴりとした空気の理由も、これで理解できた。

つまるところ伊周が、敦康の成長を祝う席で、自分と一条天皇の若き日のことを持ち出したことが原因だ。すなわち、伊周の父・道隆が権勢《けんせい》あらたかであり、妹が一条天皇の愛を一身に受けていた頃のことを。

それを敦康に伝え、そばで敦康を見守っている一条天皇に思い出させ、そしてまた参列した人々に言って聞かせる。朝廷で、父と妹が世を去ってなお、自分と一条天皇のつながりを誇示しようとする詩であるのだ。

　こうした伊周の態度ゆえであろう。その後の、伊周を巡る人事では、批評家の藤原実資《さねすけ》などは実に鋭く非難しているとのことである。道長も、いったんは和解をした伊周に対し、またぞろ警戒しているだろう。

　そのような、敦康の周辺にいる男たちの態度や思惑を知るために、こうして半年以上もかけてしまった。紫式部の出仕の拒否を咎めても仕方がない。それもこれも、漢語が読めない自分が悪いからだ。これでは、どう敦康を守ってやれるというのか。

「もうよろしいでしょうか……」

　紫式部が、自分の仕事は終わったのかと尋ねてきた。一刻も早く解放されたいらしい。だがそうはいかなかった。お前の役目はこれからだと、明白に態度で示しながら、

「紫式部」

「は、はい……」

「わたくしに漢語を教えなさい」

　彰子は、有無を言わせぬ強い調子で命じた。

「それは、中宮様……、この私に、漢語の進講をせよ、との仰《おお》せでございますか？」

　紫式部がぽかんとなって聞き返した。それまで、はあ、とか、ええ、とか茫洋《ぼうよう》とした返事しかしなかったのに、急にはきはき喋り出した。よほど驚いて地《じ》が出たのだろう。おっとり者の仮面がすっかり剝《は》がれ落ちていた。

「ええ、そうよ。そうお願いしているの」

むしろ彰子の方が柔らかく応じてやった。

「そのようなこと、道長様から仰せつかってはおりませんが……」

「あなたは父に仕えているの？　それともわたくし？」

「あ、いえ。もちろん、中宮様です。はい。ですが……」

「みながいる前でそうしろとは言っていません。わたくしも、女であるにもかかわらず、わざわざあなたに漢語を進講させている高慢な中宮と思われたくはありません。ただ、わたくし自身の願いとして、あなたに頼んでいるのです」

それで、紫式部もいくぶんかほっとした様子であった。

「では覚えやすいものから……」

彰子はすかさず遮《さえぎ》った。

「どの漢籍を教わるかは、もう決めています」

「あ……はい。いずれの漢籍でしょう？」

「『白氏《はくし》文集《もんじゅう》』です」

紫式部が、なるほど、というように顎《あご》を小さく上下させた。

全七十五巻からなる、世にも名高い漢詩集である。彰子のように、親が意図して学問から遠ざけられてきた者でも、なんとなく知っていてもおかしくないと思われるほど、有名な漢籍なのだ。

作者の白氏とは白居易《はくきょい》のことで、今から二百年前の唐《とう》で活躍した詩人である。本人がまだ生きている頃から、多数の詩が、日本の京《みやこ》にも伝えられたという。そのうちの『長恨歌《ちょうごんか》』などは、特に公家たちの間で広く知られており、玄宗《げんそう》皇帝と楊貴妃《ようきひ》を喩《たと》えに持ち出されて、はて誰のことかと首を傾《かし》げる者など滅多にいないだろう。

その詩文は平易闊達《へいいかったつ》で、とにかく学びやすいとも言われている。公文書のような堅苦しい漢語で理《ことわり》を唱えるものではなく、情感を呼び覚ますための詩文であるのだ。

「ではその中で読み物として面白きものを……」

だがそこで彰子は、またしても遮った。

「政治《まつりごと》についての漢詩があるそうですね」

「え……。あ、はい。ございますが……」

紫式部が、またぼんやりとした調子に戻りつつ言った。まさかそんなものをわざわざ読みたがらないだろう、と彰子の意図が窺い知れない様子である。

「なんという詩なのかしら？」

「『新楽府《しんがふ》』の題で知られております詩で……」

「楽府？」

これは、もっぱら歌謡のことである。日本では雅楽《ががく》に通じる。それくらいのことは彰子にもわかった。どうも紫式部は、こちらの意図を察していない。そう思い、

「わたくしが教えてほしいのは、政治について書かれたものですよ」

そう繰り返したが、今度は紫式部のほうが半《なか》ば遮って言った。

「はい。まさに、政治についての詩なのです」

「……楽府と言っているのに？」

「序《じょ》に曰《いわ》く、凡《およ》そ九千二百五十二の言を、五十篇に断《わ》かつ……。その体《てい》を順《すなお》なものとしたのは、楽章や歌曲をもって播《ま》かれるためである」

いきなり、序文らしき一節を諳んじてみせた。

今度は彰子のほうが、紫式部の意図がつかめず、ぽかんとなっている。

「白居易はこの『新楽府』を、君主と臣下、そして人民と、彼らがなす全ての物事のために書いたと言っております。つまり、良き政治が行なわれることを願って書いたのです。しかも、広く知れ渡るよう、あえて楽府として人々に好まれ、歌われるよう、詩文の体を整えたと……そのように白居易自身が序文に記しています」

「まあ……そうなのね」

素直に感心した。

紫式部が的確にこちらの意図を汲《く》んでいることにも、ひとたび知識を求めれば、すらすらとどこまでも尽きることなく教示することにも感心した。

そしてまた、良き政治を念願して、教養のない人々にすらその知見を広めようという白居易の工夫に、何やら得体の知れない感動を覚えさせられてもいた。

――それだけ気遣われた詩文なら、このわたくしでも、きっと理解できる。

世の女にとっては難解そのものである漢籍を学ぼうというとき、そう思わせてくれることほど頼もしいことはない。

「では、その『新楽府』を、わたくしが父に言って手に入れますから、何が書かれているか、わたくしに教えて下さい」

「あの、本当に私などが……」

紫式部が、とたんに恐縮して逃げようとするのを察し、

「お願いしますね、紫式部」

彰子は、決して逃《のが》す気はないことを教えるため、力を込めて微笑みかけた。

「はい……」

不安のあまり萎《しお》れそうな様子で、紫式部がおずおずといらえをした。そうしながら、果たしてこの姫君に漢詩を学習する気が本当にあるのだろうかという、まことに疑わしげな眼差しを、ちらりと向けてきた。

彰子は、その眼差しに対しても、しっかりと微笑み返してやった。

心の中では、見ていなさい、きっとあなたを感心させてあげるから、と挑む思いでいた。入内《じゅだい》してからこれまで、誰かにそのような思いを抱いたことなどほとんどなかったせいか、何やら昂《こう》揚《よう》するような、とても良い気分を味わった。

そうして、紫式部による「ご進講」が、ひそかに行なわれるようになった。誰の目にもつかぬよう、紫式部と彰子の双方が、お互いに気を遣いながら、である。

彰子としても、急にあの中宮の雰囲気が変わった、どうも中宮らしからぬことをしているようだ、などと噂が立たないでいてくれたほうがありがたいのだ。

「――ほら、今よ」

女房たちが出払ったり、彼女らが寝入ったあと、すかさず紫式部を手招きし、

「さ、早く。早くいらっしゃい」

いそいそと紫式部が近くに侍るのも待ちきれず、手に入れた漢籍を机に置いて開く。

「昨日の続きは……ここからだったかしらね」

「はい、中宮様。ちょうどこの篇です」

「さ、読んで聞かせて」

「あ……はい。では……」

紫式部が、彰子以外の誰かに聞かれるのを恐れて小声で朗読するのへ注意深く耳を傾け、詩の意味するところを繰り返し教示させる。

「太宗《たいそう》、自ら鬚《ひげ》を煎《せん》じて焼き、灰を賜《たま》う。……天子である太宗が、鬚を煎じて、家臣に飲ませた、ということです」

「鬚？　なぜ鬚など飲ませるの？」

「服せば而《しこう》して癒《い》える。……そうすれば、病《や》んだ臣下……李勣《りせき》という朝臣《ちょうしん》ですが、この者が救われる、との医師の言葉にしたがった、といいます。天子にあるべき慈悲心の現れを、白居易は書いているのです」

「臣下のために鬚を……」

彰子は顎を撫《な》でた。自分ではなく、一条天皇がそうするところを想像したのだ。その鬚を煎じて飲んでいるのは、すぐに病気だ穢《けが》れだと騒ぎ出す父の道長だった。

「戦《いくさ》で射られた別の家臣の傷をふさぐため、その血を嘗《な》め取り、傷口を吸ったとも……」

これには、思わず嫌悪感のほうが勝《まさ》ってしまった。血の穢れを何とも思わず、口につけるとは。そこまでせねばならないのが慈悲心なのか、と仰天《ぎょうてん》させられた。

「太宗はただ戦に優《すぐ》れ、時の流れに身を任せただけではないと言いたいのです。何よりもその比類のない情け深い仁徳《じんとく》と慈悲の心が人を動かし、人々は太宗を天子とみなしたのであると……」

紫式部の丁寧な解説に、彰子もしみじみと納得し、一条天皇が示さねばならないものの大変さを実感させられたものだ。

一条天皇にとっては、この夏も、天下は静かならざるものだった。

風説では、大和守《やまとのかみ》の源頼親《よりちか》と、興福寺《こうふくじ》との間で争いが起き、二千人ともいわれる興福寺の僧が京にのぼり、大内裏《だいだいり》の八省院《はっしょういん》に集合するという事態になったという。

一条天皇は、その権威を最大限に発揮し、僧たちを解散させねばならなかった。

他方、昨年の火災で焼けた神鏡について、改鋳すべきか否かという定めが、一条天皇の御前《ごぜん》で行なわれている。審議を尽くすも、意見が一致せず、最終的に一条天皇が命じて、道長らの意見を採り、陰陽寮《おんようりょう》の卜占《ぼくせん》に託された。

結果、焼かれて損なわれた神鏡を改鋳せず、そのまま安置されることが決まった。

一条天皇からすれば、おのれの代で神器《じんぎ》を損なってしまった証拠が残され続けることとなり、心苦しいこと甚《はなは》だしいに違いなかった。

それでもどうにか決定が下されたこともあり、一条天皇のほうから内裏で作文会《さくもんえ》を催し、重い空気を払拭《ふっしょく》しようとした。だが道長のほうが、暑気と繁忙《はんぼう》にやられて痢病《りびょう》を患《わずら》い、気遣った一条天皇は、作文会を中止することを決めた。

道長も申し訳なく思ったのか、御手筥料《おんてばこりょう》と称して、『文集抄《もんじゅうしょう》』などの書を一条天皇に贈っている。

そしてこの間、昨年焼けた内裏の新造が進められており、その賄《まかな》いや、賄いに伴う除目《じもく》への影響などが、一条天皇と家臣たちの悩みの種を作り続けるのだった。

そうした朝廷の難題は、一つ片づければ新たなものが現れ、とどまるところを知らない。彰子は、一条天皇の身をすり減らすような天子としての務めのことを、紫式部の進講によって一段と理解し、また切々と実感できるようになっていった。

途中で放り出す気など毛頭なく、白居易の情感に訴える詩文のおかげで、一つ知れば次を知ることに興味がわいていた。

紫式部も、多少教えれば彰子が満足するのではないかと期待している様子だったが、じきに考えを改めたようだった。常に次の進講の内容を用意してくるようになり、彰子が理解に困った箇所については、別の漢籍や和歌の内容を喩えにして理解を促してくれた。

どうやら彼女なりに、この務めを大事に思ってくれているらしい。また逃げてしまうのではないかと警戒していた彰子も、だんだんと紫式部を信頼するようになっていった。

そしてその信頼が、確たるものとなる出来事があった。

あるとき、一条天皇が彰子のもとに来た際、『源氏物語』を女房に詠ませたのである。彰子にとっては座右の書であり、その筆者も目の前にいるということで、一条天皇もすでに読んではいたであろうが、改めて物語について話そうという趣旨《しゅし》であった。

そして驚くことに、『源氏物語』の読み聞かせののち、

「この方は、人々に『日本紀《にほんぎ》』を教えるべきだね。まことに漢才に優れているよ」

一条天皇が、真面目な調子でそう言ったのだった。

『日本紀』が、物語の下敷きとしてあることを見抜いた一条天皇こそ才ある人というべきだが、当然、これをおのれの誉れとする紫式部ではない。むしろ、他の女房たちの反応を心配することしきりであった。

果たして、内裏の女房で、中宮付きでもある左衛門《さえもん》の内侍《ないし》という者が、この話を言い触らし、

「日本紀の御局《みつぼね》」

などという紫式部のあだ名を、宮中に広めようとしたのである。

むろん決して好意によるものではない。内裏の女房の中には紫式部のことを、本人とろくに話をしたこともないくせに、ひたすら毛嫌いする者もいた。とりわけ左衛門の内侍がそうで、このあだ名も彼女がばらまく陰口の一つだった。

彰子は、大いに困ったものだと左衛門の内侍を叱りつけてやりたい気分だった。もしこれでまた紫式部が里に引っ込んでしまうようなことになったらどうしてくれるのか。左衛門の内侍に暇を出すよう仕向けてやろうかとも思ったが、良くも悪くも中宮は公平であることが求められる。誰かに肩入れしたとなれば、かえって肩入れされた女房が、さらに悪口雑言《あっこうぞうごん》の的《まと》になりかねなかった。

ともあれ、このときばかりは彰子の不安も杞憂《きゆう》だった。

紫式部は出仕を拒んだりせず、次の進講のときには、腹立たしいあだ名のことなど耳にもしていないという様子で、『新楽府』とは異なる漢詩を持参してくれた。

「御製《ぎょせい》の詩……帝の作詩です」

一条天皇の手による漢詩である。彰子は目をみはった。どうやって手に入れたのかという疑問

が顔に出たのだろう。紫式部が問われずに告げた。

「父の為時《ためとき》が、一条天皇の叔父《おじ》であられる中務卿《なかつかさきょう》具平《ともひら》親王様から教えられた詩です。それを父がしたためたものが実家にあるはずだと思い出し、家の者に筆写して送ってもらいました」

為時も中務卿も、高名な学者である。また、中務卿は、政治《まつりごと》への発言の力を持たず、除目でも取りあげられないものの、高い学識を持つ人々を招いて何かと支援した人物である。その縁で、一部の皇族の間でしか知られていないような漢詩も目にすることができたという。

「読んで聞かせて」

彰子は気を逸《はや》らせながら言った。紫式部が、いつもより心持ち声を大きくして詠んだ。

書中に往事《おうじ》あり
閑《しず》かに典墳《てんぷん》に就《つ》きて日を送る裡《うち》
其《そ》の中の往事　心情に染《し》む
百王の勝躅《しょうちょく》　篇を開けば見え
万代の聖賢《せいけん》　巻を展《の》ぶるに明らかなり
学び得ては　遠く虞帝《ぐてい》の化を追ひ
読み来《きたっ》ては　更《さら》に漢文の名に恥づ
多年の稽古《けいこ》　儒墨《じゅぼく》を属《おさ》むれば
底《なに》に縁《よ》りてか　此《こ》の時泰平《たいへい》ならざらむ

「書物の中には過ぎ去った出来事があります。心静かに古い漢籍に向かって日を送っていると、書かれた過去のことがらが心に染み入るようです。書を開けば、多くの王たちの功績が見えますし、何巻も読むうちに古代からの聖賢たちの姿が明らかになります。遠く虞帝の改革を学ぶこともできますし、読めば読むほど漢の文帝の名誉にはおのれが恥ずかしくなってしまいます。けれども私とて、長年書を読み重ねてきましたし、孔子《こうし》や墨子《ぼくし》の教えを学び修めてきたのです。こうして私もまた聖賢の教えに従って寛仁《かんじん》の政治を志《こころざ》しているのですから、どうしてわが国が泰平の世とならないことがあるでしょうか……」

いったいいつ書かれたのか、という疑問は起こらなかった。いつでも一条天皇の志は変わらないのだということを、知っていた。今も昔も、ずっと、同じなのだ。

この漢詩は一条天皇の宣言だった。決意をあきらかにし、おのれの心胆《しんたん》に刻み込もうとするかのような詩なのだ。

彰子は、我知らず潤《うる》んだ目を元に戻すため、まばたきした。

「中宮様が漢語を学ばれるのは、帝のためなのですね」

紫式部が言った。質問ではなかった。彼女本来の聡明さが、はっきりとそのおもてに現れていた。

「そうよ」

彰子はうなずいた。もっと言えば敦康を守るためでもあった。そのためにも、一条天皇の仁愛を少しでも扶《たす》けて、損なわれることがないようにしてあげたかった。一条天皇が裡に秘める理想の本質を知り、朝廷の人々の思惑を察することのできる、頼れる后になりたかった。

「わたくしも、あなたのように帝から誉《ほ》められてみたいものです。『日本紀の御局』という名ですら、今のわたくしには羨《うらや》ましいのですよ」

あえて彰子は相手が気にしているであろうあだ名について言及《げんきゅう》した。目の前にいるこの女房との間に信頼を築くため、自然とそのような態度になっていた。

だが紫式部が、つとかぶりを振った。

「私は、誰からも誉められたことはありません」

彼女の双眸《そうぼう》が、いつの間にか涙の膜で覆《おお》われて光っていることに、彰子は驚いた。

「父にすら、誉められたことがないのです。まだほんの娘であった頃、漢語を理解できるようになった私は、とても得意げでした。きっと父も誉めてくれるだろうと思っていたのです。しかしそんな私に、父はこう言いました。残念だ、と。お前が息子であれば喜んだのに。これも私の運の悪さを物語っているのだな、と」

六

「夫を亡くしてから……いえ、物心ついてからこのかた、私は、人の数にも入らないような女でした」

紫式部が涙を浮かべて問わず語りに口にすることを、彰子は注意深く聞いている。

この才女を上手に使わねばならないし、そのためにはなるべく多くの本心を彼女の口から聞いておかねばならない、という思いも、あるにはあった。父が多くの公卿たちとそうして接しているように。

　だが正直なところ、意外な展開に驚き、純粋な興味を覚えていた。何しろ紫式部は今をときめく物語の書き手である。その告白は、彼女が書き綴《つづ》る物語よりも強く、彰子の心をとらえた。

「漢籍が読めるからといって、誰からも誉められはしません。父はかえって私が女であることを残念に思っていました。あるいは我が家で働く女房たちですら、私を悪しざまに言うほどでした」

「悪しざま？　なぜ？」

「漢籍など読むから、拙《つたな》い運しか招くことがないのだと……。夫を偲《しの》んで、遺《のこ》された漢籍を開くだけで、なぜ女がそんな真似をするのかとささやき合うのです。女が漢籍など読めば、たとえそれが経でさえ不運を呼び寄せると」

　これが世の常だった。多くの女たち自身が、女の教養を厭《いと》うのだ。縁起が悪いものと思い込み、憎み、罵るのである。

「つまらぬ迷信だと言ってやりたい気持ちもあります。漢籍を避けねば長生きできないなどということがあるでしょうか、と」

　紫式部がそっと袖《そで》で目尻を拭《ぬぐ》った。

「わたくしも同じ気持ちです」

　彰子はすかさず、しっかりと共感を示してやった。今まさに漢籍の教養を得たくて、彼女に望まぬ進講をさせているのだから。ここで身を引かせるつもりなどさらさらなく、いうなれば罪を共にする者としての結託《けったく》をはかる好機ととらえていた。

「確かに私は、夫に死なれた身です」

果たして、紫式部の口調に変化が現れた。本心を告げるときの、力強さが籠もっている。

「しかし、どうしてそれが漢籍を読んだからだと言えるでしょう。私はただ、尊く感慨深い言葉にふれたかっただけ……。小さな娘だった頃、書籍の中に素晴らしいものを見つけたときの、浮き浮きとした喜びを味わいたかっただけなのです」

「今あなたが、わたくしにそれを教えてくれているのよ」

紫式部が、震える唇をぎゅっと引き結んだ。必死に涙を堪《こら》えているのだ。彰子はその手をそっと握ってやった。主従というよりも、気弱な姉を慰める、妹のような気分になっていた。

紫式部が身を強《こわ》ばらせた。

「畏れ多いことです……。男ですら、漢籍の教養を鼻にかけるような人ほど、ぱっとしないなどと咎《とが》められてしまいますのに……」

「少なくとも、帝の前でそんなことを言う人はいません。わたくしの前でも、そのようなことは誰にも言わせません。あなたはただ、あなたの望むことをすればいいの」

これには言外《げんがい》に、『源氏物語』の続きを書いてくれという、彰子個人の願いもふくまれている。実際、あれほど自分を夢中にさせる物語など、他にあると思えなかった。

そんな彰子の思いを知ってか知らずか、紫式部がうなずき、ふうっと、堪えていた息をついた。彼女が秘めていた激しい思いが、その口からこぼれだし、どこかへ漂っていくようだった。

「紫式部……」

彰子がささやきかけると、また紫式部がうなずいた。

「謹《つつし》んで、中宮《ちゆうぐう》様へのご進講の誉《ほま》れを賜《たまわ》りたく思います」

日頃の、ぼけの態度とは打って変わった、どの女房たちにもできないような、きちんとした返答だった。彼女が、他の女房たちと明らかに異なるのは、ただ言葉を知っているという点だけではない証拠に、紫式部はこう続けた。

「いつか、中宮様が国母《こくぼ》となられるときにこそ、漢籍が伝える尊い教えが、中宮様をお扶けすることでしょう」

彰子は思わず、握った手に力を込めた。

今の言葉には、紫式部ならではの示唆《しさ》がふくまれていた。彰子が国母となる、ということを、面と向かって口にしたのである。これがただのお世辞であれば、恐れを知らなさ過ぎる。かえって敬《うやま》いの念に欠けるとみなされることを、紫式部は百も承知で言ったのだ。

なぜか。それが忠誠を誓うことになるからだ。父やその家臣たちのように、男たちが互いに示すことを、紫式部は今ここでしてみせたのである。

今後、彰子が担《にな》わねばならない全てをわきまえた上で、紫式部が関わらねばならないことごとを、恐れ畏《かしこ》まるあまり逃げ出したりはしないと言ってくれていた。

彰子はこのとき、一人の才女を女房として雇い続けるめどがついた、という以上のことを成し遂げた実感を抱いた。

それをどう表現すべきか、まだわからなかった。それから数日もすると、そんなことを考えもしなくなっていた。それほど自然と、紫式部に信頼を置くことができた。

后の忠臣。

紫式部がまさにそうであったことを彰子が実感するのは、ずっと後のことだ。

その頃には紫式部と同様の忠誠を示す女たちが多く揃うことになるが、このときはまだ二人の女が、互いを補い合うようにして、ひそかな進講を絆《きずな》とするばかりであった。

帝も公卿たちも、天災における人心の慰撫《いぶ》をはじめとして懸念すべき多くのことで奔走に明け暮れている様子だったが、立派な門に囲まれた宮中は、おおむね平穏だった。

だが八月になり、急に敦康が病悩《びょうのう》した。

彰子は大いに心配したが、幸いなことに、敦康の体はすぐに健《すこ》やかさを取り戻した。

道長も、自邸の作文会を中止して参内《さんだい》したが、

「どうも大したことはなさそうだ」

などと言って、さっさと退出してしまった。

日に何度も敦康の様子を確かめるため使いを寄越《よこ》す一条天皇とは、態度に格段の違いが現れている。読書始のとき、孫だなんだという詩を敦康に贈ったとは思えないほど淡泊な態度に、彰子のほうが眉《まゆ》をひそめたほどだ。

道長は、敦康の後見という立場では決して満足しない。彰子には、それが改めて明らかとなった。いつしか、父のちょっとした様子から、かなり正確にその内心を察することができるようになっていた。

いつ彰子は皇子を産むのか。帝はいつ彰子に子を授けるのか。

父がそのことばかり考えているのがわかった。その背景には、当然ながら伊周《これちか》の存在があり、他の多くの公卿たちの動向がある。

父は、今でこそ帝の右腕となって朝政《ちょうせい》を取り仕切り、除目にも強い影響力を持っているが、まだまだその権力は確たるものとは言いがたかった。

帝の後宮から、彰子以外のきさきを必死に取り除こうとしていることも、その証しといえた。権勢あらたかに見えてなお、ほんの僅かなきっかけで転落が始まるのが朝廷の常である。

彰子も、そうした顚末《てんまつ》の一部を、一条天皇の母たる詮子《せんし》がまだ生きていた頃に聞いている。

それが一部ではなく、長い朝廷の歴史の全てを現しているということも、今ではわかっていた。うんざりするほどに。

ひと頃の彰子であれば、また大いに悩み、苦衷《くちゅう》を押し隠すことしかできなかっただろうが、今は違う。敦康を守り、一条天皇を支えられるようになる。彰子にとって果てしない目標ではあったが、それらの思いは決して重荷ではなく、何より心強くさせてくれるものであった。

一条天皇が、敦康の快癒《かいゆ》を喜んで、童相撲《わらわずもう》を催させたときも、堂々とそばにいられた。敦康が相撲を取る童たちを励ますさまも、快く見守ることができた。

温かで穏やかで、まるで本当の家族の団らんのようだった。

さらにしばらくすると、帝のほうから道長に、

「古来、大臣の家へ天皇が行幸《ぎょうこう》することは恒事《こうじ》であった。さて、そなたの家には馬場がある。私が行幸し、馬を馳《は》せるところを覧《み》たいと思うが、どうであろう」

と言って、行幸を提案した。

恒事、すなわち常あることだと言うのだが、実際はそうではない。一条天皇ならではの家臣に対する気遣いである。道長は当然これを受けて、競《くら》べ馬の催しの用意を調《ととの》えたが、一条天皇は同

時に他の者へも気を配ることを忘れなかった。

東宮《とうぐう》居貞《おきさだ》親王にも来るよう指示したのである。居貞親王は、冷泉《れいぜい》天皇の第二皇子であり、花山《かざん》天皇の異母弟である。その母は、摂政《せっしょう》であり太政大臣《だいじょうだいじん》であった藤原兼家《かねいえ》の長女であり、道長の姉である超子《ちょうし》だ。

そして兼家は、花山天皇の退位と、一条天皇の即位をはかった人物に他ならない。摂関《せっかん》の地位を朝廷内で盤石《ばんじゃく》のものとし、さらにそれを道隆に譲ることで世襲《せしゅう》を公認させることに成功した。その後、道隆亡きのち権力を握ったのが、道長である。

冷泉天皇の系譜《けいふ》にあたる居貞親王の存在は、円融《えんゆう》天皇の系譜にあたる一条天皇にとって、政敵になりかねない。道長もそれを重々承知しており、居貞親王の扱いには慎重になっている。

その居貞親王を、一条天皇が招き、邸《やしき》のあるじである道長ともども歓待したのである。

居貞親王は大変気をよくし、この待遇を大いに悦《よろこ》んだ。彰子も、人づてに聞くのではなく、その様子を間近に見た。

このときも、敦康とともに一条天皇のそばにいたのだ。彰子への気遣いも、一条天皇にとっては当然のことであっただろう。

彰子は一条天皇に深く感謝した。自分を長年ともに暮らした家族であるかのように扱ってくれることに対してである。いつかこれが普通のことになればと願わずにはいられない一方で、彰子は一条天皇の細やかな気遣いをつぶさに見て取った。

配下の人々、家臣たち、政敵となる可能性のある人、きさき、そして我が子。これに顔も知らぬ民が、生きとし生ける者全てが、一条天皇にとっては気遣うべき相手だった。

途方もない心持ちである。身がいくつあっても到底足らない。いや、一つの身を超越して、おのれの心を神に等しくせねば耐えられない。一条天皇にとっては幼い頃からそれが当然であり、正しい聖賢《せいけん》の道だった。

競べ馬の観覧は数日にわたり、つつがなく行なわれた。

「帝が人を思うのと同じくらい、帝のことを思う人はいるのかしら」

彰子は、進講する紫式部の前でそう呟《つぶや》いた。

「帝ほどの御心《みこころ》の広さをお持ちになれる方は、そうはいらっしゃらないでしょう」

紫式部は言った。進講のたび、彰子が呟く問いに、はっきりと答えてくれるようになっていた。

「ですが、同じような御心を持とうとされている中宮様がいらっしゃいます。帝も心強く思われるに違いありません」

「ありがとう」

彰子は微笑みを返した。まさか女房に励まされて、その気になる日が来るとは、と不思議な気分だった。

しかし彰子のそのような思いとは裏腹に、他ならぬ父が、しばしば一条天皇とせめぎ合った。

十一月の末頃、道長が左大臣の辞表を、一条天皇に奉《たてまつ》ったのである。

一条天皇がすぐにこれを却下《きやつか》し、除目の奉仕をするよう命じたところ、道長は他の者に任せればいいといったことを奏聞《そうもん》したという。

このやり取りはしばらく続き、ようやく道長が参内《さんだい》したのは十二月も半ばを過ぎてからである。

こうした職務の辞退が、朝議《ちょうぎ》を滞《とどこお》らせ、一条天皇を心苦しくさせるとわかっていながらだ。

むろん道長がそうした態度に出る理由は、せめぎ合う公卿たちに対し、いっそう有利になろうとしてのことだ。しかしその立場を盤石にするには、結局のところ、手段は一つしかなかった。

おのれの娘である彰子に、一条天皇の皇子を産ませることである。

道長は必死に焦《あせ》りを見せないようにしているが、日々神仏に祈る思いであることを彰子は察している。一条天皇もそうだろう。公卿たちも、まだまだ今後のことはわからないという考えを抱いているに違いなく、隙《すき》あらば自分の娘を一条天皇のきさきにしようと目論《もくろ》んでいた。

そんな水面下での思惑がどうであれ、表面上は平穏さを保ちながら、年の暮れが迫るさなか、新造内裏《しんぞうだいり》が無事、完成となった。

あの神鏡を損なった猛火から一年、やっと元の内裏に戻れるはずだった。

実際、十一月二十五日には翌日の還御《かんぎょ》の旨が決まった。

だがやがて、一条天皇自ら、還御のことを沙汰《さた》止《や》みとした。

「内裏には、いつ頃、お戻りになるおつもりですか？」

彰子は、部屋を訪れた一条天皇としとねを共にしながら、遠慮がちに訊《き》いた。

「さて、どうしようか。この邸の居心地も素晴らしいからね。公卿たちも、参上する場所がたびたび変わっては、どこへどう参ればいいか困ってしまうよ」

「でも、内裏があるのに……」

彰子はなおも言った。

本来の清涼殿《せいりようでん》に住みたい思いもあったが、一条天皇の態度の裏にあるものを敏感に察していた。それを自分にも見せてほしかった。

「さぞ立派なものができただろうね。行ったら、立派すぎて私の知っている場所じゃないと思ってしまうかもしれないな」

一条天皇はなお、いつもの軽口《かるくち》で彰子を笑わせようとしてくれた。

彰子は、その頬《ほお》にそっと触れた。最近では、そういうことを、おずおずとだが積極的にするようになっていた。

「わたくしにだけ、お話し頂けませんか。他の者には何も言いません」

一条天皇がにこりと笑《え》みを返した。なんでもないことだ、というように。だが彰子が真剣に相手を見つめ続けると、ふいに寂しげな表情になった。

彰子の手を優しく握って下ろさせ、灯《あか》りのあるほうを見て、誰も聞いていないことを確かめてから、お互いの手に目線を落としてこう呟いた。

「また焼けてしまう気がしてね」

その言葉に、彰子は胸を鋭いもので貫かれるような思いを味わった。

自分が内裏に戻れば、また災《わざわ》いが起こるかもしれない。一条天皇はそう言っていた。ただ建物が焼けるだけではない。すでに三種の神器のうち神鏡が損なわれている。残り二つにもしものことがあったら、神器を損なった天皇として歴史に残ってしまう。

それに、火で人死《ひとじ》にでも起きようものなら、宮中そのものの穢れになる。

そう簡単に火は起こらない。見廻りを厳重にすればいい。そもそも宮中の出火は、一条天皇のせいなどではない。陰陽寮《おんようりょう》の者たちとて、災異《さいい》のゆえんが一条天皇にあるなどとは一言も告げていないのである。

だが、一条天皇の言葉の裏の暗がりには、別の推測が存在する。そのことを、彰子は初めて察していた。この瞬間まで考えてもいなかったことを。

放火だ。

一条天皇と道長の朝議を不快に思う誰かが、内裏に火が起こるよう仕向けているのではないか。その可能性がある限り、一条天皇は戻れない。

彰子は何と言っていいかわからず、自然と涙が流れた。一条天皇のための涙だった。

あらゆる人々に気を配り、宮中の安寧《あんねい》に努める一条天皇が、どうして内裏に戻れないなどということがあるのか。いったいこの方が誰かのことを思うほど、誰かこの方のことを思って差しあげられるのだろうか。

自分はそうなれるのだろうか。

そうしたことを口にしたくてたまらなかった。だがその前に一条天皇が静かに抱き寄せてくれた。何も言わなくていい、というように。

——おいたわしい。

一条天皇の胸に抱かれながら、声には出さずに口の中で呟いた。一条天皇を、そのような境遇にさせてしまっている一人が、他ならぬ自分なのだという思いがよぎり、深く詫《わ》びたかった。

そうする代わりに、学んだ言葉を自然とささやいていた。

「多年の稽古、儒墨《じゅぼく》を属《おさ》むれば、底《なに》に縁《よ》りてか、此《こ》の時泰平《たいへい》ならざらむ」

紫式部から教えられた漢詩の一節。一条天皇の作詩である。

一条天皇がはっとして、彰子の涙で濡《ぬ》れた顔をまじまじと覗《のぞ》き込んだ。それから、たとえようもなく優しげで柔らかな笑みを浮かべた。

「ありがとう。泰平の世となるよう、努めねば」

そう言って、また抱きしめてくれた。

――わたくしもお供します。

心の中で彰子は言った。そうなれるよう精一杯努めたいと。だが結局、声に出して告げることはなかった。

七

一条天皇が再建された内裏に遷《うつ》らないと決めた、翌年の寛弘四年（一〇〇七）、道長はいよいよ苛立ちを募らせていた。

「まだ彰子は帝の子を授からないのか」

口には出さないが、その憤懣はことあるごとにあらわとなった。

年明けの叙位《じょい》の議も、一条天皇の命《めい》に反し、道長は不参《ふさん》を押し通した。

一条天皇は、道長が担わねば、叙位そのものを行なわないとしたが、

「重き物忌《ものい》みがありますので」

道長はそんな風に言って、その役目を右大臣の顕光《あきみつ》に押しつけた。

正月四日には、叙位の議にて加階《かかい》を熱望する人々が、道長邸である土御門第の門外で列をなしたが、

「帝に奏上《そうじょう》せよ」

道長は彼らを一蹴《いっしゅう》した。

事実、正月五日には道長の室の源倫子《りんし》が、嬉子《きし》を出産し、その穢れを盾に叙位の議を辞退したわけだが、それから十日も二十日も経ったのちも、道長は、女叙位《おんなじょい》や除目《じもく》の奉仕を辞退しようとした。

父の強硬な態度は人々の噂の種となり、おのずと彰子の耳にも入った。父がまたぞろ一条天皇を苦悩させてしまうことに、彰子はやるせなさを覚えた。

また、彰子が二十歳《はたち》にもなったのだから、いつ懐妊してもおかしくないと父が考えていることは明らかで、彰子自身も、

「まだか、まだか」

父の念願の激しさに、鬱然《うつぜん》としかけるほどであった。

とはいえ、憤懣をまき散らして朝政を乱したところで、利のないことは明らかだし、かえって政敵をつけあがらせるだけであることは、父もわかっているのだろう。

女叙位は道長不在のまま顕光が担ったが、除目については一条天皇の度重なる命に渋々応じ、上卿《しょうけい》としてこれを行なっている。

彰子にとって幸いなのは、その後の道長が、念願の叶《かな》わぬことを娘や一条天皇のせいにせず、もっぱら神仏にすがってくれたことだった。

御嶽詣《みたけもう》で、すなわち吉野《よしの》の金峯山《きんぶせん》へ登ることを決心したというのである。修験道《しゅげんどう》の霊験《れいげん》あらたかな地たる金峯山を参詣《さんけい》するには、事前に厳しい精進潔斎《しょうじんけっさい》を済ませねばならない。

一切の穢れを払い落とすため、五十日も百日も、ときには千日もかかるという。朝政を取り仕切りながらの精進潔斎である。途方もない努力だった。開始は閏《うるう》五月で、道長がいよいよ京を出立《しゅったつ》したのは八月のことだ。それから十日余もかけて、断崖だらけの険しい霊山を登りきった。そして、その手でしたためた経を筒に入れて山頂に埋め、神仏に奉じた。

ときに冷たい秋雨が降りしきる中での参詣である。

このとき道長は四十二歳。猛烈無比の執念による参詣達成であった。

また、道長が真っ先に参詣したのは、聖地そのものである御在所ではなく、その支所に等しい小守三所《こもりさんしょ》である。これは、子守三所とも書かれる。つまりは子を授かるための祈願所《きがんじょ》だ。

お喋りの道長にしては珍しく、この金峯山詣での目的を周囲に明言していない。だが、彰子が一条天皇の子を授かることを心底願っての参詣であることは、朝廷中の誰もが察するところだ。

敦康という第一皇子の後見人としての立場では決して満足しない。その道長の思いが、はっきりと行動に現れるようになった。

四月の賀茂祭《かものまつり》で道長は敦康に付き添ったが、その後は精進潔斎を優先した。

七月に敦康が病悩したときなどは、一条天皇が直接、行成《ゆきなり》に命じて祈禱《きとう》を行なったが、道長がその傍《かたわ》らに付き添うことはなかった。

幸い、敦康はその後すぐに快癒したが、後見人であるはずの道長が急に疎遠《そえん》になれば不安を覚えるに違いない。だがもはや道長も、そんなことに構ってはいられないとばかりの様子を見せるようになっている。

道長の焦慮《しょうりょ》と野心がこうしてあらわになれば、政敵もまた応じようとするのが朝廷の常である。亡き定子《ていし》の兄である伊周《これちか》が、弟の隆家《たかいえ》とはかって、平致頼《むねより》を引き込もうとしたと噂が立ったのは、道長がまだ金峯山を登っている最中のことだ。

致頼は、過去に平維衡《これひら》と合戦を行なった武人である。伊周はその致頼に、参詣する道長の抹殺《まっさつ》を託したらしい、という恐ろしい噂だった。

とはいえ証拠はなく、実行に至ってもいない。霊地での殺害とあって、さしもの武人も気が引けたのだろうか。そう公卿たちがささやき合うのを、内裏の女房が耳にしたという。まことしやかな噂に過ぎず、耳にした者も、広めることを憚《はばか》ってしまうような内容だ。

彰子がその剣呑《けんのん》な噂を知ったのは、藤原実資《さねすけ》のおかげだった。とはいえ実資も、わざわざ中宮御所にそれを広めたかったわけではない。

「誰しも、ご不在のときほど妙な噂が立つものです。聞き流すのが一番でしょう」

遠回しに、噂が伝わっているかどうか、彰子付きの女房たちに確認したまでである。

ご不在といえば道長しかいない。はて何やら噂が立っているということだろうかと、それとなく内裏の女房から聞き出したのは、紫式部だった。

紫式部は、ぼけの女房として有名である。彼女自身の演技のたまもので、内裏の女房もつい油断して喋ってしまった。彰子は漢文進講の際、顔を真っ青にして唇を引き結ぶ紫式部に、どうにか喋らせたのだが、こちらはかなり苦労した。

「ただの……ただの、噂にございます」

言うこととは裏腹に、恐怖で震える紫式部の様子を見て、かえって彰子はぞっとさせられた。

――怨み。

この世からそれが消えることはないのだ。そう思い知らされるようだったが、

――ならば守れる者となろう。

すぐさまその思いがわき起こったところが、かつて詮子《せんし》の怨念《おんねん》に怯えるしかなかった頃の彰子とは、画然《かくぜん》と異なっている。

「父はすぐに何ごともなく戻るでしょう。くれぐれも他聞《たぶん》に及ばずと心得なさい」

彰子は言った。自分でも感心するほど平静だった。紫式部はそれ以上に感銘を受けた様子でまじまじと彰子を見つめ、恭《うやうや》しく首肯《しゅこう》した。

「かしこまりました、中宮様」

「さ、今日のくだりを読んで」

「はい――」

紫式部が『新楽府《しんがふ》』の一節をやすやすと読みあげるのを聞くうち、さらに平安《たいらか》な気持ちになるのを覚えた。むろん今すぐ自分に何ができるわけでもない。ただ剣呑な噂を思い返すに、一族同士の争いに対する恐怖よりも、一条天皇と敦康ら幼い姉弟を不憫《ふびん》に思う気持ちが勝《まさ》った。

特に、幼い敦康にとって、道長も伊周も後見人となるべき親族のはずだ。その二人が不倶戴天《ふぐたいてん》の敵同士のように張り合っていることを理解したならば、敦康を襲うのは強い不安であろう。あの素直で聡明な子に、そのような思いをさせたくなかった。

――わたくしが守らねばならない。

そのためにこそ聖賢の書を学ぶべきだった。少しでも王道というものを知り、一条天皇が志す治世《ちせい》のなんたるかを理解する。そうして一条天皇を支えることのできる后《きさき》となる。それが、父の金峯山詣でにも負けぬほど強い、彰子の決心だった。

一条天皇は、この年、おおむね壮健に過ごしている様子だった。春頃、いっとき一条天皇が痢病に悩まされたと聞いたときは、彰子も大いに心配したものだ。痢病は下々の者であれば死に直結しかねず、また宮中の者においても公務を辞退せねばならない病《やまい》である。

とはいえ一条天皇はすぐに快癒し、彰子の在所に健やかな姿を現してくれた。

そののちも、彰子の前では明るく朗らかに振る舞い続ける一条天皇であったが、決して以前と同じではないことに、彰子はとっくに気づいていた。

やはり、笛だった。名手と称《たた》えられる一条天皇にとって、笛は幼少期から得意とするものだ。おのれを慰める上でも、周囲を娯《たの》しませる上でも、なくてはならないはず。

しかし、神鏡が焼失した頃から、一条天皇が笛を吹くことはなくなっていた。内裏たる一条院の宴で、道長が気を遣って楽奏を催しても、一条天皇が自ら音を奏《かな》でることはしなかった。

「笛をお聴かせ下さい」

と公卿や女房が、あるいは道長や彰子が促そうとも、一条天皇は穏《おだ》やかに断り、決して笛を手に取らなかった。

――帝の笛の音《ね》が聴きたい。

いつか自分が本当にあの方を支えることができたとき、もう一度、笛を手にとって下さるだろうか。彰子はそのように考え、幼い頃にそっぽを向いて一条天皇の優しさを突っぱねた自分を、恨めしく思った。

ただ、その笛のことを除けば、宮中で思い煩うべきことはないように思われた。

道長が意気揚々《いきようよう》と金峯山詣でから戻ってのち、伊周が何か恐ろしいことを企んでいるといった噂はぱったり絶えた。道長自身がその噂を聞いたかどうかはわからないが、少なくとも政敵を恐れて警戒する様子はなかった。

一条天皇も、道長が長い精進潔斎のため相撲節会《すまいのせちえ》を観覧できなかったことを気遣い、改めて相撲を催した。道長も、これにはさすがに恐縮しつつ喜んだ様子だった。

冬頃になると、道長は次の興味に専心するようになった。元日の朝賀《ちょうが》の復活である。かつて藤原道隆が約五十年ぶりに朝賀を再開させたことに倣《なら》ったのだ。神仏へ全身全霊で祈願してのちは、現実面で着実におのれの権威を高めんとしたのであろう。

この年も、春日祭《かすがさい》や、賀茂祭の試楽《しがく》など、多くの行事が執り行なわれるつど、一条天皇は細やかな配慮を見せた。

宮中のありようを知れば知るほど、漢籍を学べば学ぶほど、彰子は一条天皇の差配がただ公卿たちへの遠慮から来るのではなく、

「天下を平安《たいらか》にする」

という聖賢の志に裏づけられていることを知るのだった。

――わたくしも学ばねばならない。

そう繰り返しおのれに言い聞かせた。だがなんとしたことか、冬が深まる頃になると、なぜか急にその身が言うことを聞かなくなった。

朝も夕も、とにかく体が重く、けだるいのである。

目の前のものごとに集中できず、しゃんと目を覚ましていられない。漢文を進講させているときなど、特に駄目だった。紫式部が漢文を読みあげるのを聞きながら、ついうとうとしてしまう。

一条天皇が在所に現れ、しとねをともにしてくれるときもそうだ。いつも一条天皇より遅く眠り、早く目覚めるのが普通だった。なのに、その温かな腕に抱かれるや、身も心も緊張を保てず、気づけば寝入ってしまうようになっていた。

これではまるで冬ごもりをする獣《けもの》のようだ。こんなことではいけない。まだまだ学ばねばならないというのに、この自分がこれほど怠惰《たいだ》だとは思いもよらなかった。

心もやけに気鬱《きうつ》になることがあり、何もしていないのに疲れて無意識に溜息《ためいき》をこぼすこともしばしばで、食も細くなっていった。

――いったい、どうしてしまったの？

ほとほと困惑し、病悩の兆《きざ》しかとも恐れた。いや、すでに病んでいるのではとさえ思った。

それでつい、女房に対して主人がすべきではないとわかってはいたが、紫式部にだけ不調を訴えた。

「近頃、眠くて眠くて仕方がないの。こういうときは、どうすればいいのかしら？」

すると紫式部は漢籍を横に置き、そっと彰子に近寄った。

「眠気が取れないのですか？」

「ええ。体が重くて……気分が優れないの。あなたも、こういう風になったことがある？」

紫式部はすぐに返事をせず、灯《あか》りを頼りに彰子の疲れた顔を見つめ、

「私も、一度……そうなりました」

ややあって、そう答えた。

「何かの病かしら」

「中宮様、月のものは来ていますか？」

彰子は思わず眉をひそめた。

「月のもののせいではないわ。ちょっと遅れているようだし」

「では、来ていないのですね」

「ええ、そうよ。そう言っているでしょう」

疲れているせいか、つい苛々《いらいら》と返してしまった。こういう態度を取ると、紫式部はすぐに萎《い》縮《しゅく》してしまう。

しかし、紫式部は首肯し、むしろ彰子を宥めるように微笑んで言った。

「ご心配ありません。きっと、なぜそうなるかは、すぐにわかります。ご体調も……すぐには整わないかもしれませんが、じきに収まるでしょう」

「そうだといいのだけれど……」

彰子は呟いて深々と溜息をついた。正直、ちっとも期待できなかった。

だが驚くべきことに、何もかも、紫式部の言う通りだった。

しかも、なぜ彰子の体調が乱れるか、はっきりと推測を告げてくれたのは、紫式部ではなかった。

在所に現れてくれた一条天皇が、彰子と二人きりになるや、

「このところずっと顔色が優れないね。どうしたのかな？」

そう気遣ってくれたのである。

「はい。でもきっとすぐに元に戻りますわ」

相手に心配をかけたくなくてそう返したところ、ふと一条天皇が首を傾《かし》げ、

「月のものは来ていないの？」

なんと紫式部と同様のことを尋ねてきた。

これまでも、一条天皇が彰子の身を気遣ったり、あるいは穢れに配慮したりして、遠回しにこうしたことを尋ねることはままあった。

だが、こうも面と向かって尋ねられると恥ずかしくて仕方がない。

「はい……まだです」

顔を背《そむ》けて答えた。

そうか、と一条天皇が考えるように呟いた。

「どうやら気分が普通ではない様子だし、私には確かにこうと言うことはできないのだが、もしかすると懐妊《かいにん》したのではないかな」

彰子は呆気にとられて顔を戻した。一条天皇の真面目な表情から、いつもの優しい冗談を言っているのではないとすぐにわかった。

――これが懐妊？

このとき彰子が抱いたのは、喜びでも安堵でもなく、そんなはずがないという思いでしかなか

った。万一そうでなかったら、という不安さえ感じていない。子を授かることと、二六時中《にろくじちゅう》けだるくなるということとが、まったく結びつかなかったからだ。

「お気が触れでもなさったのですか？　そのようなことをおっしゃるなんて」

思わず呆れ声でそう返していた。

だが一条天皇は、むしろますます自身の発言に確信を得たような調子で、こう言った。

「これは左大臣（道長）を呼んで、伝えてやらねばならないな」

八

――これが懐妊というものなの？

彰子はまったく半信半疑である。

確かに、父は金峯山詣でをし、彰子も父に言われて不断経《ふだんきょう》を自ら誦《じゅ》すなど神仏に大いに願った。だからといって、かくも早く、御利益《ごりやく》があるものだろうか。

一条天皇から彰子の懐妊の可能性について告げられた道長と倫子は、女房たちに彰子の様子を詳細に尋ねた。内裏の貴族ともなれば、食事や着替え、排泄《はいせつ》にいたるまで、人の手を借りることが常識である。

女房たちは、ただ彰子の食が細くなるだけでなく、月のものがないこと、つわりの兆しがあることなど、具体的な証しを次々に報告した。

道長も彰子同様、懐疑的な態度であったらしいが、やがて懐妊を確信し、

「これこそ御嶽の御験《みしるし》か！」

感極まってむせび泣き始めたという。

最後まで確信を持てなかったのは彰子自身である。だが、ほどなくして、かつてない変化がその身に訪れ、まさにこれがそうなのだと、ようやく認めるに至った。

初めて経験するつわりには、こたえるというより驚かされた。好んで焚《た》きしめていた香りが突然、不快でたまらなくなるなど、不思議としか言いようがない。

食事の大半が喉《のど》を通らなくなり、出産の経験がある女房たちが中心となって、彰子が健康を損なわないよう、あの手この手で面倒を見るようになった。

紫式部もその一人であることがありがたく、どんなに苦しくとも、彰子は漢文の進講をやめさせる気はなかった。

むしろ子をやどした実感が湧くほどに、世の民の幸福を願う一条天皇の重責というものについて、深く考えるようになっていた。

后として、いっそう一条天皇に寄り添えるのではないかとの、期待の念のおかげだ。少なくとも一条天皇から、そんな真似はしなくていいとは言われていない。その治世をともに支えるとまではいかなくとも、せめて一条天皇の心を深く理解することのできる后になりたかった。

そしてその願いも、少しずつ結実していくように思われた。

紫式部に頼み、詩をしたためて一条天皇に贈るということができたときは心底嬉しかった。

しかも一条天皇は、すぐに返答の詩を寄越してくれた。彰子はさらに詩を返し、またしても一条天皇から詩が返された。

この二往復の詩のやり取りは、彰子に素晴らしい手応《てごた》えを与えてくれただけでなく、これからの幸福を約束してくれるようであった。

自分が無事に一条天皇の子を産んだとき、まことに一条天皇と家族を築く。そういう幸福だった。もちろん、自分と我が子だけが、一条天皇とそうなるというのではない。

定子《ていし》が遺《のこ》した三人の子どもと一条天皇の輪に、自分も入れてもらえるという幸福である。

懐妊してのちも、敦康を守ろうという気持ちに一点の曇りもなかった。長女の脩子《しゅうし》内親王や、次女の媄子《びし》内親王に対しても、彰子にあるのは深い愛情だ。

本来、自分の役割ではないことは重々承知の上である。だが、三人の幼子たちがいたからこそ、母になるということに何の疑問もなかった。

それこそ不思議なものである。

十二歳で、一条天皇のきさきとなれと言われたときは、まったく実感がわかなかった。どれほど父母から栄誉であると諭《さと》されようとも、なんで自分がという思いに苛《さいな》まれっぱなしだった。

それがここにきて、何の疑いもないどころか、父母のことなど差し置いて、一条天皇とまことの家族となる喜びでいっぱいになるとは。これもひとえに、一条天皇という方の御心ゆえだ。そのことにも、疑いはなかった。

このような、子を授かることで得られる自信があるからこそ、つわりの苦しみにも負けずにいられた。むしろ母譲りの気丈さが顔を出し、つわりなど感じていないかのように振る舞った。

当初、そうした彰子の状態を、道長と一条天皇はひた隠しにすることで合意していた。

どこから呪詛《じゅそ》が放たれるかわからないからである。

道長と一条天皇は、朝政においては一蓮托生《いちれんたくしょう》だ。特に今このとき、彰子を気遣うことは、どんな政治《まつりごと》よりも重要だった。

道長などは、おのれの権威を高めるべく復活を企図《きと》していた朝賀《ちょうが》の件さえ、彰子の懐妊が発覚してからというもの、完全に放棄してしまっていた。

代わりに、公卿たちへの大盤振る舞いに努めた。道長得意の懐柔策《かいじゅうさく》である。それは最大の政敵である伊周に対しても行なわれた。

明けて寛弘五年（一〇〇八）正月には、一条天皇と道長が諮《はか》って、伊周を准大臣とすることが決まったのである。

政敵を追放することも抹殺することも、怨みを残すことになる。ならば和解しかない。それならばと気兼ねなく、政敵のためになることを存分にしてやる。

道長はこういうときほど怨みを恐れる。ちょっとした怪異にすら神経を尖《とが》らせ、高僧に頼んで経を唱えさせる。

小心者、と断ずることもできるだろう。警戒が過ぎて、妻の倫子からさえ呆れられるほどだ。しかしやはり、内裏においては何よりもその性格こそが、道長の栄達を支えたというべきだった。

危険を招くことを一切しないよう努め、そのためならば、率先して政敵に贈り物をすることにも抵抗を感じない。気後《きおく》れや恥ずかしさとも無縁だった。多少癇《かん》に障《さわ》ろうとも、おのれの小さな感情など無視し、危険を未然に防ぐことのほうがはるかに重要と考えるのだ。

そして父の、怨みを恐れる性格もまた、母の気丈さとともに、彰子に受け継がれていたといっていい。何よりも怨みを遠ざけねばならない。その点において父と娘の間に、齟齬《そご》はなかった。だから、懐妊の事実を隠せるうちは隠さねばならないと父から言われたときも、素直に納得した。

呪詛の可能性について考えるのは怖かったが、そんなものはないはずだと自分を[illegible]ることのほうが危険だった。そのことは、詮子から、嫌というほど教わったではないか。

結果、五ヶ月近くもの間、彰子の懐妊は秘事《ひじ》とされた。

女房たちにも決して他聞《たぶん》せぬようにと道長じきじきに厳命が下されていた。むろん、わざわざ逆らう者などいない。

その間、道長と一条天皇が次々に手配し、彰子の安産祈願《あんざんきがん》をさせている。何者かが呪詛したときに備えての祈願も怠《おこた》りなく続けさせた。

そうした折、重要な人物が世を去った。

花山院《かざんいん》が崩御《ほうぎょ》したのである。

かつて謀《たばか》られて出家の身にさせられて以来、しばしば市井《しせい》で従者を暴れさせることはあったものの、花山院がまともに一条天皇の朝政に影響を及ぼしたことはなかった。

及ぼしたのは、花山院と争った伊周のほうである。花山院自身は、道長にも一条天皇にも怨みを放つことはなかった。崩御の際においても、同様である。

花山院の葬送《そうそう》は、つつがなく行なわれた。

それからしばらくするうち、彰子の腹が大きくなり、隠すことも難しくなってきた。儀式に参列して穢れを及ぼせば一条天皇に迷惑がかかる。

今度はそのことが、彰子の不安の種になった。

いつまでも内裏にいて、穢れを及ぼしてしまってはいけない。もし万が一、内裏で流産などということにでもなれば、ただ子を失うという以上に、内裏という聖域を内側から破壊するに等しい。

こうしたことについては、道長も一条天皇もよくよく考えているようだった。

彰子を儀式に参列させず、いつ内裏から退出させるかについて入念に話し合った。

徐々に彰子懐妊の噂が広まっていったが、この期《ご》に及んではそれも致し方ないとし、あえて噂を否定するようなことはしなかった。

こうして寛弘五年（一〇〇八）の四月、懐妊五ヶ月となった彰子は、いよいよ一条院内裏から土御門第へ退出することとなった。

彰子にとってゆいいつ残念なのは、敦康を同行させられなかったことだ。本格的に妊婦となったからには、幼子の相手をするのも大変だった。それに自身の穢れを、大事な敦康に及ぼしてはいけないという思いもあった。

「あなたの弟妹《きょうだい》が生まれるのですよ」

彰子は敦康に、繰り返しそう言い聞かせた。母が違うことなどよくあることだった。そしてそれ以上に、これから自分たちは本当の家族になるのだという思いを、敦康と分かち合いたかった。

「はい、母様」

敦康は素直に彰子に共感してくれている様子だった。その嬉しさが、敦康と会えない寂しさを紛らしてくれた。敦康もきっとそうだと信じた。

土御門第では、毎年恒例の法華三十講《ほつけさんじつこう》が行なわれていた。

三十日にわたり客を招いて法会《ほうえ》を催すのである。この年はとりわけ豪勢な、道長の喜びと公卿たちを懐柔しようとする意図とが込められた法会となった。

夜になれば盛大に火が焚かれ、昼間のような明るさであった。

法会の終わりの晩もそうだった。

輝かしい法会が、盛況のうちに終わった直後である。

媄子内親王が、重篤《じゆうとく》となったという報《しら》せが、土御門第にもたらされた。

実は正月半ば頃、媄子内親王は一度、病にかかっていた。一条天皇が命じて様々に加持祈禱《かじきとう》を行なわせ、このときは無事に快癒した様子であった。

もちろん彰子もそのことを知っており、いたく心配したものだ。

一条天皇のほうは、祈禱する僧を、あらゆる僧の管理者である僧綱《そうごう》の一つ、権律師《ごんのりつし》に任じた。

それほど媄子内親王の病に心を痛め、のちにその快癒に感謝したということである。

だが五月二十二日の晩、媄子内親王は、そのときよりもさらに重い病に倒れた。

すぐさま加持祈禱が行なわれたが、僅《わず》か三日後の二十五日に、息絶えた。

たった九歳だった。

「――え？」

この訃報《ふほう》に接した彰子は、呆《ほう》けたように訊き返すことしかできなかった。総身が強ばり、報告を拒絶したくて悲鳴をあげるようだった。

一条天皇、脩子内親王、敦康。三人の顔が次々に思い浮かんだ。媄子内親王もそこにいなければならなかった。だが辛すぎて、顔を思い浮かべることさえ憚《はばか》られた。

これからまことの家族になるはずではなかったのか。そう思ったとたん、涙が溢れて止まらなくなった。まるで神仏から、そうはいかないと言われているようで怖かった。

実の母が、彰子を家族にはさせまいとして、あの世に連れて行った。そんな思いが、ただ一度だけよぎったが、決してそんなことはない、と慌てて打ち消した。

「大変なことになった」

父も慌てて参内《さんだい》した。そして戻ってくるなり、彰子にこんなことを言った。

「帝をお慰めするのだ」

それほど一条天皇の心痛が甚《はなは》だしいということである。またそうしたときほど、天皇と他のきさきたちの関係が変化しやすいことを、誰もが知っていた。中宮が懐妊中で不在となれば、傷心の天皇を慰めるのは他のきさきたちであるのだから必然といえた。

とはいえ、彰子は今や懐妊七ヶ月目になろうとしている身である。

ただでさえ、子を孕《はら》んだ女性は、内裏においては穢れと目《もく》される。そんな身で参内すべきではないのは明らかだった。

道長もそんなことは承知の上である。父から説得を受け、悲しみに落ち込んでいた彰子も、やがて覚悟を決めた。

六月、彰子は、一条天皇のもとへ戻った。

一条天皇と悲しみを分かち合うことで、少しでも慰めたいという一心である。

だが、果たしてそれができたかどうか、わからなかった。

「このような身を押して、私を心配して来てくれるなんて。ありがとう」

一条天皇はどこまでも優しく、彰子の身のほうを労《ねぎら》ってくれた。

そして実際は、彰子をふくめ、どのきさきとも会おうとはしなかった。彰子が知るところでは、ただ、長女の脩子内親王のもとへ足を運び続けているのだという。

当然、そこで敦康とも会っている。そのことを彰子は敦康から聞いた。父は、亡くなった媄子内親王との想い出を、繰り返し口にし続けていると。

——自分はそこにはいない。

その事実を、彰子は、この上なくはっきり示されることとなった。

どれほど一条天皇を慕おうとも。いかに定子が遺した子らを愛そうとも。このとき一条天皇が慰めを求める場に、彰子は入らせてもらえなかった。

といって、彰子が無視されたわけではない。

一条天皇からの使いがしばしば彰子の在所に現れたし、本人が渡御《とぎょ》してくれることも何度かあった。そうしたとき、一条天皇は悲しみを隠そうとはしなかったが、さりとて全面的に彰子に慰めを求めることはなかった。

ただ、彰子とその腹の子をいたわり、どうか健やかでと願うばかりである。

——なんと申し訳ない。

一条天皇を慰めるために意を決して参内したというのに、彰子の胸の内は、かえってその思いでいっぱいになった。

拒絶されたといった怒りはない。あるのは、一条天皇に寄り添えていないということへの悲しさである。

子を授かったことで、無条件に一条天皇の心にすら入り込めると思ってしまっていた。だがそんなはずがないのだ。自分には、一条天皇に比肩《ひけん》するような見識《けんしき》も、機知《きち》も、風雅《ふうが》さもない。何一つとして、一条天皇に感心してもらえるものがない。そんな我が身が申し訳なかった。

結局、内裏にいられたのは一ヶ月ほどで、七月には、ますます大きくなるお腹《なか》を抱え、そのことを一条天皇から逆にいたわられながらの退出となった。

幸い、彰子の身には何も起こらず、脩子内親王や敦康も妹の死を悲しみながらも悲嘆に暮れて病むといったことはなかった。表面上、一条天皇とその子らは、肉親を失った悲しみを乗り越えようとしているようだった。

土御門第に戻った翌日、さっそく一条天皇が勅使《ちょくし》を送ってくれた。

それも、紫式部の兄弟である蔵人《くろうど》の藤原惟規《のぶのり》という人物をわざわざ選んでのことである。彰子が、紫式部の手による物語を好み、漢文を進講させていることも、一条天皇は知っている。

このとき、藤原惟規とどういう会話があって、閃《ひらめ》きが訪れたかは彰子にも定かではなかった。だが、あるときふとした拍子に、

――『源氏物語』。

その存在が、彰子の脳裏に強く浮かび上がった。

一条天皇ですら、『源氏物語』が秘めた教養に、感心されたではないか。そのおかげでか「日《に》本紀《ほんぎ》の御局《みつぼね》」などと紫式部はあだ名されたわけだが、それとて名誉であるはずだ。そう改めて

思うに至ったのである。

藤原惟規は、お伴の公卿たちに勧められて泥酔《でいすい》し、道長が与えた豪華な禄《ろく》を手に、拝むこと二度という狂態《きょうたい》をみせた上で、退出している。よほど勅使とされたことが嬉しかったのだろうが、紫式部からすれば、

「恥ずかしさで顔も上げられない思いでした」

とのことである。

そんな紫式部に、彰子は言った。

「しっかりと顔を上げて。やってほしいことがあるの」

「はい、ご進講を」

「それももちろんだけど、物語は書いているのね？」

「あ、はい。まだ今のくだりはできあがってはおりませんが……」

「私がこの子を産むまでに、終えられそう？」

「はい」

「楽しみにしているわ。さ、今日も『新楽府』の続きを読みましょう」

彰子は言いながら、微笑みを浮かべていた。今すぐ一条天皇に寄り添えなくとも、いつか必ずそうなれるよう願いながら。

それからふた月後の九月。

ついに出産のときを迎えた彰子は、はからずも、おのれの死を覚悟した。

それほどの難産だった。

九

寛弘五年（一〇〇八）九月九日夜、にわかに陣痛《じんつう》が起こるや、彰子はそれまで気丈に振る舞えていたおのれが信じがたいほど、苦悶《くもん》に耐えられず呻《うめ》き声をあげていた。

——これが御産の苦しみ。

話に聞くのと実際に経験するのとでは雲泥《うんでい》の差があった。猛烈な苦痛が身中でわき起こり、しばらくすると波が収まるように落ち着く。かと思うと、また苦痛が起こる。その繰り返しだった。

苦痛という暴風にさらされ折れそうな柳にでもなった気分だった。しかもそれが延々と続いて終わらない。

夜が明けると、ただちに彰子の在所に真っ白な幔幕《まんまく》が張り巡らされた。

御帳台《みちょうだい》はすでに帳《とばり》を白いものに替えられている。世話をする女房たちも、みなまばゆいほどの白装束《しろしょうぞく》に着替えた。出産に備えてのものである。

邸内では、ここぞとばかりに読経《どきょう》の声が高まった。

道長が、彰子と腹の子を守るために集結させた高僧二十名が、邸内に設《しつら》えられた宿舎に泊まり込み、昼夜交代でひとときもやまぬ「不断《ふだん》の御読経」を行なっている。

読経するのは、観音院《かんのんいん》の僧正《そうじょう》、法住寺《ほうじゅじ》の長官、浄土寺《じょうどじ》の僧都《そうず》ら、名だたる僧たちだ。憤怒《ふんぬ》の形相《ぎょうそう》をした五大明王《みょうおう》の像を並べ、五人の僧が横一列になって読経する、五壇の御修法《みしほ》でもって、一切の邪気《じゃき》を追い払おうとしていた。

さらには、かねて読経を依頼していた寺々へも使者が遣わされ、指示を飛ばす道長の声音《こわね》にも、邪気を退けんとして気合いが籠もり、怒号のようであった。

邸内にはさらに連日連夜、公卿や殿上人たちが来ては宿泊し、中宮彰子の出産という今後の朝廷を左右する一事に、真剣な面持ちで臨《のぞ》んでいる。

その誦経の雨のなかで、彰子は途方もない苦痛に襲われ続けた。

九月十日の昼が緩慢《かんまん》に過ぎ、やがて日が暮れ、夜が訪れても、まだ生まれない。

間歇的《かんけつてき》にやって来る苦痛の合間に、彰子は寝たり起きたりを繰り返し、どうにか出産が無事に済むよう息も絶え絶えのありさまで祈り続けた。

十日の夜が明けると、星のめぐりに従い、御帳台を北廂《きたびさし》の間に移さねばならなくなった。

ちょうど、天一天上《てんいちてんじょう》の期間に入るからである。

十二天将の主将である天一神が天に昇るため祟《たた》りがなくなり、旅や移転に良いとされる代わりに、日遊神《にちゆうしん》が地に降りてきて家中に留まる。日遊神は不浄《ふじょう》を嫌い、家中が穢れると祟られる。

御産の穢れは、もってのほかだった。

身中の苦痛に鞭打《むちう》たれながら廂に移された彰子を、几帳《きちょう》が取り囲み、いよいよの出産に備えて、母の倫子が産婆《さんば》役の女房とともに付き添った。他に、彰子の従姉妹《いとこ》で、乳母《めのと》役を担ってくれる宰相《さいしょう》の君《きみ》と、彰子と親戚関係にある僧たち数名がいた。

隣の間には、紫式部ら女房たち、彰子の従姉妹たちが控えている。

みな彰子が無事にこの出産を乗り越えることを切々と祈願しながら不安と恐怖で涙を流し、化粧も崩れ落ちて誰が誰だかわからないほど緊迫していた。

几帳の外にいる道長も、不眠不休で家人《かじん》に指示を出し続けている。

邸内で、怪異が頻発していたからであった。

産婦に害をなさんとする物《もの》の怪《け》を封じるため、十代の娘たちが尸童《よりまし》となり、祈禱によって物の怪にあえて取り憑《つ》かれるのである。娘たちは次々に物の怪に憑依《ひょうい》されるや、獣のように吠《ほ》えながら駆け出し、暴れ狂い、それを僧たちが祈禱によって鎮《しず》め、調伏《ちょうぶく》する。

邪気払いの米が、ざあっ、ざあっ、と音を立てて、祈禱する人々の頭上へ撒《ま》かれた。

辺りが明るくなる頃、道長が、脂汗《あぶらあせ》にまみれる彰子に近寄り、頭頂部の髪を少しだけ削《そ》いだ。

形式的に出家させるためである。死への備えではなく、仏の加護《かご》を得るためだ。

かくして、九日夜に陣痛が始まってより、丸一昼夜とさらに半日という長い長い苦しみを経て、さらに極大の苦痛の波にさらわれながら、彰子はついに、みどりごを産んだ。

「男子《おのこ》であります。男子であります」

産婆が、わめくように告げた。

その声を、彰子は朦朧《もうろう》としながら聞いた。憔悴《しょうすい》がひどすぎて指一本あげるどころか、瞼《まぶた》を持ちあげることも辛かった。

子が産まれてのち、胎盤《たいばん》が出される、いわゆる後産《あとざん》までが出産である。この後産で力尽き、産んだばかりの子を遺して死ぬ産婦は多い。彰子は、子を産めたのと引き替えに、おのれの命が冥《めい》府《ふ》へ引き寄せられるのを覚えた。

せめて生まれた子だけは――そう切々と祈り、闇に身を委ねた。

だがその体は、自分で思うよりもずっと強健だった。広大な邸内に詰め寄せた人々が祈りの声をあげてひれ伏す中、彰子は、ふいに辺りがぱっと明るくなるのを覚えた。

十一日の午後、空が快晴となって日が差し込んだらしい。果たして、天意が下されたものか、気づけば彰子は後産を乗り切り、総身に汗をしたたらせながら、温かな光の中に横たわっていた。苦痛によって絞り出された汗がゆっくりと乾き、肌をひやりとさせるのが心地よかった。

ぼんやりとした意識のなかで、母の倫子がへその緒を切り、子が泣き始める声がし、ただちに御湯殿具《おゆどのぐ》が用意されるのが気配でわかった。

彰子はこうべを巡らし、がらがらに嗄《か》れきった声で尋ねた。

「子は……、わたくしの子は……？」

産婆に血を拭《ぬぐ》われ、泣き声をあげる赤子が、彰子の頭のそばに運ばれた。

まだ人とも思えぬほど幼い顔である。その顔をくしゃくしゃにして元気に泣く赤子を見て、彰子はようやく安堵《あんど》した。

とたん、再び意識が薄れ、騒がしさの中でぽっかりおのれだけ静寂に満ちるような安寧を味わった。時刻も知らずまどろむうち、蔵人頭《くろうどのとう》の源頼定《よりさだ》が勅使《ちょくし》となって御剣《みはかし》を持って参った、という誰かの声を聞いた。

御剣は、一条天皇が、生まれた赤子を、まぎれもなく我が皇子であると認めた証しである。

彰子は眠り、ときたま揺り動かされて目覚め、また眠るということを繰り返した。彰子が死んではいないことを、母や女房たちが確かめることしきりであった。

とりわけ紫式部がそばにつきっきりでいてくれ、

「母になられましたね、中宮様」

そう祝ってくれたのが嬉しかった。

夕暮れののち、道長が加わり、赤子に産湯《うぶゆ》を浴びせる御湯殿の儀が行なわれた。

七日間、朝夕に行なう儀である。

御剣や虎頭《とらがしら》を持つ女房たちが御湯の周囲に配され、頼通《よりみち》と教通《のりみち》ら彰子の弟たちやその近親の同僚が、大声を発しながら米を撒いた。

読経は今なお続き、さらに二十人が弦を鳴らし、博士が孝経《こうきょう》を読む。いずれも邪気払いの行ないである。道長が周到に用意し、指示を重ね、徹底的に彰子と赤子を守らせていた。

邸内に参集した全員に、道長と倫子が御膳を供し、過分なほどの褒美《ほうび》を振る舞った。莫大な出費だが、こうしたとき道長はとことん気前がよくなり、経費を惜しむことがない。

出産から七日の間は、みな白装束のまま、一日おきに行なわれる産養《うぶやしない》の宴に参列する。

第三夜は中宮職《ちゆうぐうしき》が奉仕し、第五夜は道長が主催した。

第七夜は、皇后や中宮が子を産んだ場合、天皇の主催となる。

勅使となった蔵人少将の道雅《みちまさ》が、天皇からの御膳や下賜《かし》の品々を運ばせた。

道雅は、定子《ていし》の兄伊周《これちか》の息子である。中関白家《なかのかんぱくけ》をこの祝宴から疎外《そがい》させないための天皇の配慮であると、彰子には察せられた。

彰子は御簾《みす》の中で横たわったまま、道雅がもたらした天皇下賜の目録を見た。

一条天皇の祝意と喜び、そしてまた彰子へのねぎらいの念が伝わってくるようで、ただの目録なのに、何度も読み返した。

宴は無礼講《ぶれいこう》となり、殿上人たちと女房たちが入り交じって和歌を詠《よ》み、さいころなどの遊戯《ゆうぎ》に興《きょう》じた。第三夜は十三日、第五夜は十五日、第七夜は十七日であり、晴れ晴れとした夜空に月が皓々《こうこう》と輝きを放って、地上の人々を称えるようであった。

紫式部がその様子を和歌にし、彰子も横になったままそれを聞かせてもらった。

めづらしき光さしそふさかづきは　もちながらこそ千代《ちよ》もめぐらめ

満月だけでなく、皇子という新たな光まで差し込む盃ですから、望月《もちづき》さながらに欠けることを知らず、千代も廻り続けることでしょう。そんな紫式部の歌意《かい》にふれて、彰子はまことにそうあってほしい、と思わされたものだった。

またこの頃の彰子の様子を、のちに紫式部が日記にしたためた。

彰子も時を置いてそれを読むことになるのだが、疲れ果て、痩《や》せた顔で眠っているなど、ありのままのおのれの姿が書かれており、かえって嬉しい気分にさせられたものだった。美辞麗句《びじれいく》で彩《いろど》られるより、そのほうが良かった。まさに総身の力を出し尽くし、やり遂げたのだという満足感を思い出させてくれる記述なのである。

八日目、彰子もみなも白装束からいつもの装束に衣替えした。赤子には干支《えと》にちなんだ色の産《うぶ》着《ぎ》が与えられ、着衣始《きそはじめ》が行なわれるのだが、この年は赤い産着だった。

第九夜は、彰子の弟の頼通が宴を奉仕した。新し物好きな頼通が、何やら斬新《ざんしん》な宴をしたとかで、女房たちが褒《ほ》め称えるのを聞いた。

他にも、道長が赤子を抱きあげたところ、粗相《そそう》で着物を濡らされたという。

「こんなに倖《しあわ》せなことがあるだろうか」

道長はむしろ歓喜を身から溢れさせながら、粗相で濡らされた着物を自ら火にかざし、せっせと乾かしていたとのことだ。

その後も、赤子の様子に異常はなく、彰子はひたすら身の回復に努めた。出産から丸ひと月もの間、御帳台に引き籠もったままとなった。

その間、紫式部をはじめ女房たちがこまめに世話をしてくれた。

九月二十五日、彰子と子の参内の日取りが十一月十七日と決められた。

だが、これを聞いた一条天皇は、

「それまで待ちきれるものではない。私から訪れる」

そう言い出し、土御門第へ異例の行幸を行なうこととなった。

日取りは十月十六日。予定よりひと月も早い、父子対面である。

道長に異論があろうはずもなく、すぐさま行幸に備えた。邸内に色彩豊かな菊を植えさせ、池に浮かべた竜頭鷁首《りゅうとうげきしゅ》の船に楽隊を配して演奏させるなどして、一条天皇の輿《こし》を迎えた。

到着は午《うま》一刻（午前十一時）となった。

道長が抱く赤子が、行幸した一条天皇の腕へと渡された。赤子が小さな声で少しばかり泣く様子を、一条天皇が愛《いと》おしげに見つめる。その様子に、彰子は御簾の内側で涙を浮かべ、この至福のひとときが現実であることを何度も確かめた。

盃酌《はいしゃく》と御膳が供され、ついで親王宣旨《しんのうせんじ》が発されたことで、赤子がようやく諱《いみな》を得た。

敦成《あつひら》。

それが、この親王の名となった。その勅別当《ちょくべつとう》として中宮大夫《だいぶ》である藤原斉信《ただのぶ》が定められ、中宮宮司たちともども昇叙《しょうじょ》を賜った。倫子は従一位《じゅいちい》、頼通は従二位。いずれも破格の昇叙である。

宴もたけなわになると、道長は舞を披露し、人々に禄を振る舞った。道長の顔は嬉し涙にまみれていた。

「以前にも行幸はありましたが、あれをなんで名誉なことと思ったのか。今日のような素晴らしい行幸があったというのに」

酔いに任せてそんなことを言う父の無邪気な態度には、御簾の中から眺めていた彰子も笑みをこぼしたものだ。

この宴の間、彰子は、行幸してくれた一条天皇へ、種々の笛を贈っている。

一条天皇は贈られた品々を喜んだ様子であったが、このときも自ら笛を手に取って吹きはしなかった。彰子はぜひそうしてほしいと願ったものの、口に出して頼むことは憚《はばか》られた。

やがて一条天皇が御簾の中に入り、彰子と対面した。三ヶ月ぶりのことである。最後に会ったとき、一条天皇は媄子内親王の夭逝《ようせい》という悲嘆を抱いていた。

今はどうだろう。次男出産を嬉しく思ってくれているだろうか。彰子は素直にそう尋ねることができず、行幸への感謝の念を述べるばかりだった。こういうとき、気位《きぐらい》の高さが前面に出てしまうのが自分なのだと、つくづく思い知らされた。

「身を大事にすることだよ。よく頑張ったね」

一条天皇は繰り返しねぎらってくれたが、彰子としては自分の身よりも、生まれた敦成のことが気懸かりだった。果たして一条天皇が大事に思ってくれているのか訊きたかった。

むろん、母子参内を待たずして行幸してくれたのだから、大事に思っていないはずがない。それでも一条天皇の口から、我が子への愛情を告げてほしかった。

なのに役人たちにしきりに促され、一条天皇は早々に御簾を出て還御《かんぎょ》せねばならなかった。

ただその際、そっと一条天皇が彰子の手を握ってくれた。ただそれだけだったが、彰子をいたく安心させる所作《しょさ》だった。一条天皇の細やかな気配りのなせるわざである。

一条天皇が内裏に戻ってのち、彰子はいつもの自問に襲われた。

自分は帝に何を与えられるだろうか？

無事に子を産んだ。それ自体、誉れとすべきことだろう。だがそれだけでは決して万全ではないことを彰子は知っていた。まだ若い頃に、叔母の詮子から聞かされた怨みの念を忘れることはなかった。

疎外と孤独。それらが人を鬼にするのだ。彰子は内裏での生活で心に刻んでいた。

自分がそうなってはならない。自分にゆかりある者全て、そうさせてはならなかった。もしそうなれば、巡り巡って子々孫々に怨みが受け継がれてゆくのだから。

そのためにも、まず何より自分が、一条天皇と絆を持たねばならない。信頼と愛情に満ちているからこそ、どんな悪鬼《あっき》も邪気も妬《ねた》む余地すらない絆を。

問題は、どうすればそれを持てるかだったが、彰子の中では一つの解答がすでにあった。それに着手できるほど身も回復していた。

行幸の翌日には、敦成親王に仕える者たちが定められた。

道長の従弟でもある中宮大夫の藤原斉信をはじめ、一条天皇の従兄である源頼定ら、二十名のやんごとない人々に加え、彰子の弟の教通も蔵人所別当の一人として選ばれた。

十一月一日には、誕生五十日《いか》を祝う宴が盛大に催され、公家らが続々と参集した。

宴が盛り上がり、やがて女房たちが勢揃いする御簾内の彰子のもとに人々がやって来て、無礼講の限りを尽くすありさまとなった。

書面決裁《しょめんけっさい》もまともにできない愚老《ぐろう》として知られる右大臣の藤原顕光《あきみつ》が、女房たちの顔を見ようとし、几帳の綴《と》じ目を引きちぎって彰子を心底呆れさせた。

一条天皇のきさきの一人たる元子《げんし》の父でもある男だが、無能ぶりに加えて酒癖の悪さでも有名で、このときも乱痴気騒《らんちきさわ》ぎに興じ、見かねた中宮大夫の斉信に取りなされている。

実直無比の実資《さねすけ》は、一条天皇が発した贅沢《ぜいたく》禁止令にのっとり、女房の重ね着の枚数を数えるなど、無粋《ぶすい》きわまりないことを真面目に行なっていた。

誰もかれも聞き苦しい冗談を口にし、女房たちの手を取ろうとしたり、扇を取りあげて顔を見ようとしたりする。彼らにとっては皇子誕生を祝う気持ちと同時に、自分たちが皇子の外戚《がいせき》になれなかったことへの悔しさがあるのだ。そうした彼らの憂《う》さを晴らさせるため、道長は道長で彼らを懐柔《かいじゅう》すべく、無礼講を許さねばならないのである。

おかげで文芸で知られる藤原公任《きんとう》なども酔いに任せ、

「この辺りに若紫《わかむらさき》はお控えか」

などと紫式部を探す始末だった。

紫式部は、おのが手で執筆した『源氏物語』の女主人公の名を気安く口にされ、

「光源氏らしき殿方は一人もいないというのに、若紫がいるものですか」

と腹を立てて無視を決め込んでいる。

だが彰子は、この御産の間に、紫式部が書きあげたばかりの『源氏物語』の続きを、さっそく公卿たちが読んでいることが明らかとなって、別の気持ちを抱いていた。一条天皇との絆を強固なものにするための内心のすべについて、はからずも肯定された思いがしたのである。

かと思うと、その紫式部を相手に、道長が歌を詠んだ。


葦田鶴《あしたづ》の齢《よわい》しあらば君が代の　千歳《ちとせ》の数も数へ取りてむ

千年生きるという鶴のような寿命が私にあるならば、この孫の一生を寿命を尽くして数え取り、頑張り続ける。そういう決意表明であり、敦成後見に尽力することでさらなる栄華を勝ち取らんとする野心の現れでもあった。それだけならよかったのだが、

「中宮様や、お聞きになったかな。上手に詠んだもんだろう」

道長は大声で自画自賛すると、

「中宮様の父としてまずくなかろう。わしの娘としても、中宮様はまずくなくていらっしゃることよ。母上も、幸いな人生だと思って笑っておいでのご様子。いい旦那《だんな》を持ったと思っているのだろう」

母より父が偉いなどというのは、この一家最大の禁句である。それを、のうのうと口走る道長に、紫式部のほうがぎょっとなった。

彰子が呆れていると、案《あん》の定《じょう》、倫子が不機嫌になってさっさと退出した。

倫子からすれば、自分と結婚できねば道が開かれなかったのは道長のほうである。父の放言は、母の気位の高さを真っ向から刺激した。それがわからぬ父ではなかろうに、よほど嬉しくて箍《たが》が外れたのだろう。そのことを彰子は、むしろ微笑ましくすら思った。

彰子にとって道長の言葉は、よくぞ父母の期待に応《こた》えてくれたという称賛に等しいものだったのだから。入内《じゅだい》して十年近く、子がなせず忸怩《じくじ》たる思いを味わい続けてきたが、もうその苦しみからも解き放たれたのだ。

ただ、道長は自分の失言に慌てふためき、なんと彰子の御帳台を通り抜けて、倫子を追っていった。

「中宮様、失礼とお思いだろうが、親あっての子だからな。お許しあれ」

というのが道長の言い訳で、これには彰子や紫式部、他の女房たちも笑ってしまった。

こうして乱痴気騒ぎというべき出産の祝い事が、やっと一段落するや否や、彰子は、ただちに計画を実行に移した。

一条天皇との絆の鍵となる品を、内裏に戻る十一月十七日までに完成させるという計画である。

紫式部が書きあげた『源氏物語』を、豪華な冊子《さっし》とする。

それこそ彰子の不退転《ふたいてん》の決意を示し、あらゆる怨みを未然に防ぐ品となるはずだった。

十

寛弘五年（一〇〇八）九月、皇子《みこ》の出産を果たした彰子は、ひと月余を回復に費やすや、書きあげられたばかりの『源氏物語』を、突如として一冊の本に仕立て始めた。

紫式部をその係と定め、内裏に戻る十一月十七日までに完成させるよう厳命した。

色取り取りの紙を選別させ、手蹟《しゅせき》が確かな人々に清書を依頼する。送り返されてきた清書原稿を綴じ合わせ、冊子とする。

紫式部は、この大仕事にかかりきりとなった。日中だけでなく、夜を明かして作業に打ち込むこともしばしばであった。

彰子も任せきりにせず、紫式部とともに作業に打ち込んだ。

出産したばかりの彰子のこの働きに、女房たちはもとより、道長も倫子《りんし》も呆気にとられた。

「いったいどんな子持ちの女が、冷たい中でこんな仕事をなさるのか」

道長はそう言って止めようとしたが、彰子の懸命な態度に気圧《けお》された様子で、結局、上等な薄紙に、筆と墨と硯《すずり》を添えて運ばせた。一刻も早く作業が終わるようはかったのである。

彰子は、運ばれたものを全て紫式部に与えてやり、それでまた道長を呆れさせた。

「紫式部よ。お前というやつは、うわべはかしこまりながら、しっかりこのような贅沢な賜りものに与《あずか》るのだから」

道長はぶつぶつ文句を言いつつ、それでも娘と紫式部のため、豪華な品々を運ばせ続けた。

これほどの厚遇を受ければ、当然、紫式部は同僚の女房に妬みの標的にされる。だが紫式部は挫《くじ》けずにいてくれた。彰子が危惧《きぐ》したのは紫式部が周囲の反感を恐れて作業をやめてしまうことだが、彼女にとっても自著の物語を素晴らしい体裁に整える喜びは強いのだろう。

それに、誰のためにそうするかもはっきり悟っているはずだった。

彰子が、自分だけのために『源氏物語』を冊子にするはずがない。

全ては、一条天皇に御覧に入れるための用意なのである。

紫式部にとっては宮中で評判になること以上の、物語の書き手としてこの上ない栄誉となるはずだった。彰子はそれとなく紫式部にその栄誉を示唆《しさ》し、やる気を維持させようとしたが、紫式部の返答はそれとはまた違った。

「喜んで忠義を示すべきと心得ています」

さすが、漢才ある女だと彰子は感心した。

忠義というものが、中宮と女房の間においても成り立つと、女房の側から教えられたのである。それで、かつて『枕』を書いたという女房も、同様の思いであったのだろうとようやく理解できていた。定子《ていし》が生前、大量の紙を清少納言《せいしょうなごん》という女房に与え、『枕草子《まくらのそうし》』を書かせたとき、女房は忠義をもって応じたのだ。

この冊子も、まったく同じ意味合いがあった。女房の才覚を発揮させ、世に示させるため、あるじたる中宮がそれにふさわしい道具と機会を与えるのである。

内裏に戻る日が迫り、他の女房たちがその準備で休む間《ま》もないというときに、彰子と紫式部は主従一体となって冊子作りに打ち込み、そして見事に完成させた。

もちろん『源氏物語』はあくまで物語であり、本来であれば一条天皇への贈り物とすべきものではない。だが一条天皇は、この著作をただの好色《こうしょく》な男女の物語とはみておらず、紫式部の確かな教養のなせるわざであることを見抜いている。ただの冗談で、この物語の作者に、日本紀の講義をさせるべきだ、などと言う一条天皇ではない。

そしてこの『源氏物語』は、いまや彰子の座右の書であり、辛く苦しいときに支えてくれる、なくてはならないものだった。一条天皇が、聖賢《せいけん》の治《ち》を求めて漢籍を頼るのと同様に、といえばおこがましいが、しかしそれが彰子の正直な気持ちだった。

漢籍についても、紫式部から『新楽府《しんがふ》』の講義を受けて二年余が過ぎていた。以前に比べてはるかに知識を身につけ、それなりにとはいえ、一条天皇と意見を交わすこともできるようになっている。

また、この頃は道長の態度も、娘の教養に無頓着《むとんちゃく》だったときとは異なってきていた。様々な和歌集や漢籍を、ことあるごとに素晴らしい手蹟を誇る行成《ゆきなり》などに清書させ、彰子に与えるようになったのである。彰子が教養を身につけることが、後宮の権威づけ以上に、一条天皇を振り向かせる力になると理解したのだろう。

物語、漢籍、和歌。こうした、人の精神、真理、情念といったものを扱う文芸こそ、一条天皇と自分との絆を形作るものとなる。その彰子の狙いは、果たして的中した。

生まれたばかりの敦成を抱く倫子や乳母《めのと》とともに一条院内裏に戻った彰子を、一条天皇は温かく迎えてくれた。道長が付き従って一条天皇に敦成を見せに行き、彰子も夜大殿《よるのおとど》にあがって一夜を過ごした。

「子どもを連れてくるだけでなく、素晴らしい冊子まで用意していると道長から聞いていてね。とても楽しみにしていたんだよ」

一条天皇は、そう言ってくれた。

変わらぬ優しさの中に、これまでと異なるものを彰子は感じた。自分を丁重《ていちょう》に扱ってくれるだけでなく、期待してくれているような様子だった。

「物語に出てくる人々について話し合うのは楽しいものだからね」

という一条天皇の言葉にも、明らかに、彰子の意見を楽しみにしているという意味合いが込められていた。

それだけで彰子ははからずも目の奥に熱いものを感じ、危《あや》うく夫の目前で、喜びの涙を溢れさせそうになった。

自分はもう十二歳の子どもではない。二十一歳の女なのだ。一条天皇に気遣われるだけの存在ではなく、意見を求められるようになれるかもしれない。そのことにこれほどの喜びを覚えることになろうとは。幼い頃の自分に今の思いを告げても、とても信じはしなかっただろう。

――わたくしが、帝との絆を持てねば、子孫の禍《わざわい》となる。

詮子《せんし》は夫である円融天皇から疎外され、息子である一条天皇をひたすら頼りとしながら怨みを抱いていた。自分はそうなってはならない。そうならないことが、おのれのため以上に、子孫のためになるのだから。

その点について、彰子は父からも母からも学んでいた。

道長は決して正妻である倫子を蔑《ないがし》ろにしない。おしどり夫婦とは言えないだろうが、夫妻揃って家と子孫の繁栄に必要なことは何かを常に考えている。そして、怨みを買うくらいなら莫大な出費を厭わず懐柔《かいじゅう》することを是《ぜ》としていた。盛大な宴を催し、破格の禄を振る舞う道長を、倫子が止めようとしたためしがなかった。ただの浪費ではないことを知っているのだ。

敦成が生まれた今、何より重要なのは、それでもう彰子の役目が終わったわけではない、ということだった。

それもまた、きさきにありがちなことなのだ。皇子が生まれたあとは用済みとばかりに追いやられる。それでは子どもを守ることができない。

自分が産んだ敦成だけの話ではなかった。亡き定子が遺した敦康《あつやす》と脩子《しゅうし》内親王のことも、彰子はまぎれもなく慈しみ守るべき存在として認識していた。媄子《びし》内親王が十歳にもならずに亡くなり、一条天皇の悲嘆にふれたことで、その気持ちはさらに高まった。

そして、かつての彰子と異なり、そうした考えを一条天皇にそっと遠慮がちにではあったが、述べることができていた。そして一条天皇のほうも、これまで決して口にしなかったことを、僅かながら話すようになってくれた。

「敦康が生まれたときのことを、思い出していたんだよ」

そう告げてくれた一条天皇の心のうちを、彰子は正しく察することができた。

ただ子どもが生まれた喜びを思い返していたというのではない。

亡き定子が敦康を産んだとき、ろくな宴も催せなかったという。その不憫さを改めて感じていたのだ。ひとえに定子の父・道隆が亡くなり、二人の兄弟も政争で自滅したからである。

ただ定子一人が、一条天皇との絆を強め、宮中での逆風を耐え抜いた。彰子は素直にこの女性を尊敬していたし、一条天皇が秘める愛をも尊いと思えた。

「わたくしも、敦康や脩子のことを思い出していました。わたくしのお産のせいで敦康の元服《げんぷく》を遅れさせてしまって、申し訳ない思いでした。それに、敦康も脩子も、弟ができたことを喜んでくれるだろうかと、そのことがずっと気がかりで」

彰子は、明白な意図をもって一条天皇に告げた。

敦成は次男である。敦康こそ、彰子にとっても、長男とすべきである。

自分が産んだ子を大事にするあまり、敦康や脩子の後見をやめるなどとは思わないし、むしろ逆に、全員を我が子として慈しみ守るつもりだと。

「敦成をこの腕に抱いたとき、まだ幼かったわたくしのもとに運ばれてきた幼い敦康の温《ぬく》もりを思い出しました。二人の子を抱いたことを、わたくしは生涯忘れないでしょう」

一条天皇はただ静かに微笑んで彰子を見ていた。あるいは彰子が本心から言っているのかどうか、確かめていたのかもしれない。そうであれば、きっと偽りない心が伝わったことだろう。彰子は自信をもって一条天皇を見つめ返した。

果たして一条天皇が彰子を抱き寄せて言った。

「あなたという妻がいてくれることを、とても心強く思っているよ」

この言葉に、彰子は驚き、そして陶然《とうぜん》となった。まさにこれこそが至福のひとときだった。

――わたくしこそ、あなたという夫がいることを夢のように思います。

そう言いたかったができなかった。

口を開けば、そのまま声をあげて、みっともなく泣いてしまいそうだった。

これよりのち。

ただ帝と后というだけでなく、また男女としてでもなく、ともに多くの存在を守らんとする同志としての絆が、少しずつだが確かに育っていくのを、彰子は日に日に感じるようになっていった。

そしてそれゆえにこそ、別の怨みが起こるのを止められないことを、思い知った。

ひと月後の十二月十七日、来年は一条天皇にとって「重い慎《つつし》み」があるとの勘申《かんじん》があった。厄年《やくどし》と同様である。これにより諸国に大般若経《だいはんにゃきょう》の書写と供養《くよう》の命が発された。

同月の二十日、彰子の在所に一条天皇が渡御《とぎょ》し、敦成の百日《ももか》の儀《ぎ》が華々しく行なわれた。

道長が抱く敦成に、一条天皇が餅をふくませる。殿上人たちが勢揃いし、帝の御前とあって五十日《いか》の儀とは打って変わった、穏やかな宴が催された。

盃酌《はいしゃく》が巡る中、公卿たちが詠んだ歌の序題《じょだい》を、手蹟確かな行成がしたためようとしたとき、にわかに筆を奪い取る者があった。

亡き定子の兄、伊周《これちか》である。

その奇異な行ないにみなが気づき、彰子も御簾《みす》越しにそれを見ていた。

百日の儀では、内裏ということもあり、道長は伊周を列席させることを厭わなかった。だが伊周のほうには強く思うところがあったのだろう。

座の視線や咎める声をよそに、伊周が勝手に序題をしたためていた。

『第二皇子』

敦成のことを、そう記した序題であった。しかも続いて、序題には必要のない私語に等しい言葉を書き連ねていったという。

『隆周《りゅうしゅう》の昭王《しょうおう》・穆王《ぼくおう》、暦数《れきすう》長し。我が君、又、暦数長し。本朝の延暦《えんりゃく》（桓武《かんむ》天皇）、延喜《えんぎ》（醍《だい》醐《ご》天皇）、胤子《いんし》多し。我が君、又、胤子多し。康なるかな帝道《ていどう》。誰か歓娯《かんご》せざらんや』

一条天皇の治世は長く、その皇子女《おうしじょ》は多くいる。つまり敦成以外の兄姉の存在を主張しているのである。しかも「隆周」は、道隆と伊周の父子を意味しており、「康なるかな」は明らかに敦康を意味している。

亡き関白《かんぱく》道隆のことを思い出せ。

亡き定子のことを思い出せ。

第一皇子である敦康が、伯父《おじ》であるこの自分とともにまだ生きていることを忘れるな。

そういう、強烈な主張であった。

公卿たちは顔をしかめて非難したが、伊周は知らぬ顔で筆を置いて席に戻っている。

道長と一条天皇が、ともに場を取りなし、

「敦康親王も、敦成が生まれて嬉しがっている」

という一条天皇の言葉で、どうにか落ち着いた。

このような波瀾《はらん》の兆しを受けて、道長と一条天皇はすぐに対策を講じた。

翌、寛弘六年（一〇〇九）の正月七日。

三十歳となり、かねて勘申された厄年を迎えた一条天皇のもと、叙位が行なわれた。

ここで伊周は正二位《しょうにい》に昇叙《しょうじょ》し、道長、顕光《あきみつ》、公季《きんすえ》の三大臣と同位となった。

道長と一条天皇による伊周懐柔である。道長も伊周と対決するのではなく、皇子が生まれた余裕でもって、相手の気分を和《やわ》らげ、和解することを選んだのである。

だが伊周は、和解を選ばなかった。

正月三十日、呪詛が発覚した。

対象は、なんと彰子と敦成、そして道長である。

二月四日には、早くも呪詛を仕組んだ者たちが芋づる式に判明し、捕らえられた。

高階光子《たかしなのこうし》。源方理《のりまさ》。方理の妻で、源為文《ためふみ》の娘。そして源為文。

みな、伊周の外戚および縁者である。

調べにおいて、呪詛は敦成の百日の儀の頃に計画され、「中宮、若宮、左大臣」を「厭魅《えんみ》し奉る」ことが明らかとなった。

またしてもと言うべきか、伊周ないしその周辺による政敵呪詛が露見《ろけん》し、朝廷を震撼《しんかん》させた。

道長はおのれと彰子と敦成を守護させるべく、呪詛払いの仁王講《にんのうこう》を盛大に行なわねばならなくなるとともに、和解の手を痛烈にはねのけた伊周への怒りで憤悶《ふんもん》した。

二月十八日、一条天皇と敦康が、ほぼ同日に病悩《びょうのう》となった。

伊周周辺の所業《しょぎょう》に、かえってその二人が、衝撃を受けて病んだのである。とりわけ若い敦康は、伯父が親族に呪詛を行なわせた事実に恐怖し、寝込んでしまった。

彰子、敦成、道長は、すこぶる健康のままだ。皮肉としか言いようがなかった。

二月二十日、体調が優《すぐ》れないまま一条天皇は伊周の朝廷参上を停止させ、帯剣《たいけん》すら禁ずるという決定を下した。もはやそうせざるを得ない事態だったのである。

心労が重なり、二十五日には、一条天皇は立っていられないほど体調が悪くなり、御手水間《おちょうずのま》にへたり込んでしまった。

そう聞いた彰子は、悲痛のあまり、ぎゅっと目を閉じ、しばらく瞼を開くことができなかった。自ら手を浄《きよ》めることもままならぬ状態になるとは、まさに一条天皇の厄年だった。

こうした出来事を受けて、彰子は、たとえようもない悲しみだけでなく、生まれて初めて、猛烈な怒りを抱《いだ》かされた。

敦成という無力な幼子を呪詛するなど、彰子からすれば最も許されざることである。また何より、

――敦康も帝も、なんと不憫《ふびん》な。

一条天皇とそのもう一人の子どもを巻き込む伊周とその親族の軽率を、心から嫌悪した。

聡明で知られ、彰子も純粋に尊敬の念を抱く定子の親族が、このざまとは。彼女の慰霊《いれい》をどれほど妨げることになるか。そういう怒りがあった。

――平安《たいらか》にしなければならない。

彰子は全身全霊で、一条天皇とその子らを守る決意を抱いた。そのためには、一条天皇をとくと慰め、心平《たい》らかになってもらわねばならない。このときの彰子は、自分のことなどまったく考えていなかった。ただ一条天皇と子らに何をしてやれるかを考えるばかりだった。

そしてそんな彰子に、むしろ一条天皇のほうが、その心身を削るようにして、新たな命を授けることとなった。

朝廷に呪詛騒動が吹き荒れた、この年の二月。

なんと彰子は、第二子を懐妊した。

十一

彰子が再び子をやどしたことは、早々に身内の人々の知るところとなった。

前回の経験から、彰子もすぐにおのが身の変化を察した。

当然ながら道長の一族は全員が歓喜しながらも、事実は厳重に秘された。伊周《これちか》周辺の人々による呪詛が発覚したばかりなのだから当然である。

だが寛弘六年の四月には、早くも懐妊の噂が流れている。

賀茂祭《かものまつり》のためだ。彰子の祭使が立たず、その理由が「穢れ」と漏《も》れれば、おのずと人々の想像を刺激することになる。

彰子の身近な者が突如として死に瀕《ひん》したか、もしくは懐妊したか。

二つに一つである。どちらであるかは明らかだった。

「ご懐妊による穢れか」

人々は上下を問わず、驚嘆を込めて噂し合った。

何しろ前年の九月に子を産んだばかりなのだ。出産から半年を経ずしての第二子懐妊とは、母《ぼ》胎《たい》がそれだけ健康であることを意味する以上に、夫婦仲の良好さを物語っている。ましてや天皇と中宮となれば、ことは夫婦間のことにおさまらず、朝廷の、ひいては天下の一大事にかかわる。

一条天皇と彰子は、いったいいつの間に、それほど強固な絆で結ばれていたのか。

人々の驚嘆は、その一点にあった。

一条天皇が、亡き定子《ていし》を熱愛したことはまだ記憶に新しい。定子が死に至るまでの間、零落《れいらく》の一途を辿《たど》る中関白家《なかのかんぱくけ》への非難をものともせず、立て続けに三人の子を産ませたのである。

同様に、彰子の間を置かぬ懐妊は、一条天皇の愛情が一身に注がれていることを意味した。またそれは、道長の権勢がいよいよ確かなものとなるか否か、占うことにもなる。

愛情を注がれ、子をなすほどに、女は死に近づく。

それが宮中のみならず世の定めであった。

懐妊と出産は、常に死と隣り合わせで、だからこそ、ほかの何よりも穢れに満ちていながら、かつ神聖なものとみなされるのである。穢れを乗り越え、母子ともに生存を得る限りにおいては。

果たして、彰子の命は、この連続する懐妊を耐え抜くのか。

公卿たちの、あるいは各家に仕える女房たちの興味は、やがてその点に移っていった。

もし彰子が母子ともに崩御ということにでもなれば、皇位継承に多大な影響を及ぼすことになる。

あるいは、もしここで彰子が第二の皇子を無事に産みでもすれば、道長の権勢は永続的なものとなりかねない。

道長という稀代《きだい》の幸運児が有する栄華が、これをきっかけに瓦解《がかい》するか、あるいは今以上の輝きに満ちるか。全ては彰子と生まれ来る子の命運にかかっていた。

だがこの春から秋にかけて、肝心の彰子が抱いていた思いは、世の人々とはかけ離れたところにあった。

——敦康の元服をまた遅れさせてしまうのでは。

前年に産んだばかりの子やおのれの身を案ずる以上に、亡き定子の忘れ形見である敦康の心配をしていたのである。

脩子内親王については一条天皇が手元に置いて養育しているので、案ずることは少なかった。だが敦康はすでに彰子のもとを離れ、一条院内裏の西室に移っており、寂しがっていないだろうか、何か不便なことになっていないかと、しばしば人を遣わして確かめさせた。

こうした彰子の心持ちこそ、希有《けう》なものというべきだろう。定子という会ったこともない女性が産んだ子へ、我が身を痛めて産む子と同等の思いを、ひたと寄せているのである。

しかもその思いは、今この時期に限定されたものではなかった。

十四歳で初めて敦康を腕に抱いて以来、たとえ誰の子であろうとも、自身の手の届く限り、宮中で繰り広げられるあらゆる政争や身分の差を超越し、決して慈しむことをやめない。そんな特異な精神が、このとき確かに形成されていたのである。

のち「菩薩道《ぼさつどう》」と彼女自ら名付けるその精神が、やがて彰子を唯一無二《ゆいいつむに》の「天下第一の母」とするのだが、むろん、二十二歳となった彼女に、そうした自覚はない。

おのれの身を差し置き、ただひたすら、御悩《ごのう》にある一条天皇への、あるいは同様の敦康への心配があったせいだろうか。敦成を懐妊したときのような苦痛をほとんど感じずに、時を過ごすこととなった。

これまで子をなすことに心身を注力し、祈願を続けた成果もあるのかもしれない。

つわりの苦しみも、今回はさしてなかった。父母や兄弟姉妹が不安がるのをよそに、我ながら、ふてぶてしいとさえいえる様子で、神事を務められないためぽっかり空いた時間を、女房たちとの遊興に平然と費やした。

六月には、一つの融和がはかられた。

彰子の懐妊がもたらした成果といえるだろう。

たった数ヶ月前に、中宮および皇子、左大臣への呪詛を疑われた伊周が、早くも朝廷参上を許される身となったのである。

一条天皇が宣旨《せんじ》を出すことに、道長は難色を示さなかった。

伊周の様子をひと目見れば、なるほどと思う者も多かったという。

この頃、伊周は父譲りの飲水病《のみみずびょう》（糖尿病）が悪化し、また近親である高階明順《あきのぶ》も亡くなるなど、朝廷で権勢を盛り返すことがきわめて難しい状態にあったからだ。

怨まれる理由を極力減らすという道長得意の懐柔策とも合致し、伊周は病状の悪化を抱えながらの、形だけの政権復帰となった。階位からすれば道長と同等とはいえ、今このとき、伊周に寄り添おうとする公卿がいるはずもない。

一条天皇と敦康の体調も戻り、二月の呪詛騒ぎが嘘のように穏やかな時が過ぎた。

夏が終わり、九月も末頃になると、彰子の心配ごとの一つが現実になった。

十月十三日に予定されていた敦康の元服が、彰子の御産が理由で、延期されたのである。

これは一条天皇の意向であったという。御産が無事に済んでのち十二月に吉日があれば、元服の儀を行なうよう一条天皇は指示したそうだが、結局、年内の実現は叶わなかった。

彰子の御産が難事となったのではない。

内裏が焼けたせいだった。

十月五日、寅《とら》の刻（午前三時から五時）――火が起こり、一条天皇の里内裏《さとだいり》たる、一条院内裏が焼亡した。

一条天皇と二人の子らは無事で、敦成も彰子とともに土御門第に退出していたから難事を免れたが、醍醐天皇と村上天皇の二代御記《にだいぎょき》、すなわち過去の日記が焼失した。

累代《るいだい》の宝物《ほうもつ》も焼けた。

自分のせいで火が起こる――常々そう考える一条天皇は、またしても痛恨の思いに苛まれているはずだった。

ただし、四年前に焼けて損なわれた神鏡は、無事に運び出されている。

また、この年は一条天皇にとって「重い慎み」があるとされる厄年であったが、実資《さねすけ》の言葉によれば、火災によって「転じ御《おわ》す」ということになった。一条天皇の身に現れるはずだった禍《わざわい》が、邸を襲った火災へと転じたため、厄払いになったというのだ。

いったん織部司《おりべのつかさ》庁に避難した一条天皇は、道長が管理する枇杷殿《びわどの》に遷御《せんぎょ》することを決めた。

道長は大慌てで、枇杷殿を内裏とするための用意を調えさせた。

敦康と脩子は、伊周の二条第に移されたが、その月の二十六日には、急ごしらえの内裏となった枇杷殿へ移されている。

実のところ、新造の内裏は三年前とっくに落成しているのだが、今もって、一条天皇はそちらへ遷《うつ》ろうとはしない。

――ご自身が遷れば、また焼けるとお思いなのですね。

彰子は、一条天皇の心持ちを知っているだけに、不憫でたまらなかった。

内裏が焼ける原因は、失火とは限らない。むしろ放火が疑われることのほうが多かった。誰かが、火種を紙や布に包んで邸内に放置し、燃え上がるのを見た女房や蔵人《くろうど》が、慌てて叩き消すということも、しばしばあったのである。

そうした放火の犯人が判明することは稀で、多くは災禍《さいか》と思うほかなかった。

だが聡明な一条天皇は、たまたま火災が起こったとは考えないだろう。次の放火に備えて、なるべく安全と思われる場所に遷るしかない。

国の至上の存在であるにもかかわらず、これほど哀れなことはない。身重《みおも》の彰子は、ただ一心に、一条天皇とその子らの安寧《あんねい》を祈るほかにすべがなかった。

この焼亡騒ぎもどうにか落ち着くと、宮中の興味は、改めて彰子の出産に向けられた。

十一月二十五日、辰《たつ》の三刻（午前八時頃）。

彰子は、陣痛が起こるのを感じ、そして、それからほどなくして、子を産んだ。

先年とは比べものにならない安産である。

どれほどの苦悶にも耐える覚悟であった彰子のほうが、拍子抜けするほど、するりと生まれてくれた。父母譲りの、彰子の身の丈夫さが大いに発揮されたのであろう。

しかも生まれたのは、またしても男子だった。

一家は歓喜に満ち、とりわけ道長の喜悦《きえつ》は、とてつもないものとなった。

道長は、祝いのために現れた実資に、

「子が男か女かなど気にはしなかった。ただただ、母と子の平安を祈っていたのだぞ」

などと言ったらしい。

もちろん、自身の権勢をこの上なく確かなものとしてくれるであろう、第三皇子たる男子の出産を喜ばないわけがない。道長主導のもと、邸内はすぐさま祝宴の騒ぎとなった。

盛大に催される各夜の儀には、諸卿《しょきょう》が続々と現れて参列した。顕光《あきみつ》、公季《きんすえ》、そして伊周といった大臣格の者たちは、理由をつけて参入しなかったが、道長は気にもしていない様子だ。政争を制することを確信しているのだ。彰子は父の内心を冷静に察していた。

出産直後であるにもかかわらず、周囲がよく見え、気持ちも体調もすこぶる穏やかだった。これも先年とは大違いである。

十二月十四日、生まれた子の諱《いみな》が、敦良《あつなが》と定められた。

出産からほぼひと月後の二十六日には、彰子がすっかり回復したことから、敦成および敦良の二児とともに、彰子は枇杷殿に入ることとなった。

一条天皇がすぐさま渡御し、公卿たちが参集しての宴が催された。

同じ日に、敦康の御読経《みどきょう》も行なわれている。一条天皇の気配りのなせるわざであり、皇子女の誰も疎外されることはなかった。

道長は、敦康の御読経にも参加せず、彰子が産んだ二児のための手配にかかりきりである。

——父の興味は、もはや敦康や脩子から離れている。

そう察した彰子は、

——私が、帝とともにあの子らを守らねば。

心中でひそかに、おのれに言い聞かせた。

年が明けた寛弘七年（一〇一〇）、元旦には二人の皇子の戴餅《いただきもち》の儀が行なわれた。頼通《よりみち》がなんとか幼子二人を両手に抱き、道長が餅を一条天皇に渡し、一条天皇が皇子たちの頭にそれぞれ餅を戴《いただ》かせる。

参列していない彰子は、あとで一条天皇、道長、頼通の三人全員から、なんとも大変な儀であったと冗談交じりに聞かされた。確かに、幼子一人だけでも、ともすれば難儀となるのである。それが二人同時となれば、さぞ大変だっただろうことは容易に想像できるが、その分だけみな喜ばしい思いであることもわかっていた。

正月二日には内裏で管弦があり、一条天皇は、ただ静かに聴くだけで自ら奏《そう》することはついになかった。

新造内裏に戻らぬことに加え、名手とうたわれた笛をひそかに断った。

そんな一条天皇を、おいたわしいと思うのは、どうやら自分だけのようだ。そう彰子は察し、ひどく悲しくなった。そして、そうした彰子の思いは、おのずと一条天皇その人に伝わるようになっていた。

「中宮に余計な気遣いをさせてしまうなんて、私もまだまだだね。よき中宮に寄り添ってもらえて、私は幸せ者だ」

一条天皇は変わらず冗談めかして言ってくれた。ただし以前とは違い、彰子への優しさで、一条天皇自身の思いを完全に覆い隠してしまうことはなかった。

天に選ばれた身として、宮中の調和を保ち、臣民《しんみん》に尽くす。そういう天皇としての強い意志を、さりげなく彰子にも教えてくれた。

しかもただの決意表明というのではなく、彰子が同じ使命感を抱こうとしてくれていることへの、感謝の念が伴っているのだ。

そんな風に思ってくれることにこそ、彰子は感謝したかった。

だがそうして彰子が一条天皇との絆を強固にするほど、かつての絆が綻《ほころ》んでいったのも事実だ。

敦良の五十日《いか》の儀が行なわれたが、このときも伊周は現れなかった。

現れていれば、また自分と敦康の存在をむやみと主張したかもしれない。だがそうしたくとも、伊周にはもう出来なくなっていた。

病が深刻なものとなり、死の床《とこ》についていたからである。

のちに彰子が聞かされたところでは、伊周は病臥《びょうが》するおのれのもとに妻子を呼び、このような遺言を口にしたという。

「私はもう持ちこたえられない。お前たちはどのようにするつもりだ。今の世の中は、偉大な帝や太政大臣の娘であっても、宮仕えをする。この姫たちを女房に欲しがる者は大勢いよう。そのようなことはもってのほかで、私にとっては末代までの恥だ。ああ、この私よりも先に、娘たちを死なせてくれと神仏に祈るべきであった」

これには、妻女みな呆然として言葉もなかったそうだ。死にゆく父から、お前たちの零落は確実であり、そんなことになる前に死んでくれと言われたのである。

また伊周は息子の道雅《みちまさ》にも、涙ながらにこう告げた。

「世渡りに苦しんで、官位が低いだの、人と並びたいだのと思い、心にもない追従《ついしょう》をしたり、誰かの家来になったりしてみろ、私がお前を生かしてはおかぬ。そんなことになる前に、出家して山林に入ってしまうがいい」

道雅はまだ十九歳。前途ある若者のはずである。だが伊周からすれば、従四位下《じゅしいのげ》という身分に過ぎず、公卿になれるかどうかもわからぬ息子だった。自分が同じ年の頃は、権大納言《ごんのだいなごん》の三位《さんみ》に序せられていた。同様の昇叙《しょうじょ》がかなわぬ身なら出家しろ、出世にあくせくするくらいなら死霊となって殺す。実の父からそう言い放たれた道雅の心境は、いかなるものであったろう。他ならぬ父の誇り高さに、子として貶《おとし》められる思いだったのではないか。

道雅がすさんだ思いでいるであろうことを察して、彰子は哀れんだ。

そして、子女をそのように追い詰める伊周の傲岸《ごうがん》さが、とにかく腹立たしかった。

正月二十八日、伊周は病苦の末に世を去った。

享年《きょうねん》、三十七。健康であれば、いくらでも巻き返せたかもしれない年齢である。

だが矜持《きょうじ》をもてあまして酒色《しゅしょく》に溺《おぼ》れ、政変を企図《きと》してはかえって憂《う》き目《め》に遭《あ》う。そんな馬鹿げたことの繰り返しが、結局は伊周自身の体を蝕《むしば》んだのだろう。

彰子は、道長の意向もあり、伊周の娘たちを女房として引き取った。また、道雅を気遣うことを、道長や一条天皇に願った。

道雅は、やはり荒れた。天皇家の娘と醜聞《しゅうぶん》騒ぎを起こす。乱闘に加わる。博奕《ばくち》にのめり込む。

だがどれもこれも、原因は伊周にあり、道雅自身に罪はない。彰子はそう思い、出来る限りのことをしてやりたかった。

だがこのときの彰子にはそこまでの力はなく、道雅は荒れ続けた。

心がすさめば、さらに荒々しい何かを招くことになる。やがて伊周のものであった室町邸《むろまちてい》に数十人もの盗人《ぬすっと》が押し入り、家財を残らず奪われることとなった。

弱った相手を狙うのは、人も獣も同じである。

政争で負けて武士を雇えなくなった公卿の邸を、賊が襲撃することがしばしばあった。今回も、亡き伊周とその一家の落魄《らくはく》を知った者たちが、頃よしとみて押し入ったのである。

伊周一家のありさまを知った一条天皇は、ひどく心を痛めた。伊周一家の没落はもはや誰の目にも明らかであり、その沈下に敦康が巻き込まれることが、彰子にとってもいたく心配だった。

道長からすれば、政敵の消滅は喜ばしいことであるものの、極力かかわりたくないという気分もあったろう。関白道隆《みちたか》や定子、高階家の人々に加え、伊周の怨霊にも気を遣わねばならないなど、冗談ではない。それが道長の本心であり、伊周の葬儀にちっとも興味を示さないのも、穢れや怨みから遠ざかりたいからだ。

そして道長の興味はこのときすでに、次の段階へ移っていた。

天皇と娘の彰子の間に、二人もの皇子が生まれたあと、狙うべきは何か。

当然、皇統の次世代を担う人物に、自分の娘を嫁がせることだ。

今の東宮に定められているのは居貞《おきさだ》親王である。

冷泉《れいぜい》天皇の第二皇子にして、花山《かざん》天皇の異母弟、一条天皇の従兄《いとこ》という人物だった。

その居貞親王と、彰子の妹である妍子《けんし》の婚儀が、道長の不断の努力によっていよいよ成立しようとしていたのだった。

十二

次男の敦良を産んでのちの彰子は、亡き伊周が遺した怨みと呪詛にもかかわらず、すこぶる健やかであった。

道長は、彰子と子の健康をいたく喜び、神仏への感謝を示すべく報賽《かえりもうし》として等身大の仏像を作らせる、と言い出し、すぐに仏師に依頼した。

前年十一月末の敦良誕生の儀式以来、連日連夜、道長もその正妻・倫子も大盤振る舞いを続けている。何百疋《ひき》もの高価な絹が、儀式に参列した大臣たちだけでなく、女房や随身《ずいじん》にまで惜しみなく賜与《しょ》され、人々は上も下も、絹が宙から降ってくるようだと話したという。

その上での仏像製作である。道長と倫子の財力には誰しも驚嘆を隠せない様子だと、彰子は女房づてに聞いていた。むろん父も母も、喜びに任せ、むやみに散財しているのではない。

彰子が一条天皇との間に、二人もの皇子を立て続けに産んだことに続き、政敵であった伊周が正月のうちに逝去《せいきょ》したことにより、宮中は道長一強の度合いを格段に強めたのだ。

これにより生ずるのは必ずしも安寧ではないと、根が臆病《おくびょう》な父はよく知っている。

他ならぬ兄弟や従兄弟の一族がまたたく間に没落したことで、おのれに栄華がもたらされたという事実も忘れていない。いつ自分も同じ憂き目に遭うかわからないという不安は、栄華を極めれば消えてなくなるものではなく、むしろ極めるほどにいや増していくようであった。

不安に抗《あらが》うすべは、もっぱら三つしかない。

神仏へひたすらに祈る。禄を惜しまぬことで味方を一人でも多く増やす。そして、次世代の宮廷においても同様の権勢を保てるよう、あらかじめ打つべき手を全て打っておく。

当面、彰子と二人の皇子の健康に気を遣う必要はなかった。

――わたくしの身は、これほど丈夫だったのか。

二十三歳となった彰子自身、おのれに感心するほど、なんの障《さわ》りもないのである。

出産の儀式と祝宴を経て、すぐに一条天皇のもとに母子ともどものぼることができたし、産後ひと月で参内することも容易であった。

十二歳で入内《じゅだい》したときの心寂しさを思い出すにつけ、一条天皇との間の絆がいよいよ固く結ばれる実感が日に日に増す今は、まさに人生の春の温もりがやっと到来した思いだ。

このように、彰子が心身ともに安定しており、一条天皇との関係も良好であることを見極めた道長が、すかさず実現にこぎ着けたのが、尚侍《しょうじ》であった次女、妍子の入内である。

そして、ことは道長の意図通り、たやすく進んだ。

権《ごん》左《さ》中弁《ちゅうべん》の藤原経通《つねみち》が、東宮の居貞親王の使者として御書を妍子に賜ったことで、入内は決定的となった。

寛弘七年（一〇一〇）二月二十日、妍子は十七歳で、東宮の居貞親王と結ばれたのである。

この布石が、次世代をにらんだものであることは誰の目にも明らかだった。道長の権勢がただ単純に高まるだけでなく、恒常的なものになろうとしていたのである。

――次の東宮は誰か。

必然、人々の関心はそこへ向かいながらも、話題にすることを避けがちとなった。

亡き定子《ていし》が遺した、敦康《あつやす》親王の存在ゆえである。

それはまた、彰子にとっての何よりの関心事でもあった。むろん決して、自分が産んだ二人の子を思い、敦康の存在に憂慮《ゆうりよ》を覚えたというのではない。

多くの公卿はそのように早合点《はやがてん》したことだろうが、真実は逆だった。彰子はおのれの子と、敦康とを、まったくといっていいほど隔てて考えていなかった。

——わたくしのせいで、また敦康の元服を遅らせてしまった。

敦成に続き、敦良の出産で、たびたび延期となっていたことを申し訳なく思ったし、

——心細い思いをしてはいないだろうか。

顔を合わせる機会が減ってゆく代わり、つどつど使いを送って気遣ったものだ。

その甲斐《かい》あってか、敦康は心寂しさから気が荒《すさ》むといったこともなく、むしろ彰子の弟の頼通《よりみち》ともずいぶん親しくし、年の離れた兄弟のように仲良く暮らしているという。

彰子は、自分や産んだばかりの二児だけでなく、敦康の心身が健《すこ》やかであることについても、神仏に感謝した。伊周の遺児たちにも、できる限りのことをしてやった。

こうした態度は、道長や倫子の、怨みを買わぬための政治的手腕とは画然と異なる。どちらかといえば、一条天皇が志す仁政《じんせい》の観念に寄り添うものだった。

なんであれ、何かを企図《きと》しているわけでもなく、ただ、すべきことをしているという、彰子の心から自然と発生する行ないであり態度なのである。

ゆえに、一条天皇も、敦康のことに関しては、父や公卿たちには滅多に話さないような内心を、しばしば彰子に告げてくれるようになった。いや、それはもはや改めて告白するようなもの

ですらなくなっていた。

「敦康を次の東宮にしてやれないものか」

彰子と一条天皇は、この点で、完全に同じ思いを抱いていたのである。

思えば、数奇な巡り合わせである。

一条天皇が最も愛した女性が、子を遺して世を去った。子の一人を、政敵の娘が養育することとなった。その子の存在は、娘にとって、かけがえのない支えとなってくれた。

互いに敵意を持ち、怨みを呪詛に変えてぶつけようとしてもおかしくない間柄なのだ。むしろそれが当然だと世の人々は思うだろう。

なのに今、一条天皇とともに、その子の行く末をこそ、彰子は案じていた。

亡き定子に対しては敬意しかない。敵意などどうして抱けるだろう。自分たちを呪詛しようとした伊周の遺児に対しても、愛情を感じた。親の没落に巻き込まれた彼らの安寧をはかってやることを、義務だとすら感じていた。

こんなことがあるのだ、という不思議な気分になるほどに、同時に胸中に生じるこの温かな幸福感こそ、真実、神仏からのたまものではないか。そう思えてならなかった。

しかし、当然ながらそれは、父の道長が望むものとは、かけ離れていた。そのことを、彰子は早くも思い知ることとなった。

その年の三月、妍子入内ののち、一条天皇は、権中納言《ごんちゅうなごん》の行成《ゆきなり》を、石山寺へ遣わした。

祈願すべき内容は、行成が出立したあと、一条天皇が送らせた御書によって伝達された。

行成は、霊験あらたかなる勅封観音《ちょくふうかんのん》こと如意輪観音菩薩像《にょいりんかんのんぼさつぞう》の前に座り、一条天皇に代わって念入りに祈願したという。

すると翌夜、行成は、数百枚もの円座《わろうだ》の上に伏すおのれの夢を見た。円座は、讃岐《さぬき》国の名産である渦巻き状に編んだ敷物のことだ。竹の皮、藁《わら》、菅《すげ》などを用いて扁平《へんぺい》に編み、良質なものは朝廷に献上される。

「祈願成就《じょうじゅ》のお告げか」

行成は帰京すると、そう一条天皇に奏上《そうじょう》した。これを聞いた一条天皇は驚嘆し、

「朕《ちん》も同夜、夢を見た」

と言った。

一条天皇の夢は、石山寺から僧が訪れ、如意輪観音経をもたらすというものであった。これぞ如意輪観音の霊験であるとして、二人とも感悦《かんえつ》にひたったという。

「すぐに中宮にも伝えてくれ」

一条天皇の言葉に従い、行成はすぐに彰子のもとに参上した。

だが、そこにはすでに道長がおり、

「石山寺に詣《もう》でたとか。帝の御祈願か?」

行成の顔を覗き込むようにして、尋ねたものだった。

彰子はここでやっと、なぜわざわざ道長が自分の部屋に来たかを察した。きっとまた皇子たちの顔が見たくて来たのであろうとしか思っていなかったのだが、違った。

一条天皇と彰子の仲が良好とみてのことだった。つまり、一条天皇の側に動きがあれば、それが彰子にも伝えられるはずと読み、自ら赴《おもむ》いて待っていたのだ。

「帝の厄除《やくよ》けと御延命《ごえんめい》のため祈願して参りました」

行成は恭《うやうや》しく告げ、あとはそつなく対応し、去っていった。

「どうも、御延命のためだけではないようだ。帝からお聞きになったら、ぜひこの私の耳にもお入れ下さいませよ、中宮様」

父はそんなことを言って、自分も早々に立ち去った。

彰子もにこやかに見送りながら、

――敦康のことか。

一条天皇と道長の間で、相克《そうこく》が生じていることを敏感に察した。行成の働きは、天皇の厄除けのためだけではない。敦康の立太子《りったいし》のことを如意輪観音に祈願したはずだ。

我が子を後継に立てるのだから、それ自体は不思議でも何でもない。

だが問題は、その動向を読んだ道長が、牽制《けんせい》する態度をみせたことだった。行成も、波風を立てず、朝廷の静謐《せいひつ》に配慮し、御祈願の内容を伏せたに違いない。

――父は、敦康の即位を望んでいないのだ。

うすうす二人の皇子が誕生したことで、敦康を後見する必要はなくなった、と道長が考えているであろうことは感じていた。だが敦康は同じ一族の遺児であり、政争の不安がなくなった今、何の害もないどころか、亡き詮子がはかったように、道長に感謝の気持ちを持ってくれている。

その敦康を蔑ろにすることのほうが、軋轢《あつれき》を生むに決まっていた。

一条天皇との間のみならず、ことは皇統にかかわることなのである。道長がもし横やりを入れるとするなら、朝廷全体を強引に動かし、自分になびかせねばならない。

だがそんなことをせずとも、権勢の永続をはかるなら、今のままの状態を維持すればいいだけの話ではないか。

次女の妍子が今の東宮との間で皇子を産むかどうかはさておき、一条天皇が譲《じょう》位《い》となれば、彰子が皇太后となり、妍子が中宮となる。

ここで敦康が次の東宮に定められたとして、敦成や敦良が追い払われるわけでもない。今の東宮の居貞親王は一条天皇より年上である。敦康が成長すればすぐに譲位するだろう。順当に、敦成が東宮になる。次に敦成が即位したとき、敦良を東宮にすればいい。

居貞親王にはすでに子がいるし、さらに妍子に子を産ませることや、もしくは一条天皇が他のきさきにそうさせることも考えられるが、それはそれだ。問題は、外戚が力を持っているかどうかであり、道長がそれまでの間に下手なことをして没落しなければいいだけのことだ。

敦成へ至るまで天皇位の継承を守ることには、もちろん難儀なことがつきまとうだろう。

だが、それが朝廷というものではないか。

最大の問題は、血統である。一条天皇は即位時、伯父の冷泉天皇の血筋に対し、いわば傍流《ぼうりゅう》とみなされていた。しかし、その在位期間の長さのみならず、仁徳《じんとく》と政治手腕によって、一条天皇は諸卿の見る目を変えさせた。一条天皇がおのれの血筋を正統と主張しても、異を唱える者はいないだろう。これはひとえに、一条天皇その人の不断の努力によるものだ。

その大いなる問題が事前に解消されているのだから、敦康の立太子に道長が懸念を抱くのは、ますます妙な話である。だいたいそれでは敦成や敦良までもが血統に疑問を抱かれてしまう。

——もしや、焦《あせ》っている？

父ならありそうなことだった。

悠長なことなど考えていられない。なぜならもう四十五歳だ。血のつながった孫を、幼かろうがなんだろうが、早々に天皇位につけて外戚になりたい。娘が子をなすまでに九年も待ったのに、後見役のままさらに長々と待つなどいやだ。もし居貞親王や敦康が、一条天皇のようにそれぞれ二十年以上も天皇であり続ければ、外戚になる前に八十を過ぎてしまうではないか。

そう道長が日々考えているとしたら、ことは穏便では済まなくなる。

実際、前代の花山《かざん》天皇はそうして僅か在位二年で、彰子の一族が弄《ろう》した策によって退位させられた。その前の、一条天皇の父である円融《えんゆう》天皇の在位は十五年ほどだ。そんなに待てない。早く天皇を譲位させたい。そういう勝手な思惑に翻弄《ほんろう》された一条天皇の、また居貞親王の胸中は、いかなるものであったろう。

彰子はこうした思案を経ながらも思い悩むことはなく、道長がどのように考えようとも、おのれの立つべき側をしっかりと見定めた。

――わたくしは、帝と敦康を守り、我が子らと一族の子らを育《はぐく》む。

たとえ家長《かちょう》であろうと、その専横《せんおう》を黙認し、甘んじて許すということはしない。そうさせてはならないのだ。伊周のような驕慢《きょうまん》な人間を生み出さず、詮子や定子が被《こうむ》ったような悲劇を繰り返させないためにも。

――帝のため、世のため、なしうる限りのことをなし、朝廷の静謐を守る。

十二歳で入内し、自ら教養を求めて仁政を知り、一条天皇への愛と、人一倍強い母性に目覚め、そして実際、二児の母ともなった。その彰子の決意は、胸中に極めて自然に訪れ、この上なく固く根づくこととなった。

ただし、このような、せめぎ合いともいえぬ、かすかな波紋があったことを除けば、宮中は平穏そのものだった。

道長は一条天皇への奉仕を怠らず、むしろますます注力していった。

内裏となった枇杷殿《びわどの》の紫宸殿《ししんでん》では盛大に経の供養を催し、一条天皇を喜ばせた。

伊周の事件と逝去で延引《えんいん》されていた除目《じもく》も三月中に終え、四月には、焼亡した一条院内裏の造作が開始された。

一条天皇は相変わらず、すでに完成している内裏へ遷御《せんぎょ》しようとはしなかった。引き続き、一条院を内裏とする意向を示したわけだが、世の人々は、退位ののちの御所としてお使いになるつもりだろう、と話しているという。

そうした話を道長も率先して発しているようで、そのせいかどうか、一条院内裏の造作に非常に積極的で、巡見《じゅんけん》することしばしばであるらしい。

一方、四月の賀茂祭には、道長は敦成について見物することとなった。それまでは敦康についたものだ。以後、道長が敦康につくことは、目に見えて絶えた。

七月になると、宮中の平穏の成果として、楽が奏された。

相撲節会《すまいのせちえ》に際し、一条天皇のほうから、楽について諮問《しもん》したところ、

「愁いなし」

諸卿も、近年に比して災いの少なさを理由に、賛同したとのことである。

これにより改めて一条天皇が命じ、楽の音がにわかに宮中を明るくさせた。

敦康の元服の儀が、ようやく実施となったのは、そうした穏やかで明るい空気の中でのことだ。

儀式は入念に準備され、管弦も賑《にぎ》やかに催された。清涼殿《せいりょうでん》に一条天皇が出御《しゅつぎょ》し、道長が加冠《かかん》を務めて御衣《おんぞ》を直し、蔵人頭《くろうどのとう》の道方《みちかた》が理髪《りはつ》を務めた。

また、一条天皇は敦康を三品《さんぽん》に叙《じょ》すことを命じ、道長がそのようにした。これで敦康は晴れて、朝廷の一員となったのだった。

十二歳の敦康が、冠《かんむり》を着けた立派な姿で現れると、彰子は喜びのあまり身を震わせ、思わず涙をこぼしそうになった。その若々しい出で立ちと立派な振る舞いを誉め、叙位を称《たた》えた上で、剣ひと振りと、横笛を一管《かん》、贈った。

「とても嬉しく思います、母上」

敦康にそう言ってもらえることこそ、彰子の喜びだった。

笛に関して、敦康は父譲りの才能の持ち主であり、父から学べればと日頃から願っていた。もしかすると、一条天皇も敦康が請《こ》えば笛を吹くかもしれないと彰子も期待したものだった。一条天皇が笛を吹くのをやめてから、もうずいぶんと経っていたのである。

改めて対面した敦康は、彰子が願ったことを片端から身につけてくれたような頼もしさに満ちている。かの藤原公任《きんとう》ですら、敦康の教養と機転には感心したものだ。弟の頼通をはじめ、彰子の周囲で、敦康を悪く言う者など皆無といっていい。むしろ可愛《かわい》がれば可愛がるほど、その利発で愛嬌《あいきょう》のある様子に、彰子ならずともべた惚《ほ》れしてしまう。誰からも愛されるというその才能は、やはり一条天皇と、あの定子の間に生まれた子だと思わせるものがあるのだ。

あるいはだからこそ、道長を恐れさせるのかもしれない。愛らしい敦康の背後に、自分が買うべき怨みを想像して、勝手に怯《おび》えている道長のさまを、彰子は容易に想像することができた。明るく微笑む敦康と温かくやり取りするうち、ふと、彰子は、自分でも予期せぬ思いが浮かぶのを覚えた。

――もし敦康を蔑ろにする者があれば、このわたくしが、怨んでやろう。

思わず、ひやりとなった。

決して怨みを抱かず、遠ざけることこそ安寧と信じ続けていたのではなかったか。

あまりにも自分らしからぬ想念《そうねん》に、彰子は内心で動揺した。しかも敦康に微笑みを向けたまま、その想念をすぐさま打ち消すことができなかった。

むしろ、それこそ道長に釘を刺す、ゆいいつの手段なのではないか、という考えすら、わいてくるのだった。

十三

寛弘七年（一〇一〇）は、表向き何もかもが穏やかで、災異もないため賑やかな楽の音《ね》がしばしば朝廷全体を明るくしてくれる一年となった。

だが水面下の深いところでは、常に敦康のことが取り沙汰《ざた》されていることを、彰子は知っていた。

一条天皇は側近の行成にたびたび敦康を立太子させる道があるか諮問《しもん》する一方、道長がその動きを敏感に察して、あの手この手で牽制《けんせい》せんとしていたのである。

――父は帝《みかど》に譲位を迫るだろう。

二十三歳の彰子は、道長の内心をそう読んだ。幼く無知な自分はもうどこにもおらず、一年あまりにわたる紫式部の講義や、長年の朝廷の観察を経て、この世界が次にどうなるか、公卿《くぎょう》たちと同等か、ときにはそれ以上の視野の広さで予期するようになっている。

とはいえ、譲位自体が問題なのではない。

一条天皇は三十一歳と確かにまだ若いが、在位は今年で二十四年にわたり、東宮《とうぐう》の居貞《おきさだ》親王はすでに三十五歳となっている。譲位を急ぐ必要もないが、さりとていつまでもしないというのは、好ましいことではない。特に中宮である彰子が二人も男児を産んだことで、次代の朝廷のあり方を問う話が、公卿の間でひんぱんに交わされているという。

道長としては、おのれの権勢を次代もその次の代も盤石とする手を、ここで打たねばならない。

そして結局は、権力者のそうした思いが、朝廷を動かすことになるのだ。

その年の十一月二十八日、一条天皇は新造の一条院内裏《だいり》に還御《かんぎょ》し、彰子もそちらに移った。暮れ頃、敦康と脩子《しゅうし》内親王が参入したが、道長は同席しなかった。もはや敦康に関心がないことを隠しもしない。

ただ、道長はすこぶる機嫌が良かった。自分が造営を担《にな》った一条院内裏を、一条天皇の譲位後の住《す》み処《か》とみなしていたからだ。

一条天皇は火災を恐れ、本来の内裏に住まおうとしない。道長にとっては大変好都合だ。天皇交代の際、空《から》っぽの内裏に自分が望む新たな天皇と人々を入れればいいだけなのだから。

さすがに道長も表立ってそんなことは言わなかったが、彰子からすれば思惑は明らかだった。もともと内心を隠すより、遠回しに示すほうが得意な人間なのだ。

もう一つ明らかなことは、そんな後ろめたさを解消する手段として、道長は今でも大盤振る舞いを心がけているということだった。

このときも道長は、造営には日々おのれも足を運んで尽力したなどと堂々と功をひけらかすとともに、駄目押しとばかりに、一条天皇に文集なども献上している。先の焼亡の際、大切にしていた醍醐《だいご》天皇と村上天皇の日記を失ってしまった一条天皇への気遣いもあったろう。こういう、そつのなさこそ権力の安定に必須であることを、道長はよく知っていた。そこがやはり、亡き伊周《これちか》と異なるところだ。

だがそうした献上攻勢のあとに訪れるのは、執拗《しつよう》なまでの圧力である。天皇であれ公卿たちであれ、あるいは下々の者たちであれ、自分がこれだけよくしてやったのだから、みな我が意の通りになるべきだという思いがあらわとなる。

翌寛弘八年（一〇一一）の正月、道長はまたしても金峯山詣《きんぶせんもう》でのため、長精進《ながしょうじん》を試みた。そのため犬の死穢《しえ》などを言い訳にして除目に不参の意を申し立て、一条天皇は道長を参内《さんだい》させようとたびたび使者を送ったが、応じなかった。

一条天皇は仕方なく、右大臣《うだいじん》顕光《あきみつ》のもとで除目を始めるよう命じたが、手違いが多く難航した。さらには何者かが死者の首を板敷きの下に置き、死穢にみまわれるという事態に至った。

そんな内裏をよそに、道長が長精進していることは公卿たちの間にすぐに広まった。

二人の皇子《みこ》を得て栄華をほしいままにしてなお、何をこの上、祈願しようというのか。そう思うむきも多く、皇子が生まれたことへの報賽《かえりもうし》だろうという意見もあるようだ。

だが当然、道長の真の祈願は、おのれが外戚になることに他ならない。内覧《ないらん》の役職を超え、摂《せっ》政《しょう》・関白《かんぱく》の座に就きたい。そのためには一条天皇の譲位が必要だった。再度の長精進は、祈願を通しての、あからさまな一条天皇への圧力とみるべきだった。

事実、二月には、その圧力がさらに目に見えるかたちとなっていった。

頼通《よりみち》が春日詣《かすがもう》でに赴くと、道長の命令を受けた殿上人および地下人《じげにん》たちが、一斉にその扈従《こしょう》となったため、

「殿上の男ら、みな春日に参るか」

一条天皇が、驚き嘆くありさまとなった。

朝廷の運営どころか、一条天皇に食事を出す者すらいなくなってしまったのだ。

これは藤原氏の常套《じょうとう》手段であり、こうしてたびたび天皇へ圧力をかけてきたのである。

だが道長のこの圧力も、三月になるといったん緩んだ。原因は、長精進もまた難航したことにある。潔斎《けっさい》の場となった枇杷殿に、こんどは犬の産穢《さんえ》ならびに様々な怪異が襲ったのだ。

道長は代理の僧都《そうず》を金峯山に遣わそうとしたが、この僧都も腫《は》れ物《もの》を患《わずら》うこととなり、長精進自体が中止となった。

全ては穢《けが》れというものを用いての、ひそかな攻防であったろう。

むろん一条帝の意を受けてのものではない。死や産の穢れを浄《きよ》くあるべき場所に投げ込むことは、火種を家屋に仕掛けて放火するのと同様、長らく朝廷で横行してきた公卿同士の攻撃のすべ

だ。道長の権勢が今以上のものとなることを望まぬ人々がはかったことであり、彼らが道長と一条天皇の不和を好機とみなしたふしもある。

道長は、そうした人気《じんき》を敏感に察し、三月八日をもって長精進を諦めると、翌日から速《すみ》やかに一条天皇との関係を元に戻した。このため三月九日には石清水《いわしみず》臨時祭に一条天皇が出御《しゅつぎょ》することが可能となり、続いて最勝講《さいしょうこう》の僧が、一条天皇と道長の二人で内々に定められた。

四月になると、道長と一条天皇の間柄は常と変わらないものとなり、諮問や任官について道長が任されるようになった。

もともと、一条天皇に譲位を拒む理由はない。あるとすれば、おのれの血筋を否定される場合だけだ。だが一条天皇自身の不断の努力によって天皇家にふさわしい血筋とみなされていたし、何よりその皇子女には、最大権力者たる道長の後ろ盾がある。

天皇の系譜において傍流の扱いを受けることは、もはやないといえた。

問題はただ一つ。敦康の立太子《りったいし》のことだ。これを一条天皇が諦めない限り、あるいは道長が敦康のいっときの擁立《ようりつ》を受け入れない限り、譲位を行なえない。

このとき彰子の心は、むろん、一条天皇の願いとともにあった。敦康の立太子は、彰子の長年の願いでもあった。二人の子を産んでなお、それは変わらない。それが彰子の精神の特質であることを、一条天皇も疑わずにいてくれた。

争わず、怨まず、誰をも慈しむ。一条天皇と彰子の理想とする仁政《じんせい》だった。父の政敵であった伊周の子女を、彰子がたびたび庇《かば》い、助けたのも自然なことだった。

だが周辺は、決してそうではなかった。

五月になると、敦康の邸に瓦礫《がれき》が投じられる音声《おんじょう》が湧く、という怪異があった。陰陽師《おんみょうじ》である賀茂光栄《かものみつよし》に占わせたところ、不吉な卦《け》が出て、むしろ一条天皇が慎むべきである、とされた。まるで一条天皇のせいで、敦康が怪異に見舞われたとでもいうようだった。一条天皇の心痛を思い、彰子はいたたまれなくなった。

そのすぐあと、一条天皇お付きの内裏の女房が、彰子の女房に無礼を働くということが起こった。異なるあるじを持つ女房同士が、不和から嫌がらせの応酬《おうしゅう》を働くことはままあるが、このときは甚《はなは》だ度を越したものであったらしい。

結果、内裏の女房は追放、彰子の女房も除籍《じょせき》されることになった。そうでもしないと決着しなかったほどの確執《かくしつ》が、一条天皇と彰子の間に生じているかのようだった。決してそうではないのに、まるで世間が許さないとでもいうようで、彰子は暗澹《あんたん》たる思いを振り払わねばならなかった。

こうしたことは朝廷における常習であると彰子も一条天皇もわかっている。いや、一条天皇のほうが身にしみて知っていた。かつて愛した定子の悲劇をよくよく思い出させられたことだろう。

——おいたわしい。

ただ、子を産む前までと異なり、その思いが一条天皇にも通じているはずだという自信があった。

五月二十一日には、紫宸殿《ししんでん》で一切経《いっさいきょう》の供養《くよう》があり、一条天皇が主宰《しゅさい》した。

彰子も、この華やかな場に参列している。そして翌日、一条天皇が彰子のもとに渡御してくれたときは、供養の余韻《よいん》もあってか、いつもよりずっとお互いをいたわる思いに満ちていた。

使いを出し合うだけでなく、顔を合わせることは、彰子を安心させた。心配がなくなるというより、二人で心を合わせ、どんな困難も乗り越えられるという気持ちになるのである。

一条天皇も同様の思いであることにも疑念はなかった。かつて不遇の身となった定子が、不安の中で一条天皇と寄り添い合ったのと同じように、彰子も寄り添えることを心から願った。そして幸いなのは、一条天皇がその彰子の思いを受け入れてくれていることだ。

――帝の慈愛と仁徳のなせることだ。

彰子は子をもうけてのち、いよいよ一条天皇の人柄に惹《ひ》かれ、愛を感じるようになっていた。

一条天皇の母詮子《せんし》が、子を産んだにもかかわらず、夫の円融《えんゆう》天皇への怨みに満ちていったことを考えれば、この朝廷という場では類《たぐ》い希《まれ》な幸福であったろう。

だが、幸福が高まればそれが別の何かによって妨げられるのも朝廷の常だった。

渡御してのち、和《なご》やかに語らっていたかにみえた一条天皇は、その夜、みるみるうちに体調を崩し、倒れ伏すこととなった。

彰子は愕然《がくぜん》となり、慌てて人を呼び、父や一条天皇の側近である行成に使いを出した。

行成はこういうとき、主人と体調を同じくすることがある。このときも腹痛で動けず、という状態だったらしい。

道長のほうはそんなことはなく、すぐさま駆けつけた。

一条天皇はもともと病がちな人だが、このときは見るからに容態《ようだい》が重く、その様子を見た人の誰かが、「悩乱《のうらん》の気あり」とまで口にした。

近年、一条天皇の厄《やく》を現す卦がしばしば出ていたことから、人々の心配も尋常ではなかった。だが、何しろまだ三十二歳である。心配はするものの、万一のことを考える者など、誰もいなかっただろう。

いや、そのはずだった。

道長だけがみなと異なる行動をとった。一条天皇が快癒《かいゆ》するかどうかもしかと見届けぬまま、大江匡衡《おおえのまさひら》に命じて譲位について占わせたのである。

結果は、衝撃的なものとなった。

『豊《ほう》の明夷《めいい》』

それが、大江匡衡が目《ま》の当たりにした卦であったらしい。

一条天皇が敬愛する醍醐天皇・村上天皇の二人が死病にかかったときに出た卦だ。加えて、この年は一条天皇にとって三合厄《さんごうやく》の大凶だった。

道長も大江匡衡も、さすがに驚愕し、慌てふためいた。

大江匡衡は、行成の邸宅へ向かい、蒼白の顔で一条天皇の容態を聞いた。

このときすでに行成は蔵人頭から、一条天皇が回復しつつあると報告を受けていたという。

行成がそのことを告げると、大江匡衡は安心したような、それでも不安が拭えないような、なんとも言えない顔で去っていった。あとには首を傾《かし》げる行成が残された。

他方、うろたえた道長は、一条天皇が休んでいる夜御殿《よるのおとど》の隣室に参り、帝の護持者《ごじしゃ》としてそこに侍《はべ》っていた僧の慶円《きょうえん》に、わざわざ大江匡衡が記した占文《うらぶみ》を見せるということをした。

慶円もまた愕《おどろ》きで虚脱し、道長とともにすすり泣いてしまった。

道長とて、一条天皇の崩御を望んで占わせたわけではない。長年仕えた相手であり、朝廷で頻発する難事をそのつど二人で解決してきた間柄でもある。

だが――彰子は、のちにこの父の振る舞いを聞き、その本心がいかなるものであったか、一片の疑いを抱いた。

なぜなら、道長と慶円の話も、すすり泣きの声も、臥せったままの一条天皇の耳に届いてしまっていたからだ。

この日の夜を境に、快癒すると思われていた一条天皇の体調は、急激に悪化した。

火を放たれた邸のように、命の柱となるものが崩れ落ち、それが支えていたものも、全てもろともに砕け散るかのような重篤化だった。

二十七日、やっと回復して駆けつけた行成は、まず一条天皇の御前に上がろうとしたところ、内裏の女房たちがすすり泣くのを聞いた。

「それほど重い病でもなかったのに、よもや世代わりとは――」

これには行成も呆気にとられたという。世代わりとはなんだ。まるで一条天皇が今すぐ譲位するかのようではないか。

行成もわけがわからなかったろう。ほどなくして一条天皇に呼ばれて行った。

一条天皇は、悲愴《ひそう》ともいえる面持ちで、行成に告げた。

「譲位すべきときがきた」

行成は、まだこの時点では嘆きはせず、ただ一条天皇の決断について恭《うやうや》しく傾聴した。長い長い在位のときを経て上皇《じょうこう》となり、次代を後見することになる。行成はそう信じていたのだ。

続いて、一条天皇は、行成が予期していた問いを発した。

「一の皇子……敦康のことを、どうすればよいと思うか。お前は、敦康の家司《けいし》でもある。思うところを述べてほしい」

行成に敦康の面倒を見させていたのは、一条天皇である。また彰子も、弟の頼通に敦康の世話を丁重にするように言っていた。むしろ頼通のほうから敦康と仲良くなり、今このときも兄であるかのように敦康のことを大事にしている。

そうした関係性を前提として、敦康のことを諮問したのだ。

だが行成は言った。

「敦康様を不憫《ふびん》に思われるのは至極当然のこと。しかし、東宮となるべきは中宮様がお産みになられた、敦成《あつひら》様と存じます」

その根拠として、かつて朝廷で実際に起こった争いについて詳細に述べた。

文徳《もんとく》天皇が長男の親王を愛して後継にと望んだが、実際に即位したのは四男の清和《せいわ》天皇だった。なぜなら藤原氏の重臣が、清和天皇の後ろ盾をしていたからであり、文徳天皇がどれほど長男の即位を望もうとも、成就《じょうじゅ》はしなかったのであると。

「長男であるからと敦康様を東宮になさるならば……帝の重臣である道長様が承知しないでしょう。そのとき不遇の身となるのは、帝ではなく、敦康様なのです」

道長はあらゆる手で敦康を攻撃するだろう。誰にもそれを止めることはできない。亡き定子が受けた苦しみを、その子にも味わわせることになる。

これが行成の回答だった。朝廷は、血筋と現実的な実力の、折衷《せっちゅう》の場である。もし血筋のみを優先すれば、現実的な実力が抗い、相克《そうこく》の難事――怨みに満ちた応酬――が開始される。

　文徳天皇はそれがわかっていたから、愛する長男への思いがありながらも、清和が生まれて間もなく、東宮に立てたのである。断腸の思いだったろう。だが、父として子を愛するからこそ、禍根《かこん》の渦巻く未来に子を投げ込むべきではないのだ。

「東宮に立てられながらも、位から引きずり下ろされてしまった例もあります」

　理路整然と述べる行成を、一条天皇は沈思《ちんし》して見つめ、やがてこう告げた。

「わかった。お前の言う通りだ。道長には、お前から伝えてくれるか？」

　行成はやや面食らった。

「仰《おお》せとあらば……。しかしこのような大事であるからには、帝から仰せになるべきでは……」

　一条天皇はまた黙った。行成が異常を感じて身を乗り出した。

「朕《ちん》は世を去る」

　無念の声が一条天皇の口からこぼれた。

　行成が凍りついた。その顔が、驚愕に歪《ゆが》んでいった。

十四

「朕は聞いたのだ」

　一条天皇が耳にしたという、道長と慶円の涕泣《ていきゅう》の声のくだりになると、さすがに行成も尋常ならざる事態が進展していることに驚きを隠せなかったという。いや、それどころか、すでにことが成されていたことを、彰子は衝撃とともに思い知った。

早くも道長は譲位の発議を行なっており、速やかに一条天皇の内意を得ようとしていたのである。ただ、日柄《ひがら》の悪さが理由で、一日の延期となっていたに過ぎなかった。

一条天皇に、譲位や立太子のことを決断させたのは、ひとえに道長がもたらした卦《け》の結果である。それは明らかに、呪詛などよりもはるかに強く一条天皇に影響を及ぼした。

行成は、その一条天皇の様子を察し、言葉を尽くして励ましたという。

なんであれ、これで一条天皇はついに、敦康の立太子を断念したのであり、彰子は、こうした動きを敏感に察知した。

一条天皇の夜御殿のすぐそばの上の御局《みつぼね》で、不安と戦いながら過ごしていたのだから当然であろう。だが過去の彰子と画然と異なるのは、自分はいかに振る舞うべきであるか、かつてなく確信していたということだ。

そしてその振る舞いは、道長のそれに対するものでなければならない。他ならぬ、おのれの父の行動が、彰子の心をそのように定めさせたといってよかった。

譲位が決定した五月二十七日の早朝、道長は、夜御殿にて臥せる一条天皇の内意を得ると、一目散に、東宮の御座所《ござしょ》である、東院《とういん》へと向かっている。

そしてこの東院と、一条天皇の夜御殿との間にあるのが、彰子がいる上の御局なのだった。

――父はわたくしに一言も話さず、東院へ向かった。

一条天皇の容態を案じながら、神仏に祈るばかりの彰子が御簾《みす》の向こうにいる。にもかかわらず、ただ通過した。

それだけ急いでいたとみなすこともできる。一心不乱のことだったと。だがそうであったとしても、中宮たる自分を差し置いて、していいことではない。

彰子は、それが正当な言い分であることを確信していた。

問題は、なぜ道長は、自分に何も言わなかったかということだ。

かねて彰子が、敦康立太子について一条天皇と思いを一つにしていることは、道長も重々承知のことである。また、一条天皇が病に臥せるや否や、譲位について占わせたことも、彰子の心情を思えば後ろめたいことでもあったろう。

つまり道長は、意図的に、彰子を避けたのだ。

これまで敦康を避けることはあった。彰子が二子をもうけて以来、それは顕著な傾向となっていた。蔑《ないがし》ろにするというより、恐怖もあったろう。おそらく道長がゆいいつ心から恐れた人物、亡き定子を思い起こさせるからだ。

だが彰子を避けるというのは、まったく意味が違った。と同時に、まったく同じでもあった。道長が権勢を思いのままにする上で、この先、最も障害となる可能性があるのは彰子その人なのである。天皇の産みの母親。すなわち国母の発言を恐れるのは、宮中においてはむしろ正しい感性の持ち主といえた。

だがだからこそ、ここで道長はまっとうに彰子と対面し、その意志を理路整然と語るなり、その心情を訴えるなりするべきであろう。それが彰子の側の思いである。

このまま道長が彰子を避けることを当然とするようになったとき、何が起こるか。かつて詮子が置かれた立場に、おのれも置かれることになる。宮廷のあらゆるせめぎ合いからも、おのれが産んだ子からも引き離され、孤立させられる。

かつて一条天皇の女御《にょうご》となったばかりの幼い彰子であれば、たとえそうなるとわかっていても抗うすべを持たなかった。いや、抗うという考えすら持たなかったに違いない。

だが今の彰子は違った。一条天皇の仁政を理解するため、自らを教育することに並々ならぬ努力を払ってきた。夫を、子らを、人々を守ることのできる、后として生きるために。

――いよいよこのときがきた。

そう思える自分が不思議でもあった。まるでこうなると予期していたといえるほど、落ち着いた心で、すべきことがわかったし、そのあとどうなるかもわかっていた。

彰子はまず、女房たちを集め、このように話した。

「あなた方はみな、譲位のことを聞いて、大いに動揺していることでしょう。わたくしも同様です。ただわたくしは、それとはやや異なる、あることについても、平静でない思いがしています。あなた方に尋ねます。父が、譲位のお報《しら》せを東宮に伝えに行かれたときの通り道は、上の御局の前を通る道ですね？」

彰子のこの言葉が何を意味するか、理解できない女房は一人もいなかった。道長から自分は蔑ろにされた。そのことについて、お前たちはどう思うか。そう尋ねているのだ。

女房たちは、みな顔色を変え、道長を擁護《ようご》した。

紫式部ですら、殿は非常のことが起こったがゆえに心急《せ》いてしまったのだろうなどと言った。

彰子は、そんな彼女たちに、淡々と言った。

「わたくしは、たとえこの議を父から聞かされたとしても、何ごとも口出しするはずもありませんでした」

女房たちが黙った。

敦康の立太子を彰子が望んでいたことは彼女たちも知っている。だがここで彰子はあえて、こう言った。理由は、一条天皇が行成の最後の諮問で折れたのと同じだ。

致し方ない。それ以外にいいようがなかった。敦康を後見できる者が不在なまま、父や公卿たちの敵意の的になるような座に就かせることが、幸いであるはずがない。

だが彰子が、敦康を守ることを諦めるはずもなかった。そして敦康を守るためには、そうすることのできる自分であらねばならない。

彰子はそうした思いが、女房たちにも伝わるよう、冷静ではあるが十分に力を込めて続けた。

「もし、父がわたくしに対し、隔て心を持っていらっしゃるのでなかったなら、父が誰に何を告げに行くか、わたくしに教えて下さるのが当然です。それなのに、父はわたくしにも秘密にしようとして、わざと教えなかったのです」

女房たちの顔色が、また別の意味で変わった。

今後、自分がそのような扱いを受け続ければ、必然として、自分に仕えるお前たちまでもが、この先、宮中でどのような扱いを受けることになるかわからないぞ。

——それでいいのか。

彰子のその思いが、暗黙のうちに彼女たちの心に伝播《でんぱ》していくのがわかった。

これはまた、

——決してそうはならない。わたくしが、そうはさせない。

彰子の力強い宣言に、女房たちが一斉に共鳴した瞬間でもあった。

これが、ある種の訣別となることを、彰子は理解していた。

家の道具として、父の武器として、宮中で生きてきた。それがここに来て、無用の存在になろうとしている。他ならぬ父が、自分を認め、そして恐れたからだ。皮肉なものだった。無力なときほど大事にされ、力をつければ隔てられるのだから。

だが、それが宮中というものだ。そう納得する自分もいた。

――わたくしに、ついてきなさい。父ではなく。いずれ国母となる、このわたくしに。

彰子はつまるところ、女房たちにも、そのような決断を下すよう促したのである。

彼女たちが、どちらの側につくか。それも彰子にとっては明らかだった。

これも皮肉なことだが、道長が四十六歳というおのれの年齢への焦りから、譲位を急かしたのと同様の理屈が、ここでも働いていたのだった。

二人の皇子を産んで皇太后となることが確実の二十四歳の彰子と、老いを恐れて関白摂政の座に血眼《ちまなこ》になる道長と、どちらを主人とすべきか。

女房たちは決して同情で動かない。ましてや忠誠を抱くなど、紫式部のような希有な女房だけがしてくれることだ。あくまで彼女たちは打算で動く。計算で誰につくかを決める。

彰子が身内をとことん大事にすることを、女房たちは知っている。そして彰子が身内とみなす者の範囲は、驚くほど広い。ひとたび彰子に味方になってもらったなら、それこそ、京から追放でもされない限り、支援し続けてもらえる。いや、追放されても、いつか京に帰してもらえる。そう信じることができる主人として振る舞ってきた。

俸禄は桁違《けたちが》いだが、女房たちをお飾りとしてのみ扱い、教養や機転など求めず、都合よく愛人にし、失態を犯せば平気で放り出す。それが彼女たちから見た、道長だ。

「中宮様のお気持ちは、とてもよくわかります」

果たして女房たちが、口々に言った。

紫式部も、そうした。とりわけ彼女の目が輝いていたことに、彰子は満足を覚えた。

もう誰も、道長を擁護しなかった。一人残らず、彰子の発言に追随する様子だ。

武士に喩《たと》えるならば、これは旗揚げだった。彰子という一人の女が、名だたる女房たちを従え、政争渦巻く宮中で誰にも無視できない一大勢力として立つことを決めたのである。

それからすぐ、女房たち全員が、すべきことを、巧みにしてのけてくれた。

彰子の発言を、速やかに、効果的に、宮中に広めたのである。

ほどなくして、

「后宮《きさいのみや》は、左大臣殿をお怨みとのことだぞ」

宮中で、譲位の話題に次いで、このことが一挙に広まった。

道長に無視されたがゆえの怨み。

これが、途方もない効果を及ぼした。

やり玉に挙げられた道長はもとより、公卿たちの誰もが、慌てて彰子の前に現れたのである。

地位ある男たちが、こぞって、今後は決して彰子の頭越しにことを運ばないと約束したのだ。

これも皮肉といえば皮肉だった。彰子が全身全霊で退けようとしていた、「怨みの念」が、このときは彰子の最大の武器となったのだから。

むろん彰子が本当に怨みを抱いたわけではない。それは脅《おど》しだった。いずれ国母となる人物から怨まれる人間となってでも、関白摂政の道へ邁進《まいしん》したいか。

そう父に告げていた。また、最大権力者である道長に対しても屹然《きつぜん》とものを申すのだから、どんな公卿でも、国母を無視することなどできないという空気がたちまちのうちに生まれた。

そうそうたやすく消すことのできない空気である。今後、自分が生きている限り、何十年であっても宮中に満ちていてもらわねばならない空気だ。

娘が家から巣立ちするあり方は世に様々あるといえども、これほど苛烈《かれつ》な独立のあり方は、宮中のみならずこの国全土においても、唯一無二であったろう。

敦康立太子を巡る「怨み」の噂をきっかけに、彰子を無視しうる者は、宮中の公卿をはじめとして一族眷属《けんぞく》ことごとくおらず、という有様《ありよう》となった。そしてまた、おのれの手となり足となり、目や耳や口となって働いてもらうべき女房たちに対しても、まことの主人となったのである。

まさに国母への強烈な第一歩を踏み出した彰子は、後日、紫式部を呼んで言った。

「日記を書いていると聞いています」

「はい……宮中で私が学んだことを、娘に教えようと思っています」

もちろん宮中の女房たる者が、そしてまた物語のつむぎ手たる紫式部が、ただそれだけのために日記をしたためるはずがない。彼女が記す言葉は、一条天皇が尊ぶ過去の天皇の日記とはまた別の意味で、宮中のありさまを後世に伝えるものとなるだろう。

「わたくしが、おのれの子と同じように、敦康や脩子や大勢の子らのことを愛していた……そう、あなたに書いてもらえるよう振る舞うつもりです」

「中宮様の御心は、疑いようがありません」

紫式部は恭《うやうや》しく、そして彼女には珍しいほど自信を込めて、そう応じてくれた。

もちろん、紫式部に、自分をよく書けと言っているのではない。彼女は本来、批評家の実資《さねすけ》と同じ気風の持ち主である。真実のありさまを、つぶさに記してしまうだろう。これもまた彰子にとっての宣言だった。この先、おのれの生き方を決して歪めない。そのための監視の目を、そばに置く。紫式部の講義で学んできた賢王たちであれば当然したことを、自分もするまでだった。

一条天皇は、彰子のこうした態度を耳にし、いっとき病のことを忘れるほど快然とした様子を見せたという。

彰子も、道長が大江匡衡に占わせて出た卦について気を病むことをせず、一条天皇の快癒を信じて疑わなかった。

六月二日、東宮の居貞親王が公卿たちとともに、病に臥せったままの一条天皇の御前にあがり、譲位についての仔細が話し合われた。

一条天皇は、荘厳そのものといった様子で、その姿にいつしか誰もが涙を流していたという。長く続いた一条天皇の御代《みよ》が終わろうとしている。そのことに、公卿たちも東宮その人も感無量となり、寂々《じゃくじゃく》たる思いに駆られたのだった。

またここで、一条天皇は、次期東宮について、はっきりとみなに告げた。

「朕は、新たな東宮に、次男の敦成《あつひら》を据えたいと思う。長幼の順に従うのであれば敦康を据えたいとは思うが……みなも知っての通り、よき後見がいない」

みな粛然《しゅくぜん》とその言葉を聞くばかりである。

一条天皇は居貞親王へ、こう続けた。

「今後の国政一般は、長年、あなたが信頼してきた臣下たちのことに配慮しながら進めるのがいいでしょう。朕は、この病が癒《い》えたとしても、出家をする。どのみち生き存《なが》える気がしないのだが……」

まるで覚悟を決めたかのような言い方に、居貞親王は、はらはらと涙を流した。

一条天皇が敦康のことを頼むと、

「仰せがなくとも、そのつもりでございました」

居貞親王は、即答した。

事実、敦康は同日、一品《いっぽん》に叙され、本封《ほんふう》のほか一千戸《こ》を封じられ、官爵《かんしゃく》を給される立場となった。

立太子は叶わないが、立派な貴公子として育ってほしい。それが一条天皇と彰子の願いであり、決して伊周《これちか》のようにはさせず、その子の道雅《みちまさ》のように荒れさせはしないという決意だった。

自分のことを、これほど思ってくれる人がいる——そう、子に確信させることが大事だった。

彰子は、一条天皇が次期東宮を敦成にと定めてすぐに、

「撤回して下さい。敦康を東宮にして下さい」

道長を長々とつかまえ、直談判《じかだんぱん》するということを、執拗《しつよう》に繰り返した。

今後、何年経とうとも、直談判し続ける気だった。

譲位について、女房たちには、異論などあろうはずもないと告げた彰子である。にもかかわら

ず、困惑しきりの道長に言い募《つの》ったのは、敦康のためだ。
決して、お前を軽んじはしない。お前は、わたくしの子だ。そう敦康に伝えるためだった。子にとって、これほど支えになることはない。彰子の弟の頼通《よりみち》も、敦康のことが大好きだった。父の一条天皇の愛情もまた疑いがない。このように愛を注ぐことこそ、敦康を救うすべだった。

道長は、東宮決定の撤回を訴える彰子に、とくとくと語って聞かせ、あるいは平身低頭しながら、敦成こそふさわしいことを、あの手この手で言い訳せねばならなかった。

本来、居貞親王に譲位のことを報せる前にすべきことだった。

彰子はそういう態度を崩さなかった。一見して、泣き濡れる娘を、なんとか宥《なだ》めようとする父という構図であったが、意味するところはまったく違った。どんな権力者も、国母となる人の涙を無為《むい》にはできない。その喧伝《けんでん》のため、道長のほうが便利に使われたといってよかった。

国母として振る舞うことを決意した彰子の面目躍如《めんもくやくじょ》である。だがその彰子も、このあとの顚末《てんまつ》を予期することはできなかった。

六月十三日、譲位が行なわれた。そしてこの日、一条天皇の容態がひどく悪くなり、儀式に前帝《さきのみかど》が参加できず、という異例の事態となった。

宣命使《せんみょうし》が厳《おごそ》かに譲位の詔《みことのり》を読みあげ、新たに位についた居貞親王こと三条《さんじょう》天皇が、これも厳粛《げんしゅく》に謝辞を述べるなど、譲位の儀そのものはつつがなく進められた。

そして儀式が終わりにさしかかろうとしたとき、遣《つか》いの者が駆け込んできて言った。

「一条天皇、危急《ききゅう》」

たちまち場が騒然となり、一斉に席を立って、前帝のもとへ馳せるというありさまとなった。

道長や公卿たちの手配で、高僧がただちに加持《かじ》祈禱《きとう》のため参上し、彰子もまた一条天皇のそばについた。

――そんなはずがない。

まだ三十二歳の若さだ。

彰子はそう信じた。これから上皇《じょうこう》と皇太后としての生活が始まる。これからもますます互いの絆を深めてゆける。

――あなたが逝《ゆ》くはずがない。こんなにも愛《いと》しいあなたを、失うはずがない。

そう叫びたかった。

だが六月二十二日の夜半。

一条天皇は、世を去った。

日輪の章

一

寛弘《かんこう》八年（一〇一一）六月は、彰子《しょうし》にとって、一つの世の終わりとして記憶された。

ただ単に、おのれの夫を喪《うしな》った、というだけではない。前年に伊周《これちか》が逝去《せいきょ》し、定子《ていし》の子である敦康《あつやす》が東宮《とうぐう》として立つことがなくなり、その上で一条《いちじょう》天皇が世を去ったのである。

これにより一世を風靡《ふうび》した中関白家《なかのかんぱくけ》の影響は、朝廷において、ほぼ消失した。

彰子の一家にとっては、ますます自分たちの権勢をあらたかにすべきときであろう。

とりわけ、道長《みちなが》はそうだ。敦康後見という立場にすがる必要もなく、堂々とおのれの孫を帝位に就けることができる。

ある意味、彰子にとっても同様であるといえた。定子が発揮し、今も伝え遺《のこ》される後宮《こうきゅう》での甚大《じんだい》な影響力を払拭《ふっしょく》し、新たにおのれの望む風潮を起こせるのだし、そうすべきであった。

だが、父と異なり、彰子は一条天皇のことに限っては、伝え遺そうとする側だった。

一条天皇が危篤《きとく》となってのちの一日一日が、おのれがそうであることを、はっきりと教えてくれたといっていい。

譲《じょう》位《い》の儀が行なわれた十三日、病《やまい》が重くなった一条天皇は出御《しゅつぎょ》ならず、逆に、危篤の報《しら》せによって、新帝の三条《さんじょう》天皇のほうが駆けつけねばならなくなった。

翌日、一条天皇の口から自らの出家のことが告げられ、その病状は一進一退の様相を呈《てい》した。

平癒《へいゆ》に向かうとみえたかと思えば、なにかに引き寄せられるようにして危篤となり、しきりにうわごとを言う。その繰り返しであった。

周囲も長々と続く緊迫の空気に疲弊《ひへい》したが、誰よりも一条天皇がその生命を徐々に削り取られていった。

十九日に、一条天皇は、慶円僧正《きょうえんそうじょう》のもとで出家し、髪と髭《ひげ》を剃《そ》られた。

その姿はいよいよこの世の人ではなくなったようだった。彰子は、ともに出家することが叶《かな》わないという悲痛の念に打ちのめされながら、そばに居続けた。

翌二十日、一条天皇はまたしても危篤に陥った。

二十一日には、誰もが覚悟を抱《いだ》くようになった。

そして最期《さいご》の夜、一条天皇が最後の力を振り絞って身を起こし、彰子はすぐさま几帳《きちょう》の中に入り、唇をわななかせながら寄り添った。夫が辞世《じせい》の句を遺そうとしていることがわかっていたので、彰子からはなにも言わず、周囲にいる者たちも固唾《かたず》を呑《の》み、一言も聞き漏《も》らすまいとしていた。

果たして、一条天皇はか細く嗄《か》れ果てた声音《こわね》で、歌を詠《よ》んだ。

露《つゆ》の身の　風の宿《やど》りに　君を置きて　塵《ちり》を出《い》でぬる　ことぞ悲しき

露のようにはかない人の身の私が、風のようにはかない俗世に君を置き去りにし、塵の世を去ることが悲しい。

まさしく、おのれに向けての歌であると彰子は思ったし、一条天皇がこの世に抱く未練を思うと胸が張り裂けそうだった。ただ生きていたいというのではない。子らのこと、融和《ゆうわ》に努めた朝政《ちょうせい》のことについて、これ以上ともに力を尽くすことができず申し訳ないと言ってくれていた。

――心配することはありません。

涙を流しながら、彰子は強くわきおこるその思いが、相手にも伝わることを願った。

――わたくしが守ります。この身を尽くして守り続けます。

さらに何かが告げられるかもしれないので、誰も何も言うことができなかった。だが一条天皇は横たわると、目を閉じた。

それから、二度と身を起こすことはなかった。

張り詰めていた空気が一挙に弾《はじ》け、むせび泣く声がそこかしこで起こり、渦を巻くようだった。

彰子もとても耐えられず身を震わせて号泣《ごうきゅう》し、法皇《ほうおう》となる間もなく、三十二歳の若さで世を去った夫の亡骸《なきがら》のそばに伏した。

かくして看病の日々は、喪《も》に服し、延々と弔《とむら》いを続ける日々へと変わった。

彰子は、夫の入棺《にゅうかん》のために装束《しょうぞく》を調達させた。入棺の際には、彰子をはじめ縁を持つ大勢が形代《かたしろ》を納めた。

道長が葬儀のことをとりまとめた。亡骸は荼毘《だび》に付され、遺骨は円成寺《えんじょうじ》にて仮に安置された。

一条天皇の御在所《ございしょ》は、念仏用の仏がいますところとなり、僧たちの唱える念仏の声が粛々《しゅくしゅく》と響くばかりとなった。彰子は、東宮となった四歳の敦成《あつひら》、三歳の敦良《あつなが》とともにいたが、幼い子らが父の死を理解できないことに、いっそう悲しみをかき立てられた。

あるとき敦成が、彰子の硯《すずり》の水入れに差された撫子《なでしこ》の花を取り散らすと、

見るままに　露ぞこぼるる　おくれにし　心も知らぬ　撫子の花

残されたこともわからず、撫子の花を手にする愛《いと》しい子を見るにつけても、涙の露がこぼれてしまう、と切々たる思いを込めて詠んだ。

それから間もなく、板敷きが綺麗《きれい》に取り除かれて土間となった土殿《つちどの》に移った。板敷きを外《はず》すのは死の穢《けが》れを受けてのち慎《つつし》むためである。そこで、喪に服することとなった。

ほどなくして、三条天皇が、東三条院《ひがしさんじょういん》から新造の内裏《だいり》へ遷《うつ》ったと彰子は聞いた。一条天皇が火を恐れ、ついに遷御《せんぎょ》することをおのれに禁じた内裏である。そのことを思い、また悲嘆に胸を貫かれるようだった。

脩子《しゅうし》内親王は、母方の叔父《おじ》で、中関白家の一員としては珍しく道長とも気が合う、隆家《たかいえ》の邸《やしき》に遷った。

敦康は、道長が二条第《にじょうてい》を用意したため、隆家の邸には遷っていない。敦康の今後の年官年《ねんかんねん》爵《しゃく》、封戸《ふこ》などのことも、道長が指図していると聞き、彰子は安心した。

ここで敦康をますます不遇にすれば、諸卿から依怙《えこ》の沙汰《さた》と思われるに決まっているし、いたずらに怨《うら》まれぬよう細心の注意を払うのが道長である。

当然、こと敦康に関して最も怨みを抱きかねないのは、ほかならぬ彰子だ。今では朝廷の誰もがそう認識していた。むろん脩子内親王についても同様である。そのことが、父を喪《うしな》った敦康

や姉の脩子内親王の心細さを、少なからず慰めたことも明らかだった。

他方、道長が敦康に二条第を与えたのは、一条院を、東宮の敦成のものにするためだ。

一条天皇が崩御《ほうぎょ》してのち、彰子の妹である妍子《けんし》と、藤原済時《なりとき》の娘・娍子《せいし》の二人に、女御《にょうご》宣旨《せんじ》が下された。

こうした道長の周到さは、彰子としても倣《なら》わねばならないところだが、まだまだ悲嘆の念に耐えて弔いに努めることで精一杯だった。

道長も長く一条天皇と執政《しっせい》をともにした身として、悲しみを抱いているに違いないのだが、朝政をそつなくこなしていた。諸卿が動揺するこうした時期こそ、注意が必要だと思っている節《ふし》もあった。ゆいいつ誤ったといえば、一条天皇のことで、

「一条天皇は存命の頃、我が身亡きときは土葬《どそう》にし、お父上の円融《えんゆう》法皇の御陵のそばに安置してほしいと遺言していたのだが、そのことをすっかり忘れていた」

道長が、そう行成《ゆきなり》に話したと彰子は聞いた。噂《うわさ》のたぐいではない証拠に、実資《さねすけ》も同様のことを耳にしたという。

ただ忘れただけと言い張っているが、明白な意図があってのことだろう。まさか、よみがえることを恐れて荼毘に付したわけではない。遺骨の安置場所を仮としたままであるのは、皇統を諸卿に意識させないためだ。

村上天皇ののち、その息子たちがそれぞれ、冷泉《れいぜい》天皇、円融天皇として即位した。そして、二人の天皇の血統が交互に即位することとなった。

冷泉天皇の子である花山《かざん》天皇。円融天皇の子である一条天皇。冷泉天皇の子である三条天皇。

東宮は一条天皇の子である敦成。

この血統の交代が意識されればされるほど、敦成の次の天皇が問題となる。

一条天皇の二十五年という即位期間を考えれば、はるか先のことに思われがちだが、実のところ退位はいくらでも早められる。そのための譲位の儀といってもいい。

一条天皇の遺骨の扱い一つとっても、道長がおのれの権勢の維持を第一に考えていることが窺《うかが》え、彰子もまた備えねばならなかった。

むろん父と表立って対立する必要はないし、むしろそのような状態になってはならなかった。一条天皇が一生をかけて体現した融和の精神をもって、おのれを無視させず、いたずらに恐れさせず、おのれが願う通りにことを運ばせる。

それはまた一条天皇とともに道長がしてきたことでもあるのだから、夫と父、両方の政治理念を受け継いだともいえた。

そして二人と異なるのは、

――できる限り多くの子息子女を守る。

という、彰子ならではの慈悲心にほかならなかった。

十月、大極殿《だいごくでん》で三条天皇の即位式が行なわれてのち、敦成は内裏の凝《ぎよう》華《か》舎《しや》へ移り、彰子は枇《び》杷殿《わどの》へ移っている。もうこの時点で、彰子と敦成はともに暮らしていない。敦康のときよりずっと早くそうなったのである。

だが彰子は、詮子《せんし》が抱いたであろう怨みと寂しさとは無縁だった。ともに暮らさざる子らとの間に、これから強い絆《きずな》を築かねばならないという使命感があるのみだ。どのようにすればそれができるかも、わかっていた。尽きぬ慈悲心によって、最後の最後で頼れるのは彰子であるということを示し続けるのだ。

しばしば乗り越えきれぬ悲しみに沈みながらも、亡き夫への誓いの念を繰り返し、心胆《しんたん》に刻み込んでいった。

年が改まり、改元があって長和《ちょうわ》元年（一〇一二）となった正月三日。

妍子の立后《りっこう》が宣言された。

二月にはこれを受けて、皇太后《こうたいごう》の遵子《じゅんし》（円融天皇の中宮《ちゅうぐう》）が太皇太后《たいこうたいごう》に、一条天皇の中宮である彰子は皇太后に、そして女御の妍子が中宮となった。

四月には、三条天皇との間にすでに四男二女をもうけている女御の娍子が、皇后《こうごう》とされた。

娍子の立后の儀への公卿《くぎょう》たちの反応は冷淡そのもので、三条天皇が参内《さんだい》を命じても応じないどころか、使者に石を投げて追い返した家さえあったという。ひとえに、娍子の父である藤原済時が逝去《せいきょ》してのち、有力な後見を得られなかったことによるものだ。

もし敦康が東宮になっていたら、まったく同じ状況になっていたことだろう。

哀れなことだが、それが朝廷というものであり、道長もまた中宮となった妍子を立てるべく、娍子にはほぼ何も与えられないよう、厳しく監視した。

娍子の立后宣命《せんみょう》から、後宮での職務に関わる文言《もんごん》を削って政治的に無力化するほか、皇后の象徴である獅子形《ししがた》などを娍子の邸に運び入れることを阻止するなど、存在を消し去らんばかりのことをしてのけたのだ。

とはいえ、これは道長の譲歩の結果でもあった。なんといっても、本来、大臣の娘が立后するのが宮中の習いであるところを、娍子の父の済時を死後に大納言《だいなごん》から右大臣にし、立后を実現してやったのは、道長なのである。

どうか娍子を皇后に、という三条天皇の意向を最大限尊重してのことだが、それによって新たな勢力が間違っても生まれないよう、徹底して管理するという態度だったのである。

むしろ三条天皇のほうが、公卿というものを理解せず、天皇になったのだから、自分の望み通りに何でもできるはずだと思い込んでいる節があった。もしそうなら、三条天皇自身のみならず周囲の者に、とんでもない不幸をもたらしかねない。

彰子は早くもそう予感した。一条天皇が日頃から、どのように朝政に気を遣っていたかをよく知っているからこそわかることだ。

一条天皇も生前、三条天皇には諸卿との和を大切にするよう伝えたはずだった。三条天皇もそのつもりなのだろうが、考え違いをしている可能性は大いにある。

とはいえ、まさか彰子が今すぐ三条天皇を諫《いさ》めるわけにもいかない。

愛しい者との死別を日に日に現実のものと受け止め、悲痛に歯を食いしばって耐えながら、皇太后としての務めを通して、朝廷の融和に貢献するほかなかった。

それが、亡き夫に誓ったことなのだから、悲しみに打ち拉《ひし》がれてでも努めるのだ。夫がその生涯を通して、そうし続けてきたように。

五月、彰子は五日間にわたり、亡き夫のための法華《ほっけ》八講《はっこう》を営《いとな》んだ。

四日で講じ終えるところを、念入りに五日かけたのである。一条天皇の遺物を処分して得た金百両と丁字《ちょうじ》もこのときに奉《たてまつ》り、参加者には豪華な品々が捧《ささ》げられた。

喜ばしかったのは、批評家の実資が、連日来訪し、一条天皇を偲《しの》んでくれたことだ。

――やはり忠臣といえば実資か。

実資が来てくれたというだけではなく、忠臣がいるという事実こそが重要だった。

朝政のあり方に厳しい目を向け、追従《ついしょう》せず、政争を好まない。このような人物を重用《ちょうよう》せねば朝廷は乱れるばかりとなる。そのことを一条天皇も道長も知っていたし、今の彰子にとっても、実資の存在は頼もしいの一言だった。

そうしたことを、彰子は女房を通して、あえて噂になるよう仕向けた。

思った通り、彰子が実資の参列を喜んでいるということが、本人に伝わり、大いに感激してくれたことが伝えられた。

同じ月、一条天皇の周忌法会《しゅうきほうえ》も営まれ、長かったようでいて、おそろしく早い喪中の一年が過ぎていった。

たちまち部屋の室礼《しつらい》が普段のものへと変えられてしまい、喪中ではなくなったことが寂しいと、彰子はことごとに口にした。

これも、本心ではあるが、計算してのことだ。喪が明けたからといって、早々に一条天皇の存在を諸卿の脳裏から忘却させはしない。賢明の帝《みかど》がいたという事実をしっかりと伝え遺すため、ことあるごとに人々に偲んでもらうつもりだった。

彰子にとって、夫を喪った月日というのは、むしろここから始まるのである。

六月になると、彰子をひやりとさせることが起こった。

道長が重い病に罹《かか》ったのだ。その病状は頼通《よりみち》が涕泣《ていきゅう》するほどで、彰子も土御門第《つちみかどてい》へ見舞いに行啓《ぎょうけい》している。

また、道長は見舞いに来た諸卿のうち実資を近くに呼び、ことのほか彰子のことが気がかりだ、と心細い話をしたという。

だがやがて回復し、彰子もさすがに胸を撫《な》で下ろす思いで枇杷殿に還《かえ》った。ここで父が倒れたら、おのれをふくめ、いったいどれほどの子息子女が混迷に陥《おちい》ったことだろう。

土御門第では、長々と邪気《じゃき》調伏《ちょうぶく》の祈願が続けられた。

七月、道長はすっかり回復するや、威子《いし》を尚侍《ないしのかみ》にし、大嘗会《だいじょうえ》御禊《ごけい》で女御代《にょうごだい》を務めさせた。

道長自身は三条天皇の御輿《みこし》に従い、威子や彰子、宣旨の者を乗せた車のほか、各車の整いを立派にさせ、華々しい行列を見事に市中に示してみせた。

そうして十一月の大嘗会がつつがなく営まれてののち、公卿たちが彰子のいる枇杷殿を訪れてくれたのだが、狙い通りというべきか、みな小忌衣《おみごろも》の出《い》で立ちであった。

彰子は彼らと一緒に、一条天皇がいたときの行事について思い思いに語り、彼らの記憶にしっかり焼きつくよう努めた。

また、長和二年（一〇一三）の正月、枇杷殿をもっと嬉しい相手が訪れてくれた。

六歳となった東宮敦成である。一年余もの間、会えずにいたのだ。それこそ喪が明けたといっていい、朗らかな空気の中での語らいを楽しんだものだった。

他にも姉妹や多くの者たちが訪れたが、脩子内親王を預かる隆家は、眼病を患《わずら》ったため来ることができなかった。

逆に、それ以外の公卿たちは勢揃いしたといっていい。彰子というより、その住まいである枇杷殿に朝覲《ちょうきん》行啓する東宮敦成に、行列のごとく公卿たちを従わせ、今から極端なほどの権威づけをしようという道長の意図によるものだった。

彰子はそうした道長の意図をしっかり理解している。その上で、父とともに、敦成に仕《つか》える者、昇殿《しょうでん》を許す者を選別するなど、東宮の人事を定めた。

父と娘の共同作業である。決しておのれを無視させないという彰子の態度を汲《く》んで、道長がきちんと応じた結果といえた。道長がそのようにするのだから、当然、諸卿も同様である。こと後宮に関し、彰子を差し置くことは許されないという風潮が根づこうとしていた。

やがて、中宮となった妍子がめでたく懐妊《かいにん》したという報せがあり、彰子は喜ぶというより、大いに安心させられた。

三条天皇が娍子に愛着を抱くあまり、妍子との仲が冷めてしまうことが心配だったからだ。

だがそこでまたしても不安な報せがあった。懐妊した妍子が東三条院に還ったとたん、火事になったのである。幸い、妍子も腹の子も無事で、藤原斉信《ただのぶ》邸に遷ることとなった。

――火は恐ろしい。

つい、一条天皇が常に不安を抱いていたことを思い出させられた。

火そのものも扱いを誤れば危険だが、何より恐ろしいのは、意図的に火をつけようとする人の心だ。失火か放火か、むろん断定は難しい。だが、早くも三条天皇および中宮妍子の存在を快く思わぬ者たちが、蠢動《しゅんどう》しているとみておくべきだった。

だが被害に遭《あ》った当の妍子はけろりとしたもので、むしろ公卿たちが訪れるのをいいことに、しょっちゅう饗宴《きょうえん》を開くのだった。

彰子などは、おのれがいるこの枇杷殿で、道長が公卿らを誘って饗宴をしようというのを、断固として中止させたほどだった。理由は、諸卿が費《つい》えで疲弊するからである。追従する者たちの忠誠心を試すための宴《うたげ》など、かえってのちのち怨まれる理由になりかねない。

彰子にとって饗宴は、楽しいかどうかではなく、行なう必要があるかどうかだった。必要があるならば楽しい饗宴となるようしっかり努める。無用であるならば、一切行なわない。

そうしたおのれの考えを、彰子は女房たちを使って流布《るふ》させた。むろん道長への反抗ゆえではない。むしろ父が不安に駆られて饗宴を繰り広げずに済むよう、戒《いまし》めてやったといっていい。

そんな彰子に比べ、妍子は父に似た派手好きなところがあった。

四月になり、身重《みおも》となりつつある妍子が、土御門第に遷る途中、枇杷殿に立ち寄ってくれた。威子も嬉子《きし》もおり、四姉妹が久々に顔を合わせたのである。

彰子は、同じときに来訪した公卿たちだけでなく、妹たちの従者全てに禄《ろく》を渡させた。するとと妍子がお返しにと言って、村上天皇の日記を絵草紙《えぞうし》にした豪華な三種という品を彰子に贈ったのだが、これは火災後の避難先である斉信が妍子に贈ったものだった。

人がせっかく下さったものを、と呆《あき》れて返したところ、

「贈り物を返すのですから、お姉様からもらったものも全部お返しするのが筋《すじ》ですわね」

妍子のほうが、むっとなってしまうという始末だった。

もともと互いに性格が違うことがわかっていたので険悪になるということもなかったが、この先、妹は大丈夫だろうか、と彰子はやや不安にさせられたものだ。

妍子はそんな姉の思いをよそに、のびのびと暮らし、病を被《こうむ》ることもなく、七月になると無事

に出産のときを迎えた。

彰子が敦成を産んだときは、彼岸《ひがん》に招かれているのかと思うほどの難産だったが、妍子はあっという間の出産であったという。こういうところも、妍子らしいと彰子は思わざるを得ない。

ただ、生まれたのは、女児であった。さらなる皇子誕生を熱望する道長の落胆は誰の目にも明らかで、見かねた彰子が、産養《うぶやしない》の第九夜の宴を率先して催《もよお》してやったほどだ。

妍子も無事の出産に安心し、我が子が健《すこ》やかなことを喜んだが、やはり男児ではなかったことを気に病《や》んでいる様子だった。

「お父様もおっしゃっているでしょう。天の為すところなのだと。いずれ次の子宝を授かることもあるでしょう」

彰子はそう言って慰めてやったが、そうして言葉にすることで、むしろ父が次にどういった考えを抱くか、読めるような気がしていた。

——譲位を迫るだろう。

妍子の前ではとても口にできない。だが確信がわいた。おそらく父は、あらゆる手を尽くして、冷泉天皇の血統たる三条天皇を退位させようとするだろう。

そしてその直感めいた考えは、ぴたりと的中することとなった。それも、彰子の想像を超えるほどの苛烈《かれつ》さで、道長は三条天皇を迅速かつ無慈悲に追い詰めたのだった。

二

二十六歳となった彰子にとって、一条天皇の喪がすっかり明けた長和二年（一〇一三）からの日々は、しばらく平穏そのものだった。

女房たちは、誰もが彰子こそあるじと思って働いてくれている。

父の道長は、もはや彼女らの本当の雇い主ではなかった。自他ともに認める〝国母《こくぼ》〟配下の人員なのであり、彰子がその禄を差配した。

早い時期から彰子に従い、その進講を担《にな》って、教養をもたらしてくれた紫式部も、今なお彰子に仕えている。

紫式部は、すでに『源氏物語』宇治《うじ》十帖《じゅうじょう》を綴《つづ》り終え、出仕《しゅっし》した当初から彼女に期待されていた働きを、見事に果たしたというべきだった。

ただ心配なのは、しきりに仏道について語りたがるようになり、出家でもしそうな様子を見せることである。ただでさえ、女の漢才が認められないことを嘆く心根の持ち主である。役目を終えて引き籠《こ》もろうとひとたび決心したら、二度と里から出てこないかもしれない。

彰子はあるとき心配のあまりそう尋《たず》ねたが、

「仏道に導かれたいの？」

「亡き夫の冥福《めいふく》を祈って過ごしたい思いもありますが、今しばらくは現世にとどまり、皇太后様のおそばで精一杯勤めたいと思っています」

夫を失う悲しみを知る者である紫式部は、そう言ってくれた。彰子が悲痛に耐えて皇太后としての務めを背負っているとき、自分だけ楽になろうとはしないと。

事実、紫式部は、ただ彰子のそばに侍って漫然とするのではなく、重要なやり取りをつがなく橋渡しすることにも長《た》けていった。

公卿たちの間では、物語を書き綴る者というより、いつしか実務に優れた女房としてすこぶる評判になっていたのである。批評家の実資などは、彰子に伝言を頼みたいとき、必ずといっていいほど紫式部に頼むほどだった。

「皇太后様の女房たちほど頼もしい者はいない」

という諸卿の評判は、かつて定子が築いた後宮とは異なり、朝廷の安泰《あんたい》に必要な存在とみなされている証拠だった。行事や流行だけでなく、朝廷の政務および人事に関わることがらをも担おうとしているのだ。

長和二年の五月に、東宮となった敦成《あつひら》が病を煩《わずら》ったときも、その快癒《かいゆ》の様子などが紫式部から実資へと伝えられている。これは当然、彰子の意図によるものだ。敦成が健常であることを、紫式部を通して公卿たちに知らしめたのだった。

そうして自身の周辺を安泰とする一方で、彰子は当然のように、子らのことにも気を配っていた。

特にその年の暮れには、彰子にとって喜ばしいことがあった。

十五歳となった敦康《あつやす》と、具平親王女《ともひらしんのうのむすめ》・祇子《ぎし》の婚姻である。

彰子の弟・頼通の妻は、この祇子の姉・隆姫《たかひめ》である。これにて敦康と頼通は、姉妹をそれぞれ妻とする合婿《あいむこ》となった。

婚礼の段取りとしては、皇太后である彰子がいる枇杷殿に、まず祇子が渡ってきて、裳着《もぎ》をし、そこに敦康が道長提供の牛車《ぎっしゃ》に乗って渡御《とぎょ》をして、婿入りとなった。

以降、頼通が夫妻で住まう邸《やしき》に、敦康も夫妻で住まうようになり、いっそう相親しむようになっていた。頼通は、七つ年下の敦康と、なんであれ息が合うらしく、彰子に負けず劣らず敦康のことを可愛《かわい》がる様子だった。

このように、彰子が夫の喪失に耐えて平和に努め、不和の火種を防ぐことを心がける一方で、朝廷の中心では、激しい対立がみるみるあらわになっていた。

最大の原因は、三条天皇だった。宮廷内での和の保ち方を今ひとつ心得ていないのだ。

三条天皇が、娍子《せいし》立后《りっこう》の沙汰《さた》を告げたとき、道長ではなく、むしろ諸卿が一様に醒《さ》めた態度を示している。

皇后に立てることによって、長い東宮時代に育《はぐく》まれた娍子との関係を貫こうとするのは、確かに三条天皇自身の情においては当然であろうし、道長も表立っては非難せず、妥協を示した。

だが、道長が娘の妍子《けんし》を中宮に立てた二ヶ月後に、三条天皇自ら娍子を皇后に立てるのは、どう考えても強引に過ぎた。

また、一帝《いってい》二后《にこう》という、一条天皇のときの例を作り出したのは道長本人である。あたかもその面当《つらあ》てのようなやり方をされてなお、道長がそれを阻止せず妥協したということは、その裏でしっかりと挽回の算段をつけるつもりであるからに他ならない。

事実、道長は妍子の参内の日を、娍子の参内の日に合わせ、諸卿の多くを娍子のほうには参列させない、というあからさまな圧力をかけた。

ところが三条天皇には、道長が一定程度の妥協をしたということが、理解できないらしかった。

強引なことをすれば、同様のことをされる。政治権力をほしいままにするような態度を示せば、しっぺ返しを食う。それを当然とし、三条天皇自身もまた妥協を示して、どこかで道長と歩み寄る機会を持つべきであったのだ。

だが、うかつなことに、自分は天皇なのだから、なんであれ願えば通るはずではないか、なぜ反発するのだ、という態度をとってしまう。当然、諸卿の反発は必至である。下手をすれば危険視されることにもなりかねない。

一条天皇ならば、それがどれほど危《あや》ういことかわかっていたはずだ。彰子が話に聞いた定子とのことも、相当に気を遣い、耐えに耐えながら、せめてこれだけはという意を通すことに苦心してきたことが、強く窺えたものだ。

だが三条天皇には、そうした思慮が見られない。道長との和をもって政治《まつりごと》にあたるべきときに、諸卿が道長にばかりなびき、自分にひれ伏さないことへの不満だけがあった。

長々と東宮時代を過ごしてきた三十八歳の鬱憤《うっぷん》もあるのかもしれないが、まだ即位したばかりで、いきなり諸卿が心から従うなど、およそ現実には起こらぬことである。

盤石《ばんじゃく》の権力を手にしたわけでもなく、地歩《ちほ》を固めるには相当な苦労を要する。そのことを頭ではわかっているのかもしれないが、やはり道長から、孫である敦成が即位するまでの中継ぎに過ぎないとみなされることが、堪《た》え難い様子だという。

そういうこともあって、三条天皇は率先して政治を行なう意向だという。道長に対しても諸卿ともども、決定には甘んじて従え、という強硬な態度に出たのだ。

――下策というべきだと、誰かが教えてあげねば。

彰子としては、目を覆《おお》いたくなる思いだ。

これでは道長も、戦いを挑《いど》まれたようなものだろう。そして道長はそうした戦いを、延々と重ねてきた男なのである。

男たちのこのようなあり方が、宮中に不穏《ふおん》な事態を招くだろうと、彰子は強く予感させられた。

娍子が女児を産んだとき、道長が三条天皇に譲位を迫ることになるとすら考えた。

もし男児であれば、道長も、三条天皇が持つ冷泉《れいぜい》天皇の血統を尊《たっと》ぶ姿勢を示したかもしれず、道長と三条天皇が、共通の目的をもって宮廷の将来を構想できたかもしれなかった。

だが道長はこれで、敦成の即位をもって外祖父《がいそふ》になるという筋道に専心することになるだろうことを、彰子は一部の聡明な公卿とともども、この時点で予期したのである。

長和三年（一〇一四）になると、二月に、内裏《だいり》が焼亡した。

かねて火の多くは、悪意によって起こることを彰子は知っていたが、これほど早く現れるとは、と驚かされた。

彰子は、幼い敦良《あつなが》とともに、頼通と敦康のいる高倉第《たかくらてい》に遷《うつ》り、東宮の敦成も同様にした。

そして自分が居住する枇杷殿を里内裏として提供し、三条天皇と中宮娍子が遷ることとなった。

これは彰子にとって、天皇とその中宮である妹を守るためでもあり、また自分たちが火から逃《のが》れるための、一斉避難といえた。

火災は、三条天皇に向けての攻撃に等しかったからだ。自分たち一族や子らが巻き添えを食うことは、断じて避けねばならなかった。

道長は、三条天皇を慰めるどころか、火災は三条天皇の不徳ゆえだ、といった噂を半ば公然と流した。かつて、出家した定子を同様に責め立てたというが、ここでも同じことをしたわけだ。

さらにこの頃、三条天皇の身を病が襲った。

眼病である。視力が衰え、次第にものが見えなくなってゆき、公務に支障をきたした。

当然ながらこの病が、道長にとっては絶好の材料となった。病が深まれば、何の遠慮もなく譲位を迫ることができるのである。

他方、東宮の敦成は七月には土御門第《つちみかどてい》に遷り、十一月に、枇杷内裏へ行啓《ぎょうけい》した。対面儀《たいめんぎ》のためだ。天皇と、七歳となった皇子女《おうしじょ》が正式に顔を合わせる儀礼であり、このときの敦成の所作《しょさ》の立派さは、諸卿を感歎させ、道長はここぞとばかりに感涙してみせたという。

敦成は帰路、彰子のもとに寄り、そのさまを話して聞かせてくれた。道長にとっては、三条天皇のあと、この子が即位するのだと諸卿に示す場となったわけだ。

また敦成行啓をいかに豪壮にするかに道長は腐心《ふしん》し、あたかも天皇行幸《ぎょうこう》のようだと言われるほどであったらしい。

一方が輝けば、他方は暗がりに追われることになる。その朝廷の常を彰子は強く意識した。

翌長和四年（一〇一五）三月、今度は、妍子が産んだ禎子《ていし》内親王が、方違《かたたが》えのため彰子の御所を訪れ、初めての対面を果たした。

娘にめぐまれなかった、というと宮中では贅沢《ぜいたく》なことだと反感を受けかねないので彰子も口にはしなかったが、やはり男女ともに産んだ定子のことが羨《うらや》ましく思えた。敦康、敦成、敦良と、我が手に抱いた幼子《おさなご》たちはいずれも男子ばかりである。そのせいか、女子の養育には、またひと味違う愛《いと》しさを感じるのだ。

彰子が慈《いつく》しみの念を育む一方、三条天皇と道長の対立は激しさを増していった。

三条天皇は、その眼病がいよいよ快癒からほど遠い状態となり、神宮へ人を遣わして必死に祈《き》禱《とう》を求め、様々な薬を試したが、視力が戻ることはなかった。

道長は、この神宮参りを妨げ、なんと七たびも延期させるという手を打った。

強い圧力を敏感に察した諸卿が、勅使《ちょくし》の任を次々に拒んだせいだ。やっとのことで諸社への祈願が成されたときには、三条天皇の病はいっそう深刻となっていた。

日に日に目から光が失われていくことで、三条天皇はやがて心をも病んでゆくようだった。道長の圧力への反発がある一方で、目を病むような者が果たして皇位に就いていてよいのかという自己への疑念を拭《ぬぐ》えなかったのだろう。

五月、道長の土御門第で、法華三十講《ほっけさんじっこう》が催され、彰子も仏堂に足を踏み入れている。

この際、彰子は道長から、それとなく今後のことを示唆《しさ》された。

三条天皇が病んだため譲位のことがあるかもしれず、敦成の即位、および次の東宮のことが重要事となる。ひいては将来、敦成の中宮として誰が立てられるべきか、といったことが、漠然とではあれ、父娘の間で話されたのだった。

もちろん、道長が彰子を立ててのことだ。皇太后の意向を一言も聞かず、無視すればどうなるかは、敦成が東宮に立てられたとき、たっぷりこの父に思い知らせている。

「きさきのことは、わたくしも念入りに考えたいと思います。また、きさきとなるべきでない方たちのことも」

彰子は、道長に、そのように告げた。

きさきの候補者選びに自分が参加するというのではなく、諸卿に対抗馬となるきさきを立てさせない、と言っておいた。

具体的にどうするかといえば、女房《にようぼう》にするのである。たとえば右兵衛督《うひようえのかみ》の源憲定《のりさだ》の娘を、自分の後宮《こうきゆう》に女房として出仕させるよう要請したことがそれにあたる。

源憲定は、祖父の源高明《たかあき》が失脚して以来、昇進もせずにくすぶっていた。とはいえ、自分が世を去ってもいないのに娘を出仕させることにはさんざん悩んだらしく、実資のところにも相談に赴《おもむ》いている。実資は彰子付きというおのれの立場の手前、是非《ぜひ》を論じることは避けたらしいが、貴種《きしゆ》の娘が次々に女房にされることには、

「世も末である」

と日々慨嘆《がいたん》しているらしい。

だがこれは、彰子と道長がともに打った、一族繁栄の策というべきものでもあった。

おのれの一族以外の娘を、女房として出仕させることで、身分の差という目に見えない壁を作りあげることが目的だった。必然、女房となった者は、きさきとして立つことが途方もなく困難になる。あらかじめ、きさきの座を争う力を殺《そ》がれるといっていい。

彰子にとって、これは自分たち一族の優遇を守るという面が確かに強かったものの、それ以外の思いもあってのことだった。

すなわち宮廷の諸卿が、娘を遮二無二《しゃにむに》なって後宮に送り込み、きさきにさせんとすることを防ぐことにもなるのだ。いわば娘の濫用《らんよう》を防止するのである。

きさきになるということは、晴れ晴れしいようでいて、実態はその真逆といえるほどの受難の道であることを、彰子本人がよくよく思い知っていた。甚大な期待ばかり背負わされ、天皇の愛を受けられると信じ、そしてことごとく絶望する。

多大な後援をし続けられるほどの実力者でない限り、娘をきさきにしようなどと思うべきではないのだ。さもなくば、娘を不幸のどん底に落とすだけだった。しかも送り込んだ男たちは、自分たちの実力不足を棚にあげ、ただ失望の目を娘に向けるだけなのである。

そんな身になるよりは、早くから女房として働くことを覚えさせたほうが、よほどましだった。

ただ、貴種を自負する娘にとって、出仕は恥ずべきことである。中には誇りを守るため徹底的に娘の出仕を拒み、あえて離縁して彰子が手だしできないようにする者すらいた。

紫式部でさえ、出仕をはしたないことと思っていた節があるのだ。彰子自身とて、女房になれと言われていたら、きさきになれと言われるのと同様、辛《つら》いことだと思ったに違いない。

だがそれでも、女が、世間を知り、政治を知り、男たちの本性を知り、なおかつその女ならではの才覚を芽生《めば》えさせることは、彰子にとって尊ぶべきことだった。

自分に仕えてくれた女性たちは、決して一人たりとも蔑《ないがし》ろにせず、その縁者や子孫もふくめ徹底的に支援する。そういう自信があるからこその、出仕の要請であった。ろくに将来の展望もないまま、生贄《いけにえ》のごとく後宮に娘を送り込む男たちとは違うのだぞ、と言ってやりたかった。

ただ、こうして彰子が後宮という世界でいっそう存在感を高め、一族に貢献することは、道長を憂《うれ》いなく政争へ走らせる結果にもなった。

道長は、さらに尋常でないほどの圧力を三条天皇へかけ続けた。譲位を迫るだけでなく、すでにいる三条天皇の皇子たちよりも、敦良親王を東宮に立てるべきだとし、藤原公任《きんとう》や源俊賢《としかた》といった各家長の者たちの賛同を取りつけた。その上で、三条天皇の病が深刻化するよう仕向けこそすれ、治癒《ちゆ》の助けになることは一切しなかった。

三条天皇もようやく、道長との和解のすべを必死に探るようになったが、遅きに失した。

自分の娘と頼通を結婚させることをはかったものの、頼通は隆姫を次妻にすることに気を病み、仮病めいた挙に出るなどし、結局は破談になってしまった。

三条天皇はやがて、片目が見えず、片耳も聞こえなくなった。心身ともに疲弊し尽くしたところへ、またしても内裏が焼亡した。

内裏は九月に再建されたばかりで、三条天皇はすぐに遷《うつ》ったが、中宮妍子と禎子内親王は遷らなかった。いや、道長が遷させなかったといっていい。

それから僅かふた月後の十一月、火が起こったのである。

先の火災で、道長は、天が三条天皇を責めているのだとさんざんな噂を流したものだ。

三条天皇の心は、これで完全に折れた。枇杷殿へ再び遷御し、ますます深まる病状に苦しみながら年を越した。

そして、諦めきった様子で、譲位のことを告げた。

僅か五年で、三条天皇の在位は幕を閉じた。

彰子が国母となる日が、いよいよ訪れたのである。

三

無惨なほど病み衰えた三条天皇ではあったが、譲位に際して一つだけ道長に条件をつけた。

藤原済時の娘である娍子との間にもうけた敦明《あつあきら》を東宮とすることである。

それがどういう意味を持つか、彰子にはよくわかった。おそらく三条天皇以上に、その所以《ゆえん》と、このあと起こるであろうことを読み取っていた。

娍子は、三条天皇自身が皇后に立てたきさきであり、はからずも道長との関係に亀裂を及ぼした存在であるといっていい。

道長の娘である中宮の妍子は、禎子内親王を産んだあと、子にめぐまれていない。

また、三条天皇は東宮の時代、摂政太政大臣《せっしょうだいじょうだいじん》であった兼家《かねいえ》の娘の綏子《すいし》、道隆《みちたか》の娘の原子《げんし》をきさきとしている。だがどちらも親ともども亡くなっており、子女もいない。

いや、いるにはいるが、綏子は三条天皇の寵愛《ちょうあい》を失ってのち、三条天皇と血筋を同じくする源頼定《よりさだ》と密通してしまい、男子を産んだ。

このため頼定は三条天皇から憎まれ、昇殿を許されぬ身となっている。

なお、このとき綏子を調べるよう命じられたのは道長で、自ら異母妹《いぼまい》である綏子のもとへ赴

き、問答無用で衣を開いて乳房をつかみ、乳が出るのを確かめたという。その乱暴な振る舞いには、三条天皇ですら、

「何もそこまですることはないのに」

と、むしろ綏子に同情したという。

もう十五年以上も前のことだが、彰子は当時の父の様子をはっきり思い出すことができた。東宮付きとして便利に使われ、一家の不始末にまで対応させられた道長は、その憤懣《ふんまん》を妻子の前でも隠そうとせず、おかげで彰子は自分までもが不遇であるように感じさせられたものだ。

なんであれ、こういったわけで三条天皇には、敦明だけがおのれの血筋を残すすべだった。

そして、道長はもとより、彰子もこのときは敦明を東宮とすることに強く異を唱えなかった。むしろ二人とも、三条天皇の願いがどれほど儚《はかな》いものであるか悟っていたのである。敦明が東宮になったところで、この先、有力な後見を得られることはないと断定できたからだ。

敦明は、元服後に藤原顕光《あきみつ》の娘である延子《えんし》と結ばれていた。顕光は、関白太政大臣として一時朝廷に君臨した、兼通《かねみち》の息子である。

兼通ときわめて不仲であった弟の兼家は、娘の超子《ちょうし》を冷泉《れいぜい》天皇のきさきに、詮子《せんし》を円融《えんゆう》天皇のきさきにすることに成功しており、この超子が産んだ子が三条天皇である。

政争を繰り広げた兼通と兼家の子孫が和をなし、皇統を継ぎ、また外戚となるわけで、本来ならば道長にとって最大の敵となりかねない存在である。

だが顕光は生まれの良さだけで地位を得たものの、政務能力に著しく欠け、文書決裁すらろくにできない人物だった。

そのうえ、顕光は娘の延子の婿に取った敦明の粗暴な振る舞いを、まったく諌《いさ》めることができず、

「愚のまた愚」

などと、批評家の実資からも容赦なく酷評される始末だ。

必然、家勢《かせい》は道長と比ぶべくもなく、恐るるに足らぬ相手といえた。いずれ敦明は道長の圧力に屈し、その寛心《かんしん》を頼るほかなくなるのは、彰子には自明のことであった。

それよりも、今このとき専念すべきは、東宮践祚《せんそ》、すなわち敦成《あつひら》の即位である。

彰子にとっては、新たな天皇を産み育てるというおのれの使命が果たされると同時に、新たな使命が運ばれてくることに備えねばならなかった。

――わたくしが国母となる。

詮子のように、追い払われた国母にはならない。

彰子の意志はすでにあらゆる場面で示され、朝廷全体が彰子を蔑《ないがし》ろにできなくなるよう仕向けている。父に倣《なら》い、おのれの存在感を誇示してきた成果の現れだった。

当然、目的は子らの安寧《あんねい》にある。そしてその一人である八歳の敦成が、天皇となることで三条天皇のような不幸のどん底に陥らぬよう、力を尽くさねばならなかった。

その彰子のもとに、道長が譲位の勘文《かんもん》を提出した。文書の内覧《ないらん》である。これが、国母としての初めての政務となった。

――国母として、子らを支えねばならぬ。

彰子は繰り返し同じ誓いを抱きながら、その務めを果たした。我が腹から生まれた息子たちだ

けではない。自分の手の届く範囲にいる全ての子らが、守るべき存在なのだ。

長和五年（一〇一六）正月二十九日、敦成は、新帝御所としての設《しつら》えが整った土御門第にて践祚し、後一条《ごいちじょう》天皇となった。

そののち後一条天皇は、御帳《みちょう》の内側から見守る彰子の前で、拝舞《はいぶ》を行なってみせた。

九歳の息子の立派な行ないに胸を打たれながら、これからどれほどのものを、この子が背負わねばならないかと考え、

――どうかご加護《かご》を。

彰子は思わず、神仏だけでなく、亡き夫たる一条天皇の霊に、切々と祈った。

新天皇が朝廷に立つと、三条天皇は三条院に、彰子は天皇の母たる国母に、そして敦明親王が東宮とされた。

道長が摂政となり、除目《じもく》のことを行なったが、ここで彰子はその意志を強く主張した。

一条天皇の遺志《いし》として、道雅《みちまさ》を蔵人頭《くろうどのとう》にするよう、父に内定させたのである。

道雅は、道長の宿敵であった伊周《これちか》の息子であり、定子《ていし》の甥《おい》だ。彰子は、定子ゆかりの子らの後見を怠《おこた》らないことを朝廷で示してみせたのである。これはもちろん、定子の子である敦康《あつやす》の将来をより良いものにし、願わくば東宮とする筋道の一つでもある。

とはいえ、道雅には乱行の話がつきまとい、勤務の態度も決して良いものではなく、諸卿の顰《ひん》蹙《しゅく》と不信を買っていた。

蔵人頭は、近衛中将《このえのちゅうじょう》と同様、四位《しい》の官位を持つ者が任じられ、蔵人所《くろうどどころ》の長としての振る舞いを求められる。一条天皇がたびたび行成《ゆきなり》に相談したように、天皇に近しく諮問《しもん》を担《にな》い、将来は公

卿の地位を約束される。

つまり彰子は道雅に、父と同等の道を歩ませようとしたわけだった。

だが結局、即位の除目で三位に叙されたことで、道雅は蔵人頭を降りてしまった。

といっても決して彰子に反発したわけではない証拠に、

「母后《ぼこう》の恩があるゆえ、中将だけは退《しりぞ》かない。そう母后へお伝え下さい」

道雅はそう言ってくれたという。

近衛中将とは近衛府の次官で、これと蔵人頭を兼任する者が、頭中将《とうのちゅうじょう》と呼ばれる。彰子は道雅をそのようにしてやりたかったが、十日ほどの就任で退いてしまったのだった。

それでも道雅が「恩」という言葉を口にしてくれたことが、彰子には嬉しかった。ただ個人的な心情として嬉しいだけではない。朝廷に和を築く上で、恩義というものがどれほど重要か、彰子は亡き夫からよく学んでいたのである。

蔵人頭には、ほかに実資の養子である資平《すけひら》が任じられた。こちらは順当な出世と諸卿からもみなされ、波風が立つようなことはなかった。

重要なのは、彰子が除目に口を出したことが、諸卿の記憶に刻まれたということだ。

人事こそ政治の根底である。彰子は国母として、それに影響を与える存在であることを公然と示したのだった。

十二歳から後宮で学び、二十九歳となって国母としての立場を築いた彰子の、まさに面目躍如《めんもくやくじょ》である。

生来の慎重な性格も幸いし、諸卿から白眼視《はくがんし》されるようなことも、表立ってはなかった。

何より諸卿の印象では、藤原道隆の血筋は、道長の血筋の「怨敵《おんてき》」と認識されている。その怨敵同士の子孫である彰子と道雅の和は、朝廷における和の規範の一つとなりうるのだから、彰子の人事介入に感心こそすれ、危険視する者などいなかった。道長とて、将来に禍根《かこん》を残さぬという観点から、彰子の主張に同意したのである。

これから、道長の権勢を面白くないと思う者たちを懐柔《かいじゅう》し、三条天皇を追い込んだことを正当化することで、ひいては後一条天皇となった敦成を守るという大変な務めがある。どれも、父と娘が協力し合わねばならない。その点でも、彰子は国母としての政務を的確にやってのけていた。

そうした政務の力があるところを示すのと同じく重要なのは、権威を示すことだ。

後一条天皇の即位式の日、彰子は後一条天皇と同輿《どうよ》して行幸《ぎょうこう》した。

大極殿《だいごくでん》では、国母と新天皇がともに高御座《たかみくら》に座した。

朝廷においては初めてのことで、国母と新天皇が互いを権威づけ、新たな世が始まるさまを、しっかりと見せつけてみせたのだ。

十二歳のときの無力で引っ込み思案な彰子は、もうどこにもいなかった。これから父とともに、後一条天皇に付き添って儀式を見守り、帝王学を身につけさせるという使命に燃えていた。

三月には京極院《きょうごくいん》内裏の清涼殿《せいりょうでん》にて石清水《いわしみず》臨時祭の試楽《しがく》が、四月には賀茂祭《かものまつり》があり、六月には新造の一条院内裏へ彰子と後一条天皇が遷御した。

母子が一心同体であるところを示しながら、彰子は様々な令旨《りょうじ》を発し、道長や諸卿、あるいは道長の妻にして天皇外祖母《がいそぼ》である倫子《りんし》の処遇を決裁した。

天皇の政務後見である。三条天皇から返された天皇家の財産の管理も、彰子と道長が相談して決めた。

倫子の母が八十六歳という長寿をまっとうして亡くなったときは、道長が看取《みと》って死穢《しえ》にふれたため政務に就けず、彰子が蔵人頭を遣わし、代役を道長に問い合わせるということをした。

一条天皇の日々の務めをしっかり見守ってきたからこその働きである。

彰子は夫から学んだことの全てを発揮し、至るところに目を配っていった。

秋には、新嘗祭《にいなめさい》が華やかに催され、後一条天皇が賀茂川で潔斎《けっさい》をする御禊《ごけい》においては、あらゆるものが刷新され、以後の範例となるよう整えられた。

装束《しょうぞく》の全てが特別に用意された行列もまた、庶民に新たな世の始まりを告げるものとせねばならなかった。

近衛大将は、左大将が彰子の弟の頼通《よりみち》で、右大将は実資である。

二十五歳の左大将と六十歳の右大将は、それはそれで絵になり、実資は悠然とした様子で頼通と並んで馬を進めた。

衛門府《えもんふ》の長官は、彰子の同母弟の教通《のりみち》と、異母弟の頼宗《よりむね》である。二人とも若々しい武官姿を披露してくれた。

まだ新天皇が若いため女御《にょうご》はおらず、その代わりを務める女御代には、彰子の異母妹の寛子《かんし》が選ばれた。

車が何十台と続き、きらびやかな装束の袖《そで》が車外に垂らされ、絢爛豪華《けんらんごうか》そのものであった。

しんがりを進むのは、ただ一人、牛車《ぎっしゃ》に乗る道長である。数十人もの美男を供とし、本来十人とされる騎馬の者を、十二人に増やして先払いの声をあげさせている。

これら絢爛豪華な行列において最も高貴とされるのが、鳳輦《ほうれん》である。

鳳凰《ほうおう》の飾りを屋根に持つ、天皇のための御輿《みこし》であり、天皇のほかに乗れるのは仙人だけだった。行幸などの公務ではこの鳳輦が、お忍びでは葱花《そうか》の飾りを屋根に持つ、葱華輦《そうかれん》が用いられる。いずれも本来、乗れるのは天皇だけである。

そしてその鳳輦に、彰子は、息子の後一条天皇とともにいた。

一条天皇が幼い頃、母の詮子が同輿した先例に倣ってのことであるが、このことをもって彰子は、諸卿百官および京《みやこ》の民に、誰が天皇の母であるかを改めて示したのである。

こうして後一条天皇、国母彰子、摂政道長による政権が軌道に乗ると、やがてまた別の権威のことが取り沙汰されるようになった。

東宮の敦明のことだ。諸卿はこの東宮に仕えることを公然と忌避《きひ》した。道長の圧力によるところもあるにはあったが、ほとんどは敦明の身から出た錆《さび》といえる。

道雅が乱行を繰り返し荒三位《あらさんみ》などと呼ばれるよりも、はるかに荒々しいことをするのが敦明だった。ただ往来で暴れるというだけでなく、貸しつけた財産の回収のため、独断で従者に命じて官人を拉致《らち》させ、さらし者にするということまでしでかすのだ。その狼藉《ろうぜき》には見境がなく、被害は、道長派の諸卿、実資の家人《かじん》などにも及んだ。

おかげで舅《しゅうと》である顕光までもが激しい非難を浴びたため、舅と婿の関係は決して良いものとはいえなくなった。顕光がしっかりと敦明を後見し、一心同体でことにあたればよいものを、互いの自業自得《じごうじとく》による不和ばかりが積み重なる。

そんな調子だから、道長が東宮に渡すべき壺《つぼ》切《き》りの御剣《みつるぎ》を、いつまでも敦明に渡さないといった圧力をかけたところで、敦明に同情する諸卿はおらず、むしろ当然とみなされるほどだった。

改元があり、寛仁《かんにん》元年（一〇一七）三月、道長の上表《じようひよう》を受け、頼通が摂政となった。二十六歳という若さで受けうる最高の官職であり、当然ながら後見を務める道長は、彰子の意向で従一位《じゆいちい》に叙《じよ》された。

摂政頼通が後一条天皇を指導する一方、彰子の御座所《ござしよ》も内裏にあり、道長も大殿として自由に出入りすることで、あたかも内裏が道長一家の住まいのようだと風聞《ふうぶん》された。

一家一丸となって権勢を高め、政務に尽くしたまでだが、このとき政敵となるべきはずの者たちは、ことごとく分裂状態にあるといってよかった。

三条院からは道長に、娘の当子《とうし》内親王のことで相談があった。というのも、道雅と当子が良い仲になってしまったことが気にくわないのだという。

当子内親王は伊勢《いせ》斎宮《さいくう》として父のために祈願に尽くしていたが、その斎宮職も退いており、歳も十七と、道長からすれば恋愛を止める理由はまったくない。だが三条院は、娘の相手が荒三位たる道雅であることが不快らしく、娘から事前に何の相談もなかったことが許せなかった。

結局、道雅と当子の関係は、両人の気持ちはさておき正式に認めてもらえず、長く続くことはかなわなかった。それまで何かと父の三条院を支えてきた当子は、以来、すっかり父から遠ざかってしまったという。これまた自業自得というほかない。

そうして五月、出家し平穏に過ごせていたはずの三条院は、自ら心痛を強めるようにして崩御《ほうぎよ》した。享年《きょうねん》四十二。

さらに八月、敦明がとうとう東宮位を退く旨《むね》を、彰子の異母弟である能信《よしのぶ》に告げた。

敦明が言うには、父が世を去り、母の娍子も体を悪くし、東宮傅《とうぐうのふ》たる顕光と、東宮大夫《だいぶ》の斉《ただ》信《のぶ》との仲も悪く、このまま東宮位にいても、

「一つも益がない」

とのことであった。要は、投げ出したのである。

能信はすぐに道長にこのことを伝え、翌日、速《すみ》やかに東宮の退位が決まった。

道長のはからいで、敦明には小一条院の尊号が贈られ、官爵《かんしゃく》や受領《ずりょう》の収入および随身《ずいじん》など変わらず維持されるようにした。

そして彰子が産んだ次男の敦良《あつなが》へ、東宮遜位《そんい》のことが行なわれた。命じられたのは、道長の右腕として今も働く、行成である。

問題は、道長が決定の翌日になって、一件を彰子に伝えたことだった。

彰子は、敦成が東宮となったときと同様、いや、そのとき以上の激しさで反発した。

「一条院の御遺志に従い、敦康を東宮にするべきです」

涙ながらに、かねての主張を繰り返す彰子に、

「そういうわけには参らぬのだ」

道長も強く応じ、父と娘の間で、初めてといっていいほどの激論が交わされた。

両者の激しさに恐れおののいたのは、頼通や行成、あるいは彰子の女房たちである。

ちょうど家の事情で朝廷を退いていた紫式部が、国母となった彰子を扶《たす》けるため、再び出仕《しゅっし》

すべく馳《は》せ参じてくれた頃だった。その紫式部ですら、

「何も書き残すべきではない」

と決め、面《おもて》を伏せて道長と彰子から遠ざかり、見ざる聞かざる言わざるの体《てい》となった。

あまりに激しいやり取りがなされたおかげで、このとき彰子と道長が投げ合った言葉は、紫式部のみならず、誰も残さなかった。

「皇太后のご様子は、言うべきではない」

行成や批評家の実資ですらそう決めたほどで、関係者一同、それが暗黙の了解となった。

大事なのは、それほどの主張を皇太后がしたという事実である。

もちろん、敦康にも伝わる。同居する頼通などは、決して他言せぬようにと注意しつつ、その口から彰子の様子を告げるに決まっている。

彰子もそれがわかっているから、あえて強く反発したのだ。敦康を不憫《ふびん》に思う気持ちにも、亡き夫の遺志を果たすという決心にも、偽《いつわ》りはなかった。

結局、敦良を東宮とすることは覆《くつがえ》らず、敦康のことは改めて、ということとなった。

どちらを優先するという考えは彰子にはない。本来、敦康の次に敦良を東宮にするのがまっとうであるというだけのことだ。道長が、おのれの高齢を気にし、そのようなやり方では、悠長《ゆうちょう》すぎて寿命が尽きるという恐怖を抱いていることもわかっている。一家の要《かなめ》である道長の今後を考えれば、敦良を東宮とすることの利は明らかだった。

――時を経れば、いつか必ず敦康が東宮となれる日が来る。

彰子はそう確信していた。そしていったん敦良の東宮位が宣言されるや、誰よりも率先してそ

の補佐に尽くし、饗宴のことや東宮御在所のことを決定していった。

退位した小一条院こと敦明は、今さらになって、

「やはり後悔している、東宮遜位は本意ではなかったのだ」

などと言い出したが、取り合う者はいなかった。

八月のうちに、九歳の敦良が東宮となり、清涼殿にて兄の後一条天皇に慶賀の拝覲《はいぎん》をし、そののち彰子がいる上の直盧《じきろ》にて拝舞をした。その立派な振る舞いには、参列の者みな感涙をにじませるばかりだった。彰子にとっては純粋に喜ばしいことだが、諸卿の態度には、粗暴極まりない敦明がいなくなったことへの喜びもまた透けて見えた。

道長は、壺切りの御剣を敦良に渡し、彰子は一条院の帯などを渡している。

こうして彰子は、おのれの子二人が同時に天皇と東宮となるという、快挙を成し遂げたのだが、それ以上に、内裏で御在所を持って政務をも取り仕切るそのさまから、

「天下第一の母」

と呼ばれるようになった。

いつかそうなるなどとは、夢にも思わなかったことだ。それもこれも、敦康の存在、夫の存在、そして紫式部をはじめ多くの者が今の自分を作ってくれたからこそだった。

だから彰子は、今のままあればいいとは思わず、

——もう一人の息子も必ず立てねば。

敦康のことを、決して忘れなかった。彰子が理想とする和の確かさは、敦康立太子をもって、何よりの証《あか》しとなるはずであった。

だが、それから僅《わず》か一年余ののち。

敦康は、忽然《こつぜん》と世を去った。

四

その健康を心配することはあれど、まだ若い敦康が、たやすく命を落とすことがあるなど、彰子は考えたこともなかった。

実際、敦良が東宮となってのち、そのような兆候はまったく見られなかった。不幸は他家にのみ訪れ、彰子と縁を持つ者たちは、誰もが壮健に思われていた。

敦良が東宮となっておよそ二ヶ月後の、寛仁元年（一〇一七）十月、まだ幼い後一条天皇の名において国家の安泰を祈願する、一代一度の大仁王会《だいにんのうえ》が催された。

このとき道長は、上臈《じょうろう》の道綱《みちつな》を差し置き、実資《さねすけ》を運営責任者である検校《けんぎょう》に据えている。

実資はきわめて有能で蔵人頭としての経験もあり、大仁王会をはじめ、新天皇の行事を任せるに最もふさわしい人材だったからだ。

彰子もこの人事には異を唱えていない。実資は、道長・頼通・彰子の意向を尋ねながら、着実に催しを営んでくれた。

翌月、続いて後一条天皇の即位後二度目となる神社行幸《ぎょうこう》が営まれた。行く先は賀茂社《かもしゃ》で、彰子は後一条天皇とともに葱華輦《そうかれん》で赴いた。道長が唐車《からぐるま》で、頼通は馬に乗って付き従った。

本来、賀茂社詣《まい》りは大臣が一族繁栄を祈念するものに過ぎなかったが、こたびの参詣《さんけい》に多数の諸卿を従えたことで、摂政関白の行事へと様変わりさせたのである。

　これはひとえに、彰子の国母としての権威があってこそだ。

　彰子の存在が、摂政の地位を譲った道長、受け継いだ頼通という、父弟に権威を授け、朝廷における正統な代替わりであるという裏づけをもたらすのである。

　そして道長は、娘が授けてくれる権威を最大限生かしながら、東宮を退いた小一条院こと敦《あつ》明《あきら》を懐柔してみせた。

　彰子の異母妹《いぼまい》である寛子《かんし》に、高松第《てい》にて、敦明こと小一条院を婿取《むこと》ったのである。

　お祝いに、彰子は寛子に装束《しょうぞく》を贈ったのだが、むろんのこと、この婚儀を決して祝えない者たちがいることもわかっていた。

　長年、小一条院に連れ添った延子《えんし》も、婿取ったはずの顕光《あきみつ》も、何もかもをあっさりと奪われ、嘆き悲しんだと彰子は聞いた。

「顕光は、延子の髪を切って、弊《ぬさ》を捧《ささ》げて呪詛《じゅそ》を行なったようだ」

　道長はせせら笑ってそう話していたと、実資が、彰子に伝えてくれた。

　実資としては、三条院の喪中にもかかわらず婚儀に臨《のぞ》む小一条院に呆れ果てたようで、小一条院が笛を吹いて管弦を催すさまを、異様なことだと評した。

　彰子も、実資の気持ちはよくわかるが、もとをただせば、「東宮敦明」をろくに後見できなかった顕光のしくじりなのである。このままでは荒れ狂うであろう小一条院を宥《なだ》め、平穏に過ごせる場を与えて、しっかり取り込むことこそ、よほどまっとうだ、というのが彰子の考えである。

　小一条院にとっても大助かりだったろう。証拠に、小一条院は高松第で寛子とともに暮らすことを選び、延子のもとへは通うことがなくなった。

延子は見目麗《みめうるわ》しい、これぞ高貴な姫といった女性であったが、きさきとなることで、かえって不幸になった一例だ。

後見すべき顕光が無能であったことが原因である。ろくに力もなく展望もないのに、皇子女《おうしじょ》を迎えたり、娘をきさきとして送り込むからこうなる。彰子としては、なるべくそのようなことが減るよう、これ以後も、父弟とともに諸卿への影響を強めてゆかねばならないと決心させられたものだ。

恥辱に耐えるほかない顕光と延子をよそに、道長一家は、たゆまず繁栄を極め続けた。

翌寛仁二年（一〇一八）正月、後一条天皇が十一歳で元服《げんぷく》することとなった。

加冠《かかん》役は、名誉職である太政大臣《だいじょうだいじん》が務める決まりとなっていたため、彰子が、道長への任命の宣旨《せんじ》を出し、頼通が実資と相談して、自ら使者となって道長に伝えた。

宣旨とは、むろん天皇が宣する文言である。

そして天皇が幼い場合、代わりにそれを用意するのは国母であり、摂政はそれを受けて天皇の代わりに裁可を下す。

ただし国母詮子《せんし》の頃は、当時の摂政の兼家《かねいえ》が独断で決定し、それを母后《ぼこう》の令旨《りょうじ》として強行したものばかりだった。

彰子はそうはさせず、自ら国母としての務めをしっかりと果たした上で、摂政である頼通を正しく遣わした。当然、諸卿も異を唱えることなく、むしろ彰子の振る舞いを良きものとして歓迎していることが、おのずと伝わってきた。

後一条天皇の元服から間もなく、彰子の同母妹である威子《いし》の入内《じゆだい》が決まった。これについては事前に、

「入内の件、いかがであろうか」

と道長から相談されており、

「良いことだと思います」

彰子はそう告げて、推し進めさせた。

三月には入内のことが行なわれ、威子は後一条天皇がいる清涼殿の夜大殿《よるのおとど》にのぼった。母親の倫子《りんし》が、寝具に並んで横たわる二人に衾《ふすま》をかける、衾覆儀《ふすまおおいのぎ》を司《つかさど》った。

威子は二十歳《はたち》で、九歳差の甥《おい》への入内を恥ずかしがり、人目にふれることすら遠慮する様子であった。だが後一条天皇のほうは、威子を疎《うと》んじることもなく、頻繁に通うようになった。

四月になると、彰子と後一条天皇は同輿《どうよ》して、新造内裏へ遷《うつ》った。

麗景殿《れいけいでん》に彰子が入り、飛香舎《ひぎようしや》に威子の御在所《ございしよ》と道長の直廬《じきろ》が設けられた。凝華舎《ぎようかしや》には東宮の敦良、淑景舎《しげいしや》には摂政の頼通が入り、ここでもまた内裏を住まいとするかのような一家の姿があった。

七月には、彰子のほうから、道長と頼通に、威子の立后《りつこう》のことを促した。

他のきさきが乱立し、それだけ不幸な娘が増えぬよう、先手を打って後宮《こうきゆう》を整えるべきであるからだ。道長も頼通も口出しせず、彰子が率先して位を定めた。

そして十月十六日、何者にも邪魔立てされることなく、立后の宣旨が出された。

太皇太后《たいこうたいごう》彰子、皇太后妍子《けんし》、そして中宮威子の誕生である。

前代未聞の、三姉妹同時立后が果たされたことで、諸卿から下々の者たちまで、みなが道長の一強を改めて見せつけられることとなったのだ。

　こういうときこそ、決して足をすくわれぬよう、懐柔に走るのが道長であり、今では彰子も、将来の怨敵《おんてき》出現の防止に努めねばならないと心得ていた。ただ道長に倣《なら》うばかりではなく、後宮においては、一条天皇がしてきたことを、これから自分がやらねばならないのだ。

　この日は、京極殿《きょうごくでん》に参集した諸卿を、道長一家が饗宴でもてなしたのであるが、そのさなかに、道長が即興の歌を詠み、その返歌を要望された実資が、代わりに唱和を促すということがあった。

この世をば　我が世とぞ思ふ望月《もちづき》の
欠けたることもなしと思へば

　彰子は、そのお世辞にも良い出来とはいえない歌を、諸卿が唱和するさまを見て、

——あなたが、ここにいらしたら。

　ただ、切々と、亡き夫のことを思っていた。

　今ここで一条院と寄り添い合えていたなら、今しがたの望月の歌をたねに、冗談じみた返歌など二人で考えていたかもしれない。

　そう思うだけで、胸の奥がひどく切なかった。いつかこうした悲しみが消える日が来ると信じることもできないでいた。

立后した姉妹のうち、夫が存命なのは威子だけだった。妍子は華やかな生活さえあれば満足するようなところがあって、亡き三条院との間に男子をもうけられなかったものの、一人娘の禎子《ていし》内親王を慈しみつつ、今の生活を楽しんでいる様子だ。

彰子はといえば、国母としての務めに早くも慣れてきたこともあって、生活を楽しむというより、ようやく落ち着いてきたというところである。

――わたくしは精一杯務めます。あなたの分まで力を尽くして、朝廷の和を尊《たっと》び、守って参ります。

栄華の絶頂をきわめて愉快に振る舞う父をよそに、三十一歳の彰子が生真面目《きまじめ》に抱くのは、重く大きな責任の念であった。

十月二十二日も、彰子は後一条天皇と同輿し、京極殿に行幸した。

そこに、次男の東宮敦良、母の倫子、妍子とその娘の禎子内親王、威子、嬉子《きし》、そして道長がいた。倫子腹の姉妹が何年かぶりに勢揃いする様子に、父の道長は感激しどおしで、

「未曽有《みぞう》のことなり」

などと娘たちの立后が現実であることを、繰り返し嚙《か》みしめている様子だった。

このときも饗宴とともに、叙位《じょい》が行なわれた。

必然、道長に縁故《えんこ》を持つ者たちの昇叙《しょうじょ》が多かったが、彰子の女房となった伊周《これちか》の娘の周子《しゅうし》が正五位下《しょうごいのげ》に叙されるなどした。

伊周が生き存《なが》らえていたら、女房などになってまで叙されたいかなどと、冷罵《れいば》したことだろう。

そのような浅薄《せんぱく》な激情は、誇りなどではなく、子孫を不幸にするだけのただの驕《おご》りであると、今

の彰子には断言できる。

彰子は、そうした驕りと無縁でいられることを願いながら、饗宴続きの日々においても、国母としての務めをまっとうしていった。

十一月には、大原野社《おおはらのしゃ》の倉を開いて検分させた。倉の修理のためで、宮司《みやづかさ》と禰宜《ねぎ》を立ち会わせてのことだ。かつて定子《ていし》が出家したことで滞っていた務めを、しっかりと果たしたことになる。

十二月、京極殿にて、道長が五日にわたる法華八講を催すこととなった。

多数の僧を招いた絢爛《けんらん》豪華な法会《ほうえ》だが、彰子は捧げ物を用意しただけで、参列はしなかった。司らねばならない神事《しんじ》があるため、后宮《きさいのみや》の仏事行啓《ぎょうけい》は時節柄ふさわしくないからである。

道長は、せめて内裏に住まわない妍子だけでも行啓させ、権威を示したがったが、あいにくの雨のため延期に、と皇太后大夫《だいぶ》の道綱が報せたところ、道長は怒って自分から妍子を迎えに行くということをした。

「なんとも滑稽《こっけい》な」

とは実資の言葉で、彰子も話を聞き、さすがに同じ思いを抱いた。

今後は、父が、金銀財宝と同じ感覚で娘を並べようとしないよう、しっかりと釘を刺しておく必要がある。そんなふうに使われては、かえって后の権威が失われかねないのだ。

そう彰子が考えているところへ、ふいに頼通からの使者が来た。

敦康が急な病になったという。父親に似てしばしば体調を崩す子であったので、彰子も心配はしたが、慌《あわ》てて駆けつけねばならないとは考えなかった。

だが道長の法華八講が催されているさなかの十七日。

敦康は、にわかに危篤《きとく》となり、そしてそのまま息絶えた。

そのように報せを受けた彰子は、

「なんと……？」

言われていることがまったく理解できず、呆然《ぼうぜん》と訊《き》き返すことしかできなかった。

まるで突然、屋根か高いところから突き落とされて朦朧《もうろう》とするようで、やがて宙の一点をじっと見つめたまま、身動きが取れなくなってしまった。

紫式部や女房たちが、彰子の異様なありさまに驚き、不安がって何かと声をかけてくるが、誰が何を言っているのか、まったくわからない。

魂が身から引き抜かれたような状態が続き、やがて双眸《そうぼう》から、おのずと涙が溢《あふ》れ出た。

それでも自分がなぜ泣いているのかわからない。誰かに会わねばならないような気がした。いったい誰に会うというのか。

敦康に会わねばならない。

唐突に、その両腕で幼子を抱いた感触がよみがえった。

十四歳の自分が、幼い敦康を抱いていた。そのときの記憶が奔流《ほんりゅう》のようによみがえるとともに、その口から悲痛の叫びが溢れ出した。今度は感情の激しさに震えが止まらず、胸が破れて血潮が噴き出すようであった。

彰子の号泣の声に、女房たちも、そしてまた庭に立つ使者ですら、かける言葉がなく、ただ涙が止まらなかった。

敦康の思いがけない訃報《ふほう》は、またたく間《ま》に諸卿の耳にするところとなった。

同居していた頼通と隆姫《たかひめ》の夫妻も嘆き悲しみ、敦康に先立たれた妻の祇子《ぎし》と一人娘の嫄子《げんし》を慰めること、しきりであるという。

諸卿は頼通夫妻と祇子に同情し、道長の五男の教通《のりみち》を長女に婿取った公任などは、

「まさに風雅《ふうが》な才人であった」

と評し、敦康の死を悼《いた》んでくれた。

彰子が敦康を東宮としたがっていたことは、諸卿の知るところである。それについては敦康への同情の声も多かったことが、その死に際して改めて明らかになった。

「こんなことであれば、道長殿が意地を張って敦康の立太子を阻《はば》んだのがいっそう不憫だ」

というようなことを、諸卿が話しているという。

この諸卿の中には、敦康の家司《けいし》を最後まで務めた行成《ゆきなり》もふくまれており、それを聞いた彰子は、嬉しく思うものの、今となっては何もかもが悲しく、信じがたい思いだった。

敦康の妹の媄子《びし》内親王が早世《そうせい》したときは、一条天皇の嘆きに同情し、慰めることで彰子自身の悲痛を和《やわ》らげることができた。

だが、今このときにおいては、最も心を同じくできるはずの一条天皇がおらず、彰子はただ一人で悲痛を引き受けねばならなかった。

他方、道長はこの訃報をものともせず、翌年の二《に》宮大饗《ぐうのだいきょう》など、三后の権威づけのための行事を準備させようとしたが、実資をはじめとする諸卿に反対され、多くを諦めねばならなかった。

特に実資は、

「甚《はなは》だやんごとなき親王である敦康様に敬意を表すべき」

として、朝拝《ちょうはい》や大饗の一斉停止を主張した。

これが狼藉《ろうぜき》を働いたり好色で知られる人物であるならまだしも、敦康のような立派な親王では、世間の同情が強いのは当然で、誰も蔑《ないがし》ろにはできない、というのだ。

彰子もまた、おのれの心を隠さず吐露《とろ》し、女房を通して朝廷に広めさせた。

「敦明親王の次の東宮になられていたら、どんなに良かったでしょう」

敦康を、東宮にふさわしかった人物として諸卿の記憶に残すためである。それしかもはや、あの子にしてやれることがないのが辛く、おのれまで悲しみで病んでしまいそうだった。

天皇の長子として生まれながら、東宮位を得られなかった親王など、滅多にはいない。そのことでも、諸卿は敦康に同情してくれた。

――あなたは、大勢に愛されていた。あなたを産んだ女性のように。そのことを、どうか誇りに思って。浄土《じょうど》へ渡るとき、神仏でさえあなたの誉《ほま》れを称《たた》えるよう、祈りますから。

彰子は、もうこの手に抱くことができなくなった我が子へ、震えながら祈った。

悲嘆を抱えたまま年は暮れゆき、寛仁三年（一〇一九）の正月になると、中宮威子が初めての大饗を行なった。

敦康の喪中ではあったが、後一条天皇と威子にとって、重要なときであることを彰子もわかっている。彰子も悲しみを抑えて弘徽殿《こきでん》に座し、道長を従えて、諸卿とともに拝覲《はいぎん》に現れた後一条天皇を迎え、饗饌《きょうせん》を施している。

紫式部ら女房たちは彰子の心痛を察して、その働きぶりを心配したが、

「かつて我が夫も、愛しい者たちの死を嘆きながら務めを果たしてきたのです」

そう告げる彰子を前にして、みな顔を引き締め、しっかりと助けてくれた。

五日には叙位のことがあり、彰子はここで、かねて何も要求せず、ただ忠実に職務を遂行する実資に、給爵《きゅうしゃく》を与えるべきとした。

道長も頼通も異を唱えず、彰子が直接、実資へその旨を伝えるよう使者を送った。

実資は大いに喜んだが、

「人々の思惑なども慮《おもんぱか》って」

といって、これを断ってしまった。

その際、彰子は女房を通して、

「以前はしばしば参内してくれていたのに、近頃はそれがないので残念に思う」

とも伝えたが、それで実資がしょっちゅう来るようになることもなかった。

三条天皇の代《よ》で、夫を失ったばかりの彰子を気遣いはすれど、国母となってからは権威におもねることになるので距離を置く。普通とは逆の振る舞いをするのが実資で、

「他の公卿の方々と違い、恥というものを知っている方ですね」

さすがに女房たちも感心するほどだった。

頼通などは、この実資を一番に頼るところがある。このときの叙位でも、左大臣顕光が小一条院という婿を奪われたことで道長を怨み、参内せず頼通を困らせていた。そこで実資が、内大臣である摂政が叙位を行なえばよいと助言し、頼通を安堵《あんど》させている。

そうして敦康の死という不慮の出来事を乗り越え、後一条天皇、東宮敦良、彰子ら三人の后、

そして摂政の頼通という、一家の結束がいよいよ盤石となったところで、また別の変化が訪れた。

三月、道長が出家することを決めたのである。

五

栄華の絶頂を極めんとする一方、かねて道長は病に悩み続けていた。

三人の娘の立后に邁進《まいしん》していたときも、胸の病のために法性寺《ほっしょうじ》の五大堂に籠《こ》もるなどしたが、なかなか回復せぬまま帰宅している。

その後も、参内《さんだい》しては闘病のため籠もるということが繰り返され、痩せ衰えた道長を見た諸卿は、道兼《みちかね》の霊や、三条院の霊が取り憑《つ》いているのでは、などと噂した。

彰子が見聞きする限り、道長は突然世を去るほどにまで病状が悪化している様子ではなかった。だが先年末に敦康が急死したばかりであるせいか、いつそうなってもよいように覚悟をしようとしている自分がいることに、彰子はしばしば気づかされた。

道長も同様に覚悟するものの、最大限、仏の加護によって生き存らえたがっていた。

それが、寛仁三年（一〇一九）三月に、道長が出家を決めた理由であろう、と彰子のみならず、家族一同、ひいては諸卿までもが、そう語った。

道長は、院源《いんげん》という高僧を戒師《かいし》として出家し、僧名《そうみょう》を行観《ぎょうかん》とした。

とはいえ、寺に入るわけではなく、実資と会って話したときの言葉では、

「隠居するのではなく、月に五、六度ほどは天皇のお顔を見たい」
とのことで、朝廷から退く気がないことを明らかにしている。

四月には賀茂祭を見るため桟敷《さじき》に座し、しばらくすると僧名を行覚《ぎょうかく》に変えるなど、入滅《にゅうめつ》を覚悟する人とは思えないようなことをし、彰子とその兄弟姉妹を呆れさせ、また安心させもした。

とはいえ病状が綺麗に消える様子もなく、そのためか道長は唐突に、九体阿弥陀堂《きゅうたいあみだどう》というものの造立《ぞうりゅう》を発願《ほつがん》した。しかも十一間《けん》の堂を、一間ずつ、受領たちに負担させて作らせたのである。

東京極《ひがしきょうごく》から賀茂川へいたる二町、すなわち一万八千坪にも及ぶ敷地を使っての大々的な造営となり、これには息子である頼通ですら、苦々しい素振《そぶ》りを見せた。

同じく、負担を強《し》いられた諸卿の心持ちは決してよいものとは言えなかっただろう。

仏の加護を求める父の気持ちもわかるが、彰子は、諸卿を慰撫《いぶ》せねば、残される自分たちが非難と怨みを浴びるという、別の心配にも頭を働かさなければならなくなった。

その上、道長が仏道にのめり込むほどに、執政の責務はおのずと彰子に降りかかってきた。

むろん、頼通も大いに働いているが、道長の手腕には遠く及ばず、何かと彰子や実資を頼ることが多いのが現実だ。

八月には東宮となった敦良《あつなが》の元服があり、このときの差配を彰子は入念に行なった。

我が子のためであり、諸卿のためでもあった。弘徽殿にて敦良は彰子に拝覲《はいぎん》し、そこに後一条天皇も渡御《とぎょ》した折、とにかく盛大な饗宴を催したのである。

これは、道長が発願した阿弥陀堂の負担に苦しむ諸卿を宥《なだ》めるという意図によるものだ。

このように、彰子が内裏に住み暮らし、後一条天皇と頼通をしっかりと後見したおかげで、道長は無事に造営を果たせたのだった。

寛仁四年（一〇二〇）二月には、金色《こんじき》の阿弥陀如来《によらい》が九体、観音《かんのん》像と勢至《せいし》像が各一体、無量《むりよう》寿院《じゆいん》と名付けられたお堂に安置された。諸卿の苦労が思いやられる豪華さである。

その苦労を称えるかのように、翌月には御斎会《ごさいえ》についで、盛大に落慶供養《らつけいくよう》が催された。

彰子をはじめ、妍子《けんし》と威子《いし》も、このときはちゃんと行啓《ぎようけい》し、父の一大発願たる造営に、可能な限りの権威を与えている。

だがそんな祈願をよそに、この年の春、疱瘡《ほうそう》（天然痘《てんねんとう》）が京で流行し、四月には後一条天皇までもが病に襲われるという事態となった。

かつての流行で生き延びた人々は遁花《とんか》（免疫《めんえき》）の身であったが、それがない若者たちが次々に疱瘡に罹《かか》り、死に至った。

彰子は一家の者と諸卿に命じ、あらゆる祈禱を行なわせた。

ここが正念場だった。後一条天皇が斃《たお》れても敦良がいるとはいえ、即位からほどなくしてそうなっては、あたかも天意によるものであるかのように思われてしまう。

天意は、果たして後一条天皇を選ぶや否や——そのような是非が問われるのである。

彰子にとっては、愛する我が子と一家の行く末が、まとめて試されているような、心胆が凍《こご》える思いのする日々である。

五月になると、やっと後一条天皇が快癒《かいゆ》してくれた。全身に現れていた瘡《かさ》がはがれ落ち、沐浴《もくよく》して髪を洗うことができるまでに回復したのである。

かと思えば、四月の終わり、今度は関白《かんぱく》となった頼通が、病を得た。

疱瘡ではなく、瘧病《ぎゃくびょう》（熱病）だった。こちらはなかなか回復せず、七月には道長が率先して、建てられたばかりの無量寿院で、仁王講《にんのうこう》を催さねばならないほどだった。

本来、朝廷が行なうべき国家を疫病《えきびょう》から守る祈願であるが、道長も一家の危機に際し、とても大人しくしていられなかったというわけだ。

彰子のほうも、後一条天皇が、最勝講《さいしょうこう》を催すことを助けている。

これは一条天皇の代で恒例であったものだが、三条天皇が絶やしてしまっていた、疱瘡を防ぐための祈願である。それを父帝に倣って復活させたことで、後一条天皇は、自身が天意に見出《みいだ》された正統な天皇であることを諸卿に示してみせたのである。

だが九月、その後一条天皇までもが、瘧病《おこり》に罹るという悲劇に見舞われた。

彰子はただひたすらに祈るほか何もできず、凍える心胆がさらに粉々に砕ける思いでいた。

道長のほうは、不安を怒りに変えることしかできぬようで、参内を慎む諸卿を罵倒《ばとう》し、蔵人頭たちから職を取りあげ、息子たちや家人にまで怒鳴り散らした。

後一条天皇は連日、瘧を起こし続け、彰子は懸命の看病に努めた。

諸卿は、様々な霊異《れいい》が現れ、物《もの》の怪《け》が跋扈《ばっこ》しているのだと噂した。

そんな中、病で法性寺に出家していた大納言《だいなごん》の道綱《みちつな》が、ついに六十六歳で亡くなった。

道長の異母兄《いぼけい》にあたり、かつて花山《かざん》天皇を出家させる際、三種の神器《じんぎ》を道隆《みちたか》とともに清涼殿から運び去るなどしたことで、公卿に列しえた人物である。

実資からは、漢字もろくに読めない公卿、などと馬鹿にされてはいたが、政務よりも武に長《た》けた大らかな人物で、道長とは親しい間柄だった。

その道綱の死により、彰子と道長の一家は服喪《ふくも》となった。神事が停止してしまったことで権威を発揚《はつよう》する場を失いかねなかったものの、あらゆる加持《かじ》祈禱や供養が続けられた末に、やっと後一条天皇が回復を迎えた。

疱瘡と瘧病に打ち勝ったのである。

彰子はその報せを受け、安堵のあまり虚脱する思いだった。

後一条天皇は、年の暮れから正月にかけて、その姿を諸卿に見せることで、その代《よ》がたやすくは絶えぬことを示した。

以後は、遁花の身となって同じ病に罹りにくくなることも人々は知っている。道長一家——いや、今では彰子一家というべき面々が、安泰となったことが諸卿に意識された。

道長は、後一条天皇の平癒《へいゆ》に感謝して報賽《かえりもうし》のため、無量寿院にて六百余もの絵仏像を供養した。そうして仏道への帰依《きえ》へと本格的に傾いてゆき、年末には比叡山《ひえいざん》にのぼって菩薩戒《ぼさつかい》を受け、無量寿院に十斎堂を建立《こんりゅう》して供養している。

無量寿、という偽らざる長寿の願いの果てに、仏道へ救いを求める父の姿が、彰子に、いよいよ、という覚悟を抱かせたものだった。

改元があり治安《じあん》元年（一〇二一）正月、後一条天皇はつつがなく御前《ごぜん》での除目《じもく》を行なった。病は完全に克服したかに思われた。

だが京ではいまだ疫病が蔓延《まんえん》し、庶民の骸《むくろ》が路頭に満ちるという状態である。さらには疱瘡と異なり、瘧病は遁花の身をもつ者が少なく、貴賤《きせん》を問わず疾病《しっぺい》に悩む家が後を絶たなかった。

そんな中、母の倫子《りんし》が、無量寿院で出家した。

道長と夫婦揃って仏道への帰依を深め、金色の阿弥陀仏五体の開眼《かいげん》供養をはじめ、不断念仏を行なったが、いずれも贅《ぜい》を尽くしたものとして諸卿の噂にのぼった。

倫子も、ただ自分のためだけに行なったわけではない。日頃、内裏から自由に出ることのできない後一条天皇や彰子、また東宮夫妻である敦良と威子のため、童舞《わらわまい》などを献上している。

その一方で、五月、左大臣の顕光《あきみつ》が亡くなった。

権威を得ようと思えばいくらでも機会があったのに、ついに道長の政敵にすらなれず、ただ七十八歳という長寿を誇って世を去ったのである。

そして、これを受けて、七月に叙位《じょい》が行なわれた。

かつて娘の義子《ぎし》を一条天皇のきさきとしたものの、皇子女《おうしじょ》を得られなかった公季《きんすえ》が、太政大《だいじょうだい》臣《じん》となった。顕光に代わって頼通が左大臣となり、実資が右大臣に上った。

頼通の弟の教通《のりみち》が内大臣、異母弟の頼宗《よりむね》と能信《よしのぶ》が権大納言《ごんだいなごん》となり、一家が後一条天皇のもと、結束を固くする昇叙《しょうじょ》となったのである。

他方、三条院亡きあとの皇太后《こうたいごう》妍子は、父が建立した無量寿院で、お経を書写して供養するなどしたが、慎みとは無縁の様子だった。絵入りの経を金銀七宝《しちほう》で飾り、紫檀《したん》の経箱《きょうばこ》に納め、着飾った女房たちとともに、一家を招いて供養するのである。もはや贅沢な宴である。とても供養と呼べるようなものではない。

彰子が思わず溜息《ためいき》をついてしまうような、相変わらずの派手好きだった。たとえ三条院が生きていたとしても、妍子の振る舞いを止めることはできなかっただろう。

十月になると疫病で延び延びになっていた春日社行幸がやっと決まり、彰子は後一条天皇と鳳《ほう》輦《れん》に乗って赴き、道長もこれを見物した。

一条天皇が行なって以来、二度目となる春日社行幸である。

もちろんその当時、彰子は幼すぎて物心さえついていない。だが夫が興《おこ》した行事を積極的に受け継ぎ、同じ道行きを子とともにゆくことには、格別の思いを抱かされたものだった。

——わたくしとこの子を、見守って下さっていますか？

彰子はつい周囲の長閑《のどか》な田畑や山々に目をやりながら、そんなふうに亡き夫へ呼びかけるとともに、短くも満ち足りた夫婦の思い出を静かによみがえらせていた。

三笠山《みかさやま》さしてぞきつる古《いにしえ》の　ふるき御幸《みゆき》の跡をたずねて

夫を偲ぶ歌を、そっと詠《よ》むことができたのも、我が子と共に鳳輦に乗っていたからだろう。寂しくはあったが、孤独ではなかった。護るべきものがあるという強い気持ちが、愛する者を喪った悲痛にさえ耐えさせてくれるのだということに、よくよく気づかされた行幸だった。

気づけば、三十四歳だった。一条天皇が崩御《ほうぎょ》した寛弘《かんこう》八年（一〇一一）から、あっという間に十年の月日が流れている。

——あなたの治世《ちせい》を、きっと受け継がせてみせます。

彰子は、これまで繰り返し誓ってきたその思いを胸に、走馬《はしりうま》や東遊《あずまあそび》といった春日社での奉納行事をつつがなくこなし、しのつく雨の中、後一条天皇と内裏へ還《かえ》った。

だが翌、治安二年（一〇二二）の五月、後一条天皇がまたもや病に罹り、重篤《じゅうとく》となった。彰子はその病状の深刻さを目《ま》の当たりにしながら、懸命に祈禱を差配し、誦経《じゅきょう》を行なわせた。内裏から退出して行なうはずだった全ての予定を取りやめ、ひたすら看護に徹し、おのれ自身も消耗《しょうもう》甚だしい日々を送ることとなった。

その甲斐《かい》があったか、今回も、後一条天皇は見事に病に打ち勝ってみせた。

――ああ、神よ、仏よ。御加護のありがたいことよ。

彰子は、夫のように子が若くして世を去るのではという、恐ろしい不安からやっと解放され、改めて神仏に報恩の祈願を献《ささ》げた。

道長のほうは、七月になると無量寿院で供養を催した。

金堂と五大堂の神仏開眼の供養を催し、寺号を法成寺《ほうじょうじ》と改めたのである。そしてその額を、腹心であり能筆家《のうひつか》である権大納言行成《ゆきなり》に書かせた。無量寿、という言葉を別の祈願に置き換えたところに、父の覚悟の深まりを彰子は感じた。

これが昨年であれば、実資が無量寿院を訪ねたところ、夜っぴて政務や儀式の算段について話し合ったりしたものだが、このところはとりとめもないことを語るばかりだという。

とはいえ権威を高めることは道長にとって、もはや本能に等しい。開眼の供養に際しては、彰子、妍子、禎子《ていし》内親王、威子が立ち会っただけでなく、彰子に、准御斎会《じゅんごさいえ》の宣旨《せんじ》を下させている。

改号したばかりの法成寺での催しを、朝廷が行なう御斎会に準ずる法会《ほうえ》とすることで、抜け目なく権威づけたのだ。

またこのとき、後一条天皇が鳳輦に乗って行幸したのであるが、彰子は同輿しなかった。初めて一人で行幸させることで、後一条天皇の独り立ちを諸卿に示すことにしたのである。

ただ、その日は炎暑となり、後一条天皇ものぼせてしまい、冠《かんむり》も足袋《たび》も脱いで直衣《のうし》姿となるだけでなく、氷を口にふくんで何とかやり過ごしたと聞き、そう大したことではないものの、ついつい不憫に思わされたものだった。

かくして、長く朝廷中の噂となるような絢爛豪華な開眼供養が催された。高僧が続々と招かれて供養を勤め、池に浮かべた舟の上では華やかに管弦を行なわせた。人々は地上の極楽浄土と称え、造営の負担を強いられた者は、貴賤を問わずこの催しを見物することができた。

翌日になると、彰子は妹たちとともに諸堂を巡って拝礼し、鐘楼《しょうろう》にものぼって見物した。一家が勢揃いし、まるで永久にこの光景が残るかのように思われ、

――無量寿。

彰子は思わず、その祈願が叶《かな》えばよいのにとか、ここに夫がいてくれたら、などという思いに襲われ続けてしまい、かえって胸が切なくなってしまった。

このときの思いが強く残ったこともあり、十月には、彰子自身の発願で、仁和寺《にんなじ》の観音院に、御堂《みどう》を建立させることにした。

供養の際には、法成寺と同じく後一条天皇の名で准御斎会の宣旨が下され、これまた高く権威づけられた。諸卿が参列して見物し、後一条天皇、妍子、威子たちから祝いの言葉が贈られたが、肝心の彰子は、物忌《ものい》みのため行啓しなかった。

むろん、意図してそうしたわけではないが、

――あなたらしいことだ。

彰子は亡き夫に、そう言われたような気がしたものだった。注目を求めず、おのれのために催しをしない。そういう、彰子らしい供養だと、夫なら言っただろうと思い、やっと微笑みがこぼれた。

治安三年（一〇二三）の正月、彰子は土御門第《つちみかどてい》にいた。

これまでは内裏に暮らし、常に後一条天皇のそばにいたが、距離を置いて後見するためである。

今後は後一条天皇がいっそう独り立ちし、弟の東宮敦良の手本とならねばならなかった。

また後一条天皇と東宮敦良の間に目だった格差を付けず、確執《かくしつ》を生まないよう、重々、気を配るのも彰子の務めである。二人が彰子のもとへ行幸啓《ぎょうこうけい》したときも、通常、東宮の御前には敷物を置かないのだが、彰子はあえてそれを置かせ、兄弟を対等に扱うところを示している。

そうした子らへの配慮は、むろん実の子に対してのみ、なされたわけではない。

四月には、妍子の娘である禎子内親王の裳着《もぎ》を、彰子が同じく土御門第で主催した。

彰子が、三条院という父を亡くした禎子内親王の後見であることを諸卿に知らしめるためにこうしたのである。

禎子内親王は一品《いっぽん》に叙され、妍子とともに枇杷殿《びわどの》へ還ったが、二人とも彰子の後見を心強く思ってくれている様子であった。

ただ、彰子が、土御門第で田植えを見るなど庶民の働きを知ろうとすることについては、華美好みの妍子に、大して興味を示されなかった。

四月に倫子がいっとき病んで姉妹で見舞ったが、深刻な状態には至らず、九月には倫子の六十算賀《さんが》が準備され、十月になって華やかに催されたのだが、当然のように、これを彰子が主催することとなった。

十二月には、頼通の住まう高陽院《かやのいん》に、彰子が渡り、そののち後一条天皇が行幸するという計画が立てられた。関白の頼通の権威を高め、朝廷での立場を盤石にするためだ。そのためには、彰子が高陽院にいることが不可欠の要素だったのである。

こうして、子らを、妹たちを、弟たちを、父母を、諸人を分け隔てなく支える。

今や彰子こそ家長として振る舞い、誰もがそれを頼りにした。気づけば、そうせぬ者など、家人のみならず朝廷に一人としていない、といっていい状態になっていたのである。

頼通邸への後一条天皇の行幸が実現したのは、万寿《まんじゅ》元年（一〇二四）の九月のことだ。

彰子は事前に高陽院へ遷《うつ》っていたが、この日のために造営された屋舎《おくしや》と庭園の壮麗さは、参列した実資をはじめ諸卿を大いに感心させたようであった。

――どうやらこれで、頼通の権威を、ある程度、確かなものとすることができた。

彰子の思案はその一点にあり、おのれも同様に壮麗な住まいを得よう、世の噂になるような催しをしよう、などとは思いもしなかった。

万寿二年（一〇二五）の正月、彰子への朝覲行幸は中止された。北野社《きたのしや》行幸があったため、さすがに道長が諸卿の負担を案じ、彰子から後一条天皇に奏上《そうじよう》するよう、頼通に命じたためである。

彰子はこれに異を唱えなかった。自分のもとに天皇と諸卿が来ることよりも、諸卿の負担を減ずるほうを優先させたのである。

しばらくして、隆姫《たかひめ》が引き取って女房にしていた源憲定《みなもとののりさだ》の次女が、頼通の子を産んだ。頼通がひたすらに切望した男子である。通房《みちふさ》と名付けられ、隆姫が子をなせなかったこともあり、道長が、土御門第に引き取ることに決まった。

一家全員でこの誕生を祝い、四月には彰子のもとで、通房の百日《ももか》の儀《ぎ》が行なわれた。引き取ることを決めたのは道長だが、子を慈しみ育てるのは、結局のところ、彰子の役割なのである。

――どうか、健《すこ》やかに育っておくれ。

彰子は幼子のため祈ったが、そのたび、かつて最初に預けられた敦康への愛しい思いがよみがえった。あの世へ旅立った敦康を思うと、今でも涙を浮かべずにはいられない。

もちろん、幼子の誕生は何より嬉しく、疫病の蔓延で陰鬱《いんうつ》な思いになることが多い分、余計に幼い通房を可愛く思った。

一家に波風が立つようなところはなく、妍子の贅沢好きを巡っては、それを認める認めないで頼通と道長が悶着《もんちゃく》を起こすことはあったが、それをよそに妍子は妍子で、おのれの人生を謳歌《おうか》する様子であった。男子を産めぬまま、夫を亡くした妍子なりの、見栄《みえ》というよりは意地もあるだろう、と彰子は思い、あまりうるさいことは言わないようにした。

――しばらくは平穏でいられる。

だが、彰子がそう思った矢先、悲劇が起こった。それも一度や二度ではなかった。立て続けの不幸が嵐のように一家を襲った。

六

万寿二年七月、小《こ》一条院《いちじょういん》の女御《にょうご》であった寛子《かんし》が、突然亡くなった。まだ二十七歳の若さだった。確かにしばらく物の怪のたぐいに苦しめられ、最後は水も飲めないような状態ではあったが、敦康《あつやす》のときと同様、まさか世を身罷《みまか》るなどとは誰も思わなかった。

道長は、顕光《あきみつ》と延子《えんし》の霊に祟《たた》られたとし、悲嘆と恐怖から諸卿の弔問《ちょうもん》すら拒んだ。この先さらに生《い》き霊《りょう》や物の怪を一家に近づけることを恐れる父の思いは、彰子にもよくわかった。

顕光と延子の怨みを、なぜもっと宥《なだ》めてやらなかったのか。彰子はそう思い、深く悔やんだ。

さらに翌月、臨月《りんげつ》となった嬉子《きし》が里に帰り、男子を出産した。東宮敦良の子である。彰子にとっては初の孫息子だ。

皇子誕生という慶事のはずが、嬉子の身はそのときすでに疱瘡《ほうそう》の一種である赤斑瘡《あかもがさ》に冒され、諸僧ですら邪気の伝播《でんぱ》を恐れて尻込みし、道長自ら加持祈禱《かじきとう》を行なわねばならなかった。

その成果があって、嬉子は無事に男子を出産したのであるが、その二日後、

「よくやった。至上の喜びだ。よう休め」

という道長の言葉を聞き届けると、

「ありがとうございます。少し、気分が悪いので休ませていただきます」

嬉子はそう告げて虚脱し、そのまま息絶えた。

十九歳という、あまりに若い身だった。

ひと月ほどの間に、姉妹が立て続けに世を去り、一家は嘆きに覆われた。嬉子の忘れ形見となった男子は、親仁《ちかひと》親王と名付けられ、涕泣《ていきゅう》する父とともに彰子が養育を差配した。道長は法成寺《ほうじょうじ》に三昧堂《さんまいどう》を建立し、仏像を安置し、菩提《ぼだい》を供養した。仏道にすがりながらも、娘たちを救ってくれなかったことを恨みがましく仏に訴えたという。

望月の歌が唱和されたときから七年、月は欠け始めたのだろうか、と諸卿は噂した。

十月には、小一条院の女房が、道長の子女はみな死んでしまう、という夢を見たそうで、その話が道長一家に伝わり、誰しもをぞっとさせた。

彰子は悲しみの中で、強い決意が芽生えるのを覚えた。

——怨みを絶やさねば。

だがさらに十一月、彰子に仕えていた和泉式部《いずみしきぶ》の娘である小式部内侍《こしきぶのないし》が、亡くなった。まだ三《み》十路《そじ》前であった。

彰子は、その冥福《めいふく》を祈って写経し、小式部の唐衣《からぎぬ》を表紙とした。その際、和泉式部と悲しみを分かち合って歌を詠んだ。

おもひきや　はかなくおきし袖のうへの
露《つゆ》をかたみにかけんものとは

思いもしませんでした。はかなく置いた唐衣の模様である露が、あの人の形見となり、それへあなたと一緒に涙をかけるなんて。

国母となってのち、ますます絆を固くしていった彰子と女房衆である。その子女の死は、彰子にとって一家の者の死に等しく、悲哀をもたらすものであった。そしてこうした悲哀が、さらに彰子の決意を促すこととなった。

翌万寿三年（一〇二六）正月になると、彰子は内裏《だいり》の弘徽殿《こきでん》で、後一条天皇と東宮敦良の拝舞《はいぶ》を受け、関白の頼通や諸卿を迎え、二宮大饗《にぐうのだいきょう》を催した。

――これが最後。

彰子はすでにこのときそう決め、事前に一家の者にも伝えていた。みな驚き、涙したが、彰子は一人一人に丁寧に説《と》いて回った。

そして正月十九日。

彰子は、三十九歳で、出家した。

父と同じく、天台座主《てんだいざす》の院源《いんげん》を戒師《かいし》とし、一尺余の髪を半ばで削《そ》ぎ、清浄覚《しょうじょうかく》と号した。また、土御門第は上東門第《じょうとうもんてい》とも呼ばれていたので、院号は上東門院となった。

出家は、おのれ自身が怨念を祓《はら》うべく、許される限り仏の力を求め、子女を救済する覚悟によるものだった。そしてこれに、なんと六人もの女房が志願し、ともに髪を削いでくれた。

彰子の叔父方である源扶義《すけよし》の妻、弁内侍《べんのないし》の藤原義子《ぎし》。

醍醐《だいご》天皇の皇子である兼明《かねあきら》親王の娘。

大江《おおえ》景理《かげまさ》の妻の大輔命婦《たいふのみょうぶ》。

道雅《みちまさ》の娘の土佐門《とさのもん》の中将。

少将内侍。

そして筑前《ちくぜん》命婦。

このとき、紫式部は仏道に心《こころ》惹《ひ》かれ、すでに宮仕えを辞していた。

「いよいよ仏道に導かれたいと思うようになりました」

そう告げる紫式部を、彰子は止めなかった。

ともに出家し、最後までそばにいてくれとも言わない。紫式部の仏道とは、彼女が長らく物語や詩の世界で追求してきた、女のための仏道なのである。だが彰子のそれは、国母としての、子々孫々のため、そして民のためのものだった。二人とも互いの求める仏道が異なることを知っていたし、彰子は相手を尊重することはあれど、自分のために犠牲になってくれと頼む気はなかった。

「よくこれまで、わたくしに仕えてくれましたね。あなたはまさに、わたくしの忠臣でした」

退廷の日、彰子がそう言うと、紫式部は面《おも》はゆそうに微笑んで言った。

「母后様のおかげで、結ぼほれたる身も、打ち解けました」

出仕を拒んで引き籠もっていた頃の紫式部の歌のことだと彰子は思い出し、久しぶりに笑った。

「あなたはわたくしにとって最初の、いえ、今でも、最も手強《てごわ》い女房です」

「今の母后様であれば、どんな者も仕えさせてしまわれるでしょう」

忌憚《きたん》ない紫式部の言葉だった。これには道長ら公卿たちをもふくんでいるのだから。

「子らのためと思いこそすれ。それに、あなたの助けがあったからこそ。どうか健《すこ》やかでいて」

「はい。私も、母后様に仏の御加護《ごかご》がありますよう、日夜祈っております」

そうして多数の物語を残し、紫式部は、朝廷を去った。

彰子に学問の扉を開かせてくれた。紫式部も、今は余生とばかりに、堀川北大路《きたおおじ》の在所に住み暮らしているという。

忠実な女房を送り出してのち、しばらくして出家した彰子には、道長と実資が話し合った末に、年官年爵《ねんかんねんしゃく》等を与える宣旨《せんじ》が下され、別当《べっとう》六人、判官代《ほうがんだい》四人、主典代《しゅてんだい》四人が、上東門院の職司として定められた。

詮子《せんし》が東三条院となったときより、ずっと手厚い職司のありようである。

出家したからといって山林に籠もるのではなく、一家を守護することが目的だから、父同様、三月には内裏に参入し、四月には土御門第で諸卿を歓待している。

国母としての権威と、仏道の加護。その二つで、朝廷の和に貢献する覚悟であった。

五月に入ると、またしても後一条天皇が病に罹っては平癒するということが繰り返された。ただちに危篤となる様子はなく、彰子は仏に感謝する一方、加持に功績のある僧の賜与《しよ》に賛同した。

七月には、彰子が帯を用意し、頼通が加持をさせ、身重となった威子《いし》に贈っている。

後一条天皇の子を産むことを期待してのことで、皇子二人に恵まれた彰子からの帯とあって、威子も大いに悦《よろこ》んでくれた。

その甲斐があってか、威子は母子ともに産褥《さんじょく》を乗り越えた。

生まれたのは女子であり、章子《しょうし》と名付けられた。男子ではなかったものの、嬉子の死の記憶がまだ強く残っているときとあって、母子の健やかさに、誰もが胸を撫で下ろした。

道長も、東宮敦良の皇子が健やかに育っていることから、男子に執着《しゅうちゃく》することなく、産養《うぶやしない》を率先して催した。

管弦や和歌が楽しまれ、昨年と打って変わった和《なご》やかさを彰子も心から味わうことができた。

威子は生まれた娘とともに参内《さんだい》し、後一条天皇の渡御《とぎょ》のもと、内親王宣下となった。

――息子が、即位し、きさきを娶《めと》り、子をなした。

彰子にとっては、我が子の成長をようやく見届けた思いである。

万寿四年（一〇二七）、彰子は四十歳となった。

だが自身の算賀《さんが》の用意をせず、それよりも一家の大事に向き合うことを優先した。

道長は相変わらず朝廷の政務に関わっていたが、体の衰えは誰の目にも明らかだった。

もともと、病悩しがちではあったが、病に罹ったときの苦しみようがいっそう激しくなり、物の怪に憑かれて叫び、泣きわめく道長を、彰子はそのつど見舞い、自ら念誦《ねんじゅ》した。

二月には、東宮敦良が瘧病《ぎゃくびょう》に罹り、彰子はすぐさま加持の令旨《りょうじ》を発している。

東宮敦良が快癒となってのちの三月、妍子の娘である禎子《ていし》内親王の入内《じゅだい》が決まった。

一方では、彰子の弟の教通《のりみち》が、おのれの娘である生子《せいし》の入内を訴えたものの、道長および一家の意向として退けられることとなった。

かくして禎子内親王が、嬉子亡きのちの新たなきさきとなったのだが、この慶事を歓迎すべき母親の妍子が、このとき病に罹ってしまっていた。

しかも、病魔は妍子のみならず、後一条天皇、そして彰子の異母弟の顕信《あきのぶ》をも襲った。

このため五月、顕信が、あえなく世を去った。

三十四歳である。まだ若いはず、という思いにすら倦《う》むような、世の無常を思い知らされる訃報だった。

一家は悲嘆心労に耐えながら、いっそう加持祈禱に懸命にならねばならなくなった。

のち、後一条天皇は快癒したが、妍子のほうが病状の悪化が著しく、食事も取れず、四肢《しし》に浮《ふ》腫《しゅ》が現れ、重篤となった。

道長が、法成寺に釈迦堂《しゃかどう》を建立し、釈迦如来《にょらい》を百一体も安置して御加護を求め、彰子も同席して念誦した。

八月、息も絶え絶えな妍子が法成寺に遷《うつ》された。あのきらびやかだった妹が、痛ましいまでに痩せ細り、肌を青黒くしていた。

道長と彰子が協力し合って修法《しゅほう》を行なわせ、釈迦堂の供養に勤めた。

だが九月、供養の甲斐なく、死に瀕《ひん》する妍子は、今度は母の倫子がいる土御門第に遷された。そしてそこでなんとか出家したものの、神仏の加護は届かず、衰え果てて息を引き取った。

こちらもまだ三十四歳の身である。

寛子と嬉子に続き、まさかあれほど華やかな暮らしを楽しんでいた妍子まで逝《ゆ》くとは、彰子とて夢にも思わず、どこかで快癒すると信じていたのである。その思いがはかなく裏切られ、一家は悲嘆の限界をきたし、いったいどうすればこの涙を拭えるのかというありさまだった。

見舞いに来た実資ですら、嘆きに満ちた一家を前にして、

「ただの一語も声をかけられず」

黙然と退出せざるを得なかった。

道長は、病身に鞭《むち》を打つようにして、頼通や家人に支えてもらいながら、妍子の葬送に従ってのち、急激に病状を悪化させた。

たった二年のうちに、寛子、嬉子、顕信、妍子と、四人もの子の死にふれたためであろうか。十月になると、にわかに重篤となった。

病苦に満ちた年の、最後の仕上げとでもいうようだった。なんとしても抗《あらが》わねば、悲運に一族郎党《ろうどう》が呑《の》み込まれるという恐怖が、彰子をはじめ一家の者たちを支配した。

――よもやこれが、巡り巡った怨みの発露《はつろ》か。

寝ても覚めても不安に駆られるなか、彰子はたびたびそうした思念がわいては、それを打ち消さんとして一家総出で加持祈禱を催し、朝廷の行事はことごとく慎まれて中止となった。一家の権威という点ではきわめて危ういが、それこそ嵐の中で身を伏せて耐えるほか、なすすべとてない日々となった。

十一月になると、道長の病状は、快癒どころか、彰子ら一家の誰も、そのようなありさまは聞いたことがない、というほど無惨きわまりないものとなった。

痢病《りびょう》や飲水病《のみみずびょう》（糖尿病）の症状を同時に呈する道長は、食べ物も口に出来ず、瞳はたちまち濁ってものが見えなくなり、下痢がひどくて汚穢《おわい》の悪臭が絶えなくなったらしい。このため、後一条天皇の行幸もならず、彰子や威子が見舞うことすら難しくなった。

聞けば、道長は下痢や喉《のど》の渇きに苦しむだけでなく、背にひどい腫《は》れ物《もの》が生じ、どうやらそれが激しい痛みをもたらすらしい。医師が腫れ物に針を刺して膿《うみ》を出してやるものの、そのたびに道長の絶叫が邸内に響き渡り、家人を恐懼《きょうく》させているという。

栄華を極め、広大な敷地におびただしい数の仏像を安置してきた、一家の長である。それが今、すさまじいまでの病苦に、心身をただ衰えさせるだけでなく、尊厳の全てを剝《は》ぎ取られ、目に見えぬ何かに踏みにじられるようであった。

その病状の著しいまでの激しさは、出家した彰子ですら、聞くだにおぞましく、心胆《しんたん》が凍《い》てつく思いだ。父の世話をする者をことごとに増やしたが、怪異に巻き込まれて取り憑かれる者、恐怖で失神する者が続出しているとのことだ。

――怨みがこれをもたらしているのならば、どうか晴れて。どうか赦《ゆる》して。どうか、どうか。

彰子はいつしか、快癒を祈願し、念仏を唱えるたび、母の倫子とともに恐れと悲嘆で涙を流し、見えない何かに平伏せんばかりになった。

だが、築きあげた栄耀栄華《えいようえいが》の極みにこそ、怨念もまた極致を迎えるとばかりに、道長の周辺では怪異が満ちあふれた。取り憑かれて暴れ出す者、金切《かなき》り声をあげて気を失う者が、片っ端から取り押さえられて祓われるのだが、道長のそばから離れると、みなたちどころに狂乱の気から解放されるというのである。

――父は一身に怨みを引き受けているようだ。

彰子からすれば、道長一人が、栄華の代償たる壮絶な苦悶《くもん》を引き受けているようにも思われるのだった。いや、そのように思うのは彰子ばかりではなかった。

「これが夫の最期の務めなのでしょう」

母の倫子ですら、そう口にしたといい、彰子もそれを伝え聞いたときは否定できなかった。父は、一家に向けられた怨みを浄《きよ》めるための人身御供《ひとみごくう》として苦しんでいるのだ。口には出さないものの、いつしか彰子と一家の者たちみな、心のどこかでそう考え、むしろ父の務めがまっとうされることを祈るほどに、全てが惨《むご》たらし過ぎた。

重篤となって数ヶ月、道長は、臥《ふ》したまま汚穢にまみれ、身は震えが止まらず、正気ではない言葉を吐き、背の腫れ物が、いつしか腕や胸にも広がっていった。

入滅《にゅうめつ》の誤報が混乱を生じて人を右往左往《うおうさおう》させるなか、道長の身は、やがて法成寺阿弥陀《あみだ》堂の正面の間へ移された。九体の阿弥陀像の前である。阿弥陀如来の手から引いた五色《ごしき》の糸を握り、か細い声で念仏を唱えながら、呻《うめ》き、喘《あえ》ぎ続けたという。

その道長の苦悶が、ようやく終わりを迎えたのは、十二月三日から四日のことである。

はじめ、彰子は三日の日中に、入滅の報告を受けた。

——ああ、やっと解放された。

そう思ったが、なんとそのあと、「身の一部がまだ温かい」という報告が来た。完全には絶命していないというのである。

——まだ苦しむというの？

生き地獄さながらの目に遭《あ》って、なおも生きようとする父の強さを、尊ぶべきか哀れむべきかもわからない。

そのまま夜となり、四日の朝が明けてついに入滅したので、亡者《もうじゃ》の儀の作法を行なったという報告があった。にもかかわらず、「頭がまだ動いている」とか、「手は動かなくなったが脇は温かい」とか、どう解釈したらよいかもわからない報告がほうぼうで飛び交い続けた。

これぞ、生への執着のなせるわざであろうし、三十年余にわたり朝廷でその威光を発し続けた者であるからこその混乱といえるだろう。

彰子たち一家の者たちは、その混乱に惑わされず、四日のうちに、道長の入滅を悟った。誰もが、掠《かす》れた声で必死に念仏を唱え、阿弥陀如来の手から引いた五色の糸を最後まで握りしめ続ける道長の姿を思い描いていた。

享年《きょうねん》、六十二。

栄華を極めたままの死ではあるが、彰子はその壮絶な最期に、もはや涙も枯れ果てる思いがした。

――怨みの全てが、これで晴れたと信じたい。

とにかく近しい者が死にすぎた。これで終わりであってほしい。父が全ての因果《いんが》を背負って浄土へ旅立ったのだと思いたかった。

だがしかし、そこでまた想定外の訃報が来た。

なんと、同日夜、道長の腹心たる行成《ゆきなり》もまた病死したというのである。ぴたりと日が重なるのは、あまりに奇特といえた。彰子は、まさか自ら命を絶ったのかと疑ったが、そもそも行成自身、道長と時を同じくして飲食ができぬほど重篤となり、四日の深夜、厠《かわや》に行こうとして倒れ、そのまま息絶えたというのである。

享年、五十六。

かねて行成は主君と奇妙に体調が一致するところがあったが、まさか殉死《じゅんし》するとは、と彰子をはじめ誰しもが驚いたものであった。

なんであれ、強権をほしいままにした男と、その忠臣が、こうして世を去った今、一条天皇の世から続いた、摂関《せっかん》の一時代が幕を閉じたことを意味した。

そしてつまりは、今こそ彰子が長となり、一家の全てを差配せねばならないときがきたのである。

彰子はそのことを、五日の朝を迎えるとともに、心胆に刻むようにして覚悟し、

――どうか御加護を。

亡き夫や、霊の世界の一員となった父、世を去った親族の霊魂に、切々と祈願した。

葬送の準備がされ、頼通や親族の男たちが、道長を鳥辺野《とりべの》で荼毘《だび》に付し、墓地に埋葬してのち、喪《も》に服した。彰子は威子とともに、土殿《つちどの》に座し、法要を法成寺で行なっている。

その法成寺の管理もまた、以後、彰子の責務の一つとなった。

それからすぐ、年の暮れを前にして、頼通が遠慮がちに、こう尋ねた。

「算賀のことはいかがしますか？」

彰子は正直、そんなことはすっかり忘れていた。一年のうちに一家の者を多数、弔ったばかりである。

「わたくしの算賀のことなど考えないで。今はそれどころではありません」

こうまで不幸に見舞われれば、諸卿のなかには、道長一家の斜陽を噂する者が出ることはわかっている。彰子の算賀を大々的に催せば、権威を誇示することにはなろうが、今はかえって不謹慎の誹《そし》りを受け、足もとを見られかねない。

それよりは、粛々《しゅくしゅく》と一族の生活を常態に戻すのが先決である。彰子がそう言い聞かせると、頼通はかえって安心したように承知した。父という柱を喪《うしな》った不安が強く、姉の彰子を頼りたい

気持ちが透けて見えた。

彰子としては、そうした一族の気持ちに応《こた》えてやることが急務だった。

改元があり、長元《ちょうげん》元年（一〇二八）となってのちの正月、天皇の外祖父たる道長の死去により、朝廷は諒闇《りょうあん》のうちにあることから、平座《ひらざ》、すなわち天皇は不出御《ふしゅつぎょ》のまま新年の行事が催された。

七七日（四十九日）については、道長は法成寺で、行成は世尊寺《せそんじ》で行なわれることとなり、それらが済んでのち、彰子、威子、倫子ら一家の女たちは法成寺から土御門第へ遷った。

中宮威子のため、御在所が土御門第で新たに用意されたが、喪中とあって何もかもが鈍色で覆われていた。いつか色彩を取り戻す日が来るのだろうか、と女房たちが不安げにささやくほどだという。

だが、後一条天皇と中宮威子、東宮敦良と禎子内親王、両夫妻ともに健在である。

彰子の心にあるのは、それだった。問題は、死者の数ではない。生者の数なのだ。これからの時代を切り拓《ひら》かんとする者たちにこそ、心を配るべきだ。そう、自分に言い聞かせた。

その彰子の差配で、道長の財産が一家で分与され、荘園《しょうえん》など法成寺への寄進が決まったもの以外は、子らが受け継いだ。

四月になると、さっそく頼通が、疾病と旱魃《かんばつ》に対抗するための大般若経転読《だいはんにゃきょうてんどく》の奏上を、彰子に頼んできた。彰子は土御門第にて催せるよう、ことを進めさせた。父亡きあと、頼通がことあるごとに自分を頼ってくることは十分予想していたものの、どうやら催事一切が彰子の差配ということになりそうだった。

大変だが、望むところである。彰子はたびたび内裏の弘徽殿に入り、国母としての政務に尽くした。

その一方で、頼通が住まう高陽院《かやのいん》に遷り、嬉子が産んだ東宮敦良の子、すなわち我が孫である親仁の養育を助けてやった。

土御門第での供養も彰子の勤めである。弘徽殿での政務に、高陽院での養育と、すぐに生前の父を上回るほどの多忙さとなったが、父のように家人へ不満を吐き散らしたりはせず、すべきことをしていった。

道長入滅後の除目《じもく》も、実資の養子の資平《すけひら》の昇官についてなど、彰子が司った。

世は、天変地異が後を絶たず、不安で乱れがちだった。朝廷の和を守るため、諸卿と民を慰撫することが急務であり、彰子自身の算賀や慰めなど、まとめて後回しにせねばならなかった。

気づけばあっという間に道長の一周忌法会《ほうえ》となったが、にわかに火災が起こり、枇杷殿《びわどの》も延焼してしまったため、禎子内親王を、いっとき法成寺に移さねばならなくなった。

当然、その世話一切を、彰子が差配した。

長元二年（一〇二九）、彰子と一家は喪中ゆえ、節会《せちえ》もない。彰子への礼拝も慎ませた。

だが鈍色に沈む諒闇のうちであっても、慶事はあるものだ。この年の二月、威子がまたもや無事に子を産んでくれた。

このときも皇女である。彰子と家人が喜ぶのをよそに、諸卿の態度は興ざめといっていい様子だ。彰子はつい、妍子の出産のときを思い出させられた。あのときは道長ですら冷淡で、のちに妍子がひたすら贅沢な暮らしに慰めを求める原因を作ったようなものだった。

今なら、そうわかってやれた。大事な妹を護ってやりたかった。だができることは、妹の霊魂を慰めることだけだった。その痛切な思いに駆られるようにして、彰子は子女の養育を万全にするようたびたび命じた。

第七夜には、彰子も装束などを贈り、威子の出産を心から祝った。妍子が生きていたら贈っていただろう品も加えた。威子もすぐにそうと察して、

「寂しい思いでいっぱいです」

と言うので、

「わたくしもです。でもすぐに、あなたたちが華やいでくれるでしょう」

彰子はそう返して励ましてやった。

威子と後一条天皇の仲は傍目《はため》にも大変良好である。その事実こそが、未然に朝廷の政争を防ぎ、後宮の華をもって和をもたらしてくれると彰子は信じていた。

こののち、頼通が高陽院で、亡父のため法華《ほっけ》八講《はっこう》を催した。彰子も参列し、権威づけをしてやっただけでなく、頼通に人事のいろいろを指示し、道長の随身《ずいじん》たちが引き続き一家のために働くよう差配した。

養育、修法、人事。これらを常に監督する生活は、やはり目まぐるしいものだ。

ともに出家してくれた六人も、彰子に仕える男たちも、その壮健な働きぶりに感心しつつ、彰子が倒れてしまうのではないかと心配しきりである。だが、母から頑健な体を一番に受け継いだようで、九月には頼通が病に罹るなど、残された一家の者たちが倒れては起《た》つということを繰り返すのをよそに、彰子一人、健やかなまま後見に尽くした。

長元三年（一〇三〇）には、彰子は弟の教通の長男、信家《のぶいえ》の元服のことを差配した。

信家は、男子がない頼通の養子になっていたが、通房《みちふさ》が誕生したことで、いずれ確執が生まれかねない。とりわけ、頼通と教通が争うのではと彰子は懸念していた。

その他、特に多く差配を要したのは修法のことである。高僧への賞与を定める一方、彰子自身も諸卿を招いて念仏を修し、また饗応《きようおう》に努めた。

そうして長元四年（一〇三一）、四十四歳となった彰子は、おのれの算賀を差し置いた代わりというように、これまでで最も豪華な催しを決めた。

亡き詮子も行なった、石清水詣《いわしみずもう》である。

ここで彰子は、これまでと、そしてこれからの、自身の働きの意味一切を示す、

――菩薩道《ぼさつどう》。

その最も重要な祈願の文を、自ら記すこととなった。

七

後一条天皇が、朝覲行幸啓《ちょうきんぎょうこうけい》の際、母である彰子のため、笛を吹いてくれたことが、長元四年の始まりとなった。

後一条天皇は、朝廷の公物《こうもつ》である絹百疋《ひき》を彰子に献上し、さっそく批評家の実資に、

「行幸の禄に、公物を充《あ》てるとは」

と嘆かれたらしい。

だがこれは、国母として莫大な禄を給さねばならない彰子の負担を少しでも軽くしようという、後一条天皇なりの心遣いである。母だから、ではない。誰であれ過度な負担に苦しむべきではない、というのが後一条天皇の態度なのだ。

父母の教えをしっかり身につけている証拠であり、十六歳で立派に独り立ちをした後一条天皇の姿を見るにつけ、彰子は頼もしく、嬉しい思いを味わったものだ。

だがある点では、やはり不安を抱かずにはいられなかった。

後一条天皇と中宮威子《いし》の間には、今なお皇子が生まれていないのである。弟の東宮《とうぐう》敦良《あつなが》と、亡き嬉子《きし》の間には、親仁《ちかひと》親王が生まれている。そのことがむしろ天皇と中宮の求心力に影を落としかねなかった。

後一条天皇は、それについては何も口にせず平静を保っているが、威子のほうは、男子出産の発願祈禱に必死となった。

世は疫病に加えて豪雨による水害があって、民の困窮も甚だしい。彰子も三月の白河院《しらかわいん》行啓《ぎようけい》を中止せねばならなかった。そんな世では天子たる一身に批判が集まりやすくなる。こうしたとき、天皇と中宮が男子をもうけているのといないのとでは、諸卿の態度はまったく別物になろう。

そんな心配が祟ったか、夏になって彰子には珍しいことに腰病を患った。とはいえ、陰陽師《おんみようじ》に占わせて竈神《かまどがみ》の祟りと出たため、竈の前でお祓《はら》いをしたところ、程なくして治癒した。

こうしたこともあって、彰子はかねて考えていた石清水詣でを行なうことを決め、準備を命じた。

威子が男子を産むことを祈願するためと、自身の誓願をより強固にするためである。

だが国母行啓には、とてつもない数の人々が従わねばならない。とりわけ実務を司る実資を奔《ほん》

走《そう》させることになる。ゆえに規模はそれほど大きいものにする気はなかったのだが、

「ぜひ差配を私にお任せ下さい。ぜひこの私に」

頼通が繰り返し言い募《つの》るので、そのようにさせてやった。実資が大反対することは承知の上である。頼通に行事を任せると、むやみと派手派手しくなるのだ。必然、諸卿もその莫大な負担を背負わされることになる。

果たして行啓は計画の段階からして、豪勢の一語となった。

その行程は、賀茂川尻《じり》で船に乗り、山崎《やまざき》で食事をし、石清水八幡宮《はちまんぐう》に参詣《さんけい》して舞楽や経供養などを催してのち船で帰るのだが、行啓はそこからなお続く。

淀川《よどがわ》を下り、摂津《せっつ》に赴き、四天王寺《してんのうじ》や住吉《すみよし》に参詣する。

四天王寺の西門《さいもん》は、極楽の東門《とうもん》である。その門から夕陽を拝む。これは、聖徳太子が、釈迦如《しゃかにょ》来《らい》が説法したところと定めて以来の信仰とされている。

それから難波《なにわ》で御祓《おはらい》をし、賀茂川尻に向かう。住吉社は歌の神でもあるから、帰途には歌会《うたかい》が催されるのが慣習である。

十日弱とはいえ、このように大勢が旅路に付き合い、各地で諸卿が宴の負担をするのである。

さらにその上、彰子は参詣ののち、延暦寺《えんりゃくじ》の横川如法堂《よかわにょほうどう》に願文《がんもん》を納めることを決めていた。

横川に住む覚超《かくちょう》は、たびたび加持祈禱のため彰子が招聘《しょうへい》している僧である。

覚超は、如法堂の小塔に納められた如法経を未来に伝えるべく、銅筒《どうづつ》を作って経の保全に努めていた。

「わたくしも、そのような立派な働きをしたいものです」

常々感心していた彰子は、覚超を支援するとともに、自ら書写した法華経《ほけきょう》と仮名文字による願文を、同じく銅筒に入れて地下に埋め、未来に遺すことを願ったのだった。

その念願は多岐にわたり、いずれも朝廷の重大事だった。

高句麗《こうくり》国の侵攻に備えること。寺社同士の軋轢《あつれき》が無事に調停されること。疲弊《ひへい》する民が救済されること。こうした、山積する諸問題に朝廷と天皇が挫《くじ》けぬよう、神仏の護持《ごじ》を願うこと。そして、天皇と中宮の間に皇子が無事に生まれ、皇統継承に混乱や争いが起こらないこと。

「そして、わたくしの信心がまっとうされること」

仮名願文の奉納において、国母たる身を国と民に献げたい。それが、彰子の信心の根幹だった。

当然、全ては国事とみなされ、前例である詮子《せんし》の参詣が詳細に調べ直された。

八月下旬から準備が始まり、翌月二十五日にようやく出立《しゅったつ》したのだが、

「なんということだ。これでは遊楽だ。随身は禁制を守らずおのれを飾り立て、王位をおろそかにしている。狂乱の極みだ。こんな行啓に前例はない」

一行のありさまを見た実資は、火を噴くような批判を、日記にしたためたらしい。

だが翻《ひるがえ》って、頼通にとっては会心《かいしん》の出来だった。

国母の行列を可能な限り絢爛豪華なものにし、権威を発揚するという点では文句のつけようのない出来《でき》映《ば》えといえた。

頼通は、亡き父に負けじと諸衆に繁栄を誇示し、権威者として振る舞うことに必死だ。

朝廷ではとかく彰子に頼るしかなく、いまだ外戚《がいせき》になる算段がついていない焦《あせ》りがあるからだった。ゆえに、姉の参詣を素晴らしいものにすることで、おのれの権威をも高めんとしたのである。

頼通の苦心を知っている彰子は、あえてそのようにさせてやった。

各地に住まう諸衆も、禄に与《あずか》ることになるのだから救済という面もあったし、諒闇《りょうあん》続きの朝廷の諸卿も、久々の華やぎを心の底では大いに歓迎していた。

行啓に批判的なのは、実資をはじめ、古参のうるさがただけである。大半は、この行啓を受け入れており、民と諸卿を疲弊させる国母として、非難の雨にさらされるといったことはなかった。実資の養子の資頼《すけより》も、船の手配を任されたために途方もない費用に悲鳴をあげることになったが、堅実に務めを果たしてくれた。

道中は目立った障害もなく、粛々《しゅくしゅく》と行事が執《と》り行なわれた。在地の人々は、身分の上下にかかわらず行列を見物しようと集まり、一行の華やかさに感嘆の声をあげた。

四天王寺西門から無事に夕陽を拝むこともでき、歌会も盛大に催された。

参詣を済ませてのち、改めて、手ずから書写した法華経を、金銀で飾った唐草文様《からくさもんよう》の箱に入れた。そしてそれに仮名願文を寄せ、横川の如法堂に奉納した。

ワカクニノキミタイラカニ　タミヤスラカナラム
法界衆生《ほっかいしゅじょう》ヲアマネクワタサム　ワレノチノヨニ三界《さんがい》ヲイテテカナラス極楽浄土ニムマレテ
菩提《ぼだい》ノ道ヲ修《しゅう》シテトクホトケニナリテ衆生ヲワタサム　ワカ願《ねがい》カナラスミテタマヘ
菩薩比丘尼《ぼさつびくに》

これが、彰子の願文である。

我が国の君平らかに、民安らかならんことを。

法界の衆生のため、我は後の世にて三界を出《い》でて、必ず極楽浄土に生まれて、菩提として修行し、仏となって衆生を極楽浄土へ渡さん。

我が願い、必ず満たし給え。

おのれが後見する天皇と一族の子らの向こうに無数の民がいる。その全てを思い、救済の行ないに尽くす。

幼い敦康《あつやす》を胸に抱いた十四歳のあの瞬間から、こうして三十余年を経て自ら見出したのが、この菩薩道であるといってよかった。

国母としての誓いであり、永劫《えいごう》不滅の願望である。それらを、つつがなく奉納してのち、ゆったりと帰路についた。

これ以後、彰子は二度と、豪華な行列を伴うつもりはなかった。

もとから派手な行ないを避ける性分である。史上稀《まれ》に見る権威と繁栄を勝ち得た国母としては、慎ましいとさえいえる振る舞いをしてきたのだ。

その彰子にとって、これが生涯最初で最後の、華々しい宴であり、そして供養であった。

成果は、早くも訪れた。長元五年（一〇三二）の九月、禎子《ていし》内親王が、難産の末に、東宮敦良との間に皇女をもうけたのである。

出産の場は、橘 義通《たちばなのよしみち》の中御門《なかのみかど》宅である。義通は後一条天皇の乳母子《めのとご》で、彰子が邸の提供を頼んだのだ。

父母の三条天皇と娍子《けんし》という後ろ盾を失った禎子内親王への気遣いだった。

娟子《けんし》と名付けられた皇女は、つつがなく五十日《いか》の儀を迎え、彰子も様々に支援した。

翌年の長元六年（一〇三三）の十一月には、母・倫子《りんし》の七十算《しちじゅうのさん》賀《が》があり、彰子はおのれの算賀を差し置いてその準備を差配し、百僧を招いて盛大な管弦を行なわせた。

父の道長が存命なら、あるいはもっと豪勢な宴となったかもしれないとも思ったが、倫子が満足するようにしたまでなのだから、不必要に権勢を誇示することはしなかった。

翌年の七月、禎子内親王が、男子を出産した。

親仁親王に次ぐ、第二皇子である。尊仁《たかひと》親王と名付けられ、その存在は一族を襲った諒闇を祓う、まばゆい光となってくれるようであった。

五十日の儀、百日《ももか》の儀と盛大に行なわれ、諸卿がこぞって参集した。

だが当然、その華やぎに、威子がかえって暗い気持ちにさせられていることも、わかっていた。

彰子が大々的な行啓を行ない、威子も男子出産を願って神社奉納を行なっている。姉妹揃って次代の礎《いしずえ》となる男子の誕生を一心に祈ったが、天意が下る気配はなかった。

次善の策として、きさきとその親同士が争わないよう、また皇位継承者である兄弟同士が骨肉の争いに腐心しないよう、できる限りの手を打たねばならなかった。

亡き嬉子が敦良との間にもうけた親仁親王の十歳の読書始《どくしょはじめ》の儀を、寝殿《しんでん》で司《つかさど》ったのも、その次善の策の一環である。

――一族が抱きかねない怨みの火を、今のうちから、防げるだけ防がねば。

幼い孫たちを見るにつけ、その決意を固くするのだが、その点、頼もしいのは後一条天皇の存在だった。

若くして朝廷の重責にさらされながら文句一つ言わず、頼通や諸卿との和に尽くしている。今後ますます一条天皇の生き写しとなるだろう。そう楽しみにしていたところ、あるときその彰子をたしなめるかのようなことがあった。

ほかでもない。後一条天皇からである。

長元八年（一〇三五）正月、朝覲行幸があって後一条天皇が彰子の在所《ざいしょ》を訪れてくれたのだが、それまで彰子の側が全ての饗饌《きょうせん》の賄《まかな》いを請け負っていたところを、以後は諸司《しょし》の負担とする、という宣旨《せんじ》が出されたのである。

後一条天皇が、彰子の負担を軽減してくれたのだが、同じ調子で、三月に彰子が法華八講を主催した際、捧《ささ》げ物《もの》の砂金などの拠出を割り当てられた女房や院司《いんし》が困っているというので、

「ただちに分担を停止し、捧げ物は公費とすべきでしょう」

という意向を、彰子に伝えさせたのだった。

明らかに、母である彰子を気遣うだけでなく、ときに諫《いさ》めもする、という態度である。

彰子は驚き、そして喜んで後一条天皇の意向に従った。

後一条天皇の念頭には、彰子の大々的な参詣のことがあったに違いない。皇家が諸人に負担を強いているといった噂が立たないように、と気遣ったのである。

負担は怨みに通じる。それを解消するため禄の大盤振る舞いを施すのが道長のやり方であったが、後一条天皇は細やかな気配りで事前に怨みが起こらぬようにする。

かといって権威昂揚《こうよう》が必要なときは費用を惜しまない。一族がこれまでどのように繁栄し、和をもって争いを克服してきたかをよく学んでいる。

実資のような批評家の言《げん》を待つまでもなく、実に賢明というべきだった。

だが、そのように立派な振る舞いをしているにもかかわらず、可哀想《かわいそう》で仕方なくなるほど、幸運は後一条天皇の手をすり抜けていった。

六月、威子が身重となった。今度こそ無事に男子を産めるよう、ただちに伊勢《いせ》の神宮に祈願が要請された。だが僅か三日ののち、

「中宮様が出血されました」

威子の女房が、涙ながらに彰子へそう伝えた。女房だけでは対処できないため、ひそかに典侍《ないしのすけ》を呼んだものの、なすすべがなかったという。

後一条天皇の嘆きは、この上もないほどで胸が苦しくなる。処置にあたった典侍の藤三位《とうのさんみ》は、そう彰子に告げた。

――なんということか。

これほど賢明に、人事を尽くす天皇と中宮に、どうしてこんなにも天は厳しいのか。

彰子も悲痛に身を切られるようだった。諸卿が、ますます中宮威子に冷淡になることが予想された。それが政争へと発展するのを、なんとしても食い止めねばならなかった。

それからしばらくして頼通の子の通房《みちふさ》が十一で元服し、後一条天皇は、祝いの場において、常と変わらず穏やかだった。

関白も東宮も、長子《ちょうし》に恵まれているのに、なぜ自分たちだけが取り残されるのか。そう思って辛いだろうに、そのような気配はおくびにも出さずにいる。

――強い子だ。

彰子は哀れむとともに、後一条天皇のことを誇りに思ったものだ。

だが天は、いよいよもって後一条天皇に対し、厳然とした運命をもたらした。

翌長元九年（一〇三六）三月、目立った不和もなく、朝廷の政務も粛々と行なわれていた折、後一条天皇が病に倒れたのである。

渇きを覚え、たびたび水を飲む。体力がみるみる衰え、痩せ細る。

飲水病《のみみずびょう》（糖尿病）であった。

高僧が薬を運ぶため牛車《ぎっしゃ》で内裏《だいり》に参上することが許可され、彰子もただちに参内《さんだい》した。

賀茂祭《かものまつり》の中止が決定し、代わりに全国諸社へ平癒《へいゆ》祈願が奉られた。

大赦《たいしゃ》が行なわれ、ありとあらゆる祈禱が命じられる中の四月十七日。

後一条天皇は、空恐《そらおそ》ろしいほどの呆気なさで、崩御《ほうぎょ》した。

信じられなかった。何しろ関白の頼通が、譲位《じょうい》の詔《みことのり》を伝えるため、東宮敦良のもとへ向かっていた最中のことである。まるで死が雷のごとく後一条天皇の命を瞬時に撃ち砕いたかのようだった。

頼通も彰子も、衝撃で半ば呆然となりながらも、ただちになすべきことに専心せねばならなかった。このままでは、帝位も東宮位も曖昧《あいまい》なままになってしまうのだ。一家の誰もが力を注ぎ続けてきた朝廷の和が、一夜で瓦解《がかい》しかねなかった。

「如在《じょざい》之《の》儀《ぎ》をもって、皇太弟《こうたいてい》に譲位すべし」

頼通が、彰子と相談してそのように決め、

「みな、ただちに参られよ」

大急ぎで、東宮のいる昭陽舎《しょうようしゃ》に、諸卿を参集させた。

在位中での死とされることを避けるため、後一条天皇の死を秘し、あたかも存命であるが如く、儀式を行なったのである。

彰子も、その差配に尽力しながら、

――自ら譲位の意思を伝えることもできず、弟の敦良が見舞うことさえできなかった。

予想外の急死に打ちのめされ、気づけば涙で化粧がすっかり流れ落ちるありさまだった。

二十九。それが我が子の享年《きょうねん》だなどと、どうして予想できただろう。父親の一条天皇より、三歳も若くして、世を去ったのである。

彰子は、譲位のことを急ぎ進めさせる一方で、威子や一家の者たちとともに、我が子たる後一条天皇の亡骸《なきがら》を衣で包み、内裏から出すという、辛い務めを行なった。

譲位をしたからには、上皇《じょうこう》は内裏にはいられない。

葬送をするにも、一度どこか別の場所に遷《うつ》さねばならないのだ。

一条院は破損が甚だしく、亡骸は法成寺に、ついで京極院《きょうごくいん》に安置された。

棺《ひつぎ》には、生前の衣裳や、威子と皇女たちの形代《かたしろ》が納められたが、譲位した敦良の形代を入れるのが習いであったものの、新帝となった身に死穢《しえ》がうつるのを憚《はばか》ってできなかった。何もかも非常の事態だった。してやれて当然のことができず、そのことがいっそう哀れだった。

五月十九日、葬送が行なわれた。

大急ぎで道が整備され、京極院の垣根を一部壊して、棺が運び出された。

百余名の行列に、さらに多数の諸卿と役人たちが沈痛な様子で付き従った。

山作所《さんさくしょ》（葬場）に到着し、おびただしい念仏の声とともに、棺が諸品とともに焼かれた。

彰子の異母弟の頼宗《よりむね》や能信《よしのぶ》が、僧たちとともに骨を拾い、壺に入れ、左中弁《さちゅうべん》の経輔《つねすけ》がそれを首にかけて浄土寺《じょうどじ》に安置した。

火葬場は土で覆われ、石の卒塔婆《そとば》と樹木があつらえられた。

葬送に参列した源経頼《つねより》が、車ごと賀茂川で死穢を祓い落としてのち、報告のため彰子のもとに参内した。

その頃、敦良は後朱雀《ごすざく》天皇として立ち、叔父《おじ》の頼通とともに、兄を弔う儀式を終えている。

二十五日、仏事が盛大に行なわれた。

北廂《きたびさし》に彰子が座し、亡き後一条天皇つきだった女房たちもともにいた。

――いったいこれは、誰の不徳なのだろう。

彰子は、悲痛と疲労で呆然としがちな頭で、そう疑問に思った。

――わたくしの不徳だろうか。それとも、あれだけ誠意を尽くした子の不徳だとでもいうのだろうか。

このような疑念は、意思を削ぎ、心胆を弱らせる。わかってはいるが、悲嘆からくる疑問を消し去ることができなかった。

延々と仏事が続くうち、あるとき、ふと郭公《かっこう》が鳴くのを聞いて、彰子は思わず何もない宙に向かって手を合わせて拝んだ。

一声も君につげなんほととぎす　この五月雨《さみだれ》はやみにまどふと

ああ、ほととぎすよ、一声でもいいからあの子に伝えてほしい。この涙の五月雨は、子を思う苦しみで、私を闇に惑わせてたまらないのだと。

彼岸《ひがん》と此岸《しがん》を行き来するというその鳥に救いを求める。菩薩堂の誓願を記した者とは思えぬほど弱々しく、無力なおのれを嘆く歌だった。

敦康に続き、我が子の姿を心の中にしか求めるすべがなくなったその歌が、死者となった愛しい子への、訣別《けつべつ》の言葉となった。

八

二十八歳で践祚《せんそ》した敦良《あつなが》は、後朱雀天皇として即位する一方、おびただしい除目《じもく》を定めるという、朝廷の人事に謀殺され、歳の近かった兄の死を嘆くいとまとてなかった。

彰子も頼通も、一族の者たちもみな、同様である。

死後に法皇となった後一条院の遺産の分配をはじめ、累代の御物《ぎょぶつ》、すなわち代々の天皇が受け取るべき後院《ごいん》や荘園などを、後院司に運営させる段取りを調《ととの》えていった。

天皇家の財産は、家長である彰子によって管理されねばならない。溢れて止まらぬ悲しみを必死に堪《こら》えながら務めを果たす一方、彰子はまた別のものを受け継いでいた。

詮子《せんし》および道長が催す法華三十講《ほっけさんじっこう》を、彰子が主催したのである。

本来、おのれの往生《おうじょう》を祈り、また仏教の庇護《ひご》を誓うものだが、彰子の一族にとっては諸卿に自分たちの安泰や隆盛を知らしめる重要な場であった。

彰子は、その法華三十講を最後とし、以後は、法成寺《ほうじょうじ》における法華八講《はっこう》へと規模を縮小した。

そうして、我が子の死去に際し、また法華の講に寄せて、おのれ自身のいつか来る最期のときを思う彰子は、意想外に、さらなる身近な者の死に直面した。

流産ののち後一条院と死別するという、二重の悲嘆に襲われた威子《いし》が、食事も喉を通らず気力を失うばかりとなり、果ては流行《はや》り病《やまい》である裳瘡《もがさ》に罹《かか》ってしまったのである。

彰子は慌てて祈禱を命じたが、威子は急ぐように出家し、その僅か二日後に、息絶えた。

まるで一目散に夫の後を追うようだと、諸卿は哀しみながら話した。

命を失うほどまでに喪失が深かったということは、男子に恵まれなかったとはいえ、互いに愛し愛された夫婦であった証左《しょうさ》である。そう諸卿は話し、亡き威子を大中宮《だいちゅうぐう》と呼んでいるという。

天皇のただ一人のきさき、という意味だ。内裏《だいり》では、しごく珍しいことだった。

彰子もその点では、まったく同感だった。

せめて威子のことは不慮の死ではなく、間を置かず夫とともに往生できたのだと思いたかった。夫と死別して、はや二十五年になるおのれのほうが哀れな気さえしつつも、威子の忘れ形見である二人の皇女——章子《しょうし》と馨子《けいし》の二人の内親王——は彰子が引き取り、亡き者たちの分まで、しかと養育するつもりだった。

凍えるような諒闇のうちに年が変わり、新天皇即位に伴って、改元があり、長暦《ちょうりゃく》元年（一〇三七）の正月、入内《じゅだい》のことが定められた。

亡き敦康《あつやす》の娘であり、頼通の養女である嫄子《げんし》が、後朱雀天皇の女御《にょうご》となったのである。

彰子にとっては、東宮になるべきだった敦康の血統を、皇統に戻せるゆいいつの機会である。それはまた、中関白家《なかのかんぱくけ》の柱たる定子《ていし》の血統が、ふさわしい立場へ立ち返ることを意味した。その差配を果たせたことには、やはり深い満足を覚えた。当然ながら、これには亡き子らを供養する思いもあった。

だがしかし、誰かが恵まれれば、別の誰かが割を食うのが、後宮《こうきゅう》の宿命である。

このときは、東宮の頃から後朱雀天皇のきさきであった禎子《ていし》が、嫄子の入内に衝撃を受けることとなった。むろん禎子とて、天皇が自分一人を愛するとは限らないとわかっていたはずである。だがそこで直面するのは、愛情よりもむしろ家格の差である。

禎子は、三条天皇と妍子という父母を失っているが、嫄子は関白頼通を養父に持っている。そして頼通は、養女を立后《りっこう》させる野心をまったく隠さず、嫄子の殿舎《でんしゃ》を絢爛《けんらん》豪華に調えていた。女房たちの衣裳も、破格といっていい華麗さであつらえさせたところに権威誇示の執念《しゅうねん》が現れている。

禎子からすれば、いきなり光り輝く何かが闖入《ちんにゅう》してきたような思いがしたことだろう。

二月、さっそく禎子と嫄子のもとに、それぞれ立后の使者が遣わされたのだが、頼通が嫄子を内裏から高陽院《かやのいん》へ遷らせたものだから、諸卿の多くがそちらへ向かってしまった。禎子はことさら、寂漠《せきばく》たる思いをさせられたに違いない。

本来なら、一男二女をもうけている禎子の立后を祝って、賑《にぎ》やかに宴が行なわれるはずなのである。それを、新参の嫄子に横取りされてしまったようなものだ。

さらに翌月、禎子は皇后に、嫄子は中宮となった。年若い嫄子のほうが、後宮の一切を司る中宮位に定められたのである。

度重なる衝撃で、禎子はすっかりまいってしまったようだった。立后を境に、里邸《さとやしき》に引き籠もり、後朱雀天皇の呼びかけにもほとんど応じなくなった。かつて詮子がしたのと同じだった。尊仁《たかひと》、良子《りょうし》、娟子《けんし》という子女を抱えて閉じ籠もり、無言の抗議の構えを見せたのである。

むろん、このような状態の禎子を放置する彰子ではない。あらゆる手だてを講じて禎子に呼びかけ、慰め、そして支援を惜しまぬところを見せてやった。

禎子のことは国母が後見している。その事実が、やがて朝廷の和ともなることを彰子は知っていた。禎子のほうも、我が身を嘆くあまり彰子を拒むといったことはなく、国母の後ろ盾を頼もしく思ってくれている様子だった。

彰子は、さらに亡き嬉子《きし》と後朱雀天皇の間に生まれた親仁《ちかひと》親王の養育にも力を注ぎ、元服の儀も、逐一《ちくいち》差配してやった。

立太子《りったいし》については、晴れてその親仁が東宮と定められた。

彰子は、東宮親仁、威子の遺した章子と馨子、三人の子らと同居して彼らを養いつつ、若い天皇のため、頼通とともに朝廷の人事を扶けることとなった。

天皇の権威づけに尽力するだけでなく、和をもって一族と諸卿の繁栄をはかるべきであることを、国母たるその振る舞いを通して、後朱雀天皇に示したつもりである。

十二月になると、うら若き東宮親仁と章子の、婚姻の儀礼が行なわれた。

親仁は十三歳、章子は十二歳。新東宮の最初のきさきが定められたことは、後一条天皇の急死という悲劇を一年がかりで乗り越えた証しであり、後宮に安定がもたらされたことを諸卿に示すこととなった。

天皇の死でいたずらに波瀾《はらん》が生じなかったことを諸卿も喜び、続々と婚礼の饗宴に参集してくれた。彰子が、その賑やかさに満足して御簾《みす》の奥で微笑んでいると、

「上東門院《じょうとうもんいん》様の儀も、そろそろお決めになっては……」

などと頼通が言い出した。

算賀のことである。頼通にとっては、彰子の石清水詣り同様、おのれと一家の権威発揚の機会となる。頼通からすればぜひ催したいところだろう。

だが彰子はきっぱりと断った。

「後一条天皇と威子が亡くなったばかりなのですよ、今は帝ときさきを、新しい東宮ときさきを、しっかりとお支えすべきときです」

そう告げて頼通を諦めさせながらも、自分もそのような歳になったのかと思うと、確かに、いささか感慨深いものがあった。

気づけば、五十である。

四十のときは、父の道長が亡くなったので算賀どころではなかった。

六十を迎えるまで生きられるかはわからないが、どうか不幸が起こらないように、と心の中で祈った。そうしながら、夫が不在となってのちの年月のほうが、はるかに長くなってしまったことに気づき、深沈《しんちん》とした思いに襲われそうになった。

年が明けた、長暦二年（一〇三八）正月の二日。

彰子のもとに後朱雀天皇が朝覲《ちょうきん》し、翌日、東宮親仁も訪れた。

天皇と東宮が健在であることを寿《ことほ》ぎ、親仁の拝舞を楽しむことが彰子の五十一歳の年明けとなった。

それからしばらくして、さらに祝い事があった。四月、早くも嫄子が子を産んだのである。生まれたのは皇女であった。彰子は、祐子《ゆうし》と名付けられた新たな命を心から喜んだ。

だが頼通は落胆を隠さず、次こそは男子を、という念願を平気で口にした。

養女を中宮位とすることに成功したことで、いささか心の余裕を失うようになっているのだ。父の道長が彰子を入内させてのち、むしろ男子が生まれぬことに煩悶《はんもん》したのとまったく同じである。そのことを察し、彰子は溜息をついた。

――いずれ頼通の心が凍てつきかねない。弟たちを不快に思う日が来る。

彰子の不安は、的中した。

頼通は、朗らかで誰にでも好かれるたちで、優柔不断なところがあるが、それは優しさゆえだ。しかし、外戚たらんとする焦慮《しょうりょ》が、その性格を変貌《へんぼう》させようとしていた。心は冷酷に傾き、誰かを冷遇することに抵抗を覚えず、いたるところで不和を招くことになった。

彰子の同母弟《いろせ》である頼通、教通《のりみち》、異母弟《いぼてい》である頼宗《よりむね》、能信《よしのぶ》が、おのおの反目の気配を醸《かも》し始めたのである。結束すべき一家が、互いを政争の相手とみなすことすら隠さなくなったのだ。

ここで早くも頼宗が、

「腹立たしいことありて」

と言って参内を拒否するようになった。異母兄弟同士のせめぎ合いが、互いへの露骨な嫌がらせとして現れていた。

十一月になると、頼通の態度が、諸人の心証を悪くするほうへ傾いていった。

新嘗祭《にいなめさい》が賑やかに催される傍《かたわ》ら、禎子の子である尊仁親王の着袴《ちゃっこ》の儀が行なわれたのだが、このときの頼通の態度は冷淡そのものであることが問題視されたのである。

「儀礼の全てがいい加減だった。関白頼通が無関心だからだ。非難すべきことだ」

御剣《みつるぎ》を捧げる役を担った頭中将《とうのちゅうじょう》の資房《すけふさ》などは、このように日記にしたためたという。祖父の実資に負けず劣らず、痛烈な批判精神の持ち主というべきだろう。

だが頼通は、れっきとした皇子である尊仁を、直視できないほど心が焦慮で満たされてしまっていた。きっと養女の嫄子が皇子を産むことを、夢にまで見ていることだろう。

――火を呼びかねない。

彰子は、いち早く予見した。朝廷内の不和は、たちまち火を呼ぶ。そのことを、彰子は亡き一条天皇とともに思い知っている。

果たして、長暦三年（一〇三九）三月、高陽院が無惨にも焼亡した。

火を放ったのが延暦寺《えんりゃくじ》の僧であることが判明し、ただちに捕縛《ほばく》され禁獄《きんごく》の身とされた。

朝廷内の不和に、寺社の不和が共鳴した結果といえた。このところ座主《ざす》の人事や、戒壇《かいだん》の新設などを巡り、寺々が激しく対立するようになっていたのである。高陽院が焼け落ちた背景には、三千人におよぶ延暦寺の僧が、関白たる頼通のいる高倉第《たかくらてい》に押し寄せ、抗議するという事件があった。

「不和が増しています。今こそ心を尽くして諸卿を宥《なだ》め、内裏に和をもたらさねばなりません。さもなくば、内裏は火の嵐に遭うことでしょう」

彰子は、ことあるごとに争いがちとなる弟たちや、天皇・東宮の夫妻に、繰り返し言い聞かせた。ただ言葉でたしなめたり説いたりするだけでなく、自身の行ないをもって示した。

くしくも母の倫子《りんし》と軌《き》を一《いつ》にすることとなったのだが、倫子が法成寺に七宝塔を供養し受戒《じゅかい》してのち、彰子もそれに続いたのである。

この受戒とは、すなわち髪を全て剃《そ》り落とさせることをいう。

夫の死後、出家はしたが、身は半ば俗世に置いたままであった。

それを、こたびは残らず捨てた。

いよいよ俗世とは異なる領域に歩を進めることで、崇《あが》め奉《たてまつ》る神仏にいっそう近づき、菩薩道《ぼさつどう》を修めんとするためであった。

彰子が決意をあらわにし、諸人を驚かせた矢先に、それが起こった。

六月、内裏が火に包まれた。

内裏の焼亡など、長和四年（一〇一五）、三条天皇と道長の軋轢《あつれき》が最高潮となって以来である。

三条天皇は、内裏が焼けた衝撃に耐えられず、譲位を受け入れることとなった。

それから二十四年が過ぎており、その間、一度として内裏は火に襲われていない。

その事実は、後一条天皇の治世がいかに平安《たいらか》なものであったかを物語っている。

だが、弟の後朱雀天皇は違った。即位して三年後、朝廷の不和が勃発《ぼっぱつ》させる火に直面することとなったのだった。

天皇と東宮は、すぐさま彰子を頼って、京極院《きょうごくいん》に遷《うつ》った。

そののち東宮ときさきが、讃岐守憲房《さぬきのかみのりふさ》の邸へ移され、そこに彰子も同居することになった。

これは、京極院を内裏とするとともに、天皇・東宮の夫妻がもろともに火に襲われることを避けるための、彰子の処置である。

内裏を火によって奪われ、追われるという憂《う》き目を初めて経験した後朱雀天皇は、さらなる悲劇に見舞われることとなった。

中宮嫄子が、二人目の皇女を産んでのち、はかなくも世を去ったのである。

まだ二十四だった。おつきの女房の報告では、産後の肥立《ひだ》ちが悪く、出産から十日後、いきなり倒れてそのまま息絶えたという。

二人目の皇女は、禖子《ばいし》と名付けられ、悲嘆する頼通が率先して養父となり、引き取るという。

彰子もそれには反対せず、

――どうしてこうも天命は厳しいのか。

いったい、この眼が涙で曇らずに済むときは来るのだろうかと悲嘆した。とりわけ中関白家の子孫には、短命という悲しい宿運がついて回るのである。

彰子は、一心不乱にその成仏《じょうぶつ》を祈った。敦康を送り、今また敦康の娘を送る。悲痛を味わうためにこの生があるのかと神仏に尋ねたい気持ちだった。

だがやはりこのときも、悲しみに浸っていることは許されなかった。

後朱雀天皇と関白頼通を結束させる上で最も重要な、嫄子という存在が欠けたのである。

皇子がいればまた違ったのに、などと虚しいことを言っていられる場合ではなかった。生じた空白に誰の思惑が入り込むかで、朝廷も後宮も様変わりしてしまう危険があった。

果たして、率先する者が現れた。

弟の教通が、ただちに二十六歳になる娘の生子《せいし》の入内をはかったのである。

生子は、そもそも後一条天皇から入内については承知されていたものの、威子および倫子の反発を受けて、実現しなかった経緯がある。彰子も、威子が健在のうちに、しいて生子を後宮に放り込み、争いを引き起こさせるような真似《まね》は慎むべき、として賛成しなかった。

だが今回は違った。

中宮位が空白になれば、諸卿が我が娘をねじ入れようとして、きさきが乱立し、多数の不和が生じかねない。まさに一条天皇がそのような憂き目に遭ったのであり、ゆえにこそ自分が内裏に還れば火をつけられる、などと口にするような悲愴《ひそう》な立場となったのである。

「早々に生子を入内させ、中宮とすることが賢明でしょう」

彰子はそう判断して一家の者たちに告げたが、問題は、関白たる頼通だった。

後朱雀天皇が、生子入内のことを相談しようとしても、ぐずぐずと参内しないのである。

嫄子が亡くなってから間を置かず、次のきさきを迎えようとすることへの反発があるのだろうが、彰子も承諾していることであり、朝廷と一族の安泰がかかっているこのとき、頼通一人の意地でひっくり返すことなどしてはならないことだった。

結局、生子の入内は決定となったのだが、これがきっかけで、ことあるごとに頼通が教通へ嫌がらせをするようになった。教通が生子の入内のため輦車《れんしゃ》を借りようとしたときも、頼通が頑として応じなかったため、一台新造せねばならなくなったという。

――いよいよ、兄弟の確執が生じてしまった。

彰子にとっては、ここが正念場だった。これまで守り、支え続けてきた和に、亀裂が走ったのである。そのまま崩壊させることは断じて許されなかった。

――必ずや、和を守ります。

彰子は亡き夫に誓った。天皇ときさきたちを政争から守り、朝廷を波瀾から守らねば、どれほどの悲劇が生まれるかわからなかった。

だが頼通も教通も、彰子のそのような思いとは裏腹に、たちまち兄弟間での競い合いを激しくさせていった。

教通が生子の入内の儀をきらびやかに催してのけると、当然のように頼通が諸卿に圧力をかけ、参入を憚《はばか》らせるということをした。

しかもこれは、まったく無益な争いである。何しろ、頼通には娘がいないのだ。

弟を妨害し続け、今から養女をとるなどして、何としても外戚になりたいのだろう。どこかの若い貴女に娘を産ませたところで、入内は早くて次代の天皇の御代《みよ》だ。いずれにせよ、成就は至難のわざである。

頼通もわかっているだろうが、外戚となって父に比肩《ひけん》するという夢を、そうたやすく捨てられるものではないようだった。加えて、僧がたびたび訴えのため邸に押し入ろうとすることがあり、頼通を激昂《げきこう》させること甚だしかった。

対立する頼通と教通がともに頼るのは、彰子である。

またさらに、人事について後朱雀天皇も、彰子を頼ることになった。

十二月、教通の息子の信長《のぶなが》を蔵人頭とする件について、後朱雀天皇は、はじめ頼通に尋ねたのだが、

「女院にお尋ねなさって決めればよいでしょう」

というのが頼通の返答である。

「すぐに任命しなさい」

彰子は問い合わせの使いに、ただちに答えを告げてやった。早くも、頼通と後朱雀天皇の間が、ぎくしゃくしたものとなった証拠だった。

波瀾の兆しをみせながら年は暮れ、翌年にも改元があり、長久《ちょうきゅう》元年（一〇四〇）、彰子は法成寺の東北院《とうほくいん》にいて、天皇と東宮の朝覲を迎えた。

正月の儀礼は、終始和《なご》やかではあったが、これから始まる一年が同様に済むとは、彰子も考えていなかった。

果たして、頼通が、真っ先に波風を立て始めた。とにかく参内しないのである。父の道長もおのれの主張のため、あえて参内しないことがあったが、政務を完全に放棄することはなかった。代わりに頼通は、足繁く彰子のもとを訪れ、除目のことなど話し合いたがった。

頼通が願ったのは、嫄子が産んだ皇女二人を准三宮《じゅさんぐう》とすることである。

だがこれについては、禎子内親王が産んだ皇女もいるため、後朱雀天皇も頭中将の資房も、良い知恵を持たず、保留のままにされているという。

加えて、後朱雀天皇には、除目については独自の判断で定めたがるところがあった。

資房を蔵人頭にしたのも、そうだ。彰子と頼通は、藤原行成《ゆきなり》の息子である行経《ゆきつね》を推していたのだが、後朱雀天皇は二人の意を拒んで資房を登用したのである。

そうしたこともあって後朱雀天皇は、国母たる彰子の後ろ盾を得るべきところを、頼通に奪われるということが続くことになった。頼通も後朱雀天皇も、自身の意地を通すことを優先し、譲るということがない。どちらも権威の発揚を大事にし、一歩も引かぬ構えである。

　そのような状態になれば、病むのは天皇のほうであることは明らかだった。

　ことは除目にかかわっている。後朱雀天皇の意に沿わぬ者たちは、無言の反抗に出る。頼通ばかりか、諸卿までもが参内を拒み、行事を妨げる。

　果たして後朱雀天皇はみるみるうちに苦労が身に祟り、やがて腰病を患って、歩行に支障をきたすようになった。

　彰子からしてみれば、我が弟と子の争いである。いたたまれないとはこのことだった。

——これでは、火が起こる。

　暗澹《あんたん》たる思いのなかで、彰子は正確にそれを予期した。果たして、三条天皇が病んだときもそうだったように、その年の九月、京極院内裏が、火に襲われて焼亡した。

　慌てて待避した後朱雀天皇は、むろんのこと彰子を頼った。

　ただちに彰子がいた陽明門第《ようめいもんてい》に遷《うつ》ったのだが、そのあとすぐ、重大な悲報が来た。父の一条天皇のとき同様、神鏡《しんきょう》がまたしても焼損してしまったというのである。

「ああ、三種の神器を損なうとは。なんという惨めさか」

　後朱雀天皇は衝撃を受け、たちまち病を悪化させた。

　彰子は自身も加わって懸命に祈禱を行なってやったが、受戒の身では天皇との同居は憚られるため、間もなく彰子のほうが法成寺に遷らねばならなかった。

　新内裏は、教通の二条殿《にじょうどの》と定められ、ただちに造作が行なわれたものの、当然のように、頼通は関知しなかった。

　さらにここで、きさきたちも動き始めた。

　十二月、生子が、弟の通基《みちもと》の急死のため内裏から退くと、にわかに禎子が尊仁親王を連れて参内した。

　七歳対面の儀のためだが、実に四年ぶりの後朱雀天皇との再会である。尊仁の振るまいも立派で、後朱雀天皇も親愛に満ちたひとときを過ごせたようであった。

　教通からすれば心中穏やかでないに決まっている。これで教通までもが、後朱雀天皇へ圧力をかけ、生子の将来の昇格を確かなものにしようと躍起になった。

　頼通の参内拒否は続き、除目に関して彰子が扶けてやる機会がめっきり増えた。おかげでとにかく人事については、いっときの安泰を求めて知遇の者を昇叙《しょうじょ》させがちとなり、

「いったいこれはなんだ。強縁が幅を利《き》かせる世か。諸卿を何だと思っているのか」

かえって、ますます後朱雀天皇に対する非難の声があがるようになってしまった。

　長久三年（一〇四二）になると、また異なる問題が生じた。

　亡き定子の娘である脩子《しゅうし》内親王が、養育する延子《えんし》の入内を求めたのである。

　延子は、伊周《これちか》の娘の子で、父は権大《ごんだい》納言《なごん》の頼宗、すなわち彰子の異母弟だ。

　頼通、教通、後朱雀天皇、禎子、それぞれの動きに、これで頼宗と脩子内親王の動きまで加わったことになる。

　問題は、後朱雀天皇が生子を寵愛《ちょうあい》するも、三年が過ぎても、まだ子にめぐまれないままであることだった。

そのため頼通も教通も面白くない顔をしたところで、延子の入内を止められるはずもなく、十月には女御宣旨《せんじ》が発されることとなった。

——和が崩れていく。

彰子は、争わぬよう、弟たちに繰り返し諭《さと》したが、ここまで思惑が入り乱れては、統率は容易ではない。後ろ盾のない禎子が皇子をもうけていても争いを止める力とならず、とにもかくにも、生子か、あるいは延子が、皇子を産む必要がある。ほかに決着のすべはなく、それまでなんとかして朝廷全体が機能不全に陥るのを避け続けねばならなかった。

だがその十二月、みたび内裏が焼けた。

政争によるものなのは明らかだった。今では後朱雀天皇もそう悟っている。しかし火が起こることを止めるすべがなかった。

後朱雀天皇や東宮たちは一条院に遷ったが、その翌長久四年（一〇四三）の十二月に、早くも次の火が襲いかかり、内裏を焼亡させてしまった。

後朱雀の即位以来、僅か七年で四度の火災である。

毎年のように内裏を新造しては、灰燼《かいじん》に帰す。彰子が予見したとおり火の嵐だった。造作の負担は著しく、朝廷は激しい波瀾の内にあり、諸卿も緊迫して朝儀がひどく滞るようになった。

後朱雀天皇は、いったん頼通の高陽院に遷り、それから東三条院に遷った。

そしてそこでまた火が起こった。即位から五度目である。

重ねて、病が人々を襲った。年明け早々、疫病が大流行し、都に屍骸《しがい》が溢れ、貴種《きしゅ》の人々もばたばたと倒れていったのである。

亡き定子の弟である前中納言《さきのちゅうなごん》隆家《たかいえ》が、ついで頼通の嫡子《ちゃくし》たる、通房《みちふさ》までもが斃《たお》れた。

頼通の悲痛は激しく、自身も病で動けなくなった。

後朱雀天皇も罹患《りかん》し、大般若経《だいはんにゃきょう》が修《しゅう》された。

頑健で知られる彰子でさえ病み、後朱雀天皇の世で、初の大赦《たいしゃ》が行なわれた。

病禍《びょうか》は一年もの間、やむことなく京を襲い続けた。このため十一月には改元して寛徳《かんとく》元年と定められたが、そのときには後朱雀天皇の病も、きわめて重篤となっていた。

——皇子さえ生まれれば。

彰子は、ここでやっと、その希望を捨てねばならないのだと悟った。自身が二人の皇子を産んだ経験があるせいで、いつか誰かが産むという楽観があったのかもしれない。何より彰子自身、一族の娘がきさきとなり、皇子を産むことが朝廷を安泰にさせるという考えに染まりきっていた。

——だがそのせいで混迷を極めてしまった。

六十近く歳《とし》をとり、知恵もつけたと自負していた彰子の、痛恨の誤算だった。そう理解したときには、全てが機を逸してしまっていた。

しかも弟たちは、この期《ご》に及んでも争いをやめなかった。

教通が、生子の立后を主張した。禎子が後朱雀天皇を看病したいと願い出た。頼宗と脩子内親王も後朱雀天皇を見舞おうとした。そしてその全てを、頼通が懸命に妨げる、ということが繰り返された。

こうして、誰もが互いの足を引っ張り、一向に埒《らち》があかぬまま、いよいよ後朱雀天皇の病態が危うくなったとき、にわかに動く者があった。

教通と頼通の異母弟である能信が、皇后大夫《だいぶ》として緊急に参内し、

「今日、尊仁様を東宮に立てねばなりません」

後朱雀天皇に、強く訴えたのである。

このまま崩御となれば、禎子の子である尊仁の立太子を、頼通が全力で妨害するだろう。

東宮位を巡って激しい争いが起こり、皇位の空白を生じかねなかった。もしそうなれば、後朱雀天皇は、朝廷に途方もない混乱をもたらした天皇として記憶されることになるだろう。

「では、今日……。そのように定めよ……」

後朱雀天皇も、ついに病床でそう答えた。むろん、ただ東宮を定めたというのではない。おのれの死を覚悟しての、譲位《じょうい》の決断だった。

かくして頼通の妨害をよそに、禎子所生《しょせい》の尊仁が東宮となった。

そしてその二日後、後朱雀天皇は、兄の後を追うようにして、世を去った。

九

今日とても急がれぬかななべて世を　思ひうむにし七夕《たなばた》の糸

今日は七月七日であるけれど、急いで織女《しょくじょ》の糸を手向《たむ》ける気になど、とてもなれない。この世を倦《う》み、疲れ果てた身としては――。

五十八歳の彰子は、二子の死に見舞われてのち、白河院《しらかわいん》に籠もり、このような歌を詠んだ。

二十半ばで夫を、四十で父を、五十前には長男を、六十前には次男を喪《うしな》い、その間、弟妹や幼い子らの死に、たびたび直面してきた。

朝廷の和に身を献《ささ》げる決意がどれほど固くとも、後朱雀《ごすざく》天皇と関白《かんぱく》たる頼通《よりみち》が日に日に不和を深めていったことを思い返すと、辛くやるせない思いで、老いた身が潰れそうだった。

我が子と弟という信じるべき者たちがせめぎ合い、ついに片方が命を落とした――そんな風に考えれば、誰かを怨んでしまうだろう。

彰子はおのれの内に決して怨みが育たぬようにと一心に祈り、総身に粘り着くような倦怠《けんたい》の辛さが浄め祓われることを願いながら、なおも天皇家と関白家の後見に尽くそうとした。

寛徳二年（一〇四五）正月には、後朱雀天皇と嬉子《きし》の間に生まれた親仁《ちかひと》が、二十一歳で後冷泉《ごれいぜい》天皇として即位した。

彰子の孫であり、甥《おい》でもある。

乳母《めのと》の一人は、紫式部の娘の、大弐三位《だいにのさんみ》だ。忠義の女房である紫式部なりの、彰子に対する変わらぬ真心といえた。

白河院は、山里にあるが寂漠《せきばく》とはせず、桜の美しさと華美な歌会《うたえ》で知られている。道長の一家にとっては自慢の屋敷だ。道長から頼通へ与えられたものであり、そこに籠もる彰子のもとには、多くの人が出仕した。

そこでなら、多少なりとも心を癒《い》やせるのではないかと思ったし、実際、後冷泉天皇の即位ののち、目まぐるしく儀式の差配をしたあとの疲れをとるには、最適な場所だった。

夫を喪ってから三十年以上も張り詰めていたものがひとたび緩むと、何もかもに倦んでしまいそうだった。だが幸い、丈夫な体に助けられ、病に罹ることなく健やかに過ごすことができている。

そのまま平穏な日々を糧《かて》に、今一度、気力を取り戻そうとしていた永承《えいしょう》元年（一〇四六）の正月、ふいの訃報《ふほう》がもたらされた。

「右大臣、藤原実資《さねすけ》様がお亡くなりになられました」

報告を受けた彰子は、深々と溜息をついた。

長らく朝廷内で気骨《きこつ》ある人として多くの信頼を集め続けた男が、静かに命を終えたのである。

悲しい報せではあるが、九十歳という長寿を思えば、よくまっとうしてくれたと感謝せずにはいられない。どのような複雑な儀礼でも見事に差配してくれた実資を悼《いた》むため、彰子は自筆の経を感謝の言葉を添えて遺児に贈った。

――いずれ私もそちらへ参りますからね。

冥福《めいふく》を祈りながら、そんな風に亡き実資へ心の中で話しかけるうち、不思議と元気が戻ってきた。平穏な暮らしに加えて、おのれの寿命を意識することで、かえって生あるうちにすべきことへ心が向くようになったのだろう。

夏になると、亡き威子《いし》の娘である章子《しょうし》の立后《りっこう》のことがあった。

十二歳で入内《じゅだい》し、親仁が後冷泉天皇となって女御《にょうご》宣下《せんげ》を受け、晴れて、二十一歳で中宮となったのである。

彰子が、母の倫子《りんし》から受け継いだ京極院《きょうごくいん》は今、その章子の所有となっており、立后の儀の用意がそこで行なわれた。

十一月になると、東宮の尊仁《たかひと》親王が内裏《だいり》に入ることとなり、その立太子《りったいし》の立役者となった能信《よしのぶ》が、ここでまたさらなる働きかけを行なった。

養女の茂子《もし》を、東宮元服の折の副臥《そいぶし》とすることを願い、彰子と頼通がともに承諾したのである。茂子は、今は亡き中納言《ちゅうなごん》公成《きんなり》の娘で、能信の妻の血縁である。能信に子がなく養女としてもらい受けていたのだ。

「たかが副臥の儀だ。それに中納言の娘に過ぎん」

と、頼通も高をくくっている様子だった。

東宮尊仁親王は、そもそも父母が亡くなり後見がおらず、いっとき後宮から弾き出されたようになった禎子《ていし》の子だ。諸卿も、その尊仁が相手では、

「さすがに、娘を入内させるべきと思えない」

などと二の足を踏んでいたところ、能信が、我こそはと決意したのである。

亡き実資の養子である権大納言《ごんだいなごん》の資平《すけひら》などは、

「能信の実の娘でもなく、能信様ご自身も、頼通様との確執から官位も権大納言に据え置かれている。となれば、ゆくゆく茂子様の存在は、東宮にとって良からぬものとなるのではないか」

と言って、この儀を非難したらしい。

だが彰子からすれば、能信の決意は立派であり、頼もしく思えるものだった。

頼通、教通《のりみち》、頼宗《よりむね》の他の弟たちが、揃って後朱雀天皇崩御を目前にして争い合いながら、東宮を埒外《らちがい》に置くような態度をとっていたのである。あわや東宮位が空白のまま、後朱雀天皇が崩御しかねなかったこともふくめて、能信だけがただ一人、朝廷を守るため、正しくすべきことをしたのである。

まだ不和が火を招く危険はあるけれど、尊仁親王が東宮である事実は、後宮の目に見えぬ柱となって安定をもたらしてくれる。

そこへ東宮妃が一家の差配で決まるなら、当然、安定は増す。

そう考える彰子であったが、火は、意外なところから襲ってきた。

十二月、藤原家の氏寺《うじでら》たる興福寺《こうふくじ》が、にわかに焼亡したのである。

これは、失火か放火か、微妙なところだった。御堂《みどう》は灰となったが、正倉院《しょうそういん》は無事である。仏像も、多くが運び出されて火を免《まぬか》れていた。

とはいえ、後朱雀天皇の世に、たびたび内裏が焼亡したことを考え、

「油断をしてはいけませんよ」

彰子は一家の者へ、しっかりと釘を刺した。ここでも従順に承知したのは能信だけで、他の弟たちは、火が起こるのは天然自然のことゆえ仕方がないとでもいうような態度を取った。自分たちの政争が何を招いているかわかってはいるが、そのことで咎められたくない、というのが正直なところだろう。

――やはりまだ隠棲《いんせい》は叶わない。

後朱雀天皇の崩御という危機はどうにか乗り越えたとはいえ、政争の危難は増すばかりだった。

皇子さえ生まれれば、と油断をしたおのれを省《かえり》みつつ、いよいよ身を尽くして後見と和に努めねばならない。

それが、年明けに還暦《かんれき》を迎えた彰子の心持ちであった。

「そろそろ、母后様の算賀のことをお考えになっては」

頼通が、相も変わらずそう提案してきたので、ひとたびはそうすべきかと考えたものの、かえって倦んでしまいそうだった。国母の算賀という一大行事を執り行ないたがっている頼通には悪いが、彰子の菩薩道においては、もはや無用だった。

「あなた方が、朝廷の平穏無事に努めてくれることが、わたくしの算賀となります。しいて催しをすることはありません」

彰子はそう返し、頼通をがっかりさせたが、その甲斐あってか、朝廷はおおむねそのようになった。

内裏に災禍《さいか》はなく、永承二年（一〇四七）十月、教通の三女の歓子《かんし》が、後冷泉天皇のきさきとなることが決まった。

すでに章子が、東宮であった頃からきさきとなっていたが、子がないまま十年が経とうとしていたのである。そのため彰子も、歓子の入内に賛同し、頼通も苦々しい顔をあらわにしつつも認めざるを得なかった。

翌永承三年（一〇四八）三月、興福寺の新造が早くも達成された。

藤原氏の沽券《こけん》をかけての復興である。落慶《らつけい》の供養は盛大の一語となり、後冷泉天皇および関白頼通にとっては、権威の示しどころでもあった。

だがその年の十一月、今度は寺院ではなく、内裏が焼亡した。

まるで今の摂関家に、どこまで再建の力があるか試さんとするようである。むろん財に不足はなく、後朱雀天皇のときと違い、関白頼通が諸卿に見せつけるようにして、内裏新造に協力した。

――これならば、こののち火は防げよう。

彰子は初めて楽観を抱いた。火という脅威に対し、ようやく弟たちがいたずらに争うことを慎んだのである。やがて平穏が訪れ、しばらくはそれが保たれるだろう。

そう信じた翌年、悲報が立て続くこととなった。

永承四年（一〇四九）二月、脩子《しゅうし》内親王が亡くなった。

定子《ていし》の最後の子が世を去ったのである。享年《きょうねん》、五十四。

弟妹よりもずっと長く生き、延子《えんし》を後朱雀天皇に入内させたときは養母として立派に振る舞い、風雅で信心深く、弟に似て誰からも愛されたといっていい人物だった。

彰子にとっては、五十を超えても我が娘の一人であり、悲しみのなかでも、

「ああ、かの人は釈迦《しゃか》入滅《にゅうめつ》の日にちょうど世を去りました。かの人が成仏《じょうぶつ》して極楽に渡ったことは間違いありません」

諸人が、このように口にするのを、誇りに思ったものだった。

——我が子を、また一人、見送ります。どうか彼岸《ひがん》で迎えて下さい。

彰子は、一条天皇の霊に、そう祈った。

だが翌月、やるせないことに、はるかに年若い者が死に見舞われた。いや、歳を得る以前に、世に生きる機会すらなかった。

後冷泉天皇に入内した歓子が、早くも懐妊し、長子《ちょうし》を産んだかに思われたが、出生当日に夭《よう》逝《せい》したというのである。

歓子をはじめ、教通一家の悲痛を訴える声が、そばにおらずとも聞こえてくるようだった。

——今代の天皇に対しても、天は厳しく試すのか。

彰子は、繰り返し辛い思いを味わううち、気づけば天を怨んでいるということがないよう、厳しく自戒し、夭逝した小さな命のために祈った。

さらに七月、能信や頼宗の母であり、道長の次妻であった明子《めいし》が亡くなった。享年、八十五。こちらは、まさに大往生というべきだった。

かと思うと、頼通が、だしぬけに精進潔斎《しょうじんけっさい》を経て、金峯山《きんぶせん》への参詣《さんけい》を行なった。

道長と同様、皇子が生まれることを祈願してのことだ。

といっても、頼通には、今まさに皇子懐妊が待ち望まれる娘はいない。ただし長女の寛子《かんし》が十四歳となり、満を持して入内させんとしていたのである。

また、このところ頼通が熱心なのは、御堂の供養と歌合《うたあわせ》である。いや、歌合や絵合《えあわせ》については誰もが熱心だった。それは一大流行となっており、彰子の異母弟の頼宗なども、延子が後朱雀天皇崩御のあとに産んだ正子《しょうし》内親王のため、絵合を催しており、彰子の女房も加わった。

頼宗は、後朱雀天皇と嫄子の娘である祐子《ゆうし》内親王のため、頼通が催した歌合でも、審判を務めた。

皇女たちを楽しませるため、弟たちが協力し合ったのである。その様子は、何よりも彰子を安心させてくれた。

こうしたこともあり、やがて永承五年（一〇五〇）の十二月に、かねて頼通が示していた意向通り、寛子がつつがなく後冷泉天皇に入内した。

寛子の母は、具平《ともひら》親王の落胤《らくいん》である祇子《ぎし》で、進命婦《しんのみょうぶ》として知られる女房である。頼通に寵愛され、俊綱《としつな》、寛子、師実《もろざね》の二男一女を産んでいる。

年が明けてのちの二月、頼通は早々に、立后の儀を行なわせた。

禎子内親王を皇太后《こうたいごう》に、そして寛子を皇后にしたのである。

無事に生きられなかったとはいえ、皇子を出産した歓子を差し置いての立后だった。

当然ながら歓子もその父である教通も憤懣《ふんまん》を抱いた。いずれ歓子を皇后に、と彰子は指示したが、頼通が乗り気でないのは明らかだった。

――気持ちはわかるが、難しい。

というのが頼通に対する、彰子の思いであった。

本来、頼通を優先してやり、教通の競争心を宥《なだ》めねばならないのが彰子の役割である。

だが困ったことに、頼通には娘が少なすぎた。養女とした嫄子の娘たちはまだまだ幼い。そうして教通につけいる隙を与えてしまっているのが問題なのだ。

彰子は、またしても兄弟間の確執が激しくならぬよう気を配りながら、亡き後一条天皇と威子の子である二十三歳の馨子《けいし》内親王を、十八歳となった東宮の尊仁親王に入内させた。

亡き後朱雀天皇と頼通の対立が、尊仁親王に引き継がれることを防ぐためである。

頼通は自分の意向に沿わず立太子した尊仁を疎《うと》みがちだった。

とはいえ、尊仁親王のもとに入内した茂子が、すでに第一子である聡子《そうし》内親王を産んでいる。

もし今後、後冷泉天皇に子がないとなれば、いずれ尊仁の血筋に頼る日が来ないとも限らないのである。

いずれ皇子が産まれるはず、という後朱雀天皇のときに抱いたような期待は、誤算を招くものとして、とうに捨て去っていた。

――打てる手は、全て打たねばならない。

だが永承七年（一〇五二）五月、子らの護持《ごじ》に努めんとする彰子のほうが、珍しく病に罹ってしまった。

いつもならすぐに回復するが、歳のせいもあってか、なかなか快癒《かいゆ》しなかった。

慌てた頼通がつきっきりとなり、後冷泉天皇も大赦《たいしゃ》を行なうなどした末に、どうにか回復したものの、しばらく静養に努めねばならなかった。

改元があり、天喜《てんき》元年（一〇五三）となった年の六月、母の倫子が病に倒れた。

彰子は、病後の身をおして見舞いに向かい、平癒《へいゆ》祈願をしたが、倫子はそのまま穏やかに息を引き取った。道長の悶絶の末の死とは、ずいぶんな違いだ。

享年、九十。間違いなく一家で最も長生きした人物といえた。彰子は、父に続き、母の最期を看取《みと》れたことを神仏に感謝し、老いて病んだ身に辛い吐息をこぼしつつも、法事の一切を司った。

やがてすっかり癒えて、ようやく身が軽くなったところへ、新たな命が誕生してくれた。

能信の養女の茂子が、東宮尊仁の第一皇子となる、貞仁《さだひと》を産んだのである。

当然、能信一家は歓喜に包まれた。後宮における、現時点でゆいいつの皇子だった。

諸卿も、その事実が意味するところを重々承知しており、懸念にとらわれず率先して東宮大夫《だいぶ》となった能信の決断が、強運を招いたのだろう、と噂し合った。

しかも八月になって後冷泉天皇が体調を崩し、陰陽師《おんみょうじ》が内裏に不吉ありと告げるので、頼通が大慌てで自邸の高陽院《かやのいん》に遷《うつ》らせることとなった。

東宮に男子が生まれ、天皇に子がない。能信一家にとっては慶事でも、皇統を土台とする朝廷においては、波瀾の始まりといっていい。

そしてその波濤《はとう》を浴びるのは、能信でも東宮尊仁でもなかった。後冷泉天皇である。

——このまま子がなければ譲位になる。

彰子はそう予期したが、平穏無事に済むとは限らない。相当のことが起こるだろうと覚悟し、せめてその規模が限られたものであるよう祈るほかなかった。

ほどなくして後冷泉天皇は健康を取り戻したが、天喜二年（一〇五四）正月八日、高陽院が火に襲われて焼亡した。

明らかな放火であった。外戚となれぬまま、頼通の権力に翳《かげ》りが生じた。そう見た何者かの仕《し》業《わざ》であろう。

頼通は、この不穏な状況を、それこそ威光の限りを尽くして打開しようとした。

四月、皇后寛子の母の祇子を従二位《じゅにい》とし、その翌月には、大々的な法事を行なって貴賤《きせん》を問わず注目を集めたのである。

そうして九月には後冷泉天皇が京極院（大東門院）へ遷ることとなったが、そこへまたしても火が追いかけてきた。

十二月に京極院が焼亡し、後冷泉天皇は民部卿《みんぶきよう》長家《ながいえ》の三条第《さんじようてい》へ遷らねばならなくなったのである。難を逃れるため、転々とする我が身を情けなく思う後冷泉天皇を、彰子は女房を遣わして歌を詠ませるなどし、慰めねばならなかった。

年が明けて天喜三年（一〇五五）、頼通の命で、冷泉院の屋材《おくざい》が解体され、一条院が造営された。そこを里内裏《さとだいり》としたのだが、その間も、火が荒れた。

二月に興福寺が焼かれてのち、さらに九月、一家の信仰面での拠り所といっていい法成寺《ほうじょうじ》の僧房が焼亡したのである。当然それらの新造に、財が費やされていった。

後冷泉天皇がようやく新造の一条院内裏に遷れたのは、天喜四年（一〇五六）二月のことだ。

皇后寛子、中宮章子、そして女御歓子がそれぞれの殿舎《でんしゃ》に入り、これまでの火への不安を吹き払うような、盛大な歌合が催された。

彰子は、歌に優れた女房を遣わしながら、おのれの年齢を思った。

——もうすぐ七十。

こたびも、頼通が算賀のことをさりげなく言ってきているのだが、はなから遠慮する気だった。

「焼亡が相次ぎ、財が費やされたのです。算賀を祝ってさらに出費の嵩《かさ》をあげることはないでしょう」

頼通だけでなく他の弟たちにも、そう言い含めていた。

それにしても、四十からこのかた、まるでずっと算賀を祝わずに済む理由を探しているようだ。そう思うと、奇妙な気分を味わった。

——民の困窮を差し置いて、我が身だけ温まるわけにはいかない。

ずっと昔に、一条天皇が冬のさなかに薄着でいようとしたときの言葉が思い出されるのである。

やはり悲哀を覚えたが、このときは懐かしさのほうがずっと強かった。むしろ胸の奥が温まるようだった。年を経ることで、ようやく亡き夫がいる場所へ近づけたのだろうかと思った。

——いつ、私はそちらへいけますか？

そっと、心の中で問うたが、いかなる答えも聞こえてこなかった。

十

天喜《てんき》六年（一〇五八）は、八月には改元され、康平《こうへい》元年となった。

元凶となったのは、やはり火である。

昨年三月、彰子は法成寺に八角堂を落慶供養《らっけいくよう》していた。長寿を仏に感謝するためで、いわば算賀の代わりである。

その八角堂と、安置した阿弥陀如来像もふくめ、全てが焼亡したのである。絢爛《けんらん》豪華を誇った数々の御堂《みどう》と御仏《みほとけ》が、一夜にして灰燼《かいじん》に帰したことには、一家の誰もが衝撃を隠せなかった。

それが二月のことで、さらに三日ののち、新造されてまだ後冷泉天皇が遷ってもいない内裏《だいり》に火が放たれ、何もかも焼け尽くした。

康平二年（一〇五九）正月には、一条院内裏が焼かれた。

彰子のいる室町第《むろまちてい》に身を寄せることとなった後冷泉天皇は、焼亡で東宮《とうぐう》の象徴である壺切りの御剣が焼失したと知り、一晩中、涕泣《ていきゅう》し続けた。

三条天皇、後朱雀天皇の御代に比しても、苛烈といっていい火の嵐である。

天皇へ重圧をかけて退位を促すというのとは、様子が異なった。今こそ、道長の代から続く一家を衰亡させてやろう、といった悪意と怨みを感じさせる火なのである。

頼通は、ただちに復興に邁進した。まだまだその財力が健在であることを知らしめんとすることに躍起になり、彰子も再建に協力してのち、落慶供養に列席した。

その彰子が、頼通から天皇遷御《せんぎょ》の相談を受けたのは、康平三年（一〇六〇）七月のことだ。

彰子は、陰陽師《おんようじ》の卜占《ぼくせん》の結果を聞き、遷御に賛同した。

同じ頃、朝廷の除目《じもく》のことがあった。

頼通が左大臣を辞し、息子の師実《もろざね》を内大臣《ないだいじん》としたのである。

左大臣は教通《のりみち》、右大臣は頼宗《よりむね》と定められたが、能信《よしのぶ》は過去四十年そうであったように、権大納《ごんだいな》言《ごん》のままだった。頼通は、依然としてこの異母弟《いぼてい》と和解する気はないらしい。

頼通は、自身の七十の算賀を行ない、十二月に太政大臣《だいじょうだいじん》となり、彰子へ慶賀に訪れた。

翌々年の康平五年（一〇六二）には、師実が内大臣となって父同様、彰子へ慶賀に訪れることになる。父子の権力継承に向けて、着々と手を打っているというところだ。さらにその年、師実の妻が男子を産み、師通《もろみち》と名付けられた。

他方、出世を封じられた能信が、ここで悲劇に見舞われていた。

尊仁親王のきさき茂子《もし》が亡くなったのである。悲嘆に包まれた能信一家ではあったが、茂子はこのときまでに貞仁《さだひと》親王をふくむ、実に一男四女をもうけていた。

——じきに代替わりだ。

七十五歳となった彰子は、そのことに備えねばならないと考えていた。おそらくはそれが、自分の最期《さいご》の務めになるであろうと。

康平七年（一〇六四）十二月、頼通は氏長者《うじのちょうじゃ》を教通に譲った。

とはいえ、関白の座から降りることはなく、その座をどう継承させるかに諸卿は注目した。彰子もそうだった。一族の不和が起こるとすれば、そのときだからだ。

改元があり、治暦《ちりやく》元年（一〇六五）二月、その家族の一人が世を去った。右大臣の頼宗である。ときに頼通に反発することはあったものの、鷹揚《おうよう》で高望みしない性格が幸いし、おおむね兄弟全員との和を保ったまま、七十三歳で往生した。

さらにその後に続くようにして、能信までもが世を去った。こちらは七十一歳。頼通に追従することを拒んだため、最期まで権大納言のままであった。

弟たちのなかで、実は最も気骨があったのではとも思う。茂子を入内させるなど、一か八《ばち》かの決断力に優れていたことも明らかである。優柔不断な頼通からすれば、怖い弟だったはずだ。もし、能信に一家の和を無視するほど強欲な一面があったならば、頼通や教通のほうが苦しめられたかもしれない。

——きっと尊仁《たかひと》親王の即位を夢見て、極楽へ渡っていったことだろう。

彰子は弟たちを弔い、悲しみとともに、今後の一家のありように思いを馳せずにはいられなかった。

——今しばらく、この命がもってほしい。

これで、競い合う兄弟は頼通と教通だけになったのである。四人の弟たちがせめぎ合い、きさきたちの思惑が混じり合っていたときと異なり、一対一の政争には逃げ場がない。どちらかが敗退するまで続くことになる。

頼通は、娘の皇后寛子《かんし》が、後冷泉天皇の皇子を産むことを何より願い、東宮尊仁を冷遇すること甚だしかった。外戚を狙う者に特有の冷酷さが、すっかり身についているのだ。

実のところ、後冷泉天皇は何年も前に一人の皇子を産ませているのだが、相手が女房の一人で、菅原《すがわら》氏の出であるため、天皇の乳母子《めのとご》である高階《たかしな》家に養子に出されていた。

いずれ皇子が生まれるという期待は禁物だった。事実、きさきである寛子、歓子《かんし》、章子《しょうし》の誰も、皇子を授からぬまま、治暦三年（一〇六七）、後冷泉天皇は病みがちとなった。

そんな折に、

「八十の算賀は行なってはいかがですか。これまで一度も行なっていないのですから」

やはり頼通が、しきりと算賀のことを勧めてきた。国母を祝う場を主催することで、おのれの権威発揚をはかりたいのだろう。いつもながら、というより、教通にその役割を奪われるのではないかという不安がにじんでいる。

「不要です。わたくしの歳を数える前に、後冷泉天皇をお支えするように」

彰子はそう言って、このときも算賀を遠慮した。頼通は大いに落胆したようだが、それで良いのだという確信があってのことだ。

彰子自身の菩薩道において不要という点でもそうだし、兄弟の政争に加担すべきではないという点でもそうだった。

頼通も彰子の思惑を察してか、それ以上、しいて算賀のことを勧めることはなかった。

そうする間も、朝廷は重大な局面を迎えようとしていた。治暦四年（一〇六八）、後冷泉天皇が平癒しないばかりか、補佐すべき頼通も病に罹り、諮詢《しじゅん》を辞すこととなった。

すなわち、関白を辞任すると決めたのである。

頼通の地位を支えたのは彰子であり、その期間は実に五十一年の長きにわたっている。

もはや限界をきたした。まだこの身がまともに動くうちに、子の師実に関白の座を譲りたい。

それが頼通の痛切な願いであることは彰子もわかっている。

そしてその儀を、頼通は、まず前大納言の源隆国《たかくに》に相談した。

「関白の座という重大事については、女院《にょいん》（彰子）に相談すべきでしょう」

隆国は、そう返したという。これは、彰子の同意さえ得られれば実現するということだ。逆に、彰子が同意しないのであれば、いかなる者も支持しえないことを意味した。

頼通は逡巡《しゅんじゅん》しつつも、その助言を受け入れ、自身の病をおして彰子のもとを訪れた。

このとき、彰子も体調が優れず臥せっていたが、ぜひとも話したいことがあるようだ、と女房から聞いて、すぐにぴんときた。

――いよいよ、このときが来た。

用件は聞かずともわかった。問題は自分である。

果たして、この老いて衰えた身は、正しく判断を下せるだろうか。世を倦むことで、偏《かたよ》った考えに惑わされていないだろうか。

――大丈夫。

けだるさに耐えて身を起こしながら、ふとそんな声が、どこからか聞こえた気がした。

彰子は、女房たちに身繕《みづくろ》いをさせながら、薄暗い部屋のあちこちへ目を向けた。

まるで、いつか詮子が暗闇に何かを見ていたように。だが彰子の場合、怨みの念は皆無だった。ただ懐かしさと、愛しさを感じてそうしてしまうのだった。

このときもそうだった。彰子は何もない宙へ向かって微笑み、

――どうやら、大丈夫。命も心も、まだもっている。

そのように、おのれを見定めた。

御簾《みす》の内にて用意を調《ととの》え、弟を入れるよう告げた。

すぐに頼通が入って来た。身のあちこちが痛むのか、よろめくような所作である。

「何ごとですか？」

彰子が尋ねた。

「関白を師実に譲りたいと思いますが、いかがでしょう？」

果たして予想どおりの問いを頼通は口にした。

――今日まで生きながらえさせて下さったことに感謝します。

彰子は、そっと手を合わせ、瞑目《めいもく》した。

神仏へ、感謝の念を献げるためである。

手を下ろして瞼《まぶた》を開くと、御簾越しに、頼通へ告げた。

「まず教通に譲りなさい。師実に譲るのはそれからです」

自分で思った以上に、厳格な調子で言葉を発することができていた。

御簾の向こうで、頼通がぎくっとなるのがわかった。こちらも、それほど厳しく言い返されるとは思っていなかったのだろう。なおも言い募れば、これまで味方をしてくれた国母を、かえって敵に回すことになる。頼通がそういう恐れを抱いたことが、彰子にも伝わってきた。

頼通は結局、そのまま大した言葉を発することなく、引き下がっていった。

彰子の務めは、それで終わらなかった。

ただちに女房に言いつけ、硯《すずり》と紙を運ばせた。文机《ふづくえ》に向かうのは、億劫《おっくう》ではなかったが、少々辛かった。背も腰も痛んだが、しいて気にせず、まっさらな紙に手を当てた。

ふと、懐かしさを覚えた。

漢語を教えて欲しい――そう、忠義の女房に頼った、少女の頃の気分がよみがえっていた。

――今では、宣旨も記せるのですよ。

彰子はまたもや、文机の向こう側の、誰もいない宙へ微笑みかけていた。

そこに感ずることのできる、懐かしくて愛しい相手へ。

そしてそんな自分を、どこからか、はるか昔の少女の自分が、珍しげに眺めている気がした。

彰子は、その少女にも微笑み返し、それから手紙をしたためた。

『大殿《おおとの》（頼通）が我が子に地位を譲ると言い出しても、決して承知してはいけません。これは亡き禅門《ぜんもん》（道長《みちなが》）が、必ずこうするようにと申し置かれたことなのです』

後冷泉天皇に宛ててのものであった。

国母として、亡き父の名まで出しての、厳格な指示である。

ここで師実が関白となれば、一家の和に決して埋めることのできない亀裂《きれつ》を生ずることになる。

そしてその亀裂は子孫に受け継がれ、彰子の父祖が血道《ちみち》をあげたような、権謀と策略の応酬を引き起こすだろう。天皇の存在は政争の道具と化し、即位も退位も暗躍者たちのほしいままとなり、多数のきさきと子らが、その犠牲となる。

外戚となることを夢見た頼通の執念が、これまで一家が守り続けてきた和を、根底から崩壊させかねなかった。道長と伊周《これちか》がそうであったように、兄弟が激しく争えば、周囲の全ての者が憂き目に遭うのだ。天皇とその一族全員、余波を避けるすべとてない。

そうなってはならなかった。

彰子は、手紙を女房に渡してのちも、しばし、文机に身をもたせかけたままでいた。

——わたくし、頑張りましたよ。

すると、部屋の一角に、人影を見た気がした。

怖いとは思わなかった。愛しい人の気配を、この五十年で、彰子は初めて感じていた。

——誉《ほ》めて下さいますか、あなた。

人影は一瞬で消えていた。

胸中に、ひどく温かいものが満ち、涙となって流れ、文机のうちに点々と滴《したた》った。

この日、彰子が示した意向に、逆らう者はなかった。

頼通の辞任ののち、関白は教通と定められた。

教通は、関白になって即日、長く立后《りっこう》を許されなかった娘の歓子を皇后にし、寛子を中宮《ちゅうぐう》に、そして章子を皇太后に、さらに禎子《ていし》を太皇太后《たいこうたいごう》と定めた。

もちろんこれは、病に冒された後冷泉天皇と、彰子の了承を得ていたことである。

結果、後冷泉天皇は、なんと一帝三后《いっていさんこう》という前代未聞の状態となったが、その僅か二日ののち、崩御《ほうぎょ》した。

享年、四十四。

——どうやら、乗り切った。

彰子は、孫の訃報を受けて、もうすっかり馴染みにさえなった心痛に切なく吐息しながらも、関白と后という権威を、禍根を残さず継承させる筋道がつけられたことに安堵した。

かくして治暦四年四月、例によって、天皇崩御のため、如在《にょざい》の儀として譲位のことがあった。教通らが宝剣《ほうけん》等を持参して、長らく頼通から冷遇されていた東宮尊仁親王が、三十五歳で晴れて後三条天皇となったのである。

九月には、関白教通の二条第に遷《うつ》ったが、火に襲われたのは、その年の十二月である。

彰子が尽力しても火は防げず、波瀾の幕開けというべきであった。

だが、どうやら新天皇に恐れ慌てる様子はないとのことで、粛々《しゅくしゅく》と三条大宮殿《さんじょうおおみやどの》に遷ったという。

冷遇された日々が、後三条天皇に心根の強さを育ませたのであろう。彰子はそう推し量ったが、その強さが想像以上であったことを、間もなく知ることとなった。

改元があり、年が明けて改元があり延久《えんきゅう》元年（一〇六九）の正月、過去五十年間で初めて、彰子が何の指示を下さずとも、天皇の朝覲《ちょうきん》がなかった。

今や、禎子が国母なのである。後三条天皇は、そちらへ朝覲を行なったのだった。

――ああ、ずいぶんと気が楽になりました。肩の荷が下りるというのは、このようなことを言うのでしょうね。

寂しさはなく、彰子は清々とした思いで、亡き夫に心の中で語りかけた。朝覲を辞すこともしばしばだったのだから、何の文句もなかった。

といって、後三条天皇が彰子への敬意を持たないということもなかった。

むしろ最大の敬意を払っているといってよく、彰子の意向に従って東北院を整備したし、彰子が病に罹るや、ただちに自身の判断で大赦《たいしゃ》を行なってくれた。

そうして延久三年（一〇七一）二月、亡き茂子が産んだ貞仁親王に続き、第二皇子となる実仁《さねひと》が誕生することとなった。

天皇が皇子をもうけたのだから、祝うべきである。

だが、ことの経緯を報された彰子は、あまりのことに呆気にとられてしまった。というのも、後三条天皇は、娘の聡子《そうし》内親王の女房だった源基平《もとひら》の娘の基子《きし》を寵愛《ちょうあい》して懐妊させ、かつ、その子を皇子と承認したというのである。

天皇が、自らきさきを選ぶなどというのは、長い摂関の時代で、これが初めてである。

彰子、頼通、教通が揃って高齢で、左大臣師実は天皇より年下の三十歳だった。

つまり、天皇を強く諫《いさ》めることができる者がいないのである。そして、こと後三条天皇に限っては、諫める必要すらないことが明らかとなっていった。

当然のように、基子を女御《にょうご》とした後三条天皇は、同日、師実が養女にした賢子を、東宮貞仁に入内《じゅだい》させた。

またしても天皇独断であるが、

——文句のつけようもない。

彰子は、この差配に感嘆こそすれ、異を唱えようもなかった。

——本当に、自らの意思でお決めになったというの？

思わずそう疑ってしまうほど、的確ではあるが、心情的には困難きわまりないはずの決定だったからだ。

頼通から、あらゆる面で冷遇され、圧力を受け続けたのが後三条天皇である。

その頼通と子の師実に、いよいよ仕返しができるというとき、過去の怨みなど一切見せず、率先して融和《ゆうわ》に努めたのだ。

しかもその融和策として、いきなり入内のことを決めた。

この一件を聞いた頼通は、最初絶句し、ことの次第を疑ったという。そして真実であることを知るや、声をつまらせ、感涙にむせび泣いた、と彰子は入内のことを報告した蔵人から聞かされ、自分までもが涙ぐんでしまいそうになったものだった。

後三条天皇は、除目のことも自ら率先して定めていったが、これがまた公正そのもので、諸卿を大いにざわめかせたという。

それまで頼通を恐れ、後三条天皇の冷遇に荷担していた者たちの子息も、蔑《ないがし》ろにされることなく登用されたのである。誰もが頼通のように言葉を失い、さては何か裏があるのではと疑う始末だった。だがどう考えても、後三条天皇の公正さに疑念を抱く余地はない。結果、諸卿が次々に後三条天皇へ感謝の意を示し、おびただしいまでの贈品があったという。

——いったい、なんという賢帝か。

その様子を聞き知り、彰子は驚喜した。

朝廷とは、すなわち除目がものをいう場である。除目を上手《うま》くさばき、定めねば、あらゆる朝儀に支障をきたすこととなる。これまでどんな天皇も、その点で必ず苦しめられてきた。

どのような任官昇叙も、誰かを落胆させ、反感を生むものだ。そのため彰子もことあるごとに助言し、次善の策として、宴を催しては禄を与えて諸卿の慰撫《いぶ》に努めてきたのである。

だが後三条天皇に限っては、あらゆる決断が早く、的確だった。彰子や他の者が助言する前に、最善の手を打ち終えてしまう。

彰子にとっては、我が子である後朱雀《ごすざく》天皇と、庇護《ひご》に努めた禎子の子が、これほどまでに優れた天皇になるとは、まさに望外の喜びだった。

――このように報いて下さったことに、感謝します。

彰子は人生でほとんど初めて、不安からではなく、心身を満たす喜びから、祈り続けた。

ほどなくして、朝廷にはかつてない一体感が生まれた。

後三条天皇が中心となり、これまで遅滞していたあらゆる政務に手がつけられ、朝儀は驚くほど細やかに、かつ早々と進んでいくのだった。

そうした朝儀における成果は、逐一、彰子にも報告された。どれもこれも、彰子を驚かせ、喜ばせるものばかりである。いつしか、朝儀の成果を聞くことが何よりの楽しみになっていた。そんなことは、過去五十年の朝廷暮らしで初めてのことだ。

ある朝儀においては、長らく行き詰まっていた荘園の整理に着手することが決められた。

別の朝儀では、征夷《せいい》の終結が唱えられ、戦《いくさ》に駆り出された者たちの帰郷が許された。

皇族の財政基盤が整えられ、賄《まかな》いに関する明確な区分がもうけられた。

困窮する民の救済策がいくつも、矢継ぎ早に打ち出され、実施された。

大内裏は速やかに再建され、以後、火はまったく起こらなかった。

たちまちのうちに、こうしたことが難なく決断されていったのである。誰一人として天皇の足を引っ張ろうとはせず、諸卿が追従したりするのではなく、天下安泰のため一致団結すること、史上稀に見るほどである、とのことであった。

めまぐるしいほどの施策の数々であり、気づけば改元から、あっという間に四年も経っていた。いや、たったの四年で、これほどのことを成し遂げたのである。

彰子は、あるとき後三条天皇の行幸を受け、

「まことに善政というのは、あなたの行なう政治《まつりごと》のことをいうのでしょう」

御簾《みす》越しに心から激賞したものだが、ここで意外な返答を受けた。

「母后様の行なうことを、よく学ばせて頂いたおかげです」

後三条天皇の口調はとても平静で、大げさに世辞を述べているという感じはしなかった。

ありがたい言葉だが、さすがに額面どおり受け取るには抵抗があった。自分が朝儀に加わったことなどないのである。

「謙遜《けんそん》ね」

彰子が言うと、後三条天皇は聞かなかったかのように、こう続けた。

「きっと母后様も、一条院から学ばれたものと推察しております」

彰子は言葉を失った。

後三条天皇が、本気で言っているのだと悟ったからである。

――必ず守ります。

常々、彰子が誓い続けてきた、亡き夫が理想とした朝廷の和と仁政のあり方を、そうと頼んだ覚えもないままに、この後三条天皇は意識して受け継いでくれていたのだ。

そのことを、彰子はここで初めて知った。何か言おうとしたが、唇が震えて言葉にならなかった。たまらず涙が溢れ出した。

彰子は、御簾の内側から後三条天皇に向かって、そっと手を合わせた。

「ありがとう……」

　そう告げたとたん、嗚咽《おえつ》してしまった。この老いた一人の身でこれ以上、背負い続ける必要はない。天は、この若き賢帝を世に現して下さった。後三条天皇に、天に、浄土の夫に、深く感謝するあまりの涙だった。

　後三条天皇は、彰子が落ち着くのを穏やかに待っていた。

「歳はとりたくないものね。こんな風に涙もろくなってしまうのだから」

　彰子が涙を拭い、冗談めかして言うと、後三条天皇も楽しげにこう口にした。

「私も叶うならば、そのように歳をとりたいと思います。ただ残念ながら今は、母后様に、一つ相談したいことがあります」

　後三条天皇が面と向かって彰子にものを頼むのは、初めてのことである。きっと他愛ないことだろう。何しろ、前国母たる自分を利用しそうにない、初めての天皇なのだから。

　そう思って、むしろ興味を惹かれて彰子は尋ねた。

「なあに？　なんでも仰《おっしゃ》って」

「天皇には必ずあることですので、そう大したことではありません。この私の、退位のことですよ」

十一

　彰子のみならず、一家の者たちや、諸卿、諸官、万民までをも、まことに驚嘆せしめたのが、後三条天皇自ら決断した、譲位のことであった。

延久四年（一〇七二）十二月。後三条天皇は、二人の皇子を産んだ女御の源氏御息所《みやすどころ》こと源基子を准三宮《じゅんさんぐう》にし、除目を行なうと、自らの位を東宮へ譲ることを宣言したのである。

即位から、たった四年だった。

驚愕する諸卿に、後三条天皇は淡々とこう述べた。

「我が身に、飲水病《のみみずびょう》（糖尿病）の兆しがある。政務に支障をきたす前に、進退を明らかにし、朝廷と後宮の安泰に努めるべきである」

この言に、

「善仁の口上、なんぴとも抗えず」

諸卿はただ黙ってうつむき、涙ぐむばかりであったという。

過去の天皇・関白摂政であれば、生き存らえることを願って甚大な規模の祈禱を行わせ、一日でも長く位に居続けたがったことだろう。それを後三条天皇は、何の躊躇《ためらい》もなく、自身が健康であるうちに、速やかに位を降りたのである。

頼通も教通も、この報せには虚脱したようになったといい、すでに本人から意向を聞かされていた彰子ですら、

「残念なこととしか言えません」

後三条天皇が決めた数々のことがらのなかで、ゆいいつ、そうこぼしたものだった。

だが当の後三条天皇に残念がる様子はまったくなかった。二十歳《はたち》の貞仁親王が践祚《せんそ》して白河《しらかわ》天皇となり、基子が産んだ実仁親王が、東宮と定められた。

異論は出ず、天皇交代時につきまといがちの火は、信じがたいことに、一つとして起こらなか

った。

そして翌年の延久五年（一〇七三）、後三条院となってのちは、病に悩むというより受け入れながら、母と娘の聡子をつれて、関白である教通の同道のもと、和《なご》やかに石清水八幡宮《いわしみずはちまんぐう》、四天王寺、住吉詣《すみよしもう》でを行なった。

死を悟った後三条院は、まさに彰子に倣って、世の安泰を祈願したのである。

その旅を終えるや、病が深刻なものとなり、後三条院は泰然とした様子で、落飾《らくしょく》した。

同年五月、彰子が手配を指示した、但馬守高房《たじまのかみたかふさ》の邸にて、飲水病に蝕《むしば》まれた者とは思えぬほどの穏やかさを保ったまま、後三条院は眠るように息を引き取った。

享年《きょうねん》、四十。

崩御《ほうぎょ》の報《しら》せを受けた人々は、例外なく衝撃を受け、ひざまずいて涙を流した。

彰子にとっては、自分が守りたいと願った一条天皇の志《こころざし》を、見事に受け継いでくれた孫の死である。

「あのように立派に退き、安らかに死ぬことができる人を、他に知りません」

そのことを悲しむだけでなく、称えたい思いでいっぱいだった。

この彰子の言葉に、教通も大いにうなずき、病身で出家していた頼通までもが、

「これは、本朝の甚《はなは》だしい不幸だ。喪《うしな》ってはならぬ人を、我らは喪ったのだ」

身を揉《も》むようにして、泣きに泣いたという。

春うららかな日差しをよそに、人々は悲嘆に包まれ、稀に見る賢帝の崩御を心から惜しんだ。

白河天皇は、彰子が知る限り、教通や師実らと衝突することなく、協調に努めて朝政安泰をは

かる様子であった。

だが残念なことに、頼通と教通の対立は、その後も続いた。

「師実が関白となるところを見届けねば、安心して冥府《めいふ》に赴《おもむ》けない」

頼通はそう教通に訴えたが、

「そう言われても、私の自由にできることではない」

すげなく断られるということが繰り返された。

これまで頼通のほうが、さんざん教通に嫌がらせをしてきたのだから、致し方ないだろう、と諸卿もささやいているらしい。

それで頼通は、教通に拒まれたことを心底怨んでいるとの話を聞き、

「以前はずっと鷹揚《おうよう》で、めぐみ深く、温かな人となりであったのですよ」

彰子は近侍の者たちに、嘆息して言ったものだ。

しょっちゅう姉を頼る可愛い弟であったが、長く関白の地位にあり、また外戚となることを熱望するあまり、弟たちを政敵とみなすようになっていったことが、彰子にはどうにも哀れだった。

改元があって、承保《じょうほう》元年（一〇七四）となった年の二月。

宇治平等院《うじびょうどういん》にて、その頼通が、世を去った。

享年、八十三。

母の倫子《りんし》には及ばぬものの、十分すぎるほどの長寿である。

子が関白になるところを見届けられなかったとはいえ、いずれ師実が摂関家を担わなければならないのは明らかだった。

彰子は、もう子らの行く末をいちいち案じることはなくなっていた。世の艱難辛苦《かんなんしんく》は避けがたくとも、誰もが和を尊《たつと》び、賢く幸《さきわ》いに辿《たど》り着けることを祈るばかりである。

彰子は、弟の死を見届けると、法成寺の阿弥陀堂で、おのれの最期のときを待った。できれば後三条天皇のように、心残りなく、穏やかに逝《い》きたいものだと思いながら。

「そろそろ、よろしいでしょう?」

八十七歳の彰子は、しばしば亡き夫に尋ねたが、答えはなかった。

心は穏やかだが、腰や背ばかりでなく、体のあちこちが痛んで、いささか苦しかった。

六月、賢子が中宮となったが、すでに懐妊していた。

できれば、次の皇子の誕生を見届けたかったが、どうしても、とは思わなかった。

一条天皇と結ばれてのち、三条天皇、後一条天皇、後朱雀天皇、後冷泉天皇、後三条天皇と、六代も見届けてきたのである。

ひ孫である白河天皇の世は、もはや自分が不在となっていいだろう。

とりわけ、後三条天皇が見せてくれた賢政が、

――もう、十分働きました。

そう思わせてくれたのだから、何の未練とてなかった。

――わたくし、けっこう頑張りましたよ。早く、あなたと昔語りがしたいわ。

招かれたい思いが募《つの》ったが、頼通が世を去ってのち、春が過ぎ、夏が訪れても、まだ彰子の身は、在世であった。

ふと、笛の音が聞こえたのは、秋が訪れてからである。

誰が吹いているか、すぐにわかった。

この世では、決して聞くことのできない、この上なく懐かしい音色だ。

——ああ、やっと。

彰子は、ほっと安堵した。

——もうすっかり、わたくしの方が年寄りになってしまいましたね。

遠い昔、顔を背けて笛の音を聴いたことを何十年かぶりに思い出していた。

とともに、嬉しさと、そして愛しさから、涙が溢れた。

——もうずっと、聴きたい、聴きたい、と思い続けていたのですよ。

涙を拭いもせず、瞑《めい》してその音色に聞き入るうち、やがて、その身の苦しさが消えていった。

——愛しています。

欠けぬ望月の家に生まれ、やがて日輪《にちりん》のごとく朝廷を照らし続けることとなった稀代の国母彰子の魂魄《こんぱく》は、こうして世を離れた。

愛《いと》しい者たちのいる浄土へ渡り、また世の全ての子らを見守る菩薩となるべく、欣喜《きんき》して旅路へと赴いていった。

藤原彰子関係図

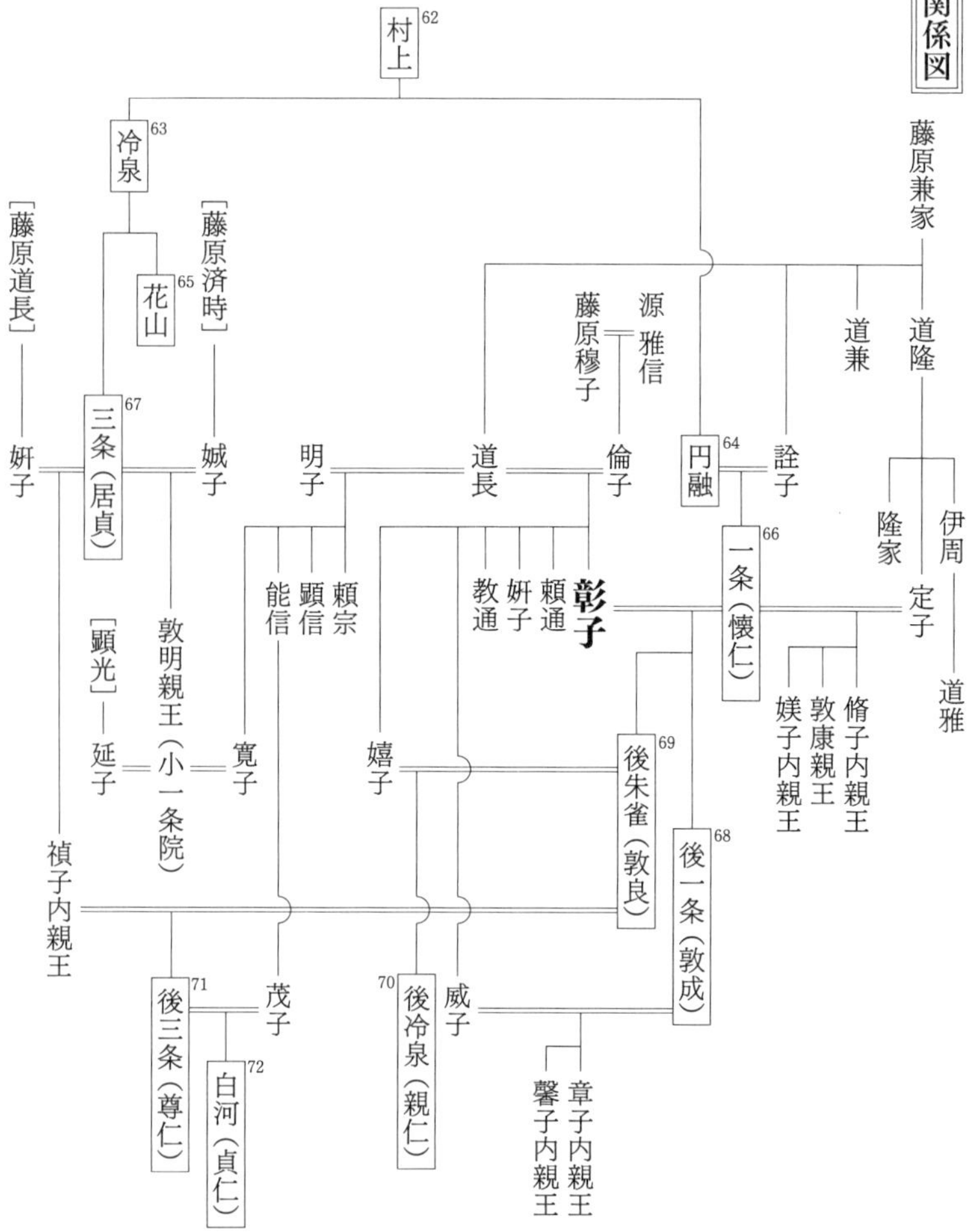

□ は天皇、数字は歴代を示す。

参考文献

『源氏物語の時代』 山本淳子　朝日選書

『私が源氏物語を書いたわけ 紫式部ひとり語り』 山本淳子　角川学芸出版

『藤原彰子』 服藤早苗　吉川弘文館

『平安朝の女と男』 服藤早苗　中公新書

『藤原彰子』 朧谷寿　ミネルヴァ書房

『一条天皇』 倉本一宏　吉川弘文館

『藤原道長「御堂関白記」を読む』 倉本一宏　講談社選書メチエ

『藤原道長の日常生活』 倉本一宏　講談社現代新書

『現代語訳　小右記』 倉本一宏編　吉川弘文館

『栄花物語』 新編日本古典文学全集　小学館

初出

本書は月刊『歴史街道』二〇一八年五月号〜二〇二一年六月号に連載された作品を、加筆・修正したものです。

本文中、現在は不適切と思われる表現がありますが、差別的な意図を持って書かれたものではないこと、また作品が歴史的時代を舞台としていることなどを鑑み、そのまま掲載したことをお断りいたします。

冲方 丁（うぶかた　とう）

1977年、岐阜県生まれ。早稲田大学中退。在学中の1996年、『黒い季節』でスニーカー大賞金賞を受賞し、デビュー。2003年、『マルドゥック・スクランブル』で日本SF大賞、2010年、『天地明察』で吉川英治文学新人賞、本屋大賞、舟橋聖一文学賞、北東文芸賞、2012年、『光圀伝』で山田風太郎賞を受賞。漫画原作、ゲームの企画制作にも携わる。主な著書に『十二人の死にたい子どもたち』『はなとゆめ』『麒麟児』『戦の国』『剣樹抄』『アクティベイター』などがある。

月と日の后

2021年9月30日　第1版第1刷発行

著　者　冲　方　丁
発行者　後　藤　淳　一
発行所　株式会社PHP研究所
東京本部　〒135-8137　江東区豊洲5-6-52
第三制作部　☎03-3520-9620（編集）
普及部　☎03-3520-9630（販売）
京都本部　〒601-8411　京都市南区西九条北ノ内町11
PHP INTERFACE　https://www.php.co.jp/

組　版　有限会社エヴリ・シンク
印刷所　大日本印刷株式会社
製本所　東京美術紙工協業組合

ISBN978-4-569-85009-2